Vicente Blasco Ibáñez

Los muertos mandan

Barcelona **2024**
Linkgua-ediciones.com

Créditos

Título original: Los muertos mandan

© 2024, Red ediciones S.L.

e-mail: info@Linkgua-ediciones.com

Diseño de cubierta: Michel Mallard.

ISBN tapa dura: 978-84-1126-495-2.
ISBN rústica: 978-84-9953-319-3.
ISBN ebook: 978-84-9953-318-6.

Sumario

Brevísima presentación

La vida

Vicente Blasco Ibáñez (1867-1928). España.

Nació en Valencia el 29 de enero de 1867. Estudió Derecho pero no ejerció esa profesión y se dedicó a la política y la literatura.

Con veintiún años se inició en la Masonería el 6 de febrero de 1887 y adoptó el nombre simbólico de Danton en la Logia Unión n.º 14 de Valencia y después en la logia Acacia n.º 25.

Allí recibió el encargo del presidente Raymond Poincaré de escribir una novela sobre la guerra: *Los cuatro jinetes del Apocalipsis* (1916), que fue un auténtico éxito de ventas en los Estados Unidos.

Blasco Ibáñez murió en Menton (Francia) el 28 de enero 1928.

La trama

Jaime Febrer es el heredero de una aristocrática familia mallorquina y está arruinado. Ha dilapidado su escasa herencia. La única solución posible es pactar un buen matrimonio con una heredera que ansíe la reputación del apellido Febrer y que pueda llenar las arcas de la familia. Una chueta, una joven de familia judía, está dispuesta a casarse con Febrer.

Febrer pide la mano de la joven pero sus «muertos» lo hacen arrepentirse y, asustado, huye a Ibiza y se refugia en una propiedad que todavía le pertenece.

Allí se verá obligado a tragarse su orgullo de señorito y aceptar la ayuda de un peón. Termina enamorándose de la hermosa hija de su benefactor. De nuevo los «muertos» de Febrer volverán a hablar para disuadirlo.

Al lector

En mis tiempos de agitador político, allá por el año 1902, los republicanos de Mallorca me invitaron a un mitin de propaganda de nuestras doctrinas que se celebró en la Plaza de toros de Palma. Después de esta reunión popular, los otros diputados republicanos que habían hablado en ella se volvieron a la Península. Yo, una vez pronunciado mi discurso, di por terminada mi actuación política, para correr como simple viajero la hermosa isla que vio en la Edad Media los paseos meditativos del gran Raimundo Lulio —filósofo, hombre de acción, novelista— y en el primer tercio del siglo XIX sirvió de escenario a los amores románticos y algo maduros de Jorge Sand y Chopin.

Más que las cavernas célebres, los olivos seculares y las costas eternamente azules de Mallorca, atrajeron mi atención las honradas gentes que la pueblan y sus divisiones en castas que aún perduran, a causa sin duda del aislamiento isleño, refractario a las tendencias igualitarias de los españoles de tierra firme. Vi en la existencia de los judíos convertidos de Mallorca, de los llamados *chuetas*, una novela futura.

Luego, al volver a la Península, me detuve en Ibiza, sintiéndome igualmente interesado por las costumbres tradicionales de este pueblo de marinos y agricultores, en lucha incesante durante mil quinientos años con todos los piratas del Mediterráneo. Y pensé unir las vidas de las dos islas, tan distintas y al mismo tiempo tan profundamente originales, en una sola novela.

Transcurrieron seis años sin que pudiese realizar mi deseo.

Necesitaba volver a Mallorca e Ibiza para estudiar con más detenimiento los tipos y paisajes de mi obra, y nunca encontraba ocasión propicia para tal viaje. Al fin, en 1908, cuando preparaba mi primera excursión a América, pude escapar unas semanas de Madrid, llevando una vida errante por ambas islas. Visité la mayor parte de Mallorca, durmiendo muchas noches en pequeños pueblos donde me dieron alojamiento las familias «payesas» con una hospitalidad generosa, de bíblico desinterés. Corrí las montañas de Ibiza y navegué ante sus costas rojas y verdes en barcos viejos, valientes para el mar, que unos meses del año van a la pesca y otros son dedicados al contrabando.

Cuando regresé a Madrid, con el rostro ennegrecido por el Sol y las manos endurecidas por el remo, me puse a escribir *Los muertos mandan,* y eran tan frescas y al mismo tiempo tan recias mis observaciones, que produje la novela «de un solo tirón», sin el más leve desfallecimiento de mi memoria de novelista, en el transcurso de dos o tres meses.

Esta fue la última obra del primer período de mi vida literaria. Apenas publicada me marché a dar conferencias en la República Argentina y Chile. El conferencista se convirtió sin saber cómo en colonizador del desierto, en jinete de la llanura patagónica. Olvidé la pluma como algo frívolo e inútil para la recia batalla con las asperezas de una tierra inculta desde el principio del planeta y con las malicias e ignorancias de los hombres.

Pasé seis años sin escribir novelas. Quise crearlas en la realidad. Fui un novelista de hechos y no de palabras.

Pero las vidas vuelven siempre a sus cauces antiguos, y después de estos seis años de catalepsia literaria, en 1914, pocos meses antes de la gran guerra, reanudé en París mi trabajo de novelista «de pluma y papel», escribiendo *Los argonautas.*

V. B. I.
1923

Primera parte

I

Jaime Febrer se levantó a las nueve de la mañana. *Madó* Antonia, que le había visto nacer —servidora respetuosa de las glorias de la familia—, movíase desde las ocho en la habitación, para despertarle. Pareciéndole escasa la luz que penetraba por el montante de un amplio ventanal, abrió las hojas de madera carcomida, desprovistas de vidrios. Luego levantó las colgaduras de damasco rojo galoneadas de oro que cubrían como una tienda de campaña el amplio lecho majestuoso, en el que habían nacido, procreado y muerto varias generaciones de Febrer.

La noche anterior, al retirarse del Casino, la había encargado Jaime con gran insistencia que le despertase temprano. Estaba invitado a almorzar en Valldemosa. «¡Arriba!» La mañana era de las mejores de primavera; en el jardín de la casa chillaban a coro los pájaros sobre las ramas florecientes, mecidas por la brisa que enviaba el vecino mar por encima de la muralla.

La criada se fue, camino de la cocina, al ver que el señor se decidía al fin a echarse fuera de la cama. Anduvo Jaime Febrer casi desnudo por la habitación, ante la ventana abierta, partida por una columna delgadísima. No había miedo de que le viesen. La casa de enfrente era un palacio viejo como el suyo; un caserón de pocos huecos. Frente a su ventana se extendía un muro de color indefinido, con profundos desconchados y restos de antiguas pinturas, pero tan próximo por la estrechez de la calle, que parecía poder tocarse con la mano.

Habíase dormido tarde, desasosegado y nervioso por la importancia del acto que iba a realizar en la mañana siguiente, y el aturdimiento de un sueño corto e ineficaz le hizo buscar con avidez la caricia reconfortante del agua fría. Al lavarse en una palangana estudiantil, angosta y pobre, Febrer tuvo un gesto de tristeza. «¡Ah, miseria!...» Le faltaban las más rudimentarias comodidades en aquella casa de un lujo señorial y vetusto que los ricos modernos no podían improvisar. La pobreza surgía ante su paso, con todas sus molestias, en estos salones que le hacían recordar los espléndidos decorados de ciertos teatros vistos en sus viajes por Europa.

Como si fuera un extraño que entrase por primera vez en su dormitorio, admiraba Febrer esta pieza, grandiosa y de elevado techo. Sus poderosos abuelos habían edificado para gigantes. Cada habitación del palacio era tan vasta como una casa moderna. El ventanal carecía de vidrios, como los demás huecos del edificio, y en invierno había que mantenerlos todos con las hojas cerradas, sin más luz que la que entraba por los montantes, cubiertos de cristales resquebrajados y opacos por el tiempo. La carencia de alfombras dejaba al descubierto los pavimentos de piedra arenisca y blanda de Mallorca, cortada en finos rectángulos, como si fuese madera. Los techos lucían aún el viejo esplendor de los artesonados, unos oscuros, de artificiosas trabazones, otros con un dorado mate y venerable que hacía resaltar los cuarteles coloreados de las armas de la casa. Las paredes altísimas, simplemente enjalbegadas de cal, desaparecían en unas piezas bajo filas de cuadros antiguos, y en otras detrás de ricas colgaduras de colores vivos que el tiempo no lograba apagar. El dormitorio estaba adornado con ocho grandes tapices de un tono verde de hoja seca, representando jardines, amplias avenidas de árboles otoñales, con una plazoleta terminal en la que triscaban venados o goteaban solitarias fuentes en triples tazones. Encima de las puertas colgaban viejos cuadros italianos de una suavidad acaramelada: niños de carnes ambarinas jugueteaban con rizados corderos. El arco que dividía el verdadero dormitorio del resto de la habitación tenía algo de triunfal, con columnas acanaladas sosteniendo un medio punto de follaje tallado, todo de un oro pálido y discreto, como si fuese un altar. Sobre una mesa del siglo XVIII veíase una imagen policroma de San Jorge pisoteando moros bajo su corcel; y más allá la cama, la imponente cama, monumento venerable de la familia. Algunos sillones antiguos, de encorvados brazos, con el rojo terciopelo calvo y raído hasta mostrar la blancura de la trama, mezclábanse con sillas de paja y el pobre lavabo. «¡Ah, miseria!», volvió a pensar el mayorazgo. El viejo caserón de los Febrer, con sus hermosos ventanales faltos de vidrios, sus salones llenos de tapices y sin alfombras, sus muebles venerables confundidos con los más ruines enseres, le parecía igual a un príncipe arruinado ostentando aún manto brillante y corona gloriosa, pero descalzo y sin ropa blanca.

Él era igual a este palacio, imponente y vacío caparazón que en otros tiempos había guardado la gloria y la riqueza de sus abuelos. Unos habían sido mercaderes, otros soldados, y todos navegantes. Las armas de los Febrer habían ondeado en flámulas y banderas sobre más de cincuenta navíos de gavia —lo mejor de la marina de Mallorca—, que, luego de tomar órdenes en Puerto Pi, iban a vender aceite de la isla en Alejandría, embarcaban especierías, sedas y perfumes de Oriente en las escalas del Asia Menor, traficaban con Venecia, Pisa y Génova, o, pasando las Columnas de Hércules, sumíanse en las brumas de los mares del Norte para llevar a Flandes y a las repúblicas hanseáticas la loza de los moriscos valencianos, llamada por los extranjeros *mayólica*, a causa de su procedencia mallorquina. Esta navegación continua a través de mares infestados de piratas había hecho de la familia de ricos mercaderes una tribu de valerosos soldados. Los Febrer habían peleado o ajustado alianzas con corsarios turcos, griegos y argelinos, habían escoltado sus flotas por los mares del Norte para hacer frente a los piratas ingleses, y hasta una vez, a la entrada del Bósforo, sus galeras habían abordado a las de Génova, que monopolizaban el comercio de Bizancio. Luego, esta dinastía de soldados del mar, al retirarse de la navegación comercial, había rendido tributo de sangre a la seguridad de los reinos cristianos y a la fe católica haciendo ingresar una parte de sus hijos en la santa milicia de los caballeros de Malta.

Los segundones de la casa de Febrer, al mismo tiempo que recibían el agua del bautismo, llevaban cosida a sus pañales la cruz blanca de ocho puntas, símbolo de las ocho bienaventuranzas, y al ser hombres capitaneaban galeras de la Orden belicosa y acababan sus días como ricos comendadores de Malta, contando sus proezas a los hijos de sus sobrinas y haciéndose cuidar achaques y heridas por esclavas infieles que vivían con ellos, a pesar del voto de castidad. Monarcas famosos, al pasar por Mallorca, habían salido del alcázar de la Almudaina para visitar a los Febrer en su palacio. Unos habían sido almirantes de las flotas del rey; otros, gobernantes de lejanos territorios; algunos dormían el sueño eterno en la catedral de La Valette con otros ilustres mallorquines, y Jaime había contemplado sus tumbas en una visita a Malta.

La Lonja de Palma, gallardo edificio gótico vecino al mar, había sido durante siglos un feudo de sus ascendientes. Para los Febrer era todo cuanto arrojaban en el inmediato muelle las galeras de alto castillo, las cocas de pesado casco, las ligeras fustas, las saetías, panfiles, rampines, tafureas y demás embarcaciones de la época, y en el inmenso salón columnario de la Lonja, junto a los fustes salomónicos que se perdían en la penumbra de las bóvedas, sus abuelos recibían como reyes a los navegantes de Oriente, que llegaban con anchos zaragüelles y birrete carmesí, a los patronos genoveses y provenzales, con su capotillo rematado por frailuna capucha, a los valerosos capitanes de la isla, cubiertos con la roja barretina catalana. Los mercaderes de Venecia enviaban a sus amigos de Mallorca muebles de ébano con menudas incrustaciones de marfil y lapislázuli o grandes espejos de Luna azulada y marco cristalino. Los navegantes de vuelta de África traían manojos de plumas de avestruz, colmillos de marfil, y estos tesoros y otros iban a adornar los salones de la casa, perfumados por misteriosas esencias, regalo de los corresponsales asiáticos.

Los Febrer habían sido durante siglos los intermediarios entre Oriente y Occidente, haciendo de Mallorca un depósito de productos exóticos, que luego desparramaban sus naves por España, Francia y Holanda. Las riquezas afluían fabulosamente a la casa. En algunas ocasiones, los Febrer hasta hicieron préstamos a los reyes... Pero todo esto no podía evitar que Jaime, el último de la familia, luego de perder en el Casino, la noche anterior, todo cuanto poseía —unos centenares de pesetas—, hubiese aceptado dinero, para poder ir a la mañana siguiente a Valldemosa, de Toni Clapés, el contrabandista, hombre rudo, de entendimiento despierto, y el más fiel y desinteresado de sus amigos.

Mientras se peinaba, Jaime se contempló en un espejo antiguo, rajado y de Luna nebulosa. Treinta y seis años: no podía quejarse de su aspecto. Era feo, con una fealdad «grandiosa», según expresión de una mujer que había ejercido cierta influencia sobre su vida. Esta fealdad le había proporcionado algunas satisfacciones amorosas. Miss Mary Gordon, rubia idealista, hija del gobernador de un archipiélago inglés de Oceanía, que viajaba por Europa sin otro acompañamiento que el de una doméstica, le había conocido un verano en un hotel de Múnich, y ella fue la que, impresionada, dio los primeros pasos. El español era, según la miss, un vivo retrato de Wagner joven. Y Febrer, sonriendo a impulsos del grato recuerdo, contemplaba su frente abombada, que parecía oprimir con su pesadumbre los ojos imperiosos, pequeños e irónicos, sombreados por gruesas cejas. La nariz era aguda y aguileña, la nariz de todos los Febrer, valientes pájaros de presa de las soledades del mar; la boca desdeñosa y sumida; el mentón saliente y recubierto por la suave vegetación, rala y fina, de la barba y el bigote. «¡Ah, deliciosa miss Mary!» Cerca de un año había durado la alegre peregrinación por Europa. Ella, enamorada de él rabiosamente por su parecido con el Maestro, quería casarse, y le hablaba de los millones del gobernador, mezclando sus entusiasmos románticos con las aficiones prácticas de su raza. Pero Febrer acabó por huir, antes de que la inglesa le dejase a su vez por algún director de orquesta que se asemejase más a su ídolo.

«¡Ay, las mujeres!...» Y Jaime erguía su cuerpo de varón forzudo, algo encorvado de espaldas por el exceso de estatura. Hacía tiempo que había renunciado a interesarse por ellas. Unas leves canas en la barba y un ligero fruncimiento de la piel en las comisuras de los ojos revelaban la fatiga de una existencia que había marchado, según decía él, «a toda máquina». Pero aun así, le buscaban, y era el amor el que iba a sacarle de su angustiosa situación.

Al acabar el arreglo de su persona, salió del dormitorio. Cruzó un salón vastísimo iluminado por los rayos del Sol, que pasaban a través de los montantes de tres ventanales cerrados. El suelo estaba en la penumbra, mientras las paredes brillaban como un jardín de vivos colores, cubiertas de interminables tapices con figuras de doble tamaño natural. Eran escenas mitológicas y bíblicas; damas arrogantes, de abultadas carnes color de rosa, que comparecían ante guerreros rojos o verdes; enormes columnatas; palacios con guirnaldas de flores; cimitarras en alto, cabezas por el suelo, tropeles de caballos panzudos con una pata en alto: todo un mundo de viejas leyendas, pero con tintas frescas a pesar de los siglos, y entre franjas de manzanas y hojarasca.

Febrer miró al pasar con ojos irónicos estas riquezas heredadas de sus ascendientes. Nada era suyo. Hacía más de un año que estos tapices y los del dormitorio y todos los de la casa pertenecían a ciertos usureros de Palma, que los habían dejado colgados en el mismo sitio. Esperaban la llegada de un aficionado rico, que los pagaría con más esplendidez al imaginárselos adquiridos directamente de su dueño. Jaime no era más que un depositario, amenazado con la cárcel en caso de infidelidad en su custodia.

Al llegar al centro del salón dio un pequeño rodeo, a impulsos de la costumbre, pero empezó a reír viendo que no había nada que interrumpiese su paso. Un mes antes aún estaba allí una mesa italiana de mármoles preciosos que había traído el famoso comendador don Príamo Febrer de una de sus expediciones en corso. Más allá tampoco había nada que le hiciese tropezar. Un brasero enorme de plata repujada, montado sobre una tarima del mismo metal, con una fila circular de geniecillos que sostenían este monumento, lo había convertido Febrer en dinero, vendiéndolo al peso. Y el brasero le hizo recordar una áurea cadena, regalo del emperador Carlos V a uno de sus ascendientes, que años antes había vendido en Madrid, también al peso, con el aditamento de dos onzas de oro recibidas por el trabajo artístico y la antigüedad. Después había llegado vagamente hasta él la noticia de que la cadena la vendieron en París por cien mil francos. «¡Ah, miseria!» Los caballeros ya no podían vivir en estos tiempos.

Su vista tropezó con el brillo de unos enormes vargueños de labor veneciana montados sobre mesas antiguas sostenidas por leones. Parecían fabricados para gigantes, con innumerables y profundos cajones, cuyas caras exteriores tenían esmaltes policromos representando escenas mitológicas. Eran cuatro piezas magníficas de museo: un recuerdo de la antigua magnificencia de la casa. Tampoco eran suyos. Habían corrido la misma suerte que los tapices, y allí estaban esperando un comprador. Febrer no era ya más que el conserje de su propia casa. Y también pertenecían a los acreedores los cuadros italianos y españoles que adornaban las paredes de dos gabinetes inmediatos; los muebles antiguos con sedas rapadas o rotas, pero de hermosas tallas; todo, en fin, lo que conservaba algún valor entre los restos de la secular herencia.

Salió a la sala de recibimiento, vasta pieza en el centro del edificio, fría y de altísimo techo, que comunicaba con la escalera. Las paredes blancas habían tomado con los años un tono amarillento de marfil. Era preciso echar la cabeza atrás para alcanzar con la vista el negro artesonado del techo.

Ventanas abiertas junto a la cornisa ayudaban a los ventanales de abajo a iluminar este salón inmenso y austero. Muebles, pocos y conventuales: amplios sillones de brazos, con asientos y respaldares de vaqueta adornados de clavos; mesas de roble de retorcidas patas; cofres oscuros, con oxidados herrajes sobre fondos de paño verde apolillado. La blancura amarillenta de los muros solo era visible, como las líneas de un enrejado, entre las filas de lienzos, muchos de ellos sin marco. Eran centenares de cuadros, todos malos e interesantes a la vez; pinturas encargadas para perpetuar las glorias de la familia, hechas por antiguos artistas italianos y españoles de paso en Mallorca. Un encanto tradicional parecía emanar de estos lienzos. Era la historia del Mediterráneo escrita por torpes e ingenuos pinceles: encuentros de galeras, asaltos de fortalezas, grandes batallas navales envueltas en humo, sobre cuyas vedijas flotaban los gallardetes de los navíos y las altas torres de popa, en cuya cima rizábanse las banderas con la cruz de Malta o la media Luna. Los hombres peleaban en las cubiertas de los buques o en los esquifes que flotaban junto a ellos; el mar, enrojecido por la sangre o las llamas de los barcos, estaba matizado de centenares de cabecitas de náufragos, que a su vez luchaban sobre las olas. Una masa de cascos y chambergos chocaba, sobre dos navíos aferrados, con otra de turbantes blancos y rojos, y sobre ellas alzábanse mandobles y picas, cimitarras y hachas de abordaje. El disparo de cañones y trabucos cortaba con lenguas rojas el humo del combate. En otros lienzos no menos oscuros veíanse castillos arrojando llamas por sus troneras, y al pie de ellos guerreros con la cruz blanca de ocho puntas sobre la coraza, tan grandes casi como las torres, y aplicando a éstas sus escalas para subir al asalto.

Los cuadros tenían a un lado cartelas blancas con los mismos remates plegados de un escudo de armas, y en ellas, escrito en defectuosas mayúsculas, el relato del suceso: encuentros victoriosos con galeras del Gran Turco o con piratas pisanos, genoveses y vizcaínos; guerras en Cerdeña; asaltos de Bujía y de Tedeliz; y en todas estas empresas era un Febrer el que dirigía a los combatientes o se hacía notar por su heroísmo, descollando sobre todos el comendador don Príamo, héroe endiablado, burlón y poco religioso, que había sido la gloria y la vergüenza de la casa.

Alternando con estas escenas belicosas estaban los retratos de la familia. En la parte más alta, tocando a una fila de viejos lienzos de evangelistas y mártires, que formaban un friso, mostrábanse los Febrer más antiguos, venerables mercaderes de Mallorca pintados algunos siglos después de su muerte, graves varones de nariz judaica y ojos agudos, con joyas sobre el pecho y altos gorros de aspecto oriental. A continuación venían los hombres de armas, los navegantes de espada, con la cabellera al rape y el perfil de pájaro de presa, todos vistiendo armadura de negro acero y algunos con la blanca cruz de Malta. De retrato en retrato, los rostros se iban afinando, sin perder la frente abombada y la nariz imperiosa de la familia. El cuello de la camisa, ancho, flácido y de burdo tejido, iba elevándose con el serpenteo almidonado de la rizada gola; la coraza se convertía en justillo de terciopelo o seda; las barbas duras y anchas, a la moda del Emperador, trocábanse en agudas perillas y empinados bigotes, a los que servían de marco suaves guedejas. Entre los rudos hombres de guerra y los elegantes caballeros resaltaban los hábitos negros de ciertos eclesiásticos con bigotes y barbillas, ostentando altos bonetes de borla. Unos eran dignatarios eclesiásticos de Malta, a juzgar por la insignia blanca que adornaba su pecho; otros, venerables inquisidores de Mallorca, según la leyenda que ensalzaba su celo en pro de la fe. Después de todos estos señores negros, de gesto imponente y ojos duros, venía el desfile de pelucas blancas, de rostros aniñados por la rasura, de vistosas casacas de seda y oro adornadas con bandas y condecoraciones. Eran regidores perpetuos de la ciudad de Palma; marqueses cuyo marquesado había perdido la familia con los entronques matrimoniales, yendo sus títulos a fundirse con otros de la nobleza de la Península; gobernadores, capitanes generales y virreyes de países americanos y oceánicos, cuyos nombres despertaban una visión de fantásticas riquezas; entusiastas *botiflers* partidarios de Felipe V, que habían tenido que huir de Mallorca, apoyo postrero de los Austrias, y ostentaban como supremo título nobiliario el apodo de *butifarras* dado por el populacho hostil. Cerrando el glorioso desfile, casi a ras de los muebles, estaban los últimos Febrer de principios del siglo XIX, oficiales de la Armada, de cortas patillas, rizos sobre la frente, alto cuello con anclas de oro y negro corbatín, que habían peleado en el cabo de San Vicente y en Trafalgar; y tras ellos el bisabuelo de Jaime, un vie-

jo de ojos duros y boca desdeñosa, que al volver Fernando VII de su cautive-
rio en Francia se había embarcado para prosternarse a sus pies en Valencia,
pidiendo con otros grandes señores que restableciese los usos antiguos y
exterminase la naciente plaga del liberalismo. Era un patriarca prolífico, que
había prodigado su sangre en varios distritos de la isla persiguiendo a las
payesas, sin perder nada de su gravedad, y al dar a besar la mano a algunos
de los hijos legítimos que vivían en su casa y llevaban su apellido, decía con
voz solemne: «¡Dios te haga un buen inquisidor!».

Entre estos retratos de los Febrer ilustres veíanse algunos de mujeres.
Eran señoras con hinchados guardainfantes que llenaban todo el lienzo,
iguales a las damas pintadas por Velázquez. Una que emergía su busto frágil
de la campana de terciopelo floreado de sus faldas, con cara puntiaguda y
pálida y un lazo descolorido en las rizadas y cortas melenillas, era la hembra
notable de la familia, la que habían apodado «la Greca» por su sabiduría en
letras helénicas. Su tío, fray Espiridión Febrer, prior de Santo Domingo, gran
lumbrera de la época, había sido su maestro, y «la Greca» podía escribir en
su idioma a los corresponsales de Oriente que aún mantenían con Mallorca
un mortecino comercio.

Jaime encontraba con su vista algunos lienzos más allá —distancia que
representaba el paso de un siglo—, otro retrato de hembra famosa de la
familia. Era una niña de blanca peluquita, vestida de mujer, con la falda ple-
gada y los grandes ahuecadores de las damas del siglo XVIII. Estaba junto a
una mesa, al lado de un búcaro de flores, y sostenía con la exangüe diestra
una rosa igual a un tomate, mirando ante ella con ojillos porcelanescos de
muñeca. A ésta la habían llamado «la Latina». La cartela del retrato hablaba,
en el estilo ampuloso de la época, de su discreción y su ciencia, acabando
por llorar su muerte a los once años. Las hembras eran como retoños secos
en el tronco vigoroso de los Febrer, peleadores y exuberantes. La sabiduría
se agostaba pronto en esta familia de marinos y guerreros, como planta que
surge por equivocación en un clima adverso.

Preocupado por sus pensamientos de la noche anterior y por el próximo
viaje a Valldemosa, Jaime se detuvo en el recibimiento contemplando los
retratos de sus ascendientes. ¡Cuánta gloria... y cuánto polvo! Hacía veinte
años tal vez que un trapo misericordioso no se había remontado a lo largo

de la ilustre familia para adecentarla un poco. Los abuelos más remotos y las batallas famosas estaban cubiertos de telarañas. ¡Y pensar que los prestamistas no habían querido adquirir este museo de glorias, con el pretexto de que eran pinturas malas! ¡No poder traspasar estos recuerdos a ciertos ricos ansiosos de crearse un origen ilustre!...

Jaime atravesó el recibimiento, entrando en las habitaciones del ala opuesta. Eran piezas de techo más bajo; tenían encima un segundo piso, ocupado en otros tiempos por el abuelo de Febrer; habitaciones relativamente modernas, con muebles viejos de estilo Imperio y en las paredes estampas iluminadas del período romántico representando las desventuras de Átala, los amores de Matilde y las hazañas de Hernán Cortés. Sobre las cómodas ventrudas veíanse santos policromos y crucifijos de marfil, entre polvorientas flores de trapo, bajo campanas de cristal. Una panoplia de ballestas, flechas y cuchillos recordaba a un Febrer, capitán de corbeta del rey, que hizo un viaje alrededor del mundo a fines del siglo XVIII. Conchas purpúreas, caracolas de mar enormes, con entrañas de nácar, adornaban las mesas.

Siguiendo un corredor, camino de la cocina, dejó a un lado la capilla, que estaba cerrada muchos años, y al otro la puerta del archivo, vasta pieza cuyas ventanas daban sobre el jardín, y en la que había pasado Jaime, de vuelta de sus viajes, muchas tardes, revolviendo legajos guardados tras el enrejado de alambre de vetustas estanterías.

Se asomó a la cocina, inmensa dependencia donde se preparaban en otros tiempos los famosos banquetes de los Febrer, rodeados de parásitos y generosos con todos los amigos que llegaban a la isla. *Madó* Antonia parecía más pequeña en esta habitación de dilatados términos, junto a la gran chimenea del hogar, que podía admitir un montón enorme de troncos, asando a la vez varias piezas. Los bancos de hornillos podían servir para toda una comunidad. El frío aseo de esta dependencia demostraba su falta de uso. En las paredes, grandes escarpias delataban la ausencia de las vasijas de cobre que habían sido en otros tiempos gloria esplendorosa de esta cocina conventual. La vieja criada hacía sus guisos en un pequeño hornillo al lado de la artesa en la que amasaba el pan.

Jaime dio un grito a *madó* Antonia para avisarle su presencia, y se introdujo en una habitación inmediata, el pequeño comedor que habían utilizado los últimos Febrer, venidos a menos en su fortuna, huyendo del gran salón donde se celebraban los antiguos banquetes.

También aquí era visible el paso de la miseria. La mesa larga hallábase cubierta con un hule resquebrajado, de dudosa blancura. Los aparadores estaban casi vacíos. La antigua loza, al romperse, había sido reemplazada por unos cuantos platos y jarros de grosera fabricación. Dos ventanas abiertas en el fondo encuadraban pedazos de mar de inquieto azul, palpitante bajo el fuego del Sol. En sus rectángulos balanceábanse pausadamente las ramas de unas palmeras. Más allá marcábanse en el horizonte las alas blancas de una goleta que venía hacia Palma lentamente, como una gaviota fatigada.

Entró *madó* Antonia, dejando sobre la mesa un tazón humeante de café con leche y una gran rebanada de pan cubierta de manteca. Jaime atacó el desayuno con avidez, y al mascar el pan hizo un gesto de desagrado. *Madó* asintió con un movimiento de cabeza, rompiendo a hablar en su lenguaje mallorquín.

—Muy duro, ¿verdad?... Aquel pan no podía compararse con los panecillos que comía el señor en el Casino; mas la culpa no era de ella. Pensaba haber amasado el día anterior, pero no tenía harina y estaba esperando que el payés de *Son Febrer* trajese su tributo. ¡Las gentes ingratas y olvidadizas!...

La vieja servidora insistió en su desprecio al labriego cultivador de *Son Febrer*, predio que constituía la última fortuna de la casa. Todo lo debía el rústico a la benevolencia de la familia, y ahora, en los momentos difíciles, olvidaba a sus buenos señores.

Jaime siguió mascando, con el pensamiento puesto en *Son Febrer*. Tampoco aquello era suyo, no obstante figurar él como dueño. El predio, situado en el centro de la isla —la mejor finca heredada de sus padres, la que llevaba el nombre de la familia—, lo tenía hipotecado e iba a perderlo de un momento a otro. La renta, escasa y corta, conforme a los usos tradicionales, servíale para pagar únicamente una exigua parte del interés de los préstamos, engrosando el resto la cuantía de la deuda. Quedaban las aldehalas, los pagos en especie que el payés debía hacerle, siguiendo costumbres antiguas, y con ellos se mantenían él y *madó* Antonia, perdidos en el inmenso caserón que había sido hecho para albergar una tribu. En Navidad y en Pascua de Resurrección recibía una pareja de corderos acompañados de una docena de aves de corral; en el otoño dos cerdos bien cebados para la matanza, y todos los meses huevos y una cantidad de harina, a más de los frutos de la estación. Con estas aldehalas, unas consumidas en la casa y otras vendidas por la sirviente, iban sosteniéndose Jaime y *madó* Antonia en la soledad del palacio, aislados de la curiosidad pública, como dos náufragos perdidos en un islote. Las ofrendas en especie se retrasaban cada vez más. El payés, con ese egoísmo rústico propenso a huir de la desgracia, hacíase el remolón, evitando el cumplimiento de sus obligaciones. Sabía que el mayorazgo ya no era el verdadero amo de *Son Febrer*, y muchas veces, al llegar a la ciudad con sus presentes, torcía el camino, yendo a depositarlos en las casas de los acreedores, temibles personajes a los que deseaba tener propicios.

Jaime miró con tristeza a la servidora, que permanecía erguida ante él. Era una antigua payesa que aún conservaba el traje de su pueblo: jubón oscuro, con doble fila de botones en las mangas; falda clara y rameada, y cubriendo su cabeza el rebocillo, blanco velo sujeto al cuello y al pecho, por debajo del cual se escapaba la gruesa trenza —que llevaba postiza y muy negra— rematada por largas cintas de terciopelo.

—¡Miserias, *madó* Antonia! —dijo el señor en el mismo lenguaje—. Todos huyen de los pobres, y el mejor día, si ese tuno no trae lo que nos debe, tendremos que comernos uno a otro, lo mismo que si fuésemos náufragos.

La vieja sonrió: «El señor siempre alegre». En esto era un vivo retrato de su abuelo don Horacio, eternamente serio, con una cara que metía miedo, ¡pero diciendo unas cosas!...

—Esto debe acabar —prosiguió Jaime, sin hacer caso de la alegría de la sirviente—. Esto acabará hoy mismo; estoy decidido... Sábelo, *madó*, antes de que la noticia corra: me caso.

La criada juntó las manos devotamente para expresar su asombro y elevó la mirada al techo. ¡Santísimo Cristo de la Sangre! Ya era hora... Antes debía haberlo hecho, y otro sería el estado de la casa. Despertóse en ella la curiosidad, y preguntó con una avidez de campesina:

—¿Es rica?...

El gesto afirmativo del señor no la sorprendió. Forzosamente había de ser rica. Solo una mujer que llevase con ella una gran fortuna podía aspirar a unirse con el último de los Febrer, que habían sido los hombres más notables de la isla y tal vez del mundo entero.

La pobre *madó* pensó en su cocina, poblándola instantáneamente con la imaginación de vasijas de cobre brillantes como oro, viéndola con todos los fogones encendidos, llena de muchachas de brazos arremangados, el rebocillo atrás, la trenza flotante, y ella en medio, sentada en un sillón, dando órdenes y aspirando el deleitoso tufillo de las cacerolas.

—¡Será joven! —afirmó la vieja, para sacar más noticias a su señor.

—Sí, joven; mucho más joven que yo; demasiado joven: unos veintidós años. Poco me falta para poder ser su padre.

Madó hizo un gesto de protesta. Don Jaime era el hombre más guapo de la isla. Lo decía ella, que le había admirado desde los tiempos en que iba con pantalón corto y lo llevaba de la mano a pasear entre los pinos inmediatos al castillo de Bellver. Era un Febrer, de aquella familia de señorones arrogantes, y con esto quedaba dicho todo.

—¿Y es de buena casa? —siguió preguntando para forzar el laconismo de su señor—. Familia de caballeros indudablemente; de lo mejorcito de la isla... Pero no: ya adivino. Tal vez es de Madrid. Algún noviazgo de cuando usted vivía allá.

Jaime quedó indeciso unos instantes, palideció, y luego dijo con ruda energía, para ocultar su turbación:

—No, *madó*... Es una *chueta*.

Antonia fue a juntar las manos, como momentos antes, invocando otra vez la Sangre de Cristo, tan venerada en Palma; pero de pronto se dilataron las arrugas de su rostro moreno, y rompió a reír... ¡Qué señor tan alegre! Lo mismo que su abuelo. Decía las cosas más estupendas e increíbles con una seriedad que engañaba a las gentes. ¡Y ella, pobre boba, que había creído tales bromas! Tal vez hasta lo del casamiento era mentira...

—No, *madó*. Me caso con una *chueta*... Me caso con la hija de don Benito Valls. Para eso iré hoy a Valldemosa.

La voz apagada de Jaime, sus ojos bajos, el acento tímido con que susurró tales palabras, quitaron toda duda a la sirviente. Quedó ésta con la boca abierta, los brazos caídos, sin fuerzas para levantar las manos ni los ojos.

—¡Señor... Señor... Señor!...

Le era imposible decir más. Creyó que había sonado un trueno, haciendo estremecerse la vieja casa; que un nubarrón acababa de pasar ante el Sol, oscureciéndolo; que el mar se volvía plomizo, avanzando en encrespadas olas contra la muralla. Luego vio que todo estaba lo mismo, que solo ella se había conmovido con esta noticia estupenda, digna de trastornar el orden de lo existente.

—¡Señor... Señor... Señor!...

Y agarrando el vacío tazón y los restos del pan, echó a correr, deseosa de refugiarse cuanto antes en la cocina. Después de oír tales horrores, la casa le inspiraba miedo. Debía andar alguien por los venerables salones de la otra parte del edificio: alguien que ella no podía saber quién fuese, pero que seguramente acababa de despertar de un sueño de siglos. Aquel palacio tenía un alma. Cuando la vieja quedaba sola en él, crujían los muebles como si hablasen entre ellos, palpitaban los tapices movidos por su cara oculta, vibraba en un rincón un arpa dorada de la abuela de don Jaime, y ella no sentía miedo nunca, porque los Febrer habían sido gente buena, simple y bondadosa con sus servidores. ¡Pero ahora, después de oír tales cosas!... Pensaba con cierta inquietud en los retratos que adornaban la pieza de recibimiento. ¡Qué cara la de aquellos señores, si habían llegado hasta ellos las palabras de su descendiente!

Madó Antonia acabó por serenarse, bebiendo los restos del café preparado para el señor. Ya no tenía miedo, pero sentía honda tristeza por la suerte de don Jaime, como si le viese en peligro de muerte. ¡Acabar de este modo la casa de los Febrer! ¿Y Dios podía tolerar tales cosas?... Cierto desprecio por el señor vino a sobreponerse momentáneamente al antiguo cariño. Al fin, un calavera olvidado de la religión y las buenas costumbres, que había derrochado lo que restaba de la fortuna de su casa. ¿Qué iban a decir sus ilustres parientes? ¡Qué vergüenza la de su tía doña Juana, *aquella noble señora —la más santa y linajuda de la isla—* a la que, unos por burla y otros por exceso de veneración, llamaban «la Papisa»!

—Adiós, *madó*... Al anochecer estaré de vuelta.

La vieja saludó con un gruñido a Jaime, que asomaba la cabeza para despedirse. Luego, viéndose sola, levantó los brazos, invocando la ayuda de la Sangre de Cristo, de la Virgen del Lluch, patrona de la isla, y del portentoso San Vicente Ferrer, que tantos milagros había realizado durante sus predicaciones en Mallorca. ¡Uno más, santo prodigioso, para evitar la monstruosidad que proyectaba su señor!... ¡Que cayese un pedrusco de las montañas, interceptando para siempre el camino de Valldemosa; que volcase el carruaje y trajeran a don Jaime entre cuatro hombres... todo antes que aquella vergüenza!

Febrer atravesó el recibimiento, abrió la puerta de la escalera y empezó a descender los suaves peldaños. Sus abuelos, como todos los nobles de la isla, construían en grande. La escalera y el zaguán ocupaban una tercera parte de los bajos de la casa. Una especie de *loggia* a la italiana, con cinco arcos sostenidos por delgadas columnas, extendíase a la terminación de la escalera, abriéndose en sus extremos las dos puertas que daban acceso a las dos alas superiores del edificio. En el centro de su baranda, situada sobre el arranque de la escalera, frente a la puerta de la calle, estaba el escudo en piedra de los Febrer, con un farolón de hierro forjado.

Jaime, al descender, chocaba su bastón en la piedra arenisca de los escalones o tocaba las grandes ánforas barnizadas que adornaban los rellanos, y éstas devolvían el golpe con una sonoridad de campana. La baranda de hierro, oxidada por los años y deshaciéndose en herrumbrosas escamas, temblaba, casi suelta de sus alvéolos, con el ruido de los pasos.

Al llegar al zaguán, Febrer se detuvo. La extrema resolución que había adoptado, y que iba a influir para siempre en los destinos de su nombre, le hizo mirar con curiosidad los mismos lugares que antes cruzaba indiferente.

En ninguna parte del edificio se notaba como aquí la antigua prosperidad. El zaguán, enorme cual una plaza, podía admitir más de una docena de carrozas y todo un escuadrón de jinetes. Doce columnas algo panzudas, de mármol avellanado de la isla, sostenían los arcos de piedra cortada en piezas, sin revestimiento alguno, encima de los cuales extendíase el techo de vigas negras. El pavimento era de guijarros, y entre ellos crecía el musgo de la humedad. Una frescura de ruina extendíase por esta entrada gigantesca y solitaria. Un gato atravesó el zaguán, saliendo por el orificio de una puerta carcomida de las antiguas cuadras, para desaparecer en los abandonados subterráneos que habían guardado las cosechas en otros tiempos. A un lado, había un pozo de la misma época en que se construyó el palacio, un orificio abierto en la roca, con brocal de piedra roída por el tiempo y una espadaña de hierro trabajada a martillo. La hiedra crecía en frescos ramilletes entre los salientes de la pulida piedra. Muchas veces, Jaime, siendo niño, se había asomado para contemplarse allá abajo, en la pupila circular y luminosa de sus aguas dormidas.

La calle estaba solitaria. Al final de ella, junto, a las tapias del jardín de los Febrer, veíase la muralla de la ciudad, y abierto en esta muralla un portalón con barrotes de madera en su arco, iguales a los dientes de una boca enorme de pescado. En el fondo de esta boca temblaban, verdes y luminosas, las aguas de la bahía.

Anduvo Jaime algunos pasos por las azuladas piedras de la calle, falta de aceras, y se detuvo luego para contemplar su casa. No era más que un pequeño resto del pasado. El antiguo palacio de los Febrer ocupaba toda una manzana, pero había ido empequeñeciéndose con el paso de los siglos y los apuros de la familia. Ahora una parte de él era residencia de monjas, y otras fracciones habían sido adquiridas por ciertos ricos, que desfiguraban con balconajes modernos la primitiva unidad del edificio, atestiguada por la línea uniforme de aleros y tejados. Los mismos Febrer, refugiados en la parte del caserón que miraba al jardín y al mar, habían tenido que ceder los pisos bajos, para aumento de sus rentas, a almacenistas y pequeños industriales. Junto a la portada señorial, tras unas vidrieras, trabajaban planchando ropa blanca algunas muchachas, que saludaron a don Jaime con respetuosa sonrisa. Éste siguió inmóvil en su contemplación de la antigua casa. ¡Qué hermosa todavía, a pesar de sus amputaciones y su vejez!...

La piedra del zócalo, agujereada y combada hacia dentro por el roce de personas y carruajes, estaba partida por varios tragaluces con rejas a ras del suelo. La parte baja del palacio mostrábase roída, lacerada y polvorienta, como unos pies que hubiesen caminado durante siglos.

A partir del entresuelo, piso con entrada independiente, que había sido alquilado a un almacenista de drogas, comenzaba a desarrollarse el esplendor señorial de la fachada. Tres ventanales al nivel del arco del portalón, divididos por dobles columnas, mostraban sus marcos de mármol negro finamente trabajado. Los pétreos cardos trepaban por las columnas que sostenían las cornisas, y sobre estas últimas campeaban tres grandes medallones: el del centro con el busto del Emperador y la inscripción *Dominus Carolus Imperator 1541*, recuerdo de su paso por Mallorca para la infortunada expedición de Argel; los de los lados ostentando las armas de los Febrer, sostenidos por peces con barbudas cabezas de hombre. En las grandes ventanas del primer piso trepaban por jambas y cornisas unas guirnaldas formadas con anclas y delfines, testimonio de las glorias de esta familia de navegantes. Sobre sus remates abríanse enormes conchas. En la parte más alta de la fachada extendíase una fila compacta de ventanillas con adornos góticos, unas tapiadas, otras abiertas para dar luz y aire a los desvanes, y sobre ellas el alero monumental, el alero grandioso, como solo se encuentra en los palacios de Mallorca, extendiendo hasta el promedio de la calle su ensamblaje de maderos tallados, ennegrecidos por el tiempo y sostenidos por vigorosas gárgolas.

Por toda la fachada extendíanse, formando cuadriláteros, listones de madera carcomida con clavos y abrazaderas de hierro oxidado. Eran restos de las grandes iluminaciones con que la casa conmemoraba ciertas fiestas en sus tiempos de esplendor.

Jaime pareció satisfecho de este examen. Aún era hermoso el palacio de sus abuelos, a pesar de las ventanas faltas de cristales, del polvo y las telarañas amontonados en los huecos, de los desgarrones que los siglos habían abierto en su revoque. Cuando él se casase y la fortuna del viejo Valls pasara a sus manos, iban todos a asombrarse de la magnífica resurrección de los Febrer. ¿Y aún se escandalizaban algunos de su resolución y sentía él ciertos escrúpulos?... ¡Adelante!

Se dirigió hacia el Borne, ancha avenida que es el centro de Palma, antiguo torrente que en otros tiempos separaba la ciudad en dos villas y dos bandos enemigos: *Can Amunt y Can Avall.* Allí encontraría un coche que le llevase a Valldemosa.

Al entrar en el Borne atrajo su atención la inmovilidad de varios paseantes que bajo la sombra de los copudos árboles contemplaban a unos campesinos detenidos ante el escaparate de una tienda. Febrer reconoció sus trajes, distintos de los usados por los payeses de la isla. Eran ibicencos... ¡Ah, Ibiza! El nombre de esta isla evocaba el recuerdo de un año remoto de su adolescencia pasado allá. Al ver a aquellas gentes que hacían sonreír a los mallorquines como si fuesen extranjeros, Jaime sonrió también, mirando con interés sus trajes y figuras.

Eran, indudablemente, un padre con su hija y su hijo. El campesino calzaba alpargatas blancas, sobre las que caía la ancha campana de un pantalón de pana azul. Su chaqueta-blusa iba sujeta sobre el pecho con un broche, dejando ver la camisa y la faja. Un mantón oscuro de mujer descansaba sobre sus hombros como un chal, y para completar este atavío semifemenil, que contrastaba con sus facciones duras y morenas de moro, llevaba bajo el sombrero un pañuelo anudado en el mentón, con las puntas colgando sobre la espalda. El hijo, que parecía tener catorce años, iba vestido como él, con el mismo pantalón estrecho de pierna y amplio de campana, pero sin el mantón ni el pañuelo. Un lazo de color de rosa pendía sobre su pecho a guisa de corbata, un ramito de hierbas asomaba a una de sus orejas, y el sombrero de cinta bordada a flores echado sobre el cogote dejaba en libertad una onda de rizos cayendo sobre el rostro moreno, enjuto, malicioso, animado por la luz de unos ojos africanos, de intensa negrura.

La muchacha era la que llamaba más la atención, con su falda verde de menudos pliegues, bajo la cual se adivinaba la presencia de otras faldas, hinchado globo de varias envolturas que parecía empequeñecer aún más los pies finos y graciosos encerrados en blancas alpargatas. El pecho ocultaba sus contornos salientes bajo un mantoncillo amarillento con flores rojas. De éste surgían unas mangas de terciopelo de distinto color que el jubón, adornadas con doble fila de botones de filigrana, obra de los plateros *chuetas*. Una triple cadena de oro deslumbrante, rematada por una cruz, partía su pecho, pero con eslabones tan enormes, que a no ser huecos la hubiesen agobiado bajo su pesadumbre. El pelo negro separábase en dos crenchas sobre la frente y se perdía bajo un pañuelo blanco anudado en el mentón, volviendo a surgir atrás en forma de trenza larga y enorme, con adorno de cintas multicolores que tocaban el borde de la falda.

La muchacha, con una cestilla al brazo, permanecía inmóvil en el borde de la acera, admirando las altas casas y las terrazas de los cafés. Era blanca y sonrosada, sin la rudeza cobriza y dura de las hembras del campo. Tenía en sus facciones una delicadeza de monja aristocrática y bien cuidada, una pálida suavidad, animada por el reflejo luminoso de la dentadura y el tímido brillo de sus ojos bajo el pañuelo semejante a una toca monástica.

Jaime, por una curiosidad instintiva, se aproximó al padre y al hijo, vueltos de espaldas a la muchacha y enfrascados en la contemplación del escaparate. Era una tienda de armas. Los dos ibicencos examinaban una por una todas las expuestas, con ojos ardientes y gestos de devoción, cual si adorasen ídolos milagrosos. El muchacho avanzaba su cabeza de pequeño moro, como si pretendiese introducirla por el cristal.

—*Fluxas... ¡Pare, fluxas!* —exclamaba con la sorpresa del que encuentra un amigo inesperado, señalando a su padre unos pistolones Lefaucheux.

Pero la admiración de los dos era para las armas desconocidas, que les parecían maravillosas obras de arte: para las escopetas sin llaves visibles, las carabinas de repetición y las pistolas con depósito, que podían hacer seguidamente muchos disparos. ¡Lo que inventan los hombres! ¡Lo que gozan los ricos!... Aquellas armas inmóviles les parecían seres vivientes, con un alma maligna y un poder sin límites. Debían matar solas, sin que su dueño se tomase el trabajo de apuntar.

La imagen de Febrer reflejándose en el cristal hizo volver al padre la cabeza rápidamente.

—*¡Don Chaume!... ¡Ay, don Chaume!*

Tal fue el aturdimiento de su sorpresa y tan grande su alegría, que, agarrando las manos de Febrer, faltó poco para que se arrodillase al mismo tiempo que hablaba tembloroso. Estaban entreteniéndose en el Borne para ir a casa de don Jaime cuando éste se hubiese levantado. Ya sabía él que los señores se acuestan tarde. ¡Qué felicidad verle!... ¡Aquí los *atlots*, y que mirasen bien al señor! Era don Jaime: era el amo. Diez años que no le había visto, pero lo mismo le hubiese reconocido entre mil personas.

Febrer, desconcertado por las vehemencias cariñosas del payés y la curiosidad respetuosa de sus dos hijos, plantados ante él, no acertaba a coordinar sus recuerdos. El buen hombre adivinó este olvido en su mirada indecisa. ¿De veras que no le reconocía? Pep Arabi, de Ibiza... Pero esto mismo no decía gran cosa, pues en la isla solo existen seis o siete apellidos, y Arabi eran una cuarta parte de sus habitantes. Se explicaría mejor. Pep de *Can Mallorquí.*

Febrer sonrió. ¡Ah, *Can Mallorquí!* Un pobre predio de Ibiza donde él había pasado un año siendo muchacho: la única herencia de su madre. Hacía doce años que *Can Mallorquí* no era suyo. Se lo había vendido a Pep, cuyos padres y abuelos venían cultivando la finca. Fue esto en la época que aún tenía dinero. ¿Pero de qué podía servirle aquella tierra en una isla apartada a la que no volvería nunca?... Y en una genialidad de gran señor bondadoso, la cedió a Pep a bajo precio, capitalizándola con arreglo al arrendamiento tradicional y concediendo amplios plazos para el pago; cantidades que, al sobrevenir después épocas de apuro, habían representado muchas veces para él una alegría inesperada. Hacía varios años que Pep había satisfecho su deuda, y sin embargo, aquellas buenas gentes seguían llamándole amo, y al verle ahora sentían la impresión del que se halla en presencia de un ser superior.

Pep Arabi fue presentando a su familia. La *atlota* era la mayor, y se llamaba Margalida: una verdadera mujer, aunque solo tenía diecisiete años. El *atlot*, que era casi un hombre, contaba trece. Quería trabajar la tierra, como su padre y sus abuelos, pero él lo destinaba al Seminario de Ibiza, ya que era listo en asuntos de letra. Sus tierras las guardaba para un muchacho bueno y trabajador que se casase con Margalida. Ya andaban muchos en la isla tras de ella, y apenas volviesen iba a empezar la temporada de los *festeigs*, el cortejo tradicional, para que escogiese marido. Pepet, su hijo, estaba llamado a más altos destinos: iba a ser cura, y después que cantase misa entraría en un regimiento o se embarcaría con rumbo a América, como lo habían hecho otros ibicencos que recogían allá mucho dinero y lo enviaban a sus padres para comprar tierras en la isla. ¡Ay, don Jaime, y cómo pasa el tiempo!... Él había visto al señor casi un niño, cuando pasó un verano con su madre en *Can Mallorquí.* Pep le había enseñado a manejar la escopeta, a cazar los primeros pájaros. «¿Se acuerda *vostra mercé?*...» Él estaba entonces para casarse; aún vivían sus padres. Luego solo se habían visto una vez, en Palma, para la venta del predio —un gran favor que no olvidaba nunca—; y ahora, cuando volvía a presentarse, ya era casi un viejo, con hijos tan altos como él.

Al explicar su viaje, enseñaba su fuerte dentadura de campesino con sonrisas de inocente malicia. ¡Una verdadera calaverada, de la que hablarían mucho tiempo las gentes allá en Ibiza! Él había sido siempre andariego y atrevido: resabios del tiempo en que fue soldado. El patrón de un laúd, gran amigo suyo, tenía carga para Mallorca, y le había invitado como por broma. Pero con él no valían bromas: ¡lo pensado, hecho al instante! Los chicos no habían estado en Mallorca; en toda la parroquia de San José, que era la suya, no llegaban a una docena las personas que conocían la capital. Muchos habían ido a América; uno había estado en Australia. Algunas vecinas hablaban de sus viajes a Argelia en faluchos contrabandistas; pero a Mallorca nadie iba, y con razón. «No nos quieren, don Jaime: nos miran como animales raros, nos creen salvajes, como si no fuésemos todos hijos de Dios...» Y allí estaba él con sus *atlots*, aguantando desde por la mañana la curiosidad de las gentes, lo mismo que si fuesen moros. Diez horas de navegación con un mar magnífico; la *atlota* llevaba en la cesta la comida para los tres. Se marcharían al amanecer del día siguiente, pero él deseaba antes hablar con el amo. Tenían que tratar negocios.

Jaime hizo un gesto de extrañeza, prestando mayor atención a las palabras de Pep. Este se expresó con cierta timidez, embarullándose en sus palabras. Los almendros eran la mejor riqueza de *Can Mallorquí.* El año anterior la cosecha había sido buena, y éste no se presentaba mal. Se vendía a buen precio a los patrones, que los embarcaban para Palma y Barcelona. Él había plantado de almendros casi todos sus campos, y ahora pensaba desmontar y limpiar de piedras ciertas tierras del señor, cultivando trigo en ellas, el preciso nada más para el consumo de la familia.

Febrer no ocultó su asombro. ¿Qué tierras eran aquéllas?... ¿Pero le quedaba algo en Ibiza?... Pep sonrió. No eran tierras precisamente: era un peñón, un promontorio de rocas avanzado sobre el mar, pero que podía aprovecharse por la parte de tierra formando algunos bancales en su pendiente. Arriba estaba la torre del Pirata, ¿no se acordaba el señor?... Una fortificación del tiempo de los corsarios, a la que había subido don Jaime muchas veces cuando niño, lanzando gritos de pelea, con un garrote de sabina en la mano, dando órdenes para el asalto a un ejército imaginario.

El señor, que había creído por un instante en el descubrimiento de una finca olvidada, la única de la que podía ser verdadero dueño, sonrió tristemente. ¡Ah, la torre del Pirata! Se acordaba de ella. Una roca caliza, un avance de la costa, en cuyos intersticios nacían plantas salvajes, refugio y alimento de conejos. El viejo fortín de piedra era una ruina que lentamente iba deshaciéndose bajo los embates del tiempo y los soplos del mar. Los sillares caían de sus alvéolos; las almenas tenían las puntas roídas. Al vender *Can Mallorquí*, la torre había quedado fuera del contrato, tal vez por olvido, a causa de su inutilidad. Podía hacer Pep lo que gustase: él no había de volver jamás a aquel lugar olvidado de su juventud.

Y como el payés pretendiese hablar de futuras remuneraciones, don Jaime le atajó con un gesto de gran señor. Luego miró a la muchacha. Muy guapa; parecía una señorita disfrazada; en la isla debían ir los *atlots* locos tras de ella.

El padre sonrió, orgulloso y turbado por estos elogios. «¡Saluda, *atlota*! ¿Cómo se dice?...» La hablaba como si fuese una niña, y ella, con los ojos bajos, el rostro coloreado por una llamarada de sangre, cogiendo con la diestra una punta de su delantal, murmuró trémula algunas palabras en ibicenco: «No; no soy guapa. Servidora de vuestra mercé...».

Febrer dio por terminada la entrevista, ordenando a Pep y a los suyos que fuesen a su casa. El payés conocía de antiguo a *madó* Antonia, y la vieja tendría mucho gusto en verle. Comerían con ella lo que tuviese. Ya les vería al anochecer, cuando volviese de Valldemosa. «¡Adiós, Pep! ¡Adiós, *atlots*!»

E hizo señas a un cochero sentado en el pescante de un carruaje mallorquín, vehículo ligerísimo, montado sobre cuatro ruedas finas, con alegre toldo de lona blanca.

II

Febrer, al verse fuera de Palma, en plena campiña primaveral, se arrepintió de su vida presente. Llevaba un año sin salir de la ciudad, pasando las tardes en los cafés del Borne y las noches en la sala de juego del Casino.

¡No ocurrírsele nunca asomar la cabeza fuera de Palma para ver el campo, de un verde tierno, con sus acequias susurrantes; el cielo, de suave azul, en el que flotaban islotes de blancos vellones; las colinas, de un verde oscuro, con sus molinillos de viento braceando en la cumbre; las sierras abruptas, de color de rosa, cerrando el fondo; todo el paisaje risueño y rumoroso que había asombrado a los navegantes antiguos, haciéndoles llamar a Mallorca la isla Afortunada!... Cuando, gracias a su casamiento, adquiriese una fortuna y pudiera rescatar el hermoso predio de *Son Febrer,* pasaría en él la mayor parte del año, lo mismo que sus ascendientes, haciendo la vida rústica y benéfica de un gran señor, dadivoso y respetado.

El carruaje, a todo correr de sus dos caballos, rozaba y dejaba atrás una fila de payeses que volvían de la ciudad por el borde del camino. Eran esbeltas mujeres morenas, llevando sobre la trenza y el blanco rebocillo un ancho sombrero de paja con cintas colgantes y ramos de flores silvestres; hombres vestidos de dril rayado —la llamada tela mallorquina—, con fieltros echados atrás que parecían una aureola negra o gris en torno de sus rostros afeitados.

Recordaba Febrer las sinuosidades de este camino, por el que no había pasado en algunos años, lo mismo que un extranjero que volviese a la isla después de una visita remota. Más adelante se bifurcaba la ruta: una rama se dirigía a Valldemosa y otra a Sóller... ¡Ay, Sóller!... ¡La niñez olvidada que acudía de golpe a su memoria! Todos los años, en un carruaje como aquél, emprendía la familia de Febrer su viaje a Sóller, donde poseía una antigua casa, de amplio zaguán, la casa de la Luna, llamada así por un hemisferio de piedra con ojos y nariz que adornaba lo alto del portalón, representando al astro de la noche.

Era siempre a principios de Mayo. El pequeño Febrer, cuando el carruaje transponía una garganta, en lo más alto de la sierra, lanzaba gritos de alegría contemplando a sus pies el valle de Sóller, el jardín de las Hespérides de la isla. Las montañas, oscuras de pinares y moteadas de blancas casitas, tenían las cumbres envueltas en turbantes de vapores. Abajo, en torno a la villa y prolongándose por todo el valle hasta el mar invisible, estaban los huertos de naranjos. La primavera estallaba sobre este suelo feliz con una explosión de colores y perfumes. Las plantas salvajes crecían entre los peñascos coronados de flores; los árboles tenían los troncos vestidos de serpenteante verdura; las pobres casas de los payeses ocultaban su miseria ruinosa bajo sábanas de rosales trepadores. Acudían de todos los pueblos del contorno a la fiesta de Sóller las rústicas familias: las mujeres con blancos rebocillos, pesadas mantillas y botones de oro en las mangas; los hombres con vistosos chalecos, capotes de paño y fieltros con cintas de color. Gangueaba la dulzaina llamando al baile; pasaban de mano en mano los vasos de dulce aguardiente de la isla y de vino de Bañalbufar. Era la alegría de la paz después de mil años de guerra y de piratería con los pueblos infieles del Mediterráneo: la regocijada conmemoración de la victoria conseguida por los payeses de Sóller sobre una flota de corsarios turcos en el siglo XVI.

En el puerto, los pescadores, disfrazados de musulmanes y de guerreros cristianos, fingían a trabucazos y estocadas sobre sus pobres barcas una batalla naval, o se perseguían por los caminos inmediatos a la costa. En la iglesia se celebraba una fiesta para conmemorar la milagrosa victoria, y Jaime, sentado junto a su madre en un sitio honorífico, estremecíase de emoción escuchando al predicador, lo mismo que cuando leía una novela interesante en la biblioteca que su abuelo tenía en Palma, en el segundo piso de la casa. El vecindario se ponía en armas con los habitantes de Alaró y Buñola, al saber por una barca de Ibiza que veintidós galeotas turcas con algunas galeras marchaban sobre Sóller, la más rica población de la isla. Mil setecientos turcos y africanos, lo peor de la piratería, tomaban tierra atraídos por la riqueza del pueblo, y más aún por el deseo de asaltar cierto convento de monjas, donde vivían retiradas del mundo jóvenes hermosas y de ilustre familia. Divididos en dos columnas, marchaba una contra la tropa de cristianos que había salido a su encuentro, mientras la otra, dando un rodeo, penetraba en la población, cautivando doncellas y mancebos, robando las iglesias, matando a los sacerdotes. Los cristianos sentían la incertidumbre de su situación. Enfrente, mil turcos que avanzaban; a sus espaldas, la villa entregada al saqueo, sus familias sometidas al ultraje y a la violencia, que les llamaban con desesperación. Pero la duda fue corta. Un sargento de Sóller, heroico veterano de los ejércitos de Carlos V en las guerras de Alemania y el Gran Turco, los decide a todos por el ataque contra el enemigo inmediato. Se arrodillan, invocan al apóstol Santiago, y esperando un milagro, atacan con sus escopetas, arcabuces, lanzas y hachas. Los turcos cejan y vuelven las espaldas. En vano les anima su temible caudillo Suffarais, capitán general del mar, turco viejo y de gran obesidad, famoso por su coraje y atrevimiento. Al frente de una escuadra de negros, que eran su guardia, ataca cimitarra en mano, formando en torno de él un círculo de cadáveres; pero al fin un sollerense le atraviesa el pecho con su lanza, y al caer huyen los invasores, perdiendo su estandarte. Un nuevo enemigo les cierra el paso cuando escapan hacia la costa para salvarse en sus navíos. Una cuadrilla de bandoleros ha presenciado el combate desde los riscos, y al ver huir a los turcos sale a su encuentro, disparando los pedreñales y esgrimiendo sus dagas. Llevan con ellos una tropa de mastines, feroces compañeros de su vida infame, y esas bestias, arrojándose sobre los fugitivos y destrozándoles, prueban, según los cronistas de la época, «la bondad de la casta mallorquina». La tropa vencedora vuelve atrás, penetrando en la villa desolada, y los saqueadores huyen como pueden camino del mar, o caen degollados en las calles.

El predicador exaltábase al relatar esta acción victoriosa, atribuyendo la mejor parte del éxito a la Reina de los Cielos y al guerrero apóstol. Luego ensalzaba al capitán Angelats, el héroe de la expedición, el Cid de Sóller, y a las *valentas dònas de Can Tamany,* dos mujeres de un predio inmediato a la villa que habían sido sorprendidas por tres turcos ansiosos de saciar en ellas su carnívoro apetito tras largas abstinencias en las soledades del mar. Las *valentas donas,* arrogantes y duras como buenas payesas, no gritaban ni huían a la vista de estos tres piratas enemigos de Dios y de los santos. Con la tranca de la puerta mataban a uno, y luego se encerraban en la casa. Arrojando el cadáver por una ventana sobre los asaltantes, descalabraban a otro y perseguían a pedradas al tercero, como esforzadas nietas de los honderos mallorquines. ¡Ah, las *valentas dònas,* las esforzadas hembras de *Can Tamany!* El buen pueblo las adoraba como santas heroínas de la guerra milenaria contra los infieles, y reía cariñosamente de las hazañas de estas Juanas de Arco, pensando con orgullo en lo peligroso que era el trabajo de los musulmanes para abastecer de carne nueva sus harenes.

Luego, el predicador, siguiendo la costumbre tradicional, daba fin a su arenga citando las familias que habían tomado parte en el combate: un centenar de apellidos, que escuchaba atentamente el rústico auditorio, moviendo la cabeza cada cual con signos de asentimiento cuando sonaba el nombre de uno de sus ascendientes. Esta enumeración interminable parecía corta a muchos, que hacían un gesto de protesta al callarse el predicador. «Otros estuvieron, y no los nombran», murmuraban los payeses cuyos apellidos no habían sonado. Todos querían ser descendientes de los guerreros del capitán Angelats.

Cuando terminaban las fiestas y Sóller recobraba su plácida calma, el pequeño Jaime pasaba los días correteando por los naranjales con Antonia, la vieja *madó* Antonia de ahora, que era entonces una mujerona fresca, de blancos dientes, curvo pecho y pisada fuerte, viuda a los pocos meses de matrimonio y perseguida por las miradas ardorosas de toda la payesía. Juntos iban al puerto, tranquilo y solitario lago, cuya entrada era casi invisible por las revueltas entre las peñas del brazo acuático que lo comunicaba con el mar. Solo de tarde en tarde aparecían en esta plaza cerrada de agua azul los mástiles de algún velero que venía a cargar naranjas para Marsella. Las bandas de gaviotas viejas, enormes como gallinas, aleteaban con evoluciones de contradanza sobre la tersa superficie. A la caída de la tarde entraban las barcas de los pescadores, y bajo los tinglados de la playa quedaban colgando de escarpias peces enormes, con la cola arrastrando por el suelo, que sangraban lo mismo que bueyes; rayas y pulpos que despedían como pedazos de tembloroso cristal sus blancas viscosidades.

Jaime amaba este puerto tranquilo, de misteriosa soledad, con un respeto religioso. Recordaba en él las milagrosas historias con que su madre le adormecía por la noche; el gran prodigio de un siervo de Dios para burlar sobre aquellas aguas los empedernidos pecadores. San Raimundo de Peñafort, virtuoso y austero monje, indignábase contra el rey don Jaime de Mallorca, torpemente amancebado con una dama, doña Berenguela, y sordo a sus santos consejos. El fraile quiso huir de la isla de perdición, y el rey se lo impidió poniendo embargo a todas las barcas y navíos. Entonces el santo bajó al solitario puerto de Sóller, tendió su manto sobre las olas, montó en él y emprendió el rumbo hacia las costas de Cataluña. *Madó* Antonia le había contado también este milagro, pero en versos mallorquines, en un sencillo romance que respiraba la cándida credulidad de los siglos aficionados a lo maravilloso. El santo, embarcado en su manto, ponía el bordón por mástil y el capuchón por vela. Un viento de Dios soplaba sobre la extraña nave, y en pocas horas, el siervo del Señor iba de Mallorca a Barcelona. El vigía de Montjuich anunciaba con bandera la aparición del prodigioso barco, repicaban las campanas de la Seo, y los mercaderes acudían a la muralla del mar para recibir al santo viajero.

El pequeño Febrer, con la curiosidad excitada por estas maravillas, quería saber más, y su acompañante llamaba a los viejos pescadores, que le enseñaban la roca en que había puesto los pies el santo mientras invocaba el auxilio de Dios antes de embarcarse. Una montaña de tierra adentro, vista desde el puerto, tenía la forma de un fraile encapuchado. A lo largo de la costa, en un lugar inaccesible, una peña, que solo veían los pescadores, era semejante a un monje arrodillado y en oración. Tales prodigios los había hecho Dios, según estas almas sencillas, para perpetuar el famoso milagro.

Jaime aún recordaba los estremecimientos de emoción con que acogía estos relatos. ¡Ah, Sóller! ¡La época de santa inocencia, en que abrió sus ojos a la vida entre relatos de milagros y conmemoraciones de luchas heroicas!... La casa de la Luna habíala perdido para siempre, lo mismo que la credulidad y la inocencia de aquella época para él casi remota. Habían transcurrido más de veinte años sin que volviese a la olvidada Sóller, que ahora resucitaba en su memoria con todos los risueños espejismos de la infancia.

Llegó el carruaje a la bifurcación del camino, emprendiendo la ruta de Valldemosa, y todos los recuerdos parecieron quedar atrás, inmóviles al borde de la carretera, esfumándose con la distancia.

El camino de Valldemosa no ofrecía para él memoria alguna del pasado. Solo lo había seguido dos veces, siendo ya hombre, para visitar con unos amigos las celdas de la Cartuja. Se acordaba de los olivos del camino, los famosos olivos seculares, de formas extrañas y fantásticas, que habían servido de modelo a muchos artistas, y avanzó la cabeza por una ventanilla deseando verlos. El terreno subía; comenzaban los campos pedregosos de secano, las primeras estribaciones de la sierra. El camino iba serpenteando entre arboledas. Pasaban ya ante las ventanillas del carruaje los primeros olivos.

Febrer los conocía, había hablado de ellos muchas veces, y sin embargo, sintió la sensación de lo extraordinario, como si los viese por primera vez. Eran árboles negros, de enorme tronco nudoso y abierto, abombados por grandes excrecencias y con escaso follaje; olivos que tenían siglos de existencia, que no habían sido podados nunca y en los que la vejez robaba savia al ramaje, hinchando el tronco con las expansiones de una lenta y penosa circulación. El campo parecía un abandonado taller de escultura, con miles de bocetos informes, de monstruos esparcidos en el suelo, sobre una alfombra verde matizada de margaritas y campanillas silvestres.

Un olivo parecía un sapo enorme, encogido y en actitud de saltar, con un ramillete de hojas en la boca; otro, una boa informe de amontonados anillos, con un penacho de olivo en la cabeza; veíanse troncos abiertos como ojivas, al través de cuyos orificios lucía el cielo azul; serpientes monstruosas enrolladas en grupo como las espirales de una columna salomónica; gigantes negros, cabeza abajo, con las manos en el suelo, hundiendo los dedos de sus raíces y los pies en alto, de los que surgían varas llenas de hojas. Algunos, vencidos por los siglos, se acostaban en el suelo, sostenidas sus leñosidades por horquillas, como viejos que intentasen incorporarse sobre sus muletas.

Parecía haber pasado sobre estos campos una tempestad, abatiéndolo todo, retorciéndolo todo, petrificándose después para mantener esta desolación bajo su peso y que no recobrara las primitivas formas. Muchos olivos erguidos, de perfiles más suaves, parecían tener rostro y formas femeniles. Eran vírgenes bizantinas, con tiara de leves hojas y luengas vestiduras de leña. Otros eran ídolos feroces, de ojos saltones y barbas ondeadas y rastreantes; fetiches de religiones oscuras y bárbaras, capaces de detener a la humanidad primitiva en sus emigraciones, haciéndola caer de rodillas con la emoción de un encuentro divino. En la calma de este retorcimiento tempestuoso e inmóvil, en la soledad de estos campos poblados de espantables y perennes visiones, cantaban los pájaros, extendían su invasión hasta el pie de los troncos carcomidos las flores silvestres, y las hormigas iban y venían en infinito rosario, socavando como mineras infatigables las añosas raíces.

Gustavo Doré había dibujado —según decían muchos isleños— en estos olivares sus más fantásticas concepciones, y el recuerdo de dicho artista trajo a la memoria de Jaime el de otros más célebres que pasaron también por el mismo camino y vivieron y sufrieron en Valldemosa.

Dos veces había visitado la Cartuja solo por ver de cerca los lugares inmortalizados por el amor triste y enfermizo de una pareja de seres famosos. Su abuelo le había hablado muchas veces de «la francesa» de Valldemosa y su compañero «el músico».

Un día, los habitantes de Mallorca y los peninsulares que se habían refugiado en la isla huyendo de los horrores de la guerra civil, vieron desembarcar un matrimonio extranjero acompañado de un niño y una niña. Era en 1838. Al bajar el equipaje a tierra, los isleños admiraron con asombro un piano enorme, un piano Erard, como entonces se veían pocos. El piano quedó cautivo en la Aduana, mientras se resolvía el enredo de ciertos escrúpulos administrativos, y los viajeros fueron a alojarse en una posada, alquilando después la finca de *Son Vent*, inmediata a Palma. El hombre parecía enfermo; era más joven que ella, pero enflaquecido por las dolencias, pálido, con una palidez transparente de hostia, los claros ojos brillantes de fiebre, el angosto pecho agitado por ruda y continua tos. Unas patillas finísimas sombreaban sus mejillas; una cabellera tumultuosa de león coronaba su frente, cayendo atrás en cascada de rizos. Ella era varonil y corría con todos los trabajos de la casa, como una buena burguesa más pródiga en voluntad que en habilidades. Jugaba con sus hijos lo mismo que una niña, y su rostro bondadoso y risueño ensombrecíase únicamente al oír la tos del «amado enfermo». Un ambiente de exotismo, de existencia irregular, de protesta contra las leyes que rigen a los humanos, parecía envolver a esta familia vagabunda. Ella vestía trajes de cierta fantasía, con un puñal de plata clavado en la cabellera, adorno romántico que escandalizaba a las devotas señoras mallorquinas. Además, no iba a misa a la ciudad, no hacía visitas, no salía de su casa más que para juguetear con sus hijos o sacar al Sol al pobre tísico, dándole el brazo. Los niños eran tan extraordinarios como la madre: la hija iba vestida de muchacho, para correr por los campos con mayor soltura.

Pronto la isleña curiosidad se enteró de los nombres de estos forasteros de aspecto alarmante. Ella era una francesa, autora de libros: Aurora Dupín, antigua baronesa separada de su marido, que se había hecho una reputación universal por sus novelas, firmándolas con un nombre masculino y el apellido de un asesino político: Jorge Sand. Él era un músico polaco, organismo delicado que parecía dejar un pedazo de existencia en cada una de sus obras, y se sentía moribundo a los veintinueve años. Le llamaban Federico Chopin. Los hijos eran de la novelista, que estaba ya en los treinta y cinco años.

La sociedad mallorquina, encerrada en sus preocupaciones tradicionales, como un molusco en sus valvas, y enemiga por instinto de las novedades de París, indignóse ante este escándalo. ¡No eran casados!... ¡Y ella escribía novelas que espantaban por su audacia a las gentes de bien!... La curiosidad femenil quiso conocerlas, pero en Mallorca solo recibía libros don Horacio Febrer, el abuelo de Jaime, y los pequeños volúmenes de *Indiana y Lelia* propiedad de aquél corrieron de mano en mano sin que los lectores los entendiesen. ¡Una mujer casada que escribía libros y vivía con un hombre que no era su marido!... Doña Elvira, la abuela de Jaime, una señora venida de México, cuyo retrato había él contemplado tantas veces, y a la que se imaginaba siempre vestida de blanco, con los ojos en alto y el arpa dorada entre las rodillas, visitó a la solitaria de *Son Vent*. Gozábase en abrumar con su superioridad de forastera a las señoras de la isla que no sabían francés; escuchaba a la escritora sus líricos elogios de la originalidad de este paisaje africano, con sus blancas casitas, espinosos cactos, esbeltas palmeras y seculares olivos, que tan rudamente contrastaba con el armónico orden de las campiñas de Francia. Luego, doña Elvira, en las tertulias de Palma, defendía con vehemencia a la escritora, una pobre mujer apasionada, cuya vida actual era más abundante en tristezas y cuidados de hermana de la Caridad que en satisfacciones de amor. El abuelo tuvo que intervenir, prohibiendo a la esposa estas visitas para acallar murmuraciones.

Se hizo el vacío en torno a la escandalosa pareja. Mientras los niños jugaban con su madre en el campo, como pequeños salvajes, el enfermo tosía recluido en su dormitorio, detrás de los cristales, o se asomaba a la puerta buscando un rayo de Sol. Por las noches, a altas horas, era la visita de la musa, enfermiza y melancólica, y sentado al piano improvisaba entre toses y gemidos su música, de una voluptuosidad amarga.

El dueño de *Son Vent*, un burgués de la ciudad, dio orden a los forasteros de levantar el campo, como si fuesen una banda de bohemios. El pianista estaba tísico, y él no quería contagiar su finca. ¿Adonde ir?... El regreso a la patria era difícil: estaban en pleno invierno, y Chopin temblaba como un pájaro abandonado pensando en los fríos de París. La isla inhospitalaria era amada, sin embargo, por la dulzura de su clima. Como único refugio se ofreció a ellos la cartuja de Valldemosa: edificio sin bellezas arquitectónicas, sin otro encanto que el de su antigüedad medioeval, pero enclavado entre montañas por cuyas laderas se derrumban bosques de pinos, teniendo como suaves cortinas que amortiguan el ardor del Sol plantaciones de almendros y palmeras, entre cuyo ramaje alcanzan los ojos la verde llanura y el lejano mar. Era un monumento casi en ruinas, un convento de melodrama, lúgubre y misterioso, en cuyos claustros acampaban vagabundos y mendigos. Para entrar en él era preciso atravesar el cementerio de los frailes, con sus fosas removidas por las raíces de las plantas silvestres, que sacaban los huesos a flor de tierra. En las noches de Luna vagaba por el claustro un espectro blanco, el alma de un fraile maldito que aguardaba la hora de la redención paseándose por el lugar de sus pecados.

Allá marcharon los fugitivos un día lluvioso de invierno, azotados por el aguacero y el huracán, siguiendo el mismo camino que ahora seguía Febrer, pero un camino antiguo que solo tenía de tal el nombre. Los carros de la caravana iban, como decía Jorge Sand, «con una rueda por la montaña y otra por el fondo de una torrentera». El músico, arrebujado en un capote, temblaba y tosía bajo la lona del toldo, estremeciéndose con los dolorosos vaivenes. La novelista seguía a pie en los malos pasos, llevando a sus hijos de la mano en este viaje de vagabundos.

Pasaron todo el invierno en la soledad de la Cartuja. Ella, calzando babuchas y con el puñalito en la cabellera mal peinada, hacía la cocina animosamente, con la ayuda de una mozuela del país, que aprovechaba el menor descuido para engullirse los bocados destinados al «querido enfermo». Los chicuelos de Valldemosa apedreaban a los pequeños franceses, creyéndolos moros, enemigos de Dios. Las mujeres robaban a la madre al venderla los comestibles, y además la apodaban «la Bruja». Todos hacían la cruz a estos gitanos que se atrevían a vivir en una celda del monasterio, cerca de los muertos, en continuo trato con el fraile fantasma que se paseaba por el claustro.

De día, mientras descansaba el enfermo, preparaba ella el puchero y ayudaba a la sirvienta, con sus manos finas y pálidas de artista, a mondar las legumbres. Luego corría con sus hijos a la abrupta costa de Miramar, cubierta de arboleda, donde Raimundo Lulio estableció su escuela de estudios orientales. Solo al llegar la noche comenzaba su verdadera existencia.

El claustro, oscuro, enorme, conmovíase con una música misteriosa que parecía venir de muy lejos, al través de los recios paredones. Era Chopin, que, inclinado ante el piano, componía sus *Nocturnos*. La novelista, a la luz de una vela, escribía *Spiridón*, la historia del monje que acaba por demoler todas sus creencias, y muchas veces cortaba su trabajo para correr al lado del músico y preparar sus tisanas, alarmada por la frecuencia de su tos. En las noches de Luna tentábala el escalofrío de lo misterioso, la voluptuosidad del miedo, y salía al claustro, cuya lobreguez cortaban las manchas lácteas de los ventanales. ¡Nadie!... Después sentábase en el cementerio de los monjes, esperando en vano la aparición del fantasma para animar su monótona existencia con algo novelesco.

Una noche de Carnaval, la Cartuja fue invadida por los moros. Eran jóvenes de Palma que después de recorrer la ciudad disfrazados de berberiscos pensaron en «la francesa», avergonzados sin duda del aislamiento en que la tenían las gentes. Llegaron a medianoche, turbando con sus canciones y guitarreos la calma misteriosa del convento, haciendo aletear medrosos a los pajarracos albergados en las ruinas. En una pieza de la celda bailaron danzas españolas, que el músico seguía atentamente con sus ojos de fiebre, mientras la novelista iba de un grupo a otro, sintiendo la simple alegría de la burguesa que no se ve olvidada.

Esta fue su única noche feliz en Mallorca. Luego, al volver la primavera, el «amado enfermo» se sintió mejor y emprendieron el lento retorno a París. Eran aves de paso que detrás de su invernaje no dejaban otra huella que la del recuerdo. Ni siquiera pudo saber Jaime con certeza qué habitación había sido la suya. Las reformas realizadas en el convento habían borrado todo vestigio. Muchas familias de Palma veraneaban ahora en la Cartuja, convirtiendo las celdas en hermosas habitaciones, y cada cual quería que la suya fuese la de Jorge Sand, infamada y despreciada por sus abuelas. Febrer había visitado el convento con un nonagenario de los que fueron vestidos de moros a dar serenata a la francesa. No se acordaba de nada; no podía reconocer la habitación.

El nieto de don Horacio sentía una especie de amor retrospectivo hacia aquella mujer extraordinaria. La veía como en los retratos de su juventud, con el rostro inexpresivo y los ojos profundos y enigmáticos bajo una cabellera suelta sin más adorno que una rosa en una sien. ¡Pobre Jorge Sand! El amor había sido para ella lo que la antigua esfinge: cada vez que intentaba interrogarlo sentía en el corazón su zarpazo sin misericordia. Todas las abnegaciones y rebeldías del amor las había conocido aquella mujer. La hembra caprichosa de las noches venecianas, la infiel compañera de Musset, era la misma enfermera que guisaba la cena y preparaba las tisanas al moribundo Chopin en la soledad de Valldemosa... ¡Si él hubiese conocido una mujer así, una mujer que llevase dentro mil mujeres, toda la infinita variedad femenil de dulzuras y crueldades!... ¡Ser amado por una hembra superior, a la que pudiera imponer el ascendiente varonil y que al mismo tiempo le inspirase respeto por su grandeza intelectual!...

Quedó Febrer largo rato como adormecido por este deseo, mirando el paisaje sin verlo. Luego sonrió irónicamente, como si compadeciese su insignificancia. Recordaba el objeto de su viaje y se tenía lástima. Él, que soñaba con grandes amores desinteresados y extraordinarios, iba a venderse, ofreciendo su mano y su nombre a una mujer que apenas había visto; a contraer una alianza que escandalizaría a toda la isla... ¡Digno término de una vida inútil y atolondrada!

El vacío de su existencia se le aparecía ahora claramente, sin los engaños de la presunción personal. La proximidad del sacrificio lo hacía replegarse en sus recuerdos, cual si buscase en ellos una justificación de los actos presentes. ¿Para qué había servido su paso por el mundo?...

Volvió otra vez a las memorias de su infancia que había evocado en el camino de Sóller. Veíase en el venerable caserón de los Febrer con sus padres y su abuelo. Era hijo único. Su madre, una señora pálida, de belleza melancólica, había quedado enferma a consecuencia de su nacimiento. Don Horacio vivía en el segundo piso, en compañía de un viejo criado, como si fuese un huésped en la casa, mezclándose con la familia o aislándose de ella a su capricho. Jaime, en medio de la vaguedad de sus recuerdos infantiles, contemplaba con saliente relieve la figura de su abuelo. Jamás había encontrado una sonrisa en aquel rostro de patillas blancas, que contrastaban con sus ojos negros e imperiosos. Los de la casa tenían prohibido subir a sus habitaciones. Nadie le había visto más que en traje de calle, con una pulcritud minuciosa. El nieto, que era el único que podía subir a su dormitorio a todas horas, encontrábale de buena mañana con su levita azul, alto cuello de puntas y la negra corbata arrollada en varias vueltas, sujeta por una perla enorme. Hasta en días de enfermedad conservaba su aspecto correcto, de una elegancia antigua. Si la dolencia le obligaba a guardar cama, daba órdenes al criado para que no recibiese ni a su hijo.

Febrer pasaba las horas sentado a los pies de su abuelo, escuchando sus relatos e intimidado por la enorme cantidad de libros que desbordaba de los armarios, extendiéndose por sillas y mesas. Le veía igual en todo tiempo, con su levita forrada de seda roja, que parecía siempre la misma y era renovada, sin embargo, cada seis meses. Las estaciones no traían otra mudanza que el convertir el invernal chaleco de terciopelo en otro de seda bordada. Cifraba su principal orgullo en la ropa blanca y en los libros. Le traían del extranjero docenas de docenas de camisas, que muchas veces amarilleaban olvidadas, sin estrenar, en el fondo de los armarios. Los libreros de París enviábanle enormes paquetes de volúmenes recién publicados, y en vista de sus continuas demandas, escribían en la dirección una línea que don Horacio mostraba con burlona complacencia: «Mercader de libros».

Hablaba al último de los Febrer con una bondad de abuelo, esforzándose por que entendiese sus relatos, a pesar de que era parco en palabras y poco sufrido en sus relaciones con la familia. Le contaba sus viajes a París y Londres: los primeros en buque de vela hasta Marsella y luego en silla de posta; los otros en vapores de ruedas y en camino de hierro, grandes inventos cuya infancia había presenciado. Hablaba de la sociedad en la época de Luis Felipe; de los grandes estrenos del romanticismo, a los que había asistido; de las barricadas que había visto levantar desde su cuarto, callándose que al mismo tiempo abarcaba el talle de una «griseta» asomada junto a él. Su nieto había nacido en buen tiempo: el mejor de todos. Don Horacio se acordaba de sus desavenencias con su terrible padre, que le habían obligado a viajar por Europa; aquel caballero que salía al encuentro del rey Fernando para pedirle la vuelta a los usos antiguos, y bendecía a los hijos diciéndoles: «Dios te haga un buen inquisidor».

Luego enseñaba a Jaime grandes estampas con vistas de las ciudades en las que había vivido, y que al niño le parecían poblaciones de ensueño. Algunas veces se quedaba contemplando el retrato de «la abuela del arpa», de su esposa, la interesante doña Elvira, el mismo lienzo que estaba ahora en el recibimiento con las demás señoras de la familia. No parecía conmoverse. Conservaba la misma gravedad con que acompañaba las bromas a que era aficionado y las palabras gruesas que matizaban su conversación, pero decía con voz algo trémula:

—Tu abuela era una gran señora, un alma de ángel, una artista. Yo parecía un bárbaro a su lado... Era de nuestra familia, pero vino de México para casarse conmigo. Su padre fue marino y se quedó allá con los «insurgentes». No hay en toda nuestra raza quien se parezca a aquella mujer.

A las once y media de la mañana abandonaba al nieto, y calándose un sombrero de copa, de seda negra en invierno y de castor en verano, salía a dar un paseo por las calles de Palma, siempre por igual sitio e idénticas aceras, lo mismo cuando llovía que cuando abrasaba el Sol, insensible al frío y al calor, puesto de levita en todo tiempo, siguiendo su marcha con la regularidad de los autómatas de reloj, que aparecen, caminan y se ocultan al sonar ciertas horas.

Solo una vez en treinta años había modificado su camino por las calles solitarias y blancas de Sol, en las que resonaban sus pasos. Una mañana había oído la voz de una mujer en el interior de una casa:

—*Atlota*... las doce. Pon el arroz, que pasa don Horacio.

Él se había vuelto hacia la puerta con su gravedad de gran señor:

—No soy reloj de p...

Y soltó la palabra gorda, sin despojarse de su seriedad, como lanzaba siempre las expresiones más atroces. Desde aquel día modificó su camino, para huir de los que tenían fe en la exactitud de sus paseos.

Algunas veces hablaba a su nieto de las antiguas grandezas de la casa. Los descubrimientos geográficos habían arruinado a los Febrer. El Mediterráneo no era ya el camino de Oriente. Los portugueses y los españoles del otro mar habían encontrado nuevos derroteros, y las naves mallorquinas pudríanse en la inacción. Ya no había guerras con los piratas. La santa Orden de Malta solo era una distinción honorífica. Un hermano de su padre, comendador en La Valette cuando Bonaparte conquistó la isla, había venido a morir a Palma con su pobre pensión de retirado. Los Febrer hacia dos siglos que, olvidados del mar —donde no quedaba comercio y solo hacían la guerra pobres patrones e hijos de pescadores—, se habían dedicado a imponer su nombre con un lujo esplendoroso, arruinándose lentamente. El abuelo aún había alcanzado los tiempos de verdadero señorío, cuando ser *butifarra* era en Mallorca algo que colocaban las gentes entre Dios y los caballeros. La venida al mundo de un Febrer era un acontecimiento del que se hablaba en toda la ciudad. La gran dama parturienta permanecía recluida en su palacio cuarenta días, y en todo este tiempo las puertas estaban abiertas, el zaguán lleno de carrozas, la servidumbre formada en la antecámara, los salones llenos de visitas, las mesas cubiertas de dulces, bizcochos y refrescos. Había días de la semana destinados a la recepción de cada clase social. Unos eran únicamente para los *butifarras*, aristocracia de la aristocracia, casas privilegiadas, contadísimas familias, unidas todas por el parentesco de continuos cruces; otros días para los caballeros, nobleza tradicional que vivía, sin saber por qué, supeditada a los anteriores; luego se recibía a los *mossons*, clase inferior pero en trato familiar con los grandes, intelectuales de la época, médicos, abogados y escribanos que prestaban sus servicios a las familias ilustres.

Don Horacio recordaba el esplendor de estas recepciones. Los antiguos sabían hacer las cosas en grande.

—Cuando nació tu padre —decía a su nieto—, fue la última fiesta en esta casa. Ochocientas libras mallorquinas pagué a un confitero del Borne por azucarillos, bizcochos y refrescos.

De su padre se acordaba Jaime menos que de su abuelo. Era en su memoria una figura simpática y dulce, pero algo borrosa. Al pensar en él solo veía una barba suave y algo clara como la suya, una frente calva, una sonrisa dulce y unos lentes que brillaban al inclinarse. Contaban que de muchacho había tenido amores con su prima Juana, aquella señora austera llamada por todos «la Papisa», que vivía como una monja y gozaba de enormes riquezas, regalándolas pródigamente en otros tiempos al pretendiente don Carlos, y ahora a las gentes eclesiásticas que la rodeaban.

El rompimiento de su padre con ella era, sin duda, la causa de que «la Papisa Juana» se mantuviese alejada de esta rama de su familia, tratando a Jaime con hostil despego.

Su padre había sido oficial de la Armada, siguiendo una tradición de la familia. Estuvo en la guerra del Pacífico, fue teniente en una fragata de las que bombardearon el puerto del Callao, y como si solo esperase haber dado una prueba de valor, se retiró inmediatamente del servicio. Luego se casó con una señorita de Palma, de fortuna escasa, cuyo padre era gobernador militar de la isla de Ibiza. «La Papisa Juana», hablando un día con Jaime, había pretendido herirle, con su voz fría y su gesto altivo.

—Tu madre era noble, de familia de caballeros... pero no era *butifarra* como nosotros.

Jaime pasó los primeros años de su vida, cuando empezó a darse cuenta de lo que le rodeaba, sin ver a su padre más que en los rápidos viajes que hacía a Mallorca. Era del partido progresista, y la Revolución de 1868 le había hecho diputado. Luego, al ser rey Amadeo de Saboya, este monarca revolucionario, execrado y abandonado por la nobleza tradicional, había tenido que acudir a nuevos hombres históricos para formar su corte. El *butifarra*, por una exigencia del partido, fue alto funcionario de Palacio. Su mujer, instada por él para que se trasladase a Madrid, no quiso abandonar la isla. ¡Ir ella a la corte! ¿Y su hijo, que casi acababa de nacer?... Don Horacio, cada vez más enjuto y más débil, pero siempre erguido en su eterna levita nueva, seguía dando el paseo diario, ajustando su vida a la marcha del reloj del Ayuntamiento. Liberal antiguo, gran admirador de Martínez de la Rosa por sus versos y por la elegancia diplomática de sus corbatas, torcía el gesto al leer los periódicos y las cartas de su hijo. ¿En qué pararía todo aquello?...

En el corto período de la República volvió el padre a la isla, dando por terminada su carrera. «La Papisa Juana», a pesar del parentesco, fingía no conocerle. Estaba ocupadísima en aquella época. Hacía viajes a la Península; giraba, según se decía, enormes cantidades para los partidarios de don Carlos que sostenían la guerra en Cataluña y las provincias del Norte. ¡Que no la hablasen de Jaime Febrer, el antiguo marino! Ella era una verdadera *butifarra*, una defensora de la tradición, y hacía sacrificios para que España fuese gobernada por caballeros. Su primo era menos que un *chueta*: era un «descamisado». Y según afirmaba la gente, a este odio de ideas iba unida la amargura por ciertas decepciones del pasado que no había podido olvidar.

Al restaurarse los Borbones, el «progresista», el palatino de don Amadeo, se convirtió en republicano y conspirador. Hacía frecuentes viajes; recibía cartas cifradas de París; iba a Menorca para visitar la escuadra surta en Mahón, y valiéndose de sus amistades de antiguo oficial, catequizaba a los compañeros, preparando una sublevación de la marina. Puso en estas empresas revolucionarias el mismo ardor aventurero de los antiguos Febrer, su audacia tranquila, hasta que repentinamente murió en Barcelona, lejos de los suyos.

El abuelo acogió la noticia con impasible gravedad, pero ya no le vieron a mediodía en las calles de Palma las vecinas que aguardaban su paso para poner el arroz al fuego. Ochenta y seis años: ya había paseado bastante: ¡para lo que le quedaba que ver!... Se recluyó en el piso segundo, donde solo admitía a su nieto. Cuando venían a visitarle los parientes, prefería bajar al salón, a pesar de su debilidad, correctamente vestido, con levita nueva, los dos triángulos blancos del cuello asomando sobre las roscas de la corbata, siempre recién afeitado, con las patillas bien peinadas y el tupé brillante de goma. Llegó un día en que no pudo abandonar la cama, y el nieto le vio entre sábanas, con el mismo aspecto de siempre, conservando la fina camisa de batista, la corbata, que el criado le cambiaba todos los días, y el chaleco de seda a flores. Cuando le anunciaban la visita de su nuera, don Horacio hacía un gesto de contrariedad.

—Jaimito: la levita... Es una señora, y hay que recibirla con decencia.

Igual operación se repetía al llegar el médico o las contadas visitas que se dignaba recibir. Había que mantenerse hasta el último momento «sobre las armas», o sea como le habían visto toda la vida.

Una tarde, llamó con voz débil a su nieto, que leía junto a una ventana un libro de viajes. Podía retirarse: necesitaba estar solo. Jaime se fue y el abuelo pudo morir dignamente, en la soledad, sin el tormento de tener que velar por la pulcritud de sus gestos, pudiendo entregarse sin testigos a las muecas y estremecimientos de la agonía.

Al quedar solos Febrer y su madre, el muchacho sintió ansias de libertad. Tenía llena su imaginación de aventuras y viajes leídos en la biblioteca del abuelo, e igualmente de las hazañas de sus ascendientes celebradas en los relatos de familia. Quería ser marino de guerra, como su padre y como la mayoría de sus abuelos. La madre se opuso, con grandes extremos de susto que hacían palidecer sus mejillas y azulear sus labios. ¡El único Febrer, sometido a una existencia peligrosa y viviendo lejos de ella!... No; bastantes héroes había tenido la casa. Debía ser señor en la isla; un caballero de vida tranquila, que crease una familia para perpetuar el apellido que llevaba.

Jaime cedió a los ruegos de su madre, eterna enferma a la que la menor contrariedad parecía poner en peligro de muerte. Ya que no le quería marino, estudiaría otra carrera. Necesitaba hacer lo mismo que los otros muchachos de su edad a los que había tratado en las aulas del Instituto. A los dieciséis años se embarcó para la Península. Su madre deseaba que fuese abogado, para que pudiera desenmarañar la fortuna de la familia, gravada y revuelta con hipotecas y préstamos. Su equipaje fue enorme, un verdadero ajuar de casa, y el bolsillo lo llevaba bien provisto. Un Febrer no podía vivir como un simple estudiante. Fue primero a Valencia, por creer la madre esta población menos peligrosa para la juventud. En otro curso pasó a Barcelona, y sucesivamente fue viajando de Universidad en Universidad, según el humor de los catedráticos y su benevolencia con los alumnos. Su carrera no adelantó gran cosa. Aprobaba ciertos cursos por un azar feliz en el momento del examen o por la tranquila audacia con que hablaba de lo que no sabía. En otros se atascaba, no pudiendo seguir adelante. La madre aceptaba como buenas todas sus explicaciones al volver a Mallorca. Ella misma le consolaba, aconsejándole que no extremase sus estudios, y se revolvía contra la injusticia de los tiempos presentes. Su implacable enemiga «la Papisa Juana» estaba en lo cierto. Estos tiempos no eran para los caballeros; les habían declarado la guerra, se cometían toda clase de injusticias para mantenerlos relegados.

Jaime gozaba de cierta popularidad en las sociedades y cafés de Barcelona y Valencia donde había juegos de azar. Le llamaban «el mallorquín de las onzas», porque su madre le remitía el dinero en onzas de oro, que rodaban con reflejo escandaloso sobre las mesas verdes. Al prestigio de esta magnificencia monetaria iba unido su extraño título de *butifarra*, que hacía sonreír en la Península, evocando en la imaginación de muchos una especie de autoridad feudal, con derechos de soberano, sobre lejanas islas.

Transcurrieron cinco años. Jaime era ya hombre, pero aún no había llegado a la mitad de sus estudios. Sus condiscípulos de la isla, al volver durante el verano, regocijaban a los contertulios de los cafés del Borne con el relato de las aventuras de Febrer en Barcelona. Le veían del brazo por las calles con mujeres de llamativo lujo; la gente bravía que frecuenta las timbas guardaba grandes respetos al «mallorquín de las onzas» por su fuerza y su coraje. Contaban que una noche había agarrado a cierto matón, levantándolo en vilo con sus brazos de atleta para arrojarlo por una ventana. Y los mallorquines pacíficos, al oír esto, sonreían con un orgullo de localidad. Era un Febrer, un verdadero Febrer. La isla producía mozos bravos como siempre.

La buena doña Purificación, madre de Jaime, tuvo un grave disgusto y una alegría maternal al saber que cierta hembra escandalosa había llegado a la isla en seguimiento de su hijo. La comprendía y la excusaba. ¡Un mozo tan guapo como su Jaime!... Pero la mozuela alborotó con sus trajes y ademanes las tranquilas costumbres de la ciudad; las buenas familias se indignaron, y doña Purificación trató con ella, valiéndose de intermediarios, para darle dinero y que abandonase la isla. En otras vacaciones el escándalo fue mayor. Jaime, que cazaba en *Son Febrer*, tuvo relaciones con una payesa joven y hermosa, y casi anduvo a escopetazos con un mozo rústico que la pretendía. Sus amores campestres le ayudaban a pasar el destierro del verano. Era un legítimo Febrer, lo mismo que su abuelo. La pobre señora sabía a qué atenerse respecto a aquel suegro siempre serio y correcto, que acariciaba la barbilla de las payesas jóvenes con una frialdad de señor grave. En los alrededores del predio de *Son Febrer* eran muchos los mozos que tenían la cara de don Horacio; pero su esposa la mexicana, alma poética, vivía muy por encima de estas vulgaridades, mientras con el arpa en las rodillas y los ojos entornados recitaba las poesías de Ossián. Las rústicas beldades de nítido rebocillo, trenza suelta y blancas alpargatas atraían a los pulcros y señoriales Febrer con una fuerza irresistible.

Cuando doña Purificación se quejaba de las largas excursiones de caza que emprendía su hijo por la isla, éste se quedaba en la ciudad, pasando el día en el jardín para ejercitarse en el tiro de pistola. Enseñaba a su asustadiza madre un saco guardado a la sombra de un naranjo.

—¿Ve usted esto?... Es un quintal de pólvora. Hasta que no lo queme no descanso.

Y *madó* Antonia temía asomarse a las ventanas de su cocina, y las monjas que ocupaban una parte del antiguo palacio mostraban un instante sus tocas blancas, ocultándose inmediatamente como palomas amedrentadas por el continuo tiroteo.

El jardín, encerrado entre tapias almenadas lindantes con la muralla de mar, estremecíase de la mañana a la noche bajo el estrépito de las detonaciones. Huían los pájaros con medroso aleteo; trepaban por los agrietados muros verdosos lagartos, ocultándose entre las capas de hiedra; trotaban los gatos por las avenidas con un galope de terror. Los árboles eran viejísimos, respetables, como el palacio: naranjos centenarios, de tronco retorcido, que necesitaban el apoyo de un cerco de horquillas para sostener sus miembros venerables; magnolieros gigantes, con más leña que hojas; palmeras infecundas, que se remontaban en el espacio azul buscando el mar por encima de las almenas para saludarlo con vaivenes de su cabeza empenachada.

El Sol hacía crujir las cortezas de los árboles y estallar las simientes olvidadas a flor de tierra; danzaban como chispas de oro los insectos zumbadores en las barras de luz que perforaban el follaje; caían con blando chapoteo, de tarde en tarde, los higos maduros despegándose de las ramas; sonaba a lo lejos el arrullo del mar, batiendo las rocas al pie de la muralla; y en esta calma poblada de murmullos seguía Febrer disparando pistoletazos. Era ya un maestro. Cuando apuntaba al monigote dibujado en el muro, lamentábase de que no fuese un hombre, un enemigo odiado al que necesitase exterminar. Esta bala iba al corazón. ¡Pum! Y sonreía satisfecho al ver marcarse el agujero del proyectil en el mismo lugar a que había apuntado. El estrépito de los tiros, el humo de la pólvora, despertaban en su imaginación belicosas fantasías, historias de lucha y de muerte en las que siempre era un héroe triunfador. ¡Veinte años, y aún no se había batido!... Necesitaba un lance para dar prueba de su coraje. Era una desgracia que no tuviese enemigos, pero ya procuraría crearse alguno cuando volviera a la Península. Y persistiendo en estos desvaríos de su imaginación, excitada por el estampido de las detonaciones, fingía un lance de honor. Su adversario le tocaba al primer tiro y él caía al suelo. Aún tenía la pistola en la mano; debía defenderse, debía contestar tendido en el suelo. Y con gran escándalo de su madre y de *madó* Antonia, que al asomarse le creían loco, permanecía echado de bruces y disparaba en esta posición, amaestrándose «para cuando le hiriesen».

Al volver a la Península con el propósito de seguir sus interminables estudios, iba fortalecido por la vida de campo, arrogante por sus ensayos del jardín y deseoso de tener el ansiado duelo con el primero que le diese el más leve pretexto. Pero como era hombre cortés, incapaz de injustas provocaciones, y su aspecto imponía respeto a los insolentes, transcurría el tiempo y el lance no llegaba. Su vitalidad exuberante, su fuerza impulsiva, consumíanse en oscuras aventuras y estúpidos derroches, de los que hablaban luego en la isla con admiración los compañeros de estudios.

Viviendo en Barcelona, recibió un telegrama anunciador de que su madre estaba enferma de gravedad. Tardó dos días en embarcarse: no había un buque pronto a zarpar. Cuando llegó a la isla, su madre había muerto. De la antigua familia que había visto en su niñez no quedaba nadie. Solo *madó* Antonia le podía recordar los tiempos pasados.

Cuando se vio dueño de la fortuna de los Febrer y en plena libertad, tenía veintitrés años. La tal fortuna estaba roída por las esplendideces de sus ascendientes y abrumada con toda clase de gravámenes. La casa de Febrer era grande, como esos buques que al encallar y perderse para siempre hacen la riqueza de la costa adonde van a morir. Sus restos y despojos, que hubieran mirado con desprecio los antiguos, representaban aún una fortuna. Jaime no quiso pensar, no quiso saber. Necesitaba vivir, ver mundo, y renunció a sus estudios. ¿Qué le importaban las leyes y costumbres romanas y los cánones eclesiásticos para pasar una buena existencia? Ya sabía bastante. En realidad, lo mejor y más ameno de sus conocimientos se lo debía a su madre, cuando él vivía, siendo niño, en el palacio, sin haber visto maestros. Ella le había enseñado algo de francés y un poco de piano en un antiguo instrumento de teclas amarillentas y gran frontispicio de seda roja que casi llegaba al techo. Otros sabían menos que él y eran tan caballeros y mucho más dichosos. ¡A vivir!...

Permaneció dos años en Madrid. Tuvo amantes que le dieron cierta popularidad, caballos famosos, alborotó en los entresuelos de Fornos, fue íntimo amigo de un torero célebre y jugó fuerte. Tuvo un duelo, pero fue a espada

—no como él se lo había imaginado, tendido en el suelo, la pistola en la diestra—, y salió del lance con un pinchazo en un brazo; algo como una puntada de alfiler en una epidermis de elefante.

Ya no era «el mallorquín de las onzas». El depósito de redondeles de oro guardado por su madre se había extinguido; pero arrojaba los billetes pródigamente en las mesas de juego, y cuando venía «la mala» escribía a su administrador, un abogado hijo de una familia de antiguos *mossons*, dependientes de los Febrer desde hacía siglos.

Se cansó de Madrid, donde se consideraba casi un extranjero. Perduraba en él el alma de los antiguos Febrer, grandes viajeros de todos los países menos de España, pues siempre habían vivido vueltos de espaldas a sus reyes. Muchos de sus abuelos eran familiares de todas las ciudades importantes del Mediterráneo; habían visitado a los príncipes de los pequeños Estados italianos, habían sido recibidos en audiencia por el Papa y por el Gran Turco, pero jamás se les ocurrió ir a Madrid. Además, Febrer se irritaba muchas veces con sus parientes de la corte, jóvenes orgullosos de sus títulos nobiliarios, que sonreían al mencionar su rara cualidad de *butifarra*. ¡Y pensar que la familia había dejado que pasasen a los parientes de la Península varios marquesados, prefiriendo este título supremo de nobleza isleña y el goce de las altas dignidades caballerescas de Malta!...

Comenzó a viajar por Europa, fijando su residencia el otoño y parte del invierno en París, los meses de frío en la Costa Azul, la primavera en Londres y el verano en Ostende, con varias expediciones a Italia, a Egipto y a Noruega para ver el Sol de medianoche. En esta nueva existencia apenas era conocido. Vivía como un viajero más, insignificante glóbulo circulante de la gran red arterial que el ansia del viaje extiende sobre el continente. Pero esta vida de continuo movimiento, con monotonías abrumadoras e inesperadas aventuras, satisfacía sus instintos atávicos, las aficiones heredadas de sus remotos ascendientes, grandes visitadores de pueblos nuevos. Además, esta existencia errante halagaba su ansia por todo lo extraordinario. En los hoteles de Niza, falansterios de la corrupción mundial correcta e hipócrita, se había visto agraciado en la oscuridad de su cuarto por las más inesperadas visitas. En Egipto había tenido que huir de las caricias decadentes de una condesa húngara, marchita flor de elegancia, de ojos hundidos y violento perfume, que revelaba bajo tersos y juveniles esmaltes la podredumbre de su carne.

Estando en Múnich cumplió veintiocho años. Había ido poco antes a Bayreuth para una representación de las óperas de Wagner, y ahora, en la capital de Baviera, asistía al teatro de la Residencia, donde se verificaba el festival de Mozart. Jaime no era melómano, pero su vida errante le obligaba a ir donde iba la gente, y su condición de pianista aficionado le había hecho asistir dos años seguidos a esta romería musical.

En el hotel que habitaba en Múnich encontró a miss Mary Gordon, a la que había visto antes en el teatro de Wagner. Era una inglesa alta, esbelta, de pocas y finas carnes; un cuerpo de gimnasta, en el que los deportes habían contenido las amenas redondeces femeniles, dándola un aspecto juvenil, sano y asexual de bello muchacho. La cabeza era lo más hermoso: una cabeza de paje, con transparencias de porcelana, sonrosadas naricillas de perro juguetón, húmedos ojos azules y una cabellera rubia, de oro blanquecino en la superficie y oro oscuro en sus profundidades. Su belleza era adorable y frágil; la belleza británica que se pierde a los treinta años bajo violáceas rubicundeces y granulaciones de la piel.

En el *restaurant* había sorprendido Jaime repetidas veces la mirada de sus ojos azules, cándidos y tranquilamente atrevidos, fijos en él. Iba con una dama gorda, fofa y de rostro arrebolado, una señora de compañía vestida de negro, con un sombrero de paja roja y un cinturón de igual color que partía en dos abultados hemisferios su pecho y su vientre. Ella, juvenil y ligera, parecía una flor de oro y nácar dentro de sus vestidos de franela blanca, de corte masculino, con corbata de hombre y un panamá de alas caídas, al que se arrollaba un velo azul.

Febrer se encontraba con ellas frecuentemente: en la Pinacoteca, frente a los *Evangelistas* de Durero; en la Glicoteca, contemplando los mármoles de Egina; en el teatro rococó de la Residencia, donde cantaban las obras de Mozart, sala de otro siglo, con una decoración de porcelana y guirnaldas que parecía imponer a los espectadores el uso del tacón de púrpura y la peluca blanca. Habituados a verse, Jaime la saludaba con una sonrisa, y ella parecía contestarle tímidamente con el brillo de sus ojos.

Una mañana, al salir de su cuarto, encontró a la inglesita en un rellano de la escalera. Inclinaba su busto de muchacho sobre la barandilla.

—*¡Lift! ¡lift!* —gritaba con su vocecita de pájaro, avisando al encargado del ascensor para que lo subiese.

La saludó Febrer al entrar con ella en la caja movible y dijo algunas palabras en francés para entablar conversación. La inglesa callaba, mirándolo fijamente con sus pupilas azules claras, en las que parecía flotar una estrella de oro. Permaneció inmóvil como si no le entendiese, pero Jaime la había visto en el salón de lectura hojeando diarios de París.

Al salir del ascensor, la inglesa se dirigió con paso rápido a la oficina donde estaba pluma en mano el cajero del hotel. Éste la escuchó con gesto obsequioso, como un políglota pronto a entender a todos los huéspedes, y saliendo de su encierro fuese hacia Jaime, que fingía leer los anuncios del vestíbulo, turbado aún por su fracaso. Febrer creyó que no le hablaban a él. «Señor, esta señorita me pide que le presente.»

Y volviéndose hacia la inglesa, el hotelero añadió con germana tranquilidad, como quien cumple un deber de su cargo:

—*Monsieur* el hidalgo Febrer, marqués de España.

Sabía su obligación. Todo español que viaja con buenas maletas es hidalgo y marqués mientras no prueba lo contrario.

Luego indicó con sus ojos a la inglesa, que permanecía tiesa y grave durante esta ceremonia, sin la cual ninguna joven bien nacida puede cruzar su palabra con un hombre: «Miss Gordon, doctora de la Universidad de Melbourne».

La miss alargó su manecita enguantada de blanco y sacudió con una rudeza gimnástica la diestra de Febrer. Solo entonces se decidió a hablar.

—¡Oh, España!... ¡Oh, *don Quichotte!*

Sin saber cómo, salieron los dos del hotel hablando de las representaciones a que asistían por las tardes. Aquel día no era de teatro, y ella pensaba ir a la pradera llamada *Teresienwiese*, al pie de la estatua de la Bavaria, para ver la feria de los tiroleses y escuchar sus canciones. Después de almorzar en el hotel visitaron el campo de la feria; subieron a la cabeza de la enorme estatua, contemplando la planicie bávara, sus lagos y sus lejanas montañas; recorrieron la Galería de la Gloria, llena de bustos de bávaros célebres, cuyos nombres leían por primera vez, y acabaron yendo de barraca en barraca, admirando los trajes de los tiroleses, sus bailes gimnásticos, sus gorjeos y trinos iguales a los del ruiseñor.

Marchaban los dos como si se hubiesen conocido toda la vida, admirando Jaime en los ademanes de miss Gordon esa libertad varonil de las muchachas sajonas, que no temen el contacto con el hombre y se sienten fuertes al ser guardadas por ellas mismas. Desde aquel día salieron juntos a correr los museos, las academias, las viejas iglesias, unas veces solos, otras con la señora de compañía, que se esforzaba por seguir sus pasos. Eran dos camaradas que se comunicaban sus impresiones sin pensar nunca en la diversidad de sus sexos. Jaime sentía deseos de aprovecharse de esta intimidad diciendo galanterías, osando pequeños atrevimientos; pero se detenía en el momento oportuno. Con estas mujeres era peligrosa la acción, se mantienen impasibles, a prueba de toda clase de impresiones. Debía esperar que fuese ella la que tomase la iniciativa. Eran hembras que podían ir solas por el mundo, sintiéndose capaces de interrumpir los arrebatos de pasión con golpes de boxeo. Algunas había visto él en sus viajes que llevaban en el manguito, o en el bolso de mano, entre la caja de polvos y el pañuelo, un diminuto y niquelado revólver.

Miss Mary le hablaba del lejano archipiélago oceánico en el que su padre era algo así como un virrey. No tenía madre, y había venido a Europa para completar los estudios hechos en Australia. Ella era doctora de la Universidad de Melbourne; doctora en música... Jaime, disimulando el asombro que le causaban estas noticias de un mundo lejano, hablaba de él, de su familia, de su país, de las curiosidades de la isla, de la caverna de Artá, trágicamente grandiosa, caótica como una antesala del infierno; de las cuevas del Dragón, con sus bosques de estalactitas luminosas, cual un palacio de hielo, y sus lagos milenarios y dormidos, de cuyo profundo cristal parecía que iban a surgir mágicas desnudeces semejantes a las de las hijas del Rin que guardaban el tesoro de los Nibelungos. Miss Gordon le escuchaba embelesada. Jaime parecía engrandecerse ante sus ojos al ser hijo de aquella isla de ensueño, donde es siempre azul el mar, luce el Sol en todo tiempo y florece el naranjo.

Poco a poco Febrer fue pasando las tardes en la habitación de la inglesa. Habían terminado las representaciones del festival de Mozart. Miss Gordon necesitaba diariamente el alimento espiritual de la música. Tenía un piano en su salón y un rimero de partituras que la acompañaban en sus viajes. Jaime sentábase junto a ella, frente al teclado, y procuraba seguirla como acompañante en las piezas que interpretaba, siempre del mismo autor, del dios, del único. El hotel estaba próximo a la estación, y el ruido de camiones, coches y tranvías enervaba a la inglesa, haciéndola cerrar las ventanas. La dama de compañía quedábase en su cuarto, satisfecha de verse libre de aquel chaparrón musical, cuyas delicias no podían compararse con las de hacer una buena labor de punto de Irlanda. Miss Gordon, sola con el español, le trataba como una maestra.

—A ver, otra vez: repitamos el tema de «la espada». Ponga usted atención.

Pero Jaime se distraía contemplando de reojo el cuello largo y blanquísimo de la inglesa, erizado de pelillos de oro, la red de venas azules que se marcaba levemente en la transparencia de su epidermis nacarada.

Llovía una tarde; el cielo plomizo parecía rozar los tejados de las casas; en el salón había una luz difusa de bodega. Tocaban casi a tientas, avanzando las cabezas para leer en la mancha blanca de la partitura. Zumbaba la selva de los encantos, moviendo sus verdes y rumorosas cabelleras ante el rudo Sigfrido, inocente hijo de la Naturaleza, ansioso de conocer el lenguaje y el alma de las cosas inanimadas. Cantaba el pájaro maestro, haciendo resaltar su dulce voz entrecortada sobre los murmullos del follaje. Mary se estremeció.

—¡Ah, poeta!... ¡poeta!

Y siguió tocando. Luego, en la creciente oscuridad del salón sonaron los rudos acordes que acompañan al héroe a la tumba; la fúnebre marcha de los guerreros llevando sobre el pavés el cuerpo membrudo, blanco y rubio de Sigfrido, interrumpida por la frase melancólica del dios de los dioses. Mary seguía temblando, hasta que de pronto sus manos abandonaron el teclado y su cabeza fue a posarse en un hombro de Jaime, como un pájaro que abate sus alas.

—¡Oh, Richard!... ¡Richard, mon bien aimée!

El español vio sus ojos extraviados y su boca llorosa que se ofrecían; sintió en sus manos las manos frías de ella, le envolvió su aliento. Sobre su pecho se aplastaron ocultas redondeces de elástica y firme dureza cuya existencia no había podido sospechar...

Y aquella tarde no hubo más música.

A medianoche, cuando se acostó Febrer, aún no había salido de su asombro. Él era el precursor, el primero que llega; no tenía dudas. Después de tantos miramientos, así habían ocurrido las cosas, con la mayor simpleza, como quien ofrece la mano, sin que él pusiera nada de su parte.

Otro de sus asombros había sido oírse llamar con un nombre que no era el suyo. ¿Quién podía ser aquel Ricardo?... Pero en la hora de dulces y soñolientas explicaciones que siguen a las de locura y olvido, ella le había hablado de la impresión que sintió en Bayreuth al verle por primera vez entre las mil cabezas que llenaban el teatro. ¡Era él... él, como le representaban sus retratos de joven! Y al encontrarle de nuevo en Múnich bajo el mismo techo, había sentido que la suerte estaba echada y era inútil luchar por desprenderse de esta atracción.

Febrer se examinó con irónica curiosidad en el espejo de su cuarto. ¡Lo que una mujer es capaz de descubrir! Sí; algo tenía del otro... la frente pesada, los cabellos lacios, la nariz picuda y la barba saliente, que, andando los años, se inclinarían buscándose, para darle cierto perfil de bruja... ¡Excelente y glorioso Ricardo! ¡Por dónde había venido a proporcionarle una de las mayores felicidades de su vida!... ¡Qué hembra tan original aquélla!

Y su asombro aún se aumentó en los otros días, mezclado con cierta amargura. Era una mujer que parecía renovarse diariamente, olvidando lo pasado. Le recibía con grave tiesura, como si nada hubiese ocurrido, como si en ella no dejasen rastro los hechos, como si el día anterior no existiese, y únicamente cuando la música evocaba la memoria del otro venían el enternecimiento y la sumisión.

Jaime, irritado, se proponía dominarla: por algo era hombre. Al fin fue consiguiendo que el piano sonase menos y que ella viese en su persona algo más que un retrato viviente del ídolo.

En su feliz embriaguez les pareció feo Múnich y enojoso aquel hotel donde les habían conocido extraños el uno al otro. Sentían la necesidad de arrullarse libremente, de volar lejos, y un día se vieron en un puerto que tenía a su entrada un león de piedra y más allá la líquida planicie de un lago inmenso que se confundía con el cielo en la línea del horizonte. Estaban en Lindau. Un vapor podía llevarlos a Suiza, otro a Constanza, y prefirieron la tranquila ciudad alemana del famoso Concilio, yendo a instalarse en el Hotel de la Isla, antiguo monasterio de dominicos.

¡Cómo se conmovía Febrer al recordar este período, el mejor de su existencia! Mary seguía siendo para él una mujer de carácter original, en la que siempre quedaba algo por conquistar, abordable a ciertas horas y repelente y austera el resto del día. Era su amante, y sin embargo no podía permitirse un descuido, una libertad que revelase la confianza de la vida común. La más leve alusión a sus intimidades la hacía enrojecer de protesta: *«¡Shocking!...»*. Y no obstante, todas las madrugadas, al romper el alba, Febrer, siguiendo los corredores del antiguo convento, regresaba a su cuarto, deshacía la cama para que no sospechasen los sirvientes y se asomaba al balcón. Cantaban los pájaros en un jardín de altos rosales situado a sus pies. Más allá, el lago de Constanza se coloreaba de púrpura con la salida del Sol. Los primeros esquifes de pesca partían las aguas con ondulaciones de color anaranjado; sonaban a lo lejos, veladas por la húmeda brisa mañanera, las campanas de la catedral; comenzaban a rechinar las grúas en la orilla donde el lago deja de serlo, encauzándose para convertirse en el Rin; los pasos de los criados y los frotes de la limpieza despertaban en el hotel los ecos del claustro monacal.

Junto al balcón, adosada al muro, y tan inmediata que Febrer podía tocarla con la mano, había un torrecilla con montera de pizarra y antiguos escudos en su pared circular. Era la torre donde había vivido preso Juan Huss antes de marchar a la hoguera.

El español pensaba en Mary. A aquellas horas estaría en la penumbra perfumada de su habitación, con la rubia cabecita entre los brazos, durmiendo el primer sueño serio de la noche, cansado el cuerpo y vibrante aún por la más noble de las fatigas... ¡Pobre Juan Huss! Jaime le compadecía como si hubiese sido amigo suyo. ¡Quemarle ante un paisaje tan hermoso, tal vez una mañana como aquélla!... ¡Meterse en la boca del lobo y dar la vida por si el Papa era bueno o malo, o los laicos debían comulgar con vino lo mismo que los sacerdotes! ¡Morir por tales simplezas cuando la vida es tan hermosa y el hereje hubiera podido amenizarla ricamente con cualquiera de las rubias pechugonas y caderudas, amigas de cardenales, que presenciaron su suplicio!... ¡Infeliz apóstol! Febrer compadecía irónicamente la simpleza del mártir. Él veía la existencia con otros ojos... ¡Viva el amor!... Era lo único serio de la existencia.

Cerca de un mes permanecieron en la antigua ciudad episcopal, paseando a la caída de la tarde por las calles solitarias cubiertas de hierba, con sus palacios ruinosos del tiempo del Concilio; bajando en esquife la corriente del Rin a lo largo de riberas orladas de bosques; deteniéndose a contemplar las casitas de techo rojo y amplias parras bajo las cuales cantaban los burgueses jarro en mano, con una alegría germánica de sochantre, grave y reposada.

De Constanza pasaron a Suiza, y después a Italia. Un año anduvieron juntos, contemplando paisajes, viendo museos, visitando ruinas, cuyas sinuosidades y escondrijos aprovechaba Jaime para besar la nacarada piel de Mary, gozándose en sus auroras de rubor y en el gesto de enfado con que protestaba: «¡*Shocking!*...». La acompañanta, insensible como una maleta a las novedades del viaje, seguía la confección de un gabán de punto de Irlanda empezado en Alemania, seguido a través de los Alpes, a lo largo de los Apeninos y a la vista del Vesubio y del Etna. Privada de poder hablar con Febrer, que ignoraba el inglés, lo saludaba con el brillo amarillento de sus dientes y volvía a su trabajo, siendo una figura decorativa de los *halls* de los hoteles.

Los dos amantes hablaban de casarse. Mary resolvía la situación con enérgica rapidez. A su padre solo necesitaba escribirle dos líneas. Estaba muy lejos, y además nunca le había consultado en ningún asunto. Aprobaría cuanto ella hiciese, seguro de su seso y prudencia.

Estaban en Sicilia, tierra que recordaba a Febrer su isla. También los antiguos de la familia habían andado por allí, pero con la coraza sobre el pecho y en peor compañía. Mary hablaba del porvenir, arreglando la parte financiera de la futura sociedad con el sentido práctico de su raza. No le importaba que Febrer tuviese poca fortuna: ella era rica para los dos. Y enumeraba todos sus bienes, tierras, casas y acciones, como un administrador seguro de su memoria. Al regresar a Roma se casarían en la capilla evangélica y en una iglesia católica. Ella conocía a un cardenal que le había proporcionado una visita al Papa. Su Eminencia lo arreglaría todo.

Jaime pasó una noche en claro en un hotel de Siracusa... ¿Casarse? Mary era agradable: embellecía la vida y llevaba con ella una fortuna. ¿Pero realmente se casaba con él?... Comenzaba a molestarle el otro, el fantasma ilustre que había surgido en Zurich, en Venecia, en todos los lugares visitados por ellos que guardaban recuerdos del paso del maestro... Él se haría viejo, y la música, su temible rival, se conservaría siempre fresca. Dentro de pocos años, cuando el matrimonio hubiese quitado a sus relaciones el encanto de lo ilegal, el deleite de lo prohibido, Mary encontraría algún director de orquesta más semejante aún «al otro», o un violonchelista feo, melenudo y de pocos años que le recordase a Beethoven muchacho. Además, él era de otra raza, de otras costumbres y pasiones. Estaba cansado de aquella reserva pudibunda en el amor, de aquella resistencia a la entrega definitiva que le gustaba al principio, como una renovación de la mujer, pero había acabado por fatigarle. No; aún era tiempo de salvarse.

—Lo siento por lo que pensará de España... Lo siento por don Quijote —dijo haciendo su maleta en la madrugada.

Y huyó, yendo a perderse en París, adonde la inglesa no iría a buscarle. Odiaba a esta ciudad ingrata por la silba del *Tannhauser*, suceso ocurrido muchos años antes de nacer ella.

De estas relaciones, que habían durado un año, solo guardó Jaime el recuerdo de una felicidad agrandada y embellecida por el paso del tiempo y un mechón de cabellos rubios. También debía tener entre varias guías de viaje y numerosas postales con vistas, guardadas en un mueble antiguo de su caserón, un retrato de la doctora en música, vistiendo una toga de luengas mangas y un birrete cuadrado del que pendía una borla.

De la vida que llevó después apenas se acordaba. Era un vacío de tedio cortado por congojas monetarias. El administrador mostrábase tardo y doliente en sus remesas. Jaime le pedía dinero, y contestaba con cartas quejumbrosas, hablando de intereses que había que satisfacer, de segundas hipotecas para las cuales apenas encontraba prestamistas, de irregularidad de una fortuna en la que no quedaba nada libre de gravamen.

Creyendo que con su presencia podía solucionar esta mala situación, Febrer hacía cortos viajes a Mallorca, terminados siempre por la venta de alguna finca; y apenas veía dinero en sus manos, levantaba otra vez el vuelo, sin prestar oído a los consejos del administrador. El dinero le comunicaba un optimismo sonriente. Todo se arreglaría. A última hora contaba con el recurso del matrimonio. Mientras tanto... ¡a vivir!

Y vivió todavía algunos años, unas veces en Madrid, otras en las grandes ciudades del extranjero, hasta que al fin el administrador cerró este período de alegres prodigalidades enviando su dimisión, sus cuentas, y con ellas la negativa a seguir remitiendo dinero.

Un año llevaba en la isla «enterrado», como él decía, sin otra diversión que las noches de juego en el Casino y las tardes pasadas en el Borne en una mesa de antiguos camaradas, isleños sedentarios que gozaban con el relato de sus viajes. Apuros y miserias: ésta era la realidad de su vida presente. Los acreedores le amenazaban con inmediatas ejecuciones. Aún conservaba aparentemente *Son Febrer* y otros bienes de sus antepasados, pero la propiedad producía poco en la isla; las rentas, por una costumbre tradicional, eran iguales que en tiempo de sus abuelos, pues las familias de arrendatarios se perpetuaban en el disfrute de las fincas. Estos pagaban directamente a sus acreedores, pero aun así, no llegaban a satisfacer la mitad de los intereses. Los ricos adornos del palacio solo los conservaba como un depósito. La noble casa de los Febrer estaba sumergida y él era incapaz de sacarla a flote. Pensaba fríamente algunas veces en la conveniencia de salir del mal paso sin humillaciones ni deshonras, haciendo que le encontrasen una tarde en el jardín, dormido para siempre bajo un naranjo, con un revólver en la diestra.

En tal situación, alguien le sugirió una idea al salir del Casino, después de las dos de la madrugada, a la hora en que el insomnio nervioso hace ver las cosas con una luz extraordinaria que parece darles distinto relieve. Don Benito Valls, el rico *chueta*, le apreciaba mucho. Varias veces había intervenido espontáneamente en sus asuntos, librándole de peligros inminentes. Era simpatía a su persona y respeto a su nombre. Valls no tenía más que una heredera, y además estaba enfermo: la exuberancia prolífica de su raza se había desmentido en él. Su hija Catalina había querido ser monja en la adolescencia; pero ahora, pasados los veinte años, sentía gran amor por las vanidades del mundo, y compadecía tiernamente a Febrer cuando hablaban ante ella de sus desgracias.

Jaime se resistió a la proposición casi con tanto asombro como *madó* Antonia. ¡Una *chueta*!... Pero la idea fue abriéndose camino, lubrificada en su incesante taladro por los apuros y las miserias crecientes que acompañaban la llegada de cada día. ¿Por qué no?... La hija de Valls era la heredera más rica de la isla, y el dinero no tiene sangre ni raza.

Al fin había cedido a las instancias de algunos amigos, oficiosos mediadores entre él y la familia, y aquella mañana iba a almorzar en la casa de Valldemosa, donde vivía Valls gran parte del año para alivio del asma que le ahogaba.

Jaime hizo un esfuerzo de memoria queriendo recordar a Catalina. La había visto varias veces, en las calles de Palma. Buena figura, rostro agradable. Cuando viviera lejos de los suyos y vistiese mejor, sería una señora «presentable»... ¿Pero podía amarla?...

Febrer sonrió escépticamente. ¿Acaso resultaba necesario el amor para casarse? El matrimonio era un viaje a dos por el resto de la vida, y únicamente había que buscar en la mujer las condiciones que se exigen en un compañero de excursión: buen carácter, identidad de gustos, las mismas aficiones en el comer y en el dormir... ¡El amor! Todos se creían con derecho a él, y el amor era como el talento, como la belleza, como la fortuna, una dicha especial que solo disfrutaban contadísimos privilegiados. Por suerte, el engaño venía a ocultar esta cruel desigualdad, y todos los humanos acababan sus días pensando nostálgicamente en la juventud, creyendo haber conocido realmente el amor, cuando no habían sentido otra cosa que el delirio de un contacto de epidermis.

El amor era una cosa hermosa, pero no indispensable en el matrimonio ni en la existencia. Lo importante era escoger una buena compañera para el resto del viaje; acomodarse bien en los asientos de la vida; arreglar el paso de los dos a un mismo ritmo, para que no hubiesen saltos ni encontronazos; dominar los nervios y que la piel no se repeliese en el contacto de la existencia común; poder dormir como buenos camaradas, con mutuo respeto, sin herirse con las rodillas ni meterse los codos en los costillares... Él esperaba encontrar todo esto, dándose por contento.

Valldemosa se presentó de pronto a su vista sobre la cumbre de una colina rodeada de montañas. La torre de la Cartuja, con adornos de azulejos verdes, elevábase sobre la frondosidad de los jardines de las celdas.

Febrer vio un carruaje inmóvil en una revuelta del camino. Un hombre descendió de él, moviendo los brazos para que el cochero de Jaime detuviese sus bestias. Luego abrió la portezuela y subió riendo, para sentarse al lado de Febrer.

—¡Hola, capitán! —dijo éste con extrañeza.

—No me esperabas, ¿eh?... También soy del almuerzo; me convido yo mismo. ¡Qué sorpresa va a tener mi hermano!...

Jaime estrechó su diestra. Era uno de sus más leales amigos: el capitán Pablo Valls.

III

Pablo Valls era conocido en toda Palma. Cuando tomaba asiento en la terraza de un café del Borne formábase en torno de él un apretado círculo de oyentes, que sonreían ante sus ademanes enérgicos y su voz ruidosa, incapaz de sonar en tono discreto.

—Yo soy *chueta*, ¿y qué?... ¡Judío de lo más judío! Todos los de mi familia procedemos de «la calle». Cuando yo mandaba el *Roger de Lauria*, una vez que estuve en Argel me detuve a la puerta de la sinagoga, y un viejo, luego de mirarme, dijo: «Tú puedes pasar: tú eres de los nuestros». Y yo le di la mano y contesté: «Gracias, correligionario».

Los oyentes reían, y el capitán Valls, declarando a gritos su calidad de *chueta*, miraba a todas partes como si desafiase a las casas, a las personas, al alma de la isla, hostil a su raza por un odio absurdo de siglos.

Su rostro delataba su origen. Las patillas rubias y canosas, unidas por un bigote corto, revelaban al marino retirado de la navegación; pero sobre estos adornos capilares resaltaba su perfil semita, su curva y pesada nariz, su mentón saliente y unos ojos de párpados prolongados, con pupilas de ámbar o de oro, según era la luz, en las que parecían flotar algunos puntos de color de tabaco.

Había navegado mucho; había vivido largas temporadas en Inglaterra y los Estados Unidos, y de la permanencia en estas tierras de libertad, insensibles a los odios religiosos, traía una franqueza belicosa que le impulsaba a desafiar las preocupaciones de la isla, tranquila e inmóvil en su estancamiento. Los otros *chuetas*, atemorizados por varios siglos de persecución y menosprecio, ocultaban su origen o procuraban hacerlo olvidar con su mansedumbre. El capitán Valls aprovechaba todas las ocasiones para hablar de él, ostentándolo como un título de nobleza, como un reto que lanzaba a la general preocupación.

—Soy judío, ¿y qué?... —seguía gritando—. Correligionario de Jesús, de San Pablo y otros santos a los que se venera en los altares. Los *butifarras* hablan con orgullo de sus abuelos, que datan casi de ayer. Yo soy más noble, más antiguo. Mis ascendientes fueron los patriarcas de la Biblia.

Luego, indignándose contra las preocupaciones que se habían ensañado en su raza, volvíase agresivo.

—En España —decía gravemente— no hay cristiano que pueda levantar el dedo. Todos somos nietos de judíos o de moros. Y el que no... el que no...

Aquí se detenía, y tras una breve pausa afirmaba con resolución:

—Y el que no, es nieto de fraile.

En la Península no se conoce el odio tradicional al judío que aún separa la población de Mallorca en dos castas. Pablo Valls se enfurecía hablando de su patria. No existían en ella judíos de religión. Hacía siglos que había quedado disuelta la última sinagoga. Todos se habían convertido en masa, y los rebeldes fueron quemados por la Inquisición. Los *chuetas* de ahora eran los católicos más fervorosos de Mallorca, llevando a sus creencias un fanatismo semita. Rezaban en alta voz, hacían sacerdotes a sus hijos, buscaban influencias para meter a sus hijas en los conventos, figuraban como gente de dinero entre los partidarios de las ideas más conservadoras, y sin embargo pesaba sobre sus personas la misma antipatía que en otros siglos, y vivían aislados, sin que ninguna clase social quisiera aliarse con ellos.

—Cuatrocientos cincuenta años llevamos en el cogote el agua del bautismo —seguía vociferando el capitán Valls—, y somos aún los malditos, los réprobos, como antes de la conversión. ¿No tiene gracia esto?... «¡Los *chuetas*!

¡Cuidado con ellos! ¡Mala gente!...» En Mallorca hay dos catolicismos: uno para los nuestros y otro para los demás.

Luego, con un odio en el que parecían concentradas todas la persecuciones, decía el marino, refiriéndose a sus hermanos de raza:

—Bien empleado les está, por cobardes, por tener demasiado amor a la isla, a esta *Roqueta* en la que hemos nacido. Por no abandonarla se hicieron cristianos, y hoy que lo son de veras les pagan a coces. De seguir judíos, esparciéndose por el mundo como lo hicieron otros, tal vez serían a estas horas personajes y banqueros de reyes, en vez de estar en las tiendecitas de «la calle» fabricando bolsillos de plata.

Escéptico en materias religiosas, despreciaba o atacaba a todos: a los judíos fieles a sus antiguas creencias, a los conversos, a los católicos, a los musulmanes, con los que había vivido en sus viajes a las costas de África y en las escalas de Asia Menor. Otras veces sentíase dominado por una ternura atávica, mostrando cierto respeto religioso hacia su raza.

Él era semita: lo declaraba con orgullo golpeándose el pecho. «El primer pueblo del mundo.»

—Éramos unos piojosos muertos de hambre cuando vivíamos en Asia, porque allí no había con quién hacer comercio ni a quién prestar dinero. Pero nadie más que nosotros ha dado al rebaño humano sus pastores actuales, que aún serán por muchos siglos los amos de los hombres. Moisés, Jesús y Mahoma son de mi tierra... Qué tres socios de fuerza, ¿eh, caballeros? Y ahora hemos dado al mundo un cuarto profeta, también de nuestra raza y nuestra sangre, solo que éste tiene dos caras y dos nombres. Por un lado se llama Rothschild, y es el capitán de todos los que guardan el dinero; por otro lado se llama Carlos Marx, y es el apóstol de los que quieren quitárselo a los ricos.

La historia de su raza en la isla la condensaba Valls a su modo en breves palabras. Los judíos eran muchos, muchísimos, en otros tiempos. Casi todo el comercio estaba en sus manos; gran parte de las naves eran suyas. Los Febrer y otros potentados cristianos no tenían reparo en asociarse con ellos. Los tiempos antiguos podían llamarse de libertad; la persecución y la barbarie eran relativamente modernas. Judíos eran los tesoreros de los reyes, los médicos y otros cortesanos en las monarquías medioevales de la Península.

Al iniciarse los odios religiosos, los hebreos más ricos y astutos de la isla habían sabido convertirse a tiempo, voluntariamente, fundiéndose con las familias del país y haciendo olvidar su origen. Estos católicos nuevos eran los que después, con el fervor del neófito, habían azuzado la persecución contra sus antiguos hermanos. Los *chuetas* de ahora, los únicos mallorquines de origen judío conocido, eran los descendientes de los últimos convertidos, los nietos de las familias en las que se había ensañado la Inquisición.

Ser *chueta*, proceder de la calle de la Platería, a la que se llamaba por antonomasia «la calle», era la peor desgracia que le podía ocurrir a un mallorquín. En vano se habían hecho revoluciones en España y aclamado leyes liberales que reconocían la igualdad de todos los españoles; el *chueta*, al pasar a la Península, era un ciudadano como los otros, pero en Mallorca era un réprobo, una especie de apestado, que solo podía emparentar con los suyos.

Valls comentaba irónicamente el orden social en que habían vivido, escalonadas durante siglos, las diversas clases de la isla, y del que quedaban aún muchos peldaños intactos. Arriba, en la cúspide, los orgullosos *butifarras*; luego los nobles, los caballeros; después los *mossons*; tras éstos los mercaderes y los menestrales, y a continuación los payeses, cultivadores del suelo. Abríase aquí un enorme paréntesis en el orden seguido por Dios al crear a unos y a otros: un vasto espacio libre que cada cual podía poblar a su capricho. Indudablemente, detrás de los mallorquines nobles y plebeyos venían en orden de consideración los cerdos, los perros, los asnos, los gatos, las ratas... y a la cola de todas estas bestias del Señor, el odiado vecino de «la calle», el *chueta*, paria de la isla. Nada importaba que fuese rico, como el hermano del capitán Valls, o inteligente, como otros. Muchos *chuetas*, funcionarios del Estado en la Península, militares, magistrados, hacendistas, al volver a Mallorca encontraban que el último mendigo se consideraba superior a ellos, y al creerse molestado prorrumpía en insultos contra sus personas y sus familias. El aislamiento de este pedazo de España rodeado de mar servía para mantener intacta el alma de otras épocas.

En vano los *chuetas*, huyendo de este odio que perduraba a través del progreso, extremaban su catolicismo con una fe vehemente y ciega, en la que influía mucho el terror infiltrado en su alma y en su carne por una persecución de siglos. En vano seguían rezando a gritos en sus casas, para que se enterasen los vecinos de la calle, imitando en esto a sus abuelos, que hacían lo mismo y además guisaban la comida en las ventanas con el propósito de que viesen todos que comían cerdo. Los odios tradicionales de separación no caían vencidos. La Iglesia católica, que se titula universal, era cruel e inabordable para ellos en la isla, pagando su adhesión con hurañas repulsiones. Los hijos de los *chuetas* que deseaban ser curas no encontraban sitio en el Seminario. Los conventos cerraban las puertas a toda novicia procedente de «la calle». Las hijas de los *chuetas* se casaban en la Península con hombres notables o de gran fortuna, pero en la isla apenas encontraban quien aceptase su mano y sus riquezas.

—¡Gente mala! —continuaba diciendo irónicamente Valls—. Son trabajadores, ahorran, viven en paz en el seno de sus familias, hasta son más católicos que los otros; pero son *chuetas*, y algo tendrán cuando les odian. Tienen... «algo», ¿se enteran ustedes? «algo». Él que quiera saber más que averigüe.

Y el marino reía hablando de los pobres payeses del campo, que hasta pocos años antes afirmaban de buena fe que los *chuetas* estaban cubiertos de grasa y tenían rabo, aprovechando la ocasión de encontrar solo a un niño de «la calle» para desnudarlo y convencerse de si era cierto lo del apéndice caudal.

—¿Y lo de mi hermano? —proseguía Valls—. ¿Y lo de mi santo hermano Benito, que reza a voces y parece que se vaya a comer las imágenes?...

Todos recordaban el caso de don Benito Valls, y reían francamente, ya que el hermano era el primero en burlarse del suceso. El rico *chueta* se había visto dueño, al cobrar unos créditos, de una casa y valiosas tierras en un pueblo del interior de la isla. Al ir a tomar posesión de la nueva propiedad, los vecinos más prudentes le habían dado buenos consejos. Era muy dueño de visitar su hacienda durante el día, ¿pero pernoctar en su casa?... ¡nunca! No había memoria de que un *chueta* hubiese dormido en el pueblo. Don Benito no prestó atención a estos consejos y se quedó una noche en su propiedad; pero apenas se metió en la cama huyeron los caseros. Cuando el amo se cansó de dormir saltó del lecho. Ni el más tenue resplandor entraba por las rendijas. Creía haber dormido doce horas lo menos, pero aún era de noche. Abrió una ventana, y su cabeza tropezó cruelmente en la oscuridad; intentó franquear la puerta, y no pudo. Durante su sueño el vecindario había tapiado todos los huecos y salidas, y el *chueta* tuvo que salvarse por el tejado, entre las risotadas de la gente, que celebraba su obra. Esta broma solo era a guisa de advertencia; si persistía en ir contra las costumbres del pueblo, alguna noche despertaría entre llamas.

—¡Muy bárbaro, pero gracioso! —añadió el capitán—. ¡Mi hermano!... ¡Una buena persona!... ¡un santo!...

Todos reían al oír estas palabras. Seguía tratándose con su hermano, aunque con cierta frialdad, y no hacía secreto de los agravios que tenía con él. El capitán Valls era el bohemio de la familia, siempre en el mar o en lejanas tierras, llevando una vida de solterón alegre. Bastante tenía para vivir. Y a la muerte del padre, su hermano se había quedado con los negocios de la casa, quitándole muchos miles de duros.

—¡Lo mismo que entre cristianos viejos! —se apresuraba a añadir Pablo—. En esto de las herencias no hay razas ni credos. El dinero no conoce religión.

Las interminables persecuciones sufridas por sus ascendientes irritaban a Valls. Todas las circunstancias eran buenas para atropellar a las gentes de «la calle». Cuando los payeses tenían agravios con los nobles y bajaban los foráneos en bandas armadas contra los ciudadanos de Palma, el conflicto se resolvía asaltando unos y otros el barrio de los *chuetas*, matando a los que no huían y robando sus tiendas. Si un batallón mallorquín recibía orden de marchar a España en caso de guerra, los soldados se amotinaban, salían del cuartel y saqueaban «la calle». Cuando las reacciones sucedían en España a las revoluciones, los realistas, para celebrar su triunfo, asaltaban las platerías de los *chuetas*, se apoderaban de sus riquezas y hacían hogueras con los muebles, arrojando a las llamas hasta los crucifijos... ¡Crucifijos de antiguo judío, que forzosamente habían de ser falsos!

—¿Y quiénes son los de «la calle»? —gritaba el capitán—. Ya se sabe: los que tienen la nariz y los ojos como yo. Pero hay muchos *chuetas* que son romos y no presentan nada del tipo común. En cambio, ¿cuántos que se tienen por caballeros rancios, de nobleza orgullosa, presentan una cara que ni la de Abraham y Jacob?...

Existía una lista de apellidos sospechosos para conocer a los verdaderos *chuetas*. Pero estos mismos apellidos los llevaban cristianos viejos, y era el capricho tradicional el que separaba a unos de otros. Solo habían quedado marcadas por el odio popular las familias descendientes de los que fueron azotados o quemados por la Inquisición. El famoso catálogo de los apellidos estaba sacado indudablemente de los autos del Santo Oficio.

—¡Una felicidad el hacerse cristiano! Los abuelos achicharrados en la hoguera y los nietos marcados y malditos por los siglos de los siglos...

El capitán perdía su tono irónico al recordar la historia horripilante de los *chuetas* de Mallorca. Se coloreaban sus mejillas y brillaban sus ojos con fulgores de odio. Para vivir tranquilos, se habían convertido todos en masa en el siglo XV. No quedaba un judío en la isla, pero a la Inquisición le era preciso hacer algo para justificar su existencia, y hubo quemas de sospechosos de judaísmo en el Borne, espectáculos organizados, como decían los cronistas de la época, «con arreglo a las funciones más lucidas celebradas para el triunfo de la Fe en Madrid, Palermo y Lima». Unos *chuetas* fueron quemados, otros sufrieron azotes, otros salieron únicamente a la vergüenza con caperuza pintada de diablos y vela verde en la mano; pero todos vieron por igual confiscados sus bienes, y el Santo Tribunal se enriqueció. Desde entonces, los sospechosos de judaísmo, los que no contaban con un protector clérigo, tuvieron que ir todos los domingos a misa a la catedral con sus familias, bajo el mando y custodia de un alguacil, que los formaba en rebaño, les ponía un manto para que nadie los confundiese, y así los llevaba al templo, entre las rechiflas, insultos y pedradas del devoto populacho. Esto era un domingo y otro domingo, y en este suplicio semanal y sin término morían los padres y se convertían en hombres los hijos, engendrando nuevos *chuetas* destinados al insulto público.

Unas cuantas familias se concertaron para huir de esta vergonzosa esclavitud. Se reunían en un huerto inmediato a la muralla y las aconsejaba y dirigía un tal Rafael Valls, hombre animoso y de gran cultura.

—No sé ciertamente si fue pariente mío —decía el capitán—. ¡Han pasado más de dos siglos desde entonces! Pero si no lo fue, quiero que lo sea... Me honra mucho tenerlo como abuelo mío. ¡Adelante!

Pablo Valls había coleccionado en su casa papeles y libros de la época de las persecuciones, y hablaba de éstas como de un suceso acaecido días antes.

—Se embarcaron hombres, mujeres y niños en un buque inglés; pero un temporal lo volvió de nuevo a las costas de Mallorca, y los fugitivos fueron presos. Esto era gobernando a España Carlos II el Hechizado. ¡Querer huir de Mallorca, donde tan bien les trataban, y a más de esto, en un buque tripulado por luteranos!... Tres años estuvieron presos, y la confiscación de sus bienes produjo un millón de duros. Además, el Santo Tribunal contaba con otros millones arrancados a las víctimas anteriores, y construyó un palacio en Palma, el mejor y más lujoso que tuvo en parte alguna la Inquisición. A los prisioneros les dieron tormento hasta confesar lo que deseaban sus jueces, y en 7 de marzo de 1691 comenzaron las ejecuciones. Aquel suceso tuvo un historiador como no se conoce otro en el mundo, el padre Garau, santo jesuita, pozo de ciencia teológica, rector del Seminario de Monte-Sión, donde ahora está el Instituto, autor del libro *La fe triunfante*, un monumento literario que no vendo por todo el dinero del mundo. Aquí está: me acompaña a todas partes.

Y sacaba de un bolsillo *La fe triunfante*, librito encuadernado en pergamino, de antigua y rojiza impresión, que acariciaba con un cariño feroz.

¡Bendito padre Garau! Encargado de exhortar y fortalecer a los reos, lo había visto todo de cerca, y se hacía lenguas de los miles y miles de espectadores que acudieron de los diversos pueblos de la isla para presenciar la fiesta, de las misas solemnes con asistencia de treinta y ocho reos destinados a la quema, del lujoso atavío de caballeros y alguaciles, jinetes en briosos corceles al frente de la procesión, y de «la piedad del gentío, que prorrumpía otras veces en gritos de lástima cuando llevaban a la horca a un facineroso, y permanecía mudo ante estos réprobos olvidados del Señor...». En aquel día se mostró, según el docto jesuita, el temple de alma de los que creen en Dios y de los que le desconocen. Los sacerdotes marchaban animosos, dando gritos de exhortación sin cansarse; los miserables reos iban pálidos, decaídos y sin fuerzas. Bien se vio de qué parte estaba la ayuda celeste.

Los sentenciados fueron conducidos al pie del castillo de Bellver, para la quema final. El marqués de Leganés, gobernador del Milanesado, de paso en Mallorca con su flota, se apiadó de la juventud y belleza de una muchacha condenada a las llamas y pidió su perdón. El Tribunal alabó los sentimientos cristianos del marqués, pero no quiso admitir su súplica.

El padre Garau era el encargado de convencer a Rafael Valls, «hombre de ciertas letras, pero al que inspiraba el demonio un desmedido orgullo, impulsándolo a maldecir a los que le condenaban a muerte, y sin querer reconciliarse con la Iglesia». Pero, como decía el jesuita, estas valentías, obra del Malo, acaban ante el peligro y no pueden compararse con la serenidad del sacerdote que exhorta al reo.

—El padre jesuita era un héroe lejos de las llamas. Ahora verán ustedes con qué piedad evangélica relata la muerte de mi abuelo.

Y abriendo Valls el libro por una página señalada, leía con lentitud: «Mientras llegó solo el humo a él, era una estatua; en llegando la llama, se defendió, se cubrió y forcejeó como pudo, y hasta que no pudo más. Estaba gordo como un lechonazo de cría y encendióse en lo interior; de manera que aun cuando no llegaban las llamas, ardían sus carnes como un tizón; y reventando por medio, se le cayeron las entrañas como a Judas. *Crepuit medius difusa sunt omnia viscera ejus*».

Esta lectura bárbara producía siempre efecto. Cesaban las risas, se entenebrecían los rostros, y el capitán Valls paseaba en torno sus ojos de ámbar, respirando satisfecho, como si acabase de alcanzar un triunfo, mientras el pequeño volumen volvía a ocultarse en su bolsillo.

Una vez que Febrer figuraba entre los oyentes, el marino le dijo con voz rencorosa:

—Tú también estabas allí. Es decir, tú no. Uno de tus abuelos, un Febrer, llevaba la bandera verde, como alférez mayor del Tribunal; y las damas de tu familia fueron en carroza al pie del castillo para presenciar la quema.

Jaime, molestado por el recuerdo, levantó los hombros.

—¡Cosas viejas! ¿Quién se acuerda de lo que ya pasó? Solo algún loco como tú... Anda, Pablo, cuéntanos algo de tus viajes... de tus conquistas de mujeres.

El capitán rezongaba... ¡Cosas viejas! El alma de la *Roqueta* era aún la misma que en aquellos tiempos. Persistía el odio de religión y de raza. Por algo vivían aparte, en un pedazo de tierra aislado por el mar.

Pero Valls recobraba pronto su buen humor, y como todos los que han rodado por el mundo, no podía resistirse a la invitación de relatar su pasado. Febrer, otro vagabundo como él, gozaba escuchándole. Los dos habían vivido una existencia agitada y cosmopolita, distinta de la monótona vida de los isleños; los dos habían gastado el dinero con prodigalidad. La única diferencia estribaba en que Valls había sabido ganarlo igualmente con el genio activo de su raza, y ahora, diez años mayor que Jaime, tenía con qué atender desahogadamente a sus modestas necesidades de solterón. Todavía comerciaba de vez en cuando y hacía comisiones para amigos que le escribían desde puertos lejanos.

De su accidentada historia de marino, Febrer desechaba el relato de hambres y borrascas, y solo sentía curiosidad por los amoríos en los grandes puertos internacionales, donde se amontonan los vicios exóticos y las hembras de todas las razas. Valls, en sus tiempos juveniles, cuando mandaba buques de su padre, había conocido mujeres de todas clases y colores, viéndose mezclado en orgías marinerescas que acababan entre olas de *whisky* y golpes de cuchillo.

—Pablo, cuéntanos aquellos amoríos en Jaffa, cuando los moros te querían matar.

Y Febrer lanzaba carcajadas escuchándole, mientras el marino se decía que este Jaime era un buen muchacho, digno de mejor suerte, sin otro defecto que ser un *butifarra* algo pegado a las preocupaciones de familia.

Cuando subió al carruaje de Febrer en el camino de Valldemosa, dando orden al cochero que lo había traído hasta allí para que regresase a Palma, se echó atrás el sombrero de fieltro flexible, que llevaba en todo tiempo, aplastado de copa, con el ala delantera subida y la posterior desplomada sobre la nuca.

—¡Aquí estamos todos! ¿de veras que no me esperabas? A mí; me lo cuentan todo, y ya que hay fiesta de familia, que sea completa.

Febrer fingía no entenderle. El carruaje entró en Valldemosa, deteniéndose en las inmediaciones de la Cartuja ante una casa de construcción moderna. Cuando los dos amigos transpusieron la verja del jardín, vieron venir hacia ellos un señor de blancas patillas apoyado en un bastón. Era don Benito Valls. Saludó a Febrer con voz lenta y opaca, cortando varias veces sus palabras para sorber el aire. Hablaba humildemente, celebrando con grandes extremos el honor que le hacía Febrer al aceptar su invitación.

—¿Y yo? —preguntó el capitán con sonrisa maligna—; ¿yo no soy nadie?... ¿No te alegras de verme?

Don Benito se alegraba de verle. Así lo dijo varias veces, pero sus ojos revelaban inquietud. Su hermano le inspiraba cierto miedo. ¡Qué lengua!... Mejor vivían sin verse.

—Hemos venido juntos —continuó el marino—. Al saber que Jaime almorzaba aquí, me he convidado yo mismo, seguro de darte un alegrón. Estas reuniones de familia son encantadoras.

Habían entrado en la casa, adornada con sencillez. Los muebles eran modernos y vulgares. Algunos cromos y unas pinturas horribles representando paisajes de Valldemosa y Miramar adornaban las paredes.

Catalina, la hija de don Benito, bajó apresuradamente del piso superior. Llevaba aún polvos de arroz esparcidos en el pecho, revelando el apresuramiento con que había dado un último toque de adorno a su persona al ver llegar el carruaje.

Jaime pudo contemplarla detenidamente por primera vez. No se había equivocado en sus apreciaciones. Era alta, de un moreno mate, con negras cejas, ojos iguales a gotas de tinta y un ligero vello en el labio y las sienes. Su esbeltez juvenil ofrecíase llena y firme, anunciando una mayor expansión para el porvenir, como en todas las hembras de su raza. Parecía de carácter dulce y sumiso: una buena compañera, incapaz de estorbos en el viaje de la vida común. Tenía los ojos bajos y se coloreó su rostro al encontrarse frente a Jaime. En su actitud, en sus miradas furtivas, notábase el respeto, la adoración del que se siente intimidado en presencia de un ser que considera superior.

El capitán acarició a su sobrina con cierta libertad, adoptando el mismo gesto de viejo alegre con que hablaba a las muchachuelas de Palma, a altas horas de la noche, en algún *restaurant* del Borne. ¡Ah, buena moza! ¡Y qué guapa estaba! Parecía imposible que fuese de una familia de feos.

Don Benito los encaminó a todos al comedor. El almuerzo esperaba hacía mucho rato; en aquella casa se comía al uso antiguo: las doce en punto. Sentáronse a la mesa, y Febrer, que estaba al lado del dueño, sintióse molestado por su respiración jadeante, por las grandes aspiraciones con que interrumpía sus palabras.

En el silencio que envuelve siempre el principio de toda comida, sonó penosamente el silbido de sus pulmones enfermos. El rico *chueta* avanzaba los labios, poniéndolos en forma circular como la boca de una trompetilla, y aspiraba el aire con ruido fatigoso. Como todos los enfermos, sentía la necesidad de hablar, y sus palabras eran interminables, entre balbuceos y largos descansos que le dejaban con el pecho jadeante y los ojos en alto, cual si fuese a morir asfixiado. Un ambiente de inquietud se extendía por el comedor. Febrer le miraba con cierta alarma, como si aguardase verle caer moribundo de su silla. La hija y el capitán habituados al espectáculo, parecían indiferentes.

—Es el asma, don Jaime —dijo trabajosamente el enfermo—. En Valldemosa... estoy mejor... En Palma me moría.

Y la hija aprovechó la ocasión para dejar oír una voz de monjita tímida, que contrastaba con sus ardientes ojos orientales:

—Sí; papá vive mejor aquí.

—Aquí estás más tranquilo —añadió el capitán— y haces menos pecados.

Febrer pensaba en el tormento de pasar su existencia al lado de aquel fuelle roto. Por fortuna, moriría pronto. Una molestia de algunos meses, que no modificaba su resolución de entrar en la familia. ¡Adelante!

El asmático, en su manía verbosa, hablaba a Jaime de sus descendientes, de los ilustres Febrer, los caballeros más buenos y nobles de la isla.

—Yo tuve el honor de ser muy amigo de su señor abuelo don Horacio.

Febrer le miró asombrado... ¡Mentira! A su señor abuelo le conocían todos en la isla y con todos hablaba, pero guardando una gravedad que imponía respeto a las gentes sin alejarlas. ¡Pero de esto a ser amigo suyo!... Tal vez le habría tratado con motivo de alguno de los préstamos que necesitaba don Horacio para sostener su fortuna en plena decadencia.

—También conocí mucho a su señor padre —prosiguió don Benito, animado por el silencio de Febrer—. Trabajé por él cuando salió diputado. ¡Aquéllos eran otros tiempos! Yo era joven, y no tenía la fortuna que tengo ahora... Entonces figuraba entre los «rojos».

El capitán Valls le interrumpió riendo. Ahora su hermano era conservador y miembro de todas las cofradías de Palma.

—Sí, lo soy —gritó el enfermo, ahogándose—. Me gusta el orden... me gusta lo antiguo... que manden los que tienen que perder. ¿Y la religión? ¡Ah, la religión!... Por ella daría la vida.

Y se llevó una mano al pecho, respirando angustiosamente, como si le ahogase el entusiasmo. Clavaba en lo alto sus ojos mortecinos, adorando con el respeto del miedo la santa institución que había quemado a sus ascendientes.

—No haga usted caso de Pablo —continuó al recobrar el aliento, dirigiéndose a Febrer—; usted lo conoce bien: una mala cabeza, un republicano, un hombre que podía ser rico y va a llegar a viejo sin tener dos pesetas.

—¿Para qué? ¿Para que tú me las quites?...

Con esta brusca interrupción del marino se hizo el silencio. Catalina puso un gesto triste, como si temiese que se reprodujeran ante Febrer las ruidosas escenas que había presenciado muchas veces al discutir los dos hermanos.

Don Benito levantó los hombros y habló solo para Jaime. Su hermano estaba loco: un corazón de oro, pero loco, rematadamente loco. Con sus ideas exaltadas y sus vociferaciones en los cafés, era el principal culpable de que las personas decentes guardasen cierta prevención contra... de que hablasen mal de...

Y el viejo acompañaba sus truncadas expresiones con gestos humildes, evitando pronunciar la palabra *chueta* y nombrar la famosa «calle».

El capitán, con las mejillas coloreadas por el arrepentimiento de su acometividad, quería hacer olvidar las palabras anteriores, y comía vorazmente teniendo la cabeza baja.

La sobrina rió de su buen apetito. Siempre que comía con ellos les admiraba por la capacidad de su estómago.

—Es que yo sé lo que es hambre —dijo el marino con cierto orgullo—. Yo he sufrido hambre de verdad, hambre de la que hace pensar en la carne de los compañeros.

Y lanzado por este recuerdo en pleno relato de sus aventuras marítimas, hablaba de los tiempos juveniles, cuando había sido «agregado» a bordo de una fragata de las que iban a las costas del Pacífico. Al empeñarse en ser marino, su padre, el viejo Valls, autor de la fortuna de la casa, le había embarcado en una goleta de su propiedad que traía azúcar de La Habana. Aquello no era navegar. El cocinero le guardaba los mejores platos, el capitán no se atrevía a darle una orden, viendo en él al hijo del armador. Nunca sería un buen marino, duro y experto. Con la tenaz energía de su raza, se había embarcado sin saberlo su padre en una fragata que se hacía a la vela para cargar guano en las islas Chinchas, tripulada por gentes de pueblos diversos: ingleses desertores de la flota, lancheros de Valparaíso, indios peruanos, lo peor de cada casa, bajo el mando de un catalán cicatero, más pródigo en los rebencazos que en el, rancho. El viaje de ida fue regular; pero a la vuelta, luego de haber pasado el estrecho de Magallanes, sobrevinieron las calmas, y la fragata quedó inmóvil en el Atlántico cerca de un mes, agotándose rápidamente el pañol de los víveres. El armador, un avaro, había aprovisionado el buque con escandalosa parsimonia, y el capitán a su vez había roído los víveres, apropiándose una parte de la cantidad destinada a la compra.

—Nos daban dos galletas al día, llenas de gusanos. Cuando recibí las primeras me entretuve cuidadosamente, como un señorito de buena casa, en quitarles uno por uno aquellos animalejos. Pero después de la limpia solo quedaban unas cortezas delgadas como hostias, y me moría de hambre. Luego...

—¡Oh, tío! —protestó Catalina, adivinando lo que iba a decir y repeliendo el tenedor y el plato con un gesto de repugnancia.

—Luego —continuó el marino, impasible— suprimí la limpieza y me las tragué enteras. Bien es verdad que comía de noche... ¡Muchas que hubiese tenido, muchacha! Al final solo nos daban una por día, y cuando llegué a Cádiz hube de estar sometido muchos a caldo, para que mi estómago se arreglase.

Al terminar el almuerzo, Catalina y Jaime salieron al jardín. El mismo don Benito, con aires de patriarca, bondadoso, ordenó a su hija que acompañase al señor de Febrer para mostrarle unos rosales de exótica variedad que él había plantado. Los dos hermanos quedaron en la habitación que servía de despacho, viendo a la pareja que paseaba por el jardín y acabó sentándose en dos sillones de junco a la sombra de un árbol.

Catalina contestaba a las preguntas de su acompañante con una timidez de doncella cristiana santamente educada, adivinando el propósito oculto bajo sus palabras de vulgar galantería. Aquel hombre venía por ella, y su padre era el primero en aceptar este deseo. ¡Cosa hecha!... Era un Febrer, y ella iba a decirle «sí». Recordó sus años infantiles en el colegio, rodeada de niñas más pobres que aprovechaban todas las ocasiones para molestarla, por envidia a su riqueza y por un odio aprendido de sus padres. Era la *chueta*. Solo podía juntarse con las de su raza, y aun éstas, ansiosas de congraciarse con el enemigo, se traicionaban mutuamente, sin energía ni cohesión para la defensa común. A la hora de salida, las *chuetas* se marchaban antes, por indicación de las monjas, para evitar los insultos y ataques de las otras alumnas al verse juntas en la calle. Hasta las criadas que acompañaban a las niñas emprendían peleas, asumiendo los odios y preocupaciones de sus amos. También en las escuelas de niños los *chuetas* salían antes, huyendo de las pedradas y correazos de los cristianos viejos.

La hija de Valls había sufrido los tormentos del alfilerazo traidor, del arañazo oculto, del golpe de tijera en la trenza, y luego, al ser mujer, el odio y el desprecio de sus antiguas compañeras le había seguido en la vida, amargando sus placeres de mujer joven y rica. ¿Para qué ser elegante?... En los paseos solo la saludaban los amigos de su padre; en el teatro no veía visitado su palco más que por gentes procedentes de «la calle». Con uno de ellos tendría que casarse, como se habían casado su madre y sus abuelas.

La desesperación y el misticismo de la adolescencia la habían arrastrado hacia la vida monjil. Su padre estuvo próximo a ahogarse de pena. Pero la religión, ¡aquella religión por la que deseaba dar la vida!... Aceptó don Benito lo del monjío en un convento de Mallorca, donde él pudiera ver a su hija todos los días. Pero ningún convento quiso abrir sus puertas para ella. Las superioras, tentadas por la fortuna del padre, que acabaría por pasar a la comunidad, mostrábanse transigentes y buenas; pero los rebaños monásticos alborotábanse ante la idea de recibir en su seno a una de «la calle», y no humilde ni resignada para soportar la superioridad de las otras, sino rica y soberbia.

Cuando, empujada de nuevo hacia el mundo por esta resistencia, no sabía qué pensar de su porvenir y vivía como una enfermera junto al padre, ignorando cuál podría ser su suerte, volviendo la espalda a los jóvenes *chuetas* que mariposeaban en torno de ella atraídos por los millones de don Benito, presentábase el noble Febrer, como un príncipe de cuento de hadas, para hacerla su esposa. ¡Qué bueno es Dios!... Se veía en aquel palacio inmediato a la catedral, en el barrio de los nobles por cuyas estrechas calles de pavimento azul y silencioso pasan los canónigos durante las horas dormidas de la tarde, atraídos por la campana de coro. Se veía en un carruaje lujoso por entre los pinos de la montaña de Bellver o a lo largo del muelle, con Jaime al lado de ella, y gozaba pensando en las miradas de odio de sus antiguas compañeras, que no solo le envidiarían su riqueza y su nuevo rango, sino la posesión de aquel hombre al que lejanas aventuras y una vida agitada habían proporcionado cierta aureola de terrible seducción, deslumbradora y fatal para las tranquilas señoritas de la isla. Jaime Febrer!... Catalina le había visto siempre de lejos; pero cuando entretenía su aburrida soledad con una lectura incesante de novelas, ciertos personajes, los más interesantes por sus aventuras y sus audacias, le hacían pensar siempre en aquel noble del barrio de la Catedral que andaba por el mundo con mujeres elegantes disipando su fortuna. ¡Y de pronto su padre le hablaba de este personaje extraordinario, dando por seguro que iba a ofrecerle su nombre, y con él la gloria de sus ascendientes, que habían sido amigos de reyes!... No sabía ella si era amor o gratitud, pero un sentimiento de ternura que empañaba sus ojos la impelía hacia aquel hombre. ¡Ay, cómo iba a quererlo! Y escuchaba como un zumbido dulce sus palabras, sin saber ciertamente qué decía, embriagándose con su música, pensando al mismo tiempo en el porvenir que rápidamente se había abierto ante ella, como una salida de Sol que rasga las nubes.

Luego, haciendo un esfuerzo, concentraba su atención, y oía a Febrer que le hablaba de grandes y lejanas ciudades, de desfiles de coches lujosos, con mujeres que ostentaban las últimas modas, de escalinatas de teatros por donde descendían cascadas de brillantes, plumas y hombros desnudos, esforzándose él por colocarse al nivel del pensamiento de la muchacha, por halagarla con estas descripciones de gloria femenil.

Jaime no decía más, pero Catalina adivinaba el propósito que había precedido a estas palabras. Ella, la infeliz muchacha de «la calle», la *chueta*, habituada a ver a los suyos plegados y temerosos bajo el peso de un odio tradicional, visitaría estas ciudades, se mezclaría en los desfiles de riqueza, tendría francas las puertas que había contemplado siempre cerradas, y entraría por ellas apoyándose en el brazo de un hombre que le había parecido siempre la representación de todas las grandezas terrenales.

—¡Cuándo veré yo eso! —murmuraba Catalina con hipócrita humildad—. Yo estoy condenada a vivir en la isla; yo soy una pobre muchacha que no he hecho mal a nadie, y sin embargo he sufrido grandes disgustos... Debo ser antipática.

Febrer se lanzó por el camino que le franqueaba esta habilidad femenil. ¡Antipática!... No, Catalina. Él había venido a Valldemosa solo por verla, por hablarla. Le ofrecía una vida nueva. Todo aquello que le causaba asombro podía conocerlo y paladearlo con sola una palabra. ¿Quería casarse con él?...

Catalina, que esperaba esta propuesta desde una hora antes, palideció trémula de emoción. ¡Oírla de sus labios!... Pasó mucho tiempo sin contestar, y al fin balbuceó algunas palabras. Era una felicidad, la mayor de su existencia, pero una doncella bien educada no debe contestar inmediatamente.

—¿Yo?... Veremos... ¡Es tan grande esta sorpresa!

Jaime quiso insistir, pero en el mismo instante salió al jardín el capitán Valls, llamándole con grandes voces. Debían irse a Palma: ya había dado orden al cochero para que enganchase. Febrer protestó sordamente. ¿Con qué derecho se mezclaba aquel entrometido en sus asuntos?...

La presencia de don Benito cortó su protesta. Bufaba angustiosamente, con el rostro congestionado. El capitán se movía con hostil nerviosidad, protestando de la tardanza del cochero. Adivinábase que los hermanos acababan de sostener una discusión violenta. El mayor miró a su hija, miró a Jaime, y pareció serenarse al adivinar que los dos se habían entendido.

Don Benito y Catalina les acompañaron hasta el carruaje. El asmático cogió una mano de Febrer entre las suyas con vehemente apretón. Aquélla era su casa, y él un verdadero amigo deseoso de servirle. Si necesitaba su auxilio, podía mandar como quisiera. ¡Lo mismo que si fuese de la familia!... Todavía nombró una vez más a don Horacio, recordando su antigua amistad. Luego le invitó a que almorzase con ellos dos días después, sin acordarse para nada de su hermano.

—Sí, volveré —dijo Jaime lanzando una mirada a Catalina que la hizo enrojecer.

Cuando perdieron de vista la verja de la casa, detrás de la cual agitaban sus manos el padre y la hija, el capitán Valls lanzó una ruidosa carcajada.

—Según parece, ¿quieres que sea tío tuyo? —preguntó irónicamente.

Febrer, que iba furioso por la intervención de su amigo y la rudeza con que le había hecho abandonar la casa, dio expansión a su cólera. ¿Y a él qué le importaba? ¿Con qué derecho se atrevía a mezclarse en sus asuntos?... Era ya bastante grande para no necesitar consejeros.

—¡Alto! —dijo el marino retrepándose en el asiento y llevando sus manos al chambergo de mosquetero caído sobre su cogote—. ¡Alto, galán!... Me mezclo porque soy de la familia. Creo que se trata de mi sobrina; a lo menos así me parece.

—Y si quiero casarme con ella, ¿qué?... Tal vez a Catalina le parezca bien; tal vez su padre se muestre conforme.

—No digo que no; pero soy su tío, y el tío protesta y dice que esa boda es un disparate.

Jaime le miró con asombro. ¡Disparate casarse con un Febrer! ¿Acaso deseaba algo mejor para su sobrina?...

—Disparate por parte de ellos y disparate por tu parte —afirmó Valls—. ¿Te has olvidado de dónde vives? Tú puedes ser mi amigo, el amigo del *chueta* Pablo Valls, al que ves en el café, en el Casino, y que además tienen las gentes por medio loco. ¡Pero casarte con una mujer de mi familia!...

Y el marino reía al pensar en esta unión. Los parientes de Jaime iban a indignarse contra él, negándole para siempre el saludo. Más tolerantes se mostrarían si cometía un asesinato. Su tía «la Papisa Juana» iba a chillar como si presenciase un sacrilegio. Él lo perdería todo, y su sobrina, olvidada y tranquila hasta entonces, iba a trocar el aburrimiento de su casa, monótono y triste, pero que al fin era una paz, por una vida infernal de disgustos, humillaciones y desprecios.

—No; te lo repito: el tío se opone.

Hasta las gentes del populacho que se decían enemigas de los ricos se indignarían al ver a un *butifarra* casándose con una *chueta*. Había que respetar el ambiente tradicional de la isla, so pena de morir como moriría su hermano Benito, por falta de aire. Era peligroso querer modificar de un golpe la obra de siglos. Hasta los que llegaban de fuera, limpios de prejuicios, sufrían al poco tiempo la influencia de esta repulsión de razas que parecía diluida en la atmósfera.

—Una vez —continuó Valls— vino un matrimonio belga a establecerse en la isla, recomendado a mí por un amigo de Amberes. Les atendí, les hice toda clase de favores. «Tengan ustedes cuidado —dije muchas veces—; piensen que soy *chueta*, y los *chuetas* son gente muy mala.» La mujer reía. ¡Qué barbaridad! ¡Qué atraso el de la isla! Judíos los había en todas partes y eran gentes iguales a las otras. Nos vimos menos, trataron a otras personas. Un año después, al encontrarme en la calle, miraron a todos lados antes de saludarme. Ahora me ven y vuelven la cara siempre que pueden... ¡Lo mismo que si fuesen mallorquines!

¡Casarse!... Esto era para toda la vida. En los primeros meses, Jaime haría frente a las murmuraciones y los desprecios; pero el tiempo pasa, un odio de siglos no se fatiga en el transcurso de unos cuantos años, y Febrer acabaría por arrepentirse de su aislamiento, reconocería su error al ir contra las preocupaciones de la gran masa, y sería Catalina la que sufriese las consecuencias, viéndose mirada en su hogar como un signo de ignominia. No; con el matrimonio pocos juegos. En España es indisoluble, no hay divorcio, y el hacer experiencias con él resulta caro. Por eso Valls se había mantenido célibe.

Febrer, irritado por estas palabras, apeló al recuerdo de las ruidosas propagandas que hacía Pablo contra los enemigos de los *chuetas*.

—¿Pero tú no deseas la dignificación de los tuyos? ¿No te irritas de que miren a los de «la calle» como personas diferentes a las otras?... ¡Qué mejor que este matrimonio para combatir las preocupaciones!...

El capitán agitó las manos para expresar su duda: ¡Ta, ta!... El matrimonio no probaba nada. En varias épocas de tolerancia y olvido momentáneo se habían casado cristianos viejos con gentes de «la calle». En la isla habían muchos que revelaban por sus apellidos estas mezclas. ¿Y qué? El odio y la separación continuaban lo mismo... Lo mismo no: un poco más amortiguados que en otros tiempos, pero latentes aún. Los que habían de acabar con esta situación eran la cultura de la gente, las costumbres nuevas, y esto resultaba obra de años y no se conseguía con un matrimonio. Además, los ensayos eran peligrosos y causaban víctimas. Si él tenía empeño en hacer la experiencia, podía escoger a otra que no fuese su sobrina.

Y Valls sonrió irónicamente al ver los gestos negativos de Febrer.

—¿Estás acaso enamorado de Catalina? —preguntó.

Los ojos de ámbar del capitán, maliciosos y fijos en Jaime, no le permitieron mentir. ¿Enamorado?... Enamorado no. Pero no era indispensable el amor para casarse. Catalina era simpática, podía ser una excelente esposa, una agradable compañera.

Pablo extremó más aún su sonrisa.

—Hablemos como buenos amigos, conocedores de la vida. Mi hermano te es más simpático que su hija. Él se encargará indudablemente de arreglar tus asuntos. Llorará al ver el dinero que le cuestas; pero tiene la manía del nombre, respeta y adora lo antiguo, y pasará por todo... Mas ¡no te fíes, Jaime! Es el tipo de esos judíos que salen en las comedias con un bolsón de oro, ayudando a las gentes en una mala hora, para exprimirlas después. Ésos son los que desacreditan a mi raza. Yo soy otra cosa. Cuando te tenga en su poder te arrepentirás del negocio que has hecho.

Febrer miró a su amigo con ojos hostiles. Lo mejor que podían hacer era no hablar más del asunto. Pablo era un loco, acostumbrado a decir cuanto pensaba, y él no iba a sufrirle siempre. Para continuar siendo amigos, lo mejor era callarse.

—Bueno, callemos —dijo Valls—. Pero conste una vez más que el tío se opone y que lo hago por ti y por ella.

Pasaron silenciosos el resto del camino. En el Borne se separaron con frío saludo, sin darse la mano.

Cuando Jaime entró en su casa era casi de noche. *Madó* Antonia tenía sobre una mesa del recibimiento una candileja de aceite, cuya llama parecía hacer más densas las tinieblas de la vasta pieza.

Los ibicencos acababan de marcharse. Luego de almorzar con ella y vagar por la ciudad, habían esperado al señor hasta el anochecer. Tenían que pasar la noche en el falucho: el patrón quería darse a la vela antes del alba. Y *madó* hablaba con bondadoso interés de aquellas gentes, que le parecían del otro extremo del mundo. ¡Cómo lo admiraban todo! Iban por la calle como asustados... ¿Y Margalida? ¡Qué muchacha tan hermosa!...

La buena *madó* Antonia tenía una idea en su boca y otra en el pensamiento, y mientras seguía al señor hasta su dormitorio, le examinaba disimuladamente, queriendo adivinar algo en su rostro. ¿Qué habría pasado en Valldemosa, Virgen del Lluch? ¿Qué sería de aquel plan disparatado que había expuesto Febrer durante el desayuno?...

Pero el amo estaba de mal talante, y respondía con palabras breves a sus preguntas. No se quedaba en casa: cenaría en el Casino. A la luz de un quinqué que alumbraba débilmente su vasto dormitorio, cambió de traje y se acicaló un poco, tomando una llave enorme de manos de *madó* para abrir cuando volviese a altas horas de la noche.

A las nueve, al dirigirse al Casino, vio a la puerta de la calle, en un café del Borne, a su amigo Toni Clapés, el contrabandista. Era un hombretón de rostro afeitado y carilleno, con traje de payés. Parecía un cura del campo vestido de labriego para pasar la noche en Palma. Con sus alpargatas blancas, la camisa sin corbata y el sombrero echado atrás, entraba en cafés y sociedades, siendo recibido con grandes extremos de amistad. En el Casino le admiraban los señores al ver cómo sacaba tranquilamente de sus bolsillos los billetes de Banco a puñados. Procedente de un pueblo del interior de la isla, había llegado, en fuerza de coraje y de arrostrar peligros, a ser el jefe de un Estado misterioso que todos conocían de lejos, pero cuyo secreto funcionamiento permanecía en la sombra. Tenía centenares de súbditos, capaces de morir por él y una flota invisible que navegaba de noche, sin miedo a los temporales, abordando a costas casi inaccesibles. Las preocupaciones y peligros de estas empresas no se traslucían nunca en su rostro jovial y sus ademanes generosos. Solo se mostraba triste cuando pasaban varias semanas sin que él recibiese noticias de alguna barca salida de Argel en pleno mal tiempo.

—¡Perdida! —decía a sus amigos—. La barca y el cargamento importan poco... Iban siete hombres en ella, y yo también he navegado así... Procuraremos que a las familias no les falte el pan.

Otras veces, su tristeza era fingida, y al expresarla fruncía irónicamente sus labios: «Una escampavía del gobierno acaba de apresarme una barca». Y todos reían, sabiendo que Toni dejaba algunos meses que le cogiesen una embarcación vieja con algunos bultos de tabaco, para que sus perseguidores pudieran ostentar de este modo un triunfo. Cuando había epidemia en los puertos de África, las autoridades de la isla, impotentes para guardar un litoral extenso, llamaban a Toni, apelando a su patriotismo de mallorquín, y el contrabandista prometía cesar momentáneamente en sus navegaciones o cargaba en otro punto para evitar el contagio.

Febrer tenía con este hombre rudo, alegre y generoso, una confianza fraternal. Muchas veces le había contado sus apuros para buscar el consejo de su astucia campesina. Él, que era incapaz de solicitar un préstamo de sus amigos del Casino, aceptaba el dinero de Toni en momentos difíciles, dinero del que no parecía acordarse más el contrabandista.

Al encontrarse se estrecharon la mano. «¿Has estado en Valldemosa?...» Toni sabía ya su viaje, gracias a la facilidad con que circulan las más insignificantes noticias en el ambiente monótono y calmoso de una ciudad provinciana ávida de curiosidades.

—Algo más cuentan —dijo Toni en su mallorquín de campesino—, algo que me parece mentira. ¿Dicen que te casas con la *atlota* de don Benito Valls?

Febrer, admirado de que se supiesen tan pronto sus propósitos, no se atrevió a negar. Sí, era cierto. Solo a Toni quería confesarlo.

El contrabandista hizo un gesto de repulsión, al mismo tiempo que sus ojos, acostumbrados a las mayores sorpresas, revelaban asombro.

—Haces mal, Jaime; haces mal.

Lo decía gravemente, como si estuviera tratando un asunto solemne.

El *butifarra* tuvo con aquel amigo una confianza que no hubiera osado con ningún otro... ¡Pero si estoy arruinado, querido Toni! ¡Si nada de lo que tengo en mi casa es ya mío! ¡Si los acreedores solo me respetan por la esperanza de este matrimonio!...

Toni siguió moviendo la cabeza negativamente. El rudo payés, el contrabandista burlador de las leyes, parecía estupefacto por la noticia.

—De todos modos, haces mal. Debes salir de tus apuros como puedas, pero de otra manera... Los amigos te ayudaremos. ¿Casarte tú con una *chueta*?...

Se despidió de él con un vigoroso apretón de manos, como si le viese marchar hacia un peligro de muerte.

—Haces mal... piénsalo —dijo con tono de reproche—. ¡Haces mal, Jaime!

IV

Cuando Jaime se metió en su cama, tres horas después de la medianoche, creyó ver en la oscuridad del dormitorio los rostros del capitán Valls y de Toni Clapés.

Parecían hablarle, lo mismo que en la tarde anterior. «Me opongo», repetía el marino con risa irónica. «No hagas eso», aconsejaba el contrabandista con gesto grave.

Había pasado la noche en el Casino, silencioso y malhumorado bajo la obsesión de estas protestas. ¿Qué tenía su proyecto de extraño y absurdo para que lo repeliese aquel *chueta*, a pesar de constituir un honor para su familia, y aquel payés rudo y falto de escrúpulos, que vivía casi fuera de la ley?...

Era cierto que en la isla este matrimonio iba a producir escándalos y protestas; pero ¿y él?... ¿No tenía derecho a buscar su salvación por cualquier medio? ¿Era acaso una novedad que gentes de su clase intentasen rehacer su fortuna por medio de un casamiento? ¿Y los duques y príncipes que buscaban el oro en América dando su mano a hijas de millonarios de origen más censurable que don Benito?...

¡Ay! Aquel loco de Pablo Valls tenía en parte razón. Esas alianzas podían ser en el resto del mundo, pero Mallorca, la amada *Roqueta*, tenía un alma todavía viva, el alma de otros siglos, cargada de odios y preocupaciones. Las gentes eran tales como habían nacido, tales como fueron sus padres, y así habían de seguir en el ambiente inmóvil de la isla, que no lograban conmover lejanas y tardas ondulaciones venidas de fuera.

Jaime se agitaba inquieto en su lecho. No tenía sueño... ¡Los Febrer! ¡Qué pasado tan glorioso! ¡Y cómo gravitaba sobre él este pasado, como una cadena de esclavitud que aún hacía más triste su miseria!...

Había pasado muchas tardes en el archivo de la casa, la pieza inmediata al comedor, registrando legajos apilados en armarios con puertas de alambre, a la luz suave que se filtraba por las persianas de los huecos. ¡Polvo y papel viejo que había que sacudir para que no lo devorasen las polillas! ¡Bárbaras cartas de navegación, con erróneos y caprichosos perfiles, que habían servido a los Febrer en sus primeras travesías comerciales!... Por todo esto apenas sí le darían con que comer unos días; y sin embargo, la familia había peleado durante siglos para hacerse digna de tal depósito y aumentarlo. ¡Cuánta gloria muerta!...

La verdadera fama de los suyos, rompiendo los límites de la historia de la isla, comenzaba en 1541 con la llegada del gran Emperador. Una armada de trescientas velas, con dieciocho mil hombres de desembarco, se juntaba en la bahía de Palma para ir a la conquista de Argel. Estaban allí los tercios españoles mandados por Gonzaga, los alemanes regidos por el duque de Alba, los italianos acaudillados por Colonna, doscientos caballeros de Malta, a cuyo frente marchaba el comendador don Príamo Febrer, el héroe de la familia, y toda la flota navegaba bajo la dirección del gran marino Andrés Doria.

Mallorca acogía con fiestas mitológicas al señor de las Españas y las Indias, de Alemania e Italia, gotoso ya, y roído por otras dolencias. La mejor nobleza de Castilla seguía al Emperador en esta santa empresa, alojándose en las casas de los caballeros mallorquines. La de Febrer recibía como huésped a un noble improvisado, recién salido de la nada, cuyas lejanas hazañas y visibles riquezas inspiraban entusiasmos y murmuraciones. Era el marqués del Valle de Oaxaca, don Hernán Cortés, que había conquistado México y venía en la expedición ansioso de medirse con los antiguos nobles de la Reconquista, ahora sus iguales, en una galera equipada a su costa, acompañado de sus hijos don Martín y don Luis. Una magnificencia real envolvía al lejano conquistador, dueño de fantásticas riquezas. Adornando el puente de su galera llevaba tres esmeraldas enormes, valuadas en más de cien mil ducados: una tallada en forma de flor, otra en forma de pájaro y otra de campanilla, a la que servía de badajo una perla gruesa. Con él iban servidores que habían estado en tan lejanas tierras, adoptando sus extraños usos. Enjutos hidalgos de color enfermizo pasaban silenciosos las horas muertas encendiendo unos manojos de hierbajos, a modo de trozos de cuerda, llamados «tobaco», y arrojando humo por su boca como demonios que ardiesen interiormente.

Las abuelas de Jaime habían conservado de generación en generación un grueso diamante sin tallar, recuerdo del heroico capitán por el generoso hospedaje de los Febrer. La piedra preciosa figuraba en los documentos de la familia, pero el abuelo don Horacio no había alcanzado a conocerla.

Desapareció en el curso de los siglos, como tantas riquezas barridas por los apuros de una casa ostentosa.

Los Febrer preparaban un refresco para la armada, a nombre de Mallorca, pero costeado en gran parte por ellos. Este «refresca», para que el Emperador apreciase la abundancia de frutos de la isla, componíase de cien vacas, doscientos carneros, centenares de parejas de gallinas y pavos, de cuarteras de aceite y harina, de cuarterones de vino, de cuarterolas de queso, alcaparras y aceitunas, veinte barriles de agua de arrayán y cuatro quintales de cera blanca. Además, los Febrer avecindados en la isla y que no eran de la Orden de Malta se embarcaron en la escuadra con doscientos caballeros mallorquines, ansiosos de conquistar Argel, nido de piratas. Las trescientas galeras salieron de la bahía, ondeando sus flámulas entre el estruendo de cañones y bombardas, saludadas por el gentío aglomerado en las murallas. Nunca había reunido el Emperador una flota tan imponente.

Era en octubre. El experto Doria ponía mal gesto. Para él no existían en el Mediterráneo otros puertos seguros que «Junio, Julio, Agosto... y Mahón». El Emperador se había retrasado demasiado en el Tirol e Italia. El papa Paulo III, al salir a su encuentro en Luca, le había profetizado desgracias por lo avanzado de la estación. Los expedicionarios desembarcaron en la playa de Hamma. El comendador Febrer, con sus caballeros de Malta, marchaba a vanguardia, sosteniendo incesantes choques con los turcos. El ejército se apoderó de las alturas que rodean a Argel y comenzó el sitio. Entonces se cumplieron las predicciones de Doria. Sobrevino una horrible tempestad, con toda la violencia del invierno africano. Las tropas, sin abrigo, caladas hasta los huesos durante la noche por la lluvia torrencial, sentíanse ateridas. Un viento furioso obligaba a los hombres a mantenerse tendidos en el suelo. Al amanecer, los turcos, aprovechando esta situación, cayeron por sorpresa sobre el ejército, que casi se desbandó. Pero estaba allí el comendador Príamo, demonio de la guerra, insensible al agua y al fuego, duro, malicioso y despreciador de la fatiga, que contuvo el empuje enemigo con un puñado de sus caballeros. Españoles y alemanes se rehicieron, y los turcos se replegaron, perseguidos por los sitiadores, hasta las mismas murallas de Argel. Don Príamo Febrer, herido en la cara y en una pierna, se arrastró hasta una puerta de la ciudad, clavando en ella su puñal como testimonio de su avance.

En otra salida de la morisma, el choque era tan furioso, que cejaban los italianos, seguían su ejemplo los alemanes, y el Emperador, rojo de cólera al ver en fuga a sus soldados favoritos, desenvainaba la tizona, pedía su estandarte, metía espuelas al trotón y gritaba al brillante séquito de caballeros que le seguía: «¡Arriba, señores! Si me veis caer con el estandarte, levantad a éste antes que a mí». Los turcos huían ante el ímpetu de este escuadrón de hierro. Un Febrer, «el rico», el de la isla, abuelo remoto de Jaime, se había interpuesto por dos veces entre el Emperador y los enemigos, salvando su existencia. A la salida de un desfiladero, el fuego de las culebrinas turcas diezmó a los jinetes. El duque de Alba cogió la brida del caballo de su monarca. «Señor: que vuestra vida vale más que el triunfo.» Y el Emperador, serenándose, volvía al fin sobre sus pasos, y con un gesto de agradecimiento majestuoso se quitaba la cadena de oro pendiente de su cuello, para colocarla sobre los hombros de Febrer.

Mientras tanto, la tempestad destruía ciento sesenta buques, y el resto de la flota tenía que refugiarse detrás del cabo Matifux. Los más de los nobles opinaban por una retirada inmediata. Hernán Cortés, el conde de Alcaudete, gobernador de Oran, y los caballeros mallorquines, con los Febrer a la cabeza, pedían que se pusiera en salvo el Emperador y dejase al ejército continuar solo la empresa. Al fin se decidió la retirada, y por cumbres y barrancas hinchadas de lluvia se fue realizando la triste operación acosados por el enemigo, dejando una estela de muertos y prisioneros. En plena tempestad se embarcaron los que pudieron. El mar embravecido devoró nuevos buques, y las galeras mallorquinas llegaron tristemente a la bahía de Palma escoltando al Emperador, que sin querer bajar a tierra se dirigió a la Península. Los Febrer volvieron a su casa cubiertos de gloria en plena derrota: uno con el testimonio de amistad del César; otro, el comendador, tendido en una camilla y blasfemando como un pagano por haberse interrumpido el cerco de Argel.

¡Príamo Febrer!... Jaime no podía pensar en este personaje sin un sentimiento de simpatía y curiosidad que le habían infundido los relatos escuchados en su infancia. Era el alma heroica y maldita de la familia. Las antiguas damas de la casa no mencionaban jamás su nombre, y al escucharlo bajaban los ojos y enrojecían. Guerrero de la Iglesia, santo caballero que había pronunciado voto de castidad al entrar en la Orden, llevaba siempre mujeres en su galera. Eran cristianas rescatadas al musulmán, que no tenía gran prisa en devolver a sus hogares, o infieles hechas esclavas en sus audaces desembarcos.

Cuando se procedía al reparto del botín, miraba indiferente las riquezas en montón, dejándolas para el Gran Maestre. Él solo tenía interés en apropiarse las hembras. Si le amenazaban con la excomunión, reía diabólicamente en la cara de los eclesiásticos de la Orden. Cuando el Gran Maestre le llamaba para reprenderle por sus impurezas, erguíase fieramente, hablando de las grandes victorias en el mar que le debía la cruz de Malta.

Conservábanse en el archivo de la casa algunas de sus cartas: pliegos de papel amarillento con caracteres rojizos, desiguales y confusos, y un estilo que delataba las pocas letras del comendador. Expresábase con soldadesca tranquilidad, mezclando frases religiosas con las más impúdicas expresiones. En una de dichas cartas, que Jaime había leído, escribía alarmado a su hermano de Mallorca en vista de cierta enfermedad misteriosa que sufría éste; y por si era «mal de mujeres, le daba expertos consejos y mágicos remedios. Él había conocido mucho esta dolencia en sus visitas a los puertos de Levante.

Su nombre era terriblemente popular en toda la costa mediterránea ocupada por los infieles. Los mahometanos le temían como al demonio; las moras hacían callar a sus pequeñuelos con la amenaza del comendador Febrer. Dragut, gran corsario turco, le apreciaba como único rival digno de su valor. Los dos se temían y se respetaban, procurando no verse ni encontrarse en el mar, después de varios combates de los que ambos habían salido malparados.

Un día, Dragut, al visitar una de sus galeras en Argel, encontró a Príamo Febrer casi desnudo, encadenado a un banco y con un remo en las manos.

—¡Cosas de la guerra! —dijo Dragut.

—¡Cosas de la fortuna! —contestó el comendador.

Se estrecharon la mano y no dijeron más. Ni el uno ofreció favor ni el otro pidió misericordia. Las gentes de Argel acudían ansiosas para conocer al «Demonio de Malta» amarrado a su banco de esclavo; pero al verle fiero y ceñudo como un aguilucho cautivo, no se atrevían a insultarle. La Orden dio por el rescate de su heroico guerrero centenares de esclavos, naves y cargamentos, como si fuese un príncipe. años después fue don Príamo el que, entrando en una galera de Malta, encontró encadenado en un banco de remero al intrépido Dragut. Se repitió la escena sin sorpresa para ambos, como si el encuentro fuese natural. Se estrecharon las manos.

—¡Cosas de la guerra! —dijo uno.

—¡Cosas de la fortuna! —contestó el otro.

Jaime amaba al comendador porque había representado en el seno de la noble familia el desorden, la libertad, el desprecio de las preocupaciones... ¡Lo que a él le importaban las diferencias de raza y religión cuando sentía el deseo de una mujer!... Había vivido en la madurez de su existencia retirado en Túnez, con sus buenos amigos los ricos corsarios, que en fuerza de odiarle y perseguirle acabaron por ser sus camaradas. Fue éste el período más oscuro de su existencia. Las leyendas llegaban a suponer que había renegado, y para distraer su tedio daba caza en el mar a las galeras de Malta. Algunos caballeros de la Orden, enemigos suyos, juraban haberle visto durante un combate vestido a la turca en el castillo de una embarcación enemiga. Lo único cierto era que había vivido en Túnez en un palacio a orillas del mar, con una mora de espléndida belleza, parienta de su amigo el Bey. Dos cartas atestiguaban en el archivo esta dulce e incomprensible esclavitud. Al morir la musulmana, don Príamo volvía a Malta, dando por terminada su carrera. Los más importantes dignatarios de la Orden quisieron favorecerle si cambiaba de conducta, hablando de nombrarle Bailío de Negroponto o Gran Castellán de Amposta. Pero el empecatado don Príamo no se corregía, y continuó siendo un libertino temible, de humor fantástico y desigual para los otros caballeros. En cambio, el heroico comendador era adorado por los «hermanos sirvientes», hombres de armas de la Orden, simples soldados que solo podían llevar sobre la coraza el adorno de media cruz.

El desprecio a las intrigas y el odio de sus enemigos le hicieron abandonar para siempre el archipiélago de la Orden, las islas de Malta y Gozzo, cedidas por el Emperador a los frailes guerreros sin otro precio que el tributo anual de un azor de los que se criaban en aquellas islas. Viejo ya y cansado, retirábase a Mallorca, viviendo de los bienes de su encomienda situados en Cataluña. La impiedad y los vicios del héroe aterraban a la familia y escandalizaban a la isla. Tres moras jóvenes y una judía de gran belleza le acompañaban como sirvientes en las habitaciones de toda un ala del caserón de los Febrer, que era mucho más grande en aquella época. Además conservaba varios esclavos, turcos unos, tártaros otros, que temblaban al verle. Andaba en tratos con viejas tenidas por brujas, consultaba a curanderos hebreos, se encerraba en su dormitorio con toda esta gente sospechosa, y los vecinos temblaban viendo a altas horas de la noche sus ventanas inflamadas por un fuego de infierno. Algunos de sus esclavos languidecían, pálidos, como si les chupasen la vida. La gente murmuraba que el comendador había empleado su sangre para mágicos bebedizos. Don Príamo quería volver a la juventud: ansiaba reanimar con fuego vital sus fuerzas pasionales. El Gran Inquisidor de Mallorca hablaba de una visita con familiares y alguaciles a las habitaciones del comendador; pero éste, que era primo suyo, le anunció por carta su propósito de abrirle la cabeza con un mandoble de abordaje apenas avanzase un pie sobre el primer peldaño de su escalera.

Moría don Príamo, o más bien, reventaba con los diabólicos brebajes, dejando como resumen de sus despreocupaciones un testamento cuya copia había leído Jaime. El guerrero de la Iglesia legaba el cuerpo de sus bienes, así como sus armas y trofeos, a los hijos de su hermano mayor, lo mismo que habían hecho siempre todos los segundones de la casa. Pero a continuación figuraba una extensa lista de mandas, todas para hijos suyos que declaraba habidos con esclavas musulmanas o amigas judías, armenias y griegas que debían vegetar a aquellas horas, decrépitas y arrugadas, en algún puerto de Levante. Era una descendencia de patriarca bíblico, pero toda irregular y mestiza, producto del cruzamiento de sangres enemigas, de razas antagónicas. ¡Famoso comendador! Parecía que al quebrantar sus votos hubiese buscado aminorar esta falta escogiendo siempre mujeres infieles. A su pecado de impureza unía lo vergonzoso del comercio con hembras enemigas del verdadero Dios.

Admirábalo Jaime como a un precursor que le salvaba de sus dudas. ¿Qué tenía de extraño que él se uniese a una *chueta*, igual a las otras mujeres en costumbres, creencias y educación, si el más famoso de los Febrer, en una época de intolerancia, había vivido, fuera de toda ley, con hembras infieles?... Pero los prejuicios de familia despertaban en Jaime como un remordimiento, haciéndole recordar una cláusula del testamento del comendador. Dejaba bienes a los hijos de sus esclavas, mestizos de otras razas, porque eran de su sangre y deseaba evitarles los sufrimientos de la miseria, pero les prohibía que usasen el apellido de su padre, el nombre de los Febrer, que se habían mantenido siempre puros de cruzamientos vergonzosos en su casa de Mallorca.

Al recordar esto, sonreía Jaime en la oscuridad. ¿Quién podía responder del pasado? ¿Qué misterios no se ocultaban en las raíces del tronco de su estirpe, allá en los tiempos medioevales, cuando los Febrer y los ricos de la sinagoga balear comerciaban juntos y cargaban sus naves en Puerto Pi? Muchos de su familia, y hasta él mismo, así como otros de la antigua nobleza mallorquina, tenían algo de judaico en el rostro. La pureza de las razas era una ilusión. La vida de los pueblos residía en el movimiento, gran engendrador de mezclas y confusiones... Pero ¡ay, los orgullosos escrúpulos de familia! ¡La separación creada por las costumbres!...

Él mismo, que pretendía burlarse de los prejuicios del pasado, experimentaba un sentimiento irresistible de altivez al lado de don Benito, que había de ser su suegro. Se consideraba superior a él; le toleraba con una bondad lastimera; se había sublevado interiormente cuando el rico *chueta* habló de su pretendida amistad con don Horacio. No era cierto; los Febrer no habían tratado nunca a aquellas gentes. Cuando sus abuelos iban a Argel con el Emperador, los abuelos de Catalina estaban tal vez recluidos en el barrio de la Calatrava, fabricando objetos de plata, temblando ante la idea de que los payeses pudieran bajar en son de guerra a Palma, encorvándose pálidos de miedo ante el Gran Inquisidor —algún Febrer indudablemente— para granjearse su protección.

Fuera, en el recibimiento, estaba el retrato de uno de sus ascendientes menos remotos, un señor de rostro afeitado, labios finos y descoloridos, peluca blanca y casaca de seda roja, que, según rezaba la cartela del lienzo, había sido regidor perpetuo de la ciudad de Palma. El rey Carlos III enviaba una pragmática a la isla prohibiendo que se insultase a los antiguos judíos, «gente laboriosa y honrada», amenazando con pena de presidio al que los llamase *chuetas*. El Concejo se alborotaba con esta disposición absurda del monarca, sobradamente bondadoso, y el regidor Febrer solucionaba el asunto con la autoridad de su nombre. «Archívese la pragmática; se acata, pero no se cumple. ¿Para qué necesitan los *chuetas* tener dignidad como cualquiera de nosotros? Con tal que no les toquen la bolsa o la mujer, se dan por contentos.» Y todos reían, diciéndose que Febrer hablaba por experiencia propia, pues era gran aficionado a visitar «la calle», encargando trabajo a los plateros para poder hablar con las plateras.

También estaba en el recibimiento el retrato de otro de sus ascendientes, el inquisidor don Jaime Febrer, que llevaba su mismo nombre. En los desvanes de la casa había encontrado él, amarillas por el tiempo, varias cartulinas de visita con el nombre del rico sacerdote: tarjetas grabadas con emblemas, como empezaron a usarse en el siglo XVIII. En el centro de la tarjeta aparecía una cruz leñosa con una espada y una rama de olivo; a ambos lados dos corazas, una con la cruz del Santo Oficio, otra con dragones y cabezas de Medusa. Esposas, látigos, calaveras, rosarios y cirios completaban el adorno; abajo ardía una hoguera en torno a un poste con argolla y figuraba una caperuza como un embudo adornada de serpientes, sapos y cabezas cornudas. Una especie de sarcófago elevábase entre estos adornos, y en él se leía en antigua letra española: «El Inquisidor Decano don Jaime Febrer». El pacífico mallorquín que al volver a su casa encontraba esta cartulina de visita debía sentir un espeluznamiento de terror.

Además, pasaba por su memoria otro de sus ascendientes, aquel a quien mencionaba iracundo Pablo Valls al recordar las quemas de *chuetas* y el librito del padre Garau. Era un Febrer elegante y galanteador, que había entusiasmado a las damas de Palma en el famoso auto de fe, con un vestido nuevo de paño de Florencia recamado de oro, jinete sobre un corcel tan vistoso como su dueño y llevando el estandarte del Santo Tribunal. El jesuita hablaba con líricos arrebatos de su gentil apostura. A la caída de la tarde había presenciado el caballero en la falda del castillo de Bellver cómo ardía la abultada corpulencia de Rafael Valls y cómo reventaban sus entrañas cayendo en el brasero, espectáculo del que le distrajo la presencia de algunas damas, haciendo caracolear su caballo junto a las portezuelas de las carrozas. El capitán Valls tenía razón: todo esto resultaba bárbaro. Pero los Febrer eran los suyos; el nombre y los bienes ya perdidos a ellos los debía.

¡Y él, último vástago de una familia orgullosa de su historia, iba a casarse con Catalina Valls, descendiente del ajusticiado!...

Las consejas oídas en la niñez, los simples relatos con que le entretenía *madó* Antonia, surgían ahora en su recuerdo como ideas olvidadas, pero que habían abierto hondo surco. Pensaba en los *chuetas*, que, según la opinión popular, no eran lo mismo que las otras personas; seres de miseria sórdida y contacto viscoso, que debían ocultar terribles deformidades. ¿Quién podía afirmarle que Catalina era igual a las otras mujeres?...

Al momento pensaba en Pablo Valls, tan alegre y generoso, superior por sus cualidades a casi todos los amigos que él tenía en la isla. Pero Pablo apenas había vivido en Mallorca: había viajado mucho; no era como los de su raza, inmóviles en la misma postura durante siglos, reproduciéndose sobre el montón de su vileza y su cobardía, sin fuerzas ni solidaridad para levantarse e imponer respeto.

Jaime conocía en París y en Berlín ricas familias de judíos. Hasta había solicitado que le presentasen a los altos varones de Israel; pero al ponerse en contacto con estos hebreos verdaderos, que conservaban su religión y su independencia de raza, no sintió la instintiva repugnancia que le inspiraban el devoto don Benito y otros *chuetas* de Mallorca. ¿Era el ambiente, que influía en él? ¿Era que una sumisión de siglos, el miedo y el hábito de doblarse, habían hecho de los de Mallorca una raza distinta?...

Febrer acabó por sumirse en la lobreguez del sueño, rodando a través de las sinuosidades de su pensamiento, cada vez más confuso.

En la mañana siguiente, mientras se vestía, decidióse a realizar cierta visita, con gran esfuerzo de su voluntad. Aquel casamiento era algo audaz y peligroso que exigía larga reflexión, como le había dicho su amigo el contrabandista.

«Antes debo jugar mi última carta... —pensó Jaime—. Voy a ver a "la Papisa Juana". Hace muchos años que no la he visto; pero es mi tía, mi pariente más próxima. En justicia, debía ser yo su heredero. ¡Si ella quisiera!... Le bastaría hacer un gesto, y todos mis apuros habrían terminado.»

Pensó en la hora mejor para visitar a la gran señora. Por la tarde tenía su famosa tertulia de canónigos y graves señores, a los que recibía con un aire de soberana. Estos eran los que iban a heredarla, como mandatarios y representantes de varias corporaciones de carácter religioso. La debía visitar inmediatamente, sorprenderla en su soledad después de la misa y los ejercicios matinales.

Doña Juana vivía en un palacio inmediato a la catedral. Se había mantenido soltera, abominando del mundo después de ciertos desengaños de su juventud, de los que era responsable el padre de Jaime. Toda la acometividad de su carácter bilioso y el entusiasmo de su fe seca y altiva los había dedicado a la política y la religión. «Por Dios y por el Rey», le había oído decir Febrer al visitarla siendo muchacho. En su juventud había soñado doña Juana con las heroínas de la Vendée; se había entusiasmado con las hazañas y penalidades de la duquesa de Berry, queriendo, como estas hembras fuertes de la religión y el legitimismo, montar a caballo, llevando sobre el pecho un crucifijo y junto a la falda de amazona un sable pendiente. Pero estos deseos no pasaron de ser vagas fantasías. En realidad, no había hecho otra expedición que un viaje a Cataluña durante la última guerra carlista, para ver más de cerca la santa empresa que consumió una parte de sus bienes.

Los enemigos de «la Papisa Juana» afirmaban que de joven había tenido oculto en su palacio al conde de Montemolín, pretendiente a la corona, y que allí lo había puesto en relación con el general Ortega, capitán general de las islas. A estas murmuraciones unían la de un amor romántico de doña Juana por el pretendiente. Jaime sonreía al oír estas noticias. Todo mentira. El abuelo don Horacio, que estaba bien enterado, habló muchas veces a su nieto de tales sucesos. «La Papisa» solo había querido al padre de Jaime. El general Ortega era un iluso, al que recibía doña Juana con novelesco misterio, vestida de blanco en un salón casi a oscuras, hablándole con voz dulce de ultratumba, como si fuese el ángel del pasado, de la necesidad de volver España a sus antiguas costumbres, barriendo a los liberales y restableciendo el gobierno de los caballeros. «¡Por Dios y por el Rey!...» Ortega fue fusilado en la costa de Cataluña al fracasar su desembarco carlista, y «la Papisa» se quedó en Mallorca, pronta a dar su dinero para nuevas empresas santas.

Muchos la consideraban arruinada después de sus prodigalidades en la última guerra civil, pero, Jaime conocía la verdadera fortuna de la devota señora. Su vida era simple como la de una payesa; le quedaban en la isla extensos predios, y todas sus economías las invertía en regalos a iglesias y conventos o en donativos al tesoro de San Pedro. Su antiguo lema «Por Dios y por el Rey» había sufrido una mutilación. Ya no pensaba en el rey. De sus antiguos entusiasmos por el pretendiente don Carlos solo le quedaba una gran fotografía con dedicatoria adornando la parte más oscura de su salón.

—Buen mozo —decía de él—, buen caballero, pero igual casi a los liberales. ¡Ay, la vida en tierra extranjera! ¡Cómo cambia a los hombres!... ¡Qué pecados!...

Ahora su entusiasmo era solo por Dios, y su dinero emprendía el camino de Roma. Una suprema ilusión animaba su existencia. ¿No le enviaría antes de morir la «Rosa de Oro» el Santo Padre? Era regalo destinado en otros tiempos solo a las reinas, pero algunas devotas ricas de la América del Sur conseguían ahora esta distinción. Y menudeaba las liberalidades, viviendo en santa pobreza para poder enviar más dinero al Vaticano. ¡La «Rosa de Oro», y luego morir!...

Febrer llegó a casa de «la Papisa»: un zaguán semejante al suyo, aunque más cuidado, más limpio, sin hierbas en el pavimento, sin grietas ni desconchaduras en las paredes, con una pulcritud monacal. Arriba le abrió la puerta una criadita pálida, vestida con el hábito azul de una cofradía y cordón blanco. Esta muchacha no pudo reprimir un gesto de sorpresa al reconocer a Jaime.

Le dejó en el recibimiento, lleno de retratos como el de casa de los Febrer, y corrió con un ligero trote de ratón a las habitaciones interiores, para avisar esta visita extraordinaria que turbaba la paz monástica del palacio.

Transcurrieron largos minutos de silencio. Jaime oyó pasos furtivos en las habitaciones inmediatas; vio cortinajes que se agitaban levemente, como movidos por suave céfiro; adivinó tras de ellos cuerpos en acecho, ojos que le contemplaban ocultos. La criada volvió a aparecer, saludando a don Jaime con grave cortesía. ¡Era el sobrino de la señora!... Le acompañó hasta un gran salón, y desapareció.

Febrer entretuvo la espera contemplando esta vasta pieza, de un lujo arcaico. Así era su casa en tiempos del abuelo. Las paredes estaban cubiertas de rico damasco carmesí, y sobre ellas destacábanse antiguos cuadros religiosos de suaves pinceles italianos. Los muebles eran de madera blanca y oro, con voluptuosas curvas, tapizados de gruesa seda bordada. Sobre las consolas, reflejándose en los espejos azulados y profundos, mezclábanse figuras policromas de santos y péndolas del siglo XVII con figuras mitológicas. La bóveda del techo estaba pintada al fresco, con una asamblea de dioses y diosas sentados en nubes. Sus rosadas desnudeces y atrevidos gestos contrastaban con la faz dolorosa de un gran Cristo que parecía presidir el salón, ocupando la mayor parte del muro sobre el estrado, entre dos puertas. «La Papisa» reconocía lo pecaminoso de estos adornos mitológicos; pero eran recuerdos de la buena época, de cuando mandaban los caballeros, y los respetaba, procurando no verlos.

Se levantó un cortinaje de damasco y entró una criada vieja vestida de negro, con falda lisa y pobre jubón, lo mismo que una campesina. Los cabellos grises estaban cubiertos en parte por una pañoleta oscura, a la que el tiempo y la grasa habían dado un tinte rojizo. Por debajo de la falda asomaban los pies calzados de paño, con unas medias blancas de grueso tejido. Jaime se apresuró a levantarse de su asiento. Aquella criada vieja era «la Papisa».

La sillería estaba en un desorden permanente que parecía denunciar la tertulia reunida allí todas las tardes. Cada asiento pertenecía por derecho consuetudinario a una grave persona, y quedaba inmóvil en el mismo sitio. Doña Juana, al entrar, ocupó un sillón semejante a un trono, asiento desde el cual presidía toda las tardes su fiel tertulia de canónigos, amigas viejas y señores de sanas ideas, como una reina que recibe su corte.

—Siéntate —dijo brevemente a su sobrino.

Tendió las manos, por el automatismo de la costumbre, sobre un brasero monumental de plata que estaba vacío, y contempló fijamente a Jaime con sus ojillos grises de mirada aguda, habituados a infundir miedo. Esta mirada autoritaria fue humanizándose, hasta temblar con una lacrimosidad de emoción. Cerca de diez años que no veía a su sobrino.

—Eres un Febrer de lo más puro. Te pareces a tu abuelo... ¡igual a todos los de tu familia!

Y ocultaba su verdadero pensamiento; callábase el único parecido que le conmovía: la semejanza de Jaime con su padre, cuando éste era oficial de marina y venía a verla en tiempos ya remotos. Solo le faltaban para ser idéntico a su progenitor el uniforme y los lentes... ¡Ah, monstruo de liberalismo y de ingratitud!...

Sus ojos recobraron la acostumbrada dureza; sus facciones parecieron más secas, pálidas y angulosas.

—¿Qué deseas? —dijo con rudeza—. ¡Porque seguramente no vienes por el placer de verme!...

Jaime bajó los ojos con una hipocresía infantil, y temeroso de llegar a su verdadera demanda, acometió el relato desde muy lejos. Él era bueno, creía en todo lo antiguo, deseaba mantener el prestigio de su familia y aumentarlo... No había sido un santo, lo confesaba; una existencia loca había consumido sus bienes... ¡pero el honor de la casa siempre intacto! De esta vida de pecado y ruina había sacado dos cosas excelentes: la experiencia y el firme propósito de enmendarse.

—Tía: yo quiero cambiar de modo de vivir; yo quiero ser otro.

La tía asintió con un gesto enigmático. Muy bien; así habían hecho San Agustín y otros santos varones que pasaron su juventud en la licencia, para ser luego lumbreras de la Iglesia.

Se animó el sobrino con estas palabras. Él, ciertamente, no llegaría a figurar como lumbrera de nada, pero deseaba ser un buen caballero cristiano; se casaría, educaría a sus hijos para que continuasen las tradiciones de la casa; un hermoso porvenir. Pero ¡ay! vidas tan desarregladas como la suya son de difícil apaño cuando llega el momento de enderezarlas hacia la virtud. Necesitaba una ayuda. Estaba arruinado, tía. Los predios se hallaban en manos de los acreedores; su casa era un desierto: se había defendido vendiendo los recuerdos del pasado. Él, un Febrer, iba a verse en medio de la calle si una mano misericordiosa no le daba apoyo. Y había pensado en su tía —que al fin era su pariente más próxima, algo así como su madre— para que le salvase.

Esta supuesta maternidad hizo enrojecer débilmente a doña Juana y aumentó la dura brillantez de sus ojos. ¡Ay, la memoria con sus penosas evocaciones!...

—¿Y es de mí de quien esperas tu salvación? —dijo lentamente «la Papisa», con una voz que silbaba entre los dientes, separados y amarillentos, pero todavía fuertes—. Pierdes el tiempo, Jaime. Yo soy pobre... no tengo casi nada. Apenas lo necesario para vivir y hacer algunas limosnas.

Lo dijo con tal firmeza, que Febrer perdió la esperanza y juzgó inútil insistir. «La Papisa» no quería ayudarle.

—Está bien —dijo con visible despecho—. Pero a falta de su apoyo, he de procurarme otra salida en mis apuros, y cuento con una. Usted es ahora la mayor de mi familia, y debo pedir su consejo. Tengo en proyecto un casamiento que puede salvarme: un matrimonio con persona rica, pero que no es de nuestra clase, sino de un origen bajo. ¿Qué debo hacer?...

Esperaba en su tía un movimiento de sorpresa, de curiosidad. Tal vez el anuncio de su casamiento la ablandase. Casi era seguro que, aterrándose ante un peligro tan enorme para el honor de su casa y de su sangre, se allanara a todo, concediéndole su protección. Pero el sorprendido, el aterrado, fue Jaime al ver fruncirse con una sonrisa fría los labios pálidos de la vieja.

—Lo sé —dijo—. Me lo han contado todo esta mañana en Santa Eulalia, al salir de misa. Ayer estuviste en Valldemosa. Te casas... te casas con... una *chueta*.

Le costó un esfuerzo soltar la palabra, se estremeció al decirla. Luego de esto reinó en el salón un largo silencio, uno de esos silencios trágicos y absolutos que siguen a las grandes catástrofes, lo mismo que si la casa acabara de venirse abajo, extinguiéndose el eco del último muro derrumbado.

—¿Y a usted qué le parece? —se atrevió a preguntar tímidamente Jaime.

—Haz lo que quieras —dijo «la Papisa» con frialdad—. Sabes que hemos estado muchos años sin vernos, y lo mismo podernos seguir el resto de nuestra vida. Tú y yo somos ahora como de otra sangre; pensamos de distinto modo; no podemos entendernos.

—¿De modo que debo casarme? —insistió él.

—Eso pregúntalo a ti mismo. Los Febrer marchan desde hace años por tales caminos, que nada de ellos puede sorprenderme.

Jaime adivinaba en los ojos y la voz de su tía un goce reprimido, la voluptuosidad de la venganza, la alegría de ver caídos a sus enemigos en lo que consideraba una deshonra, y esto le irritó.

—Y si me caso —dijo imitando la frialdad de doña Juana—, ¿puedo contar con usted? ¿Vendrá usted a mi boda?

Esto puso fin a la tranquilidad de «la Papisa», y la hizo erguirse con altivez. Las lecturas románticas de la juventud acudieron a su memoria. Habló como una reina ultrajada al final de un capítulo de novela histórica.

—Caballero, soy Genovart por mi padre. Mi madre era Febrer, pero tanto valen los unos como los otros. Yo reniego de la sangre que va a mezclarse con la de la gente vil, matadora de Cristo, y me quedo con la mía, con la de mi padre, que acabará conmigo pura y honrada.

Señalaba la puerta con ademán arrogante, dando por terminada la entrevista. Pero luego pareció darse cuenta de lo extemporáneo y teatral de su protesta, y bajó los ojos, se humanizó, tomando un aspecto de mansedumbre cristiana.

—Adiós, Jaime; ¡que el Señor te ilumine!

—Adiós, tía.

La tendió él una mano, a impulsos de la costumbre, pero ella retiró vivamente su diestra, ocultándola detrás de su espalda. Febrer sonrió al recordar ciertas noticias de los murmuradores. Esta retracción no significaba desprecio ni odio. Era que «la Papisa» había hecho voto de no tocar en su vida las manos de otros hombres que los sacerdotes.

Cuando se vio en la calle prorrumpió sordamente en denuestos, mirando los panzudos balcones del caserón. ¡Víbora! ¡Cómo se alegraba de su casamiento!... Cuando éste fuese un hecho, fingiría indignación y escándalo ante su tertulia. Tal vez enfermase, para que todos en la isla la compadeciesen, y sin embargo, su alegría era inmensa, la alegría de una venganza incubada durante muchos años, viendo a un Febrer, al hijo del hombre odiado, sumido en lo que consideraba la más afrentosa de las deshonras... ¡Y él, empujado por las angustias de la ruina, tendría que proporcionarle este placer casándose con la hija de Valls!... «¡Ah, miseria!»

Vagó hasta pasado mediodía por las calles poco frecuentadas inmediatas a la Almudaina y la catedral. El desfallecimiento del estómago guió sus pasos instintivamente hacia su casa. Comió silencioso, sin saber lo que comía, no viendo a *madó*, que, inquieta desde el día anterior, rondaba en torno de él, ansiosa de entablar conversación.

Luego de comer salió a una pequeña galería que daba sobre el jardín, con su ruinosa baranda de balaustres coronada por tres bustos romanos.

A sus pies extendíase el follaje de las higueras, las barnizadas hojas de los magnolieros, las bolas verdes de los naranjos. Frente a él cortaban el espacio azul los troncos de las palmeras, y más allá de las almenas puntiagudas de la tapia extendíase el mar, luminoso, con estremecimientos de vida, como si cosquilleasen su blanda epidermis las barcas, sueltas sus velas al viento. A la derecha estaba el puerto, repleto de mástiles y amarillas chimeneas; más, allá, avanzaba en las aguas de la bahía la masa oscura de los pinos de Bellver, y sobre su cumbre erguíase el antiguo castillo, redondo como una plaza de toros, con su torre del homenaje suelta, aislada, sin otro lazo de unión que un gallardo puente. Abajo extendíase el rojo caserío moderno del Terreno, y más allá, al extremo del cabo, el antiguo Puerto Pi, con su torre de señales y las baterías de San Carlos.

Al otro lado de la bahía perdíase mar adentro, en las brumas flotantes del horizonte, un cabo de oscuro verde y peñas rojizas, sombrío y deshabitado.

La catedral destacaba sobre el azul del cielo sus botareles y arcadas, como un navío de piedra con la arboladura desmochada que hubiesen arrojado las olas entre la ciudad y la costa. Más allá del templo, el antiguo alcázar de la Almudaina mostraba sus rojas torres morunas. En el palacio del obispo brillaban como láminas de acero enrojecido los cristales de los miradores, cual si reflejasen un incendio. Entre este palacio y la muralla de mar, en un profundo foso lleno de hierba, por cuyos muros trepaban guirnaldas de rosales, amontonábanse numerosos cañones: unos antiquísimos, montados sobre ruedas; otros modernos, esparcidos por el suelo, esperando, durante años, el momento de ser emplazados. Las torres blindadas estaban oxidadas, lo mismo que las cureñas; los cañones de largo alcance, pintados de rojo y hundidos en la hierba, parecían tubos de desecho. El olvido y el óxido del abandono envejecían estas piezas modernas. El ambiente tradicional y envejecedor que según Febrer envolvía a la isla, parecía pesar sobre estos instrumentos de guerra, decrépitos poco después de nacer y antes de haber hablado.

Insensible a la alegría del Sol, a las palpitaciones luminosas de la extensión azul, al piar de los pájaros que revoloteaban a sus pies, Jaime se sentía dominado por intensa tristeza, por un desaliento anonadador.

«¿A qué luchar con el pasado?... ¿Cómo libertarse de su cadena?... Cada uno, al nacer, encuentra marcado el sitio y gesto para todo el curso de su existencia, y es inútil querer cambiar de situación y de postura.»

Muchas veces, en su primera juventud, al ver desde una cumbre la ciudad y sus risueños alrededores, se había sentido obsesionado por fúnebres pensamientos. En las calles bañadas de Sol o bajo los caparazones de los techos agitábase el humano hormiguero, impulsado por necesidades e ideas del momento que consideraba importantísimas. Todos creían con el más cándido y vanidoso de los egoísmos que una voluntad superior y omnipotente vigilaba y dirigía sus idas y venidas, iguales a las de los infusorios en una gota de agua. Más allá de la ciudad veía Jaime con la imaginación monótonas tapias, cipreses que asomaban sus puntas sobre ellas, una población apretada de blancas construcciones, de ventanillas como bocas de horno, de losas que parecían cubrir entradas de cuevas. ¿Cuántos eran los habitantes de la ciudad de los vivos en sus plazas y sus amplias calles? Sesenta mil... ochenta mil. ¡Ay! En la otra población situada a corta distancia, apretada, silenciosa, comprimida en sus casitas blancas entre sombríos cipreses, los habitantes invisibles eran cuatrocientos mil, seiscientos mil, tal vez un millón.

Luego, en Madrid, había pensado lo mismo una tarde que paseaba con dos mujeres por los alrededores de la villa. Las cumbres de las colinas inmediatas al río estaban ocupadas por mudas poblaciones entre cuyos edificios blancos surgían agudos grupos de cipreses. Y en el lado opuesto de la gran urbe existían igualmente otros campamentos de silencio y olvido. La ciudad vivía entre un apretado cordón de fuertes de la Nada. Medio millón de seres vivos agitábanse en las calles, creyendo ser solos en el dominio y la dirección de la existencia, sin acordarse ni conocer a cuatro, seis u ocho millones de semejantes que permanecían invisibles en los inmediatos cementerios.

Igual había pensado en París, donde cuatro millones de vecinos despiertos vivían rodeados de veinte o treinta millones de antiguos habitantes dormidos para siempre; y la misma fúnebre idea habíale perseguido en todas las grandes ciudades.

Los vivos no están solos en ninguna parte. Les rodean los muertos en todos los sitios, y como éstos son más, infinitamente más, gravitan sobre su existencia con la pesadez del tiempo y del número.

No; los muertos no se van aprisa, como cree el refrán popular. Los muertos se quedan inmóviles al borde de la vida, espiando a las nuevas generaciones, haciéndolas sentir la autoridad del pasado con un rudo tirón en su alma cada vez que intentan apartarse del sendero marcado por la rutina.

¡Qué tiranía la suya! ¡Qué poder sin límites! Es inútil apartar los ojos y paralizar la memoria; se les encuentra en todas partes, tienen ocupadas todas las avenidas de nuestra existencia, y nos salen al paso para recordar sus beneficios, obligándonos a una gratitud envilecedora. ¡Qué servidumbre!... La casa en que vivimos la construyeron los muertos; las religiones ellos las crearon; las leyes que obedecemos las dictaron los muertos, y obra suya son también nuestras pasiones y nuestros gustos, los alimentos que nos sostienen, todo lo que produce la tierra roturada por sus manos, que ahora son polvo. La moral, las costumbres, los prejuicios, el honor, todo obra suya. De pensar ellos de distinto modo, otra sería la actual organización de los hombres. Las cosas agradables a nuestros sentidos lo son porque así lo quieren los muertos; las desagradables e inútiles se ven sumidas en su vileza por la voluntad de los que ya no existen; lo moral y lo inmoral son sentencias dadas hace siglos por ellos.

Los hombres que se esfuerzan por decir cosas nuevas no hacen más que repetir con diversas palabras lo mismo que los muertos dijeron hace siglos y siglos. Lo que consideramos más espontáneo y personal en nosotros nos lo dictan ocultos maestros tendidos en su lecho de tierra, los cuales, a su vez, aprendieron la lección de otros muertos anteriores. En el punto de luz de nuestros ojos arde el alma de nuestros abuelos, así como en las líneas de nuestras facciones se reproducen y reflejan los rasgos de generaciones desaparecidas.

Febrer sonreía con inmensa tristeza. Creemos pensar por cuenta propia, y en las circunvoluciones de nuestro cerebro se agita una fuerza que ha vivido en otros organismos, semejante a la savia del injerto que lleva la energía desde los árboles seculares y moribundos a las plantaciones nuevas. Lo que decimos a veces espontáneamente, como última novedad de nuestro pensamiento, es una idea de los otros enquistada en nuestro cerebro desde el nacimiento, y que de pronto rompe su envoltura. Los gustos, los caprichos, las virtudes, los defectos, las afinidades y las repulsiones, todo heredado, todo obra de los desaparecidos, que se sobreviven en nosotros.

¡Con qué terror pensaba Jaime en el poder de los muertos!... Ocultábanse para hacer menos cruel su despotismo, pero no habían muerto realmente. Sus almas estaban agazapadas y vigilantes en los límites del campo de nuestra existencia, así como sus cuerpos formaban un campo atrincherado en torno a las aglomeraciones humanas. Nos espiaban con ojos severos, nos seguían, apartándonos con invisible zarpazo al menor intento de desviación en la ruta. Se juntaban todos para tirar con fuerza diabólica de los rebaños de hombres que se lanzan a la conquista de un ideal nuevo y extraordinario, restableciendo con violenta reacción la calma de la vida, que aman silenciosa y plácida, con susurros de hierbas mustias y aleteos de mariposas blancas: una dulce calma de cementerio dormido bajo el Sol.

El alma de los muertos llenaba el mundo. Los muertos no se van, porque son los amos. Los muertos mandan, y es inútil resistirse a sus órdenes.

¡Ay! El hombre de las grandes ciudades, que vive vertiginosamente, no sabe quién hizo su casa, quién elaboró su pan, y no ve de la libre Naturaleza otras obras que los pobres árboles que adornan las calles, ignora la tiranía de los muertos. Ni siquiera llega a enterarse de que su vida transcurre entre millones y millones de ascendientes que están amontonados a pocos pasos de él y le espían y dirigen. Obedece ciegamente sus tirones, sin saber dónde termina el cabo de la cuerda amarrado a su alma; cree todos sus actos —¡pobre autómata!— producto de su voluntad, cuando no son más que imposiciones de los omnipotentes invisibles.

Jaime, sumido en la existencia monótona de una isla tranquila, conociendo sus ascendientes uno a uno, sabiendo el origen y la historia de todo cuanto le rodeaba —objetos, ropas, muebles— y de aquella casa que parecía tener un alma, podía darse cuenta de esta tiranía mejor que los demás.

Sí; los muertos mandan. La autoridad de los vivos, sus asombrosas novedades, ¡todo ilusión! ¡engaños que sirven para hacernos sobrellevar la existencia!...

Febrer, mirando el mar, en cuyo horizonte se marcaba la débil columna de humo de un vapor, pensó en los grandes trasatlánticos, pueblos flotantes, monstruos de velocidad, orgullo de la industria humana, que pueden dar en poco tiempo la vuelta al mundo... Sus remotos abuelos de la Edad Media, que iban a Inglaterra en una nave del tamaño de una barca de pesca, representaban algo más extraordinario. Y los grandes capitanes del presente, con sus interminables rebaños de hombres, no habían realizado mayores hazañas que el comendador Príamo con un puñado de marineros. ¡Ah, la vida! ¡Qué engaños, qué ilusiones bordamos sobre ella para ocultarnos la monotonía de su trama! Lo limitado de sus sensaciones y de sus sorpresas resulta desesperante. Igual es vivir treinta años que trescientos. Los hombres perfeccionan los juguetes útiles para su egoísmo y su bienestar, las máquinas, los medios de locomoción; pero aparte de esto, lo mismo se vivía antes que ahora. Las pasiones, las alegrías y las preocupaciones son las mismas: el animal humano no cambia.

Él se había creído un hombre libre, poseedor de un alma que llamaba «moderna», suya, toda suya, y ahora descubría en ella un confuso amasijo de las almas de sus ascendientes. Podía reconocerlas porque las había estudiado, porque estaban guardadas en una habitación inmediata, en el archivo, como esas flores secas que se conservan aplastadas entre las hojas de un libro viejo. La mayoría de los humanos que solo guardan memoria, cuando más, de sus bisabuelos; las familias que no conocen detalladamente la historia de su pasado al través de los siglos, no se pueden dar cuenta de la vida ancestral que perdura en su alma, tomando como inspiraciones propias los gritos que los ascendientes lanzan dentro de ellos. Nuestra carne es carne de los que ya no existen; nuestras almas son fragmentos de las almas de otros muertos.

Jaime sentía vivir en su interior al grave abuelo don Horacio, y con él los escrúpulos del Inquisidor Decano, el de la tarjeta horripilante, y las almas del famoso comendador y otros ascendientes. Su mentalidad de hombre moderno guardaba algo de la de aquel regidor perpetuo que consideraba como una raza aparte y envilecida a los judíos conversos de la isla.

Los muertos mandan. Ahora se explicaba la repugnancia que había sentido al ponerse en contacto con aquel don Benito tan obsequioso y atento... ¡Y estos sentimientos eran irresistibles! Se los imponían otros que eran más fuertes que él. Los muertos le mandaban, y debía obedecer.

Este pesimismo le hizo recordar su situación presente. ¡Todo perdido!... Él no servía para los pequeños negocios, para las transacciones y arreglos que sacan adelante una vida de apuros. Renunciaba a aquella boda que era su única salvación, y los acreedores, así que se enterasen de esta renuncia que desvanecía sus esperanzas, caerían sobre él. Iba a verse expulsado de la casa de sus abuelos, y la gente le compadecería con una lástima más aflictiva para él que el insulto. Sentíase sin fuerzas para presenciar el naufragio definitivo de su raza y su nombre. ¿Qué hacer?... ¿Adonde ir?...

Permaneció gran parte de la tarde contemplando el mar, siguiendo el curso de las blancas velas que se ocultaban tras el cabo o se perdían en el dilatado horizonte de la bahía.

Al retirarse de la terraza, Febrer, sin saber cómo, se vio abriendo la puerta del oratorio, una puerta antigua y olvidada, que al chirriar sobre sus pernos oxidados esparció polvo y telarañas. ¡Cuánto tiempo que no había entrado allí!... En este ambiente denso de pieza cerrada creyó percibir un vago olor de esencias, de bote de perfumes abierto y abandonado; un olor que le hizo recordar a las solemnes damas de la familia cuyos retratos estaban en el recibimiento.

A través de un rayo de luz que se filtraba por los ventanillos de la cúpula danzaban en espiral ascendente millones de corpúsculos de polvo inflamados por el Sol. El altar, de talla antigua, brillaba discretamente en la penumbra con reflejos de oro viejo. Sobre la mesa sagrada había unos zorros y un cubo, olvidados allí hacía años, desde la última limpieza.

Dos reclinatorios de viejo terciopelo azul parecían guardar aún la huella de señoriales y delicados cuerpos que ya no existían. Quedaban sobre sus pupitres, como olvidados, dos libros de oraciones con las puntas roídas por el uso. Jaime reconoció uno de estos libros. Era de su madre, la pobre señora pálida y enferma que compartía su vida entre el rezo y la adoración a un hijo para el que había soñado las mayores grandezas. El otro tal vez había pertenecido a su abuela, aquella americana de los tiempos del romanticismo, que aún parecía estremecer el caserón con el roce de sus blancos vestidos y los susurros de su arpa.

Esta aparición del pasado, todavía latente en la capilla abandonada, el recuerdo de aquellas dos damas, la una toda piedad, la otra idealista, elegante y soñadora, acabó de trastornar a Febrer. ¡Y pensar que dentro de poco las manazas de la usura vendrían a profanar tanta cosa venerable!... Él no podría presenciarlo. ¡Adiós! ¡adiós!...

Al anochecer buscó en el Borne a Toni Clapés. Con la confianza amistosa que le inspiraba el contrabandista, le pidió dinero.

—No sé cuándo podré devolvértelo. Me voy de Mallorca. Que se hunda todo, pero que yo no lo vea.

Clapés dio a Jaime más dinero que el que éste le pedía. Toni quedaba en la isla, y con ayuda del capitán Valls intentaría arreglar sus asuntos, si aún era posible. El capitán entendía de negocios y sabía desenmarañar los más confusos. Febrer y él estaban reñidos desde el día anterior; pero no importaba: Valls era un verdadero amigo.

—No digas a nadie que me voy —añadió Jaime—. Solo debes saberlo tú... y Pablo. Tienes razón al decir que es un amigo fiel.

—¿Y cuándo te vas?...

Esperaba el primer vapor que saliese para Ibiza. Aún poseía allá algo: un montón de rocas con hierbajos y conejos; una torre ruinosa del tiempo de los piratas. Lo sabía por casualidad desde el día anterior: se lo habían dicho unos payeses de Ibiza que había encontrado en el Borne.

—Lo mismo es estar allí que en otra parte... Tal vez mucho mejor. Cazaré, pescaré; voy a vivir sin ver gente.

Clapés, recordando sus consejos de la noche anterior, apretó satisfecho la mano de Jaime. ¡Se acabó lo de la *chueta*!... Su alma de payés se alegraba de esta solución.

—Haces bien en irte. Lo otro... lo otro era una locura.

Segunda parte

I

Febrer contemplaba su imagen, sombra transparente, de flotantes contornos por el estremecimiento de las aguas, a través de la cual veíase el fondo del mar con lácteas manchas de arena y bloques oscuros desprendidos de la montaña que se habían cubierto de costras vegetales.

Las hierbas marinas ondeaban temblorosas sus verdes cabelleras; frutos redondos semejantes a los higos chumbos agrupábanse blancuzcos en las aristas de las rocas; flores que parecían de nácar brillaban en la profundidad de las aguas verdes; y entre esta vegetación de misterio destacaban las estrellas de mar sus puntas de colores, apelotonábase el erizo como un borrón negro lleno de púas, nadaban inquietos los caballitos del diablo, y un chisporroteo de plata y púrpura, de colas y nadaderas, pasaba veloz entre torbellinos de burbujas, surgiendo de una cueva para perderse en otra boca de insondable misterio.

Estaba Jaime inclinado sobre la borda de una pequeña embarcación que tenía su vela caída. En una mano sustentaba el *volantí*, largo hilo con varios anzuelos que casi tocaba el fondo del mar.

Era cerca de mediodía. El barquichuelo estaba en la sombra. A espaldas de Jaime extendíase con grandes sinuosidades de puntas salientes y profundas escotaduras la costa bravía de Ibiza. Ante él erguíase el Vedrá, peñasco aislado, mojón soberbio de trescientos metros de altura, que en su aislamiento aún parecía más enorme. A sus pies la sombra del coloso daba a las aguas un color denso y transparente a la vez. Más allá de su sombra azulada hervía el Mediterráneo con burbujeo de oro bajo la luz del Sol, y las costas de Ibiza, rojas y escuetas, parecían irradiar fuego.

Jaime venía a pescar todos los días de calma en un estrecho canal, entre la isla y el Vedrá. Era en los días buenos un río de agua azul, con peñascos submarinos que asomaban sobre la superficie sus cabezas negras. El gigante se dejaba abordar, sin perder por eso su aspecto imponente, duro y hostil. Así que refrescaba el viento, las cabezas medio sumergidas se coronaban de espuma, lanzando rugidos; montañas de agua penetraban sordas y lívidas en la marítima garganta, y había que izar la vela y huir cuanto antes de este callejón, caos ruidoso de remolinos y corrientes.

En la proa de la barca estaba el tío Ventolera, viejo marinero que había navegado en buques de diversas naciones, y era el acompañante de Jaime desde que éste llegó a Ibiza. «Cerca de ochenta años, señor», y no dejaba un solo día de embarcarse para pescar. Ni enfermedades ni miedo al mal tiempo. Tenía el rostro curtido por el Sol y el aire salitroso, pero con pocas arrugas. Las piernas, enjutas y al descubierto bajo unos pantalones arremangados, tenían la piel fresca y tirante de los miembros vigorosos. La blusa, abierta sobre el pecho, dejaba ver una pelambrera gris, del mismo color que su cabeza, cubierta con una gorra negra —recuerdo de su último viaje a Liverpool—, con una borla encarnada en el vértice y ancha cinta a cuadritos blancos y rojos. Llevaba adornado el rostro con estrechas patillas y de sus orejas pendían unos aretes de cobre.

Jaime, al conocerle, había sentido curiosidad por estos adornos.

—De chico fui grumete en una goleta inglesa —dijo Ventolera en su dialecto ibicenco, cantando las palabras con vocecita dulce—. El patrón era un maltés muy arrogante, con patillas y pendientes. Y yo me decía: «Cuando sea hombre, he de ser igual al patrón...». Aunque usted me vea ahora así, yo he sido muy pinturero y me ha gustado imitar a las personas que valen.

Los primeros días que Jaime pescó en el Vedrá olvidábase de mirar al agua y al aparejo que tenía en la mano, para fijarse en el coloso que se alza sobre el mar, despegado de la costa.

Amontonábanse las rocas, soldadas unas a otras, y al remontarse en el espacio, obligaban al espectador a echar la cabeza atrás para alcanzar con sus ojos la aguda cumbre. Los peñascos de la orilla del agua eran abordables. Penetraba el mar entre ellos, sumiéndose en las bajas arcadas de cuevas submarinas, refugio en otros tiempos de corsarios y depósitos ahora de los contrabandistas algunas veces. Podía caminarse saltando de peñasco en peñasco, entre cabinas y otras vegetaciones silvestres, por una parte de la orilla del Vedrá; pero más adentro la roca se elevaba recta, lisa, inabordable, en pulidas paredes grises cortadas a pico. A enorme altura existían algunas mesetas cubiertas de verde, y tras de ellas volvía a elevarse el peñón en su cortadura vertical, hasta llegar a la cumbre, aguda como un dedo. Algunos cazadores habían escalado una parte de esta ciudadela, aprovechando como senderos las aristas entrantes de la piedra para llegar de este modo a las primeras mesetas. Más allá solo había ido, según el tío Ventolera, cierto fraile desterrado por el gobierno como agitador carlista, que había construido en la costa de Ibiza la ermita de los *Cubells*.

—Era un hombre duro y atrevido —continuó el viejo—. Dicen que puso una cruz en lo más alto, pero hace tiempo que se la llevaron los malos vientos.

Febrer veía saltar sobre las oquedades del gran peñón gris, sombreadas por el verde de las sabinas y los pinos marítimos, unos puntos de color, semejantes a pulgas rojas o blanquecinas, de incesante movilidad. Eran las cabras del Vedrá; cabras salvajes por el aislamiento, abandonadas hacía muchos años, y que se reproducían lejos del hombre, habiendo perdido todo hábito de domesticidad, huyendo monte arriba con prodigiosos saltos apenas una barca abordaba el peñón. En las mañanas tranquilas, sus balidos, agrandados por el silencio agreste, extendíanse sobre la superficie del mar.

Un amanecer, Jaime, que había traído su escopeta, disparó dos tiros contra un grupo de cabras que estaban a gran distancia, seguro de no tocarlas, por el placer de verlas saltar en su huida. Los estampidos, agrandados por el eco del canal, poblaron el espacio de chillidos y aleteos. Eran centenares de gaviotas viejas y enormes que abandonaban sus guaridas espantadas por el estruendo. El islote, estremecido, arrojaba fuera a sus alados habitantes. En lo más alto, como puntos negros, volaban hacia la isla grande otros pájaros fugitivos: los halcones que se refugiaban en el Vedrá y daban caza a las palomas de Ibiza y Formentera.

El viejo marinero señaló a Febrer ciertas cuevas abiertas como ventanas en las paredes más rectas e inaccesibles del islote. Ni las cabras ni los hombres podían llegar a ellas. El tío Ventolera sabía lo que se ocultaba más adentro de sus negras gargantas. Eran colmenas; colmenas que tenían siglos y siglos, refugios naturales de las abejas que, pasando el estrecho entre Ibiza y el Vedrá, venían a refugiarse en estas cuevas inaccesibles luego de haber revoloteado sobre los campos de la isla. Él había visto en cierta época del año brillar junto a estas bocas hilos de luz que serpenteaban peñas abajo. Era miel que derretía el Sol en la entrada de la caverna y chorreaba inútil fuera del depósito.

El tío Ventolera tiró de su aparejo de pesca con un ronquido de satisfacción.

—¡Y van ocho!...

Pendiente de un anzuelo, coleaba y movía sus patas una especie de langosta de oscuro gris. Otras semejantes descansaban inertes en una espuerta al lado del viejo.

—Tío Ventolera, ¿no canta usted la misa?

—Si usted lo permite...

Jaime conocía las costumbres del viejo, su afición a entonar los cánticos de la misa mayor cada vez que se sentía alegre. Retirado de las largas navegaciones, su placer era cantar los domingos en la iglesia del pueblo de San José o en la de San Antonio, extendiendo luego esta afición a todos los momentos felices de su vida.

—Allá voy... allá voy —dijo con tono de superioridad, como si fuese a dispensar a su acompañante el mayor de los placeres.

Llevándose una mano a la boca, se extrajo de golpe la dentadura, guardándola en la faja. Su rostro se llenó de arrugas en torno a la boca sumida, y comenzó a cantar las frases del sacerdote y las respuestas del ayudante. Su voz temblona e infantil adquiría una grave sonoridad al resbalar sobre la acuática extensión y ser reproducida por los ecos de las rocas. Las cabras del Vedrá respondían de vez en cuando con tiernos balidos de sorpresa. Jaime reía de la vehemencia del viejo, el cual, poniendo los ojos en blanco, se llevaba una mano al corazón sin soltar de la otra la cuerda del *volantí*. Así estuvieron largo rato, atento Febrer a su aparejo, en el que no percibía el más leve movimiento. Toda la pesca era para el anciano. Esto le puso de mal humor, y de pronto se sintió molestado por sus cánticos.

—Basta, tío Ventolera... ¡Ya hay bastante!

—Le ha gustado, ¿verdad? —dijo el viejo con candidez—. También sé otras cosas; sé lo del capitán Riquer: un sucedido, nada de cuentos. Mi padre lo vio.

Jaime hizo un ademán de protesta. No; nada del capitán Riquer. Se sabía de memoria la hazaña. En tres meses que salían juntos al mar, raro era el día que terminaba sin el relato del suceso. Pero el tío Ventolera, con su inconsciencia senil, convencido de la importancia de todo lo suyo, había ya empezado su historia, y Jaime, vuelto de espaldas, echaba el cuerpo fuera de la borda, mirando las profundidades del mar, para no oír una vez más lo que sabía de memoria.

¡El capitán Antonio Riquer!... Un héroe de la isla de Ibiza, un marino tan grande como Barceló... Pero como Barceló era mallorquín y el otro ibicenco, todos los honores y los grados habían sido para aquél. Si hubiese justicia, debía tragarse el mar a la isla orgullosa, madrastra de Ibiza. De pronto, el viejo recordaba que Febrer era mallorquín, y permanecía en confuso silencio por unos instantes.

—Esto es un decir —añadía excusándose—. Buenas personas las hay en todas partes. *Vostra mercé* es una de ellas. Pero volviendo al capitán Riquer...

Era patrón de un jabeque armado en corso, el *San Antonio*, tripulado por ibicencos, en continua guerra con las galeotas de los moros argelinos y los navíos de Inglaterra, enemiga de España. El nombre de Riquer lo conocían en todo el Mediterráneo. El suceso ocurrió en 1806. El día de la Trinidad, por la mañana, se presentó a la vista de la ciudad de Ibiza una fragata con bandera inglesa, dando bordadas, fuera del alcance de los cañones del castillo. Era la *Felicidad*, el navío del italiano Miguel Novelli, apodado «el Papa», vecino de Gibraltar y corsario al servicio de Inglaterra. Venía en busca de Riquer, a burlarse en sus propias barbas, navegando arrogante a la vista de su ciudad. Tocaron a rebato las campanas, sonaron los tambores, el vecindario se agolpó en las murallas de Ibiza y en el barrio de la Marina. El *San Antonio* estaba carenándose en tierra; pero Riquer, con los suyos, lo echó al agua. Los cañoncitos del jabeque habían sido desmontados, y los sujetaron a toda prisa con cuerdas. Todos los de la Marina querían embarcarse, pero el capitán solo escogió cincuenta hombres, y oyó misa con ellos en la iglesia de San Telmo. Al ir a izar las velas se presentó el padre de Riquer, un marino viejo, y atropellando la resistencia de su hijo se metió en el buque.

Necesitó el *San Antonio* largas horas y expertas maniobras para aproximarse a la fragata del «Papa». El pobre jabeque parecía un insecto al lado del gran navío, tripulado por la gente más brava y aventurera recogida en los muelles de Gibraltar: malteses, ingleses, romanos, venecianos, liorneses, sardos y raguseos. La primera andanada de los cañones del navío mata cinco hombres sobre la cubierta del jabeque, entre ellos el padre de Riquer.

Éste coge el cadáver destrozado, manchándose con su sangre, y corre a ocultarlo en la cala. «¡Han muerto a nuestro padre!», gimen los hermanos de Riquer. «¡A lo que estamos! —grita éste con rudeza—. ¡A los frascos! ¡Al abordaje!»

Los «frascos», arma terrible de los corsarios ibicencos, botellas ígneas que al romperse sobre la cubierta enemiga la incendiaban con su fuego, caen sobre el navío del «Papa». Arden los cordajes, flamea la obra muerta, y como demonios saltan entre las llamas Riquer y los suyos, la pistola en una mano, el hacha de abordaje en la otra. La cubierta chorrea sangre, los cadáveres ruedan al mar con la cabeza destrozada. Al «Papa» lo encontraron escondido y medio muerto de miedo en un armario de su cámara.

Y el tío Ventolera reía con su risa de niño al recordar este detalle grotesco de la gran victoria de Riquer. Luego, al ser conducido «el Papa» a la isla, las gentes de la ciudad y los payeses acudidos en tropel lo miraban como a animal raro. ¡Éste era el pirata, terror del Mediterráneo! ¡Y lo habían encontrado metido entre tablas por miedo a los ibicencos! Le formaron proceso para colgarlo en la isla de los Ahorcados, un islote donde ahora estaba el faro, en el estrecho de los Freus; pero Godoy dio orden para que lo canjeasen por varios prisioneros españoles.

Su padre había visto estos grandes sucesos: iba de paje en el jabeque de Riquer. Luego había caído cautivo de los argelinos, siendo de los últimos esclavos, antes de que llegasen los franceses a Argel. Allí se vio en peligro de muerte un día que los diezmaron a todos por el asesinato de un moro perverso, cuyo cadáver apareció embutido en una letrina. El tío Ventolera se acordaba también de los relatos que hacía su padre de la época en que Ibiza tenía corsarios y llegaban a su puerto embarcaciones apresadas, con moras y moros cautivos. Los prisioneros comparecían ante el «escribano de presas» como testigos del suceso, y se les exigía juramento de verdad «por Alaquivir, el Profeta y su Alcorán, alto el brazo y el dedo índice, mirando su rostro al nacimiento del Sol». Mientras tanto, los duros corsarios ibicencos, al repartirse el botín, apartaban un fondo para la compra de sábanas destinadas a convertirse en vendajes de sus futuras heridas, y dejaban otra parte de las ganancias para que «un sacerdote celebrase misa todos los días mientras ellos estuviesen fuera de la isla».

El tío Ventolera pasaba de Riquer a otros valerosos patrones de corsos anteriores a él; pero Jaime, molestado por su charla, en la que latía un deseo de asombrar a la isla de Mallorca, vecina y enemiga, acabó por impacientarse.

—¡Que son las doce, abuelo!... Vámonos; ya no pican.

El viejo miró el Sol, que sobrepasaba la cumbre del Vedrá. Aún no era mediodía, pero faltaba poco. Luego miró el mar; el señor tenía razón: ya no picarían los peces, pero él estaba satisfecho de la jornada.

Con sus brazos enjutos tiró de la cuerda, izando la pequeña vela triangular de la embarcación. Ésta se inclinó sobre un costado, cabeceó un poco sin moverse del sitio, y de repente empezó a cortar el agua con suave murmullo. Salieron del canal, dejando atrás el Vedrá y siguiendo la costa de Ibiza. Jaime empuñaba el timón, mientras el viejo, manteniendo el cesto de la pesca entre su rodillas, iba contando y manoseando las piezas con avaro deleite.

Doblaron un cabo y apareció una nueva sección de la costa. Sobre un montículo de peñas rojas, cortado a trechos por manchas oscuras de matorrales, destacábase una torre ancha y amarilla, un cilindro achatado, sin más huecos por la parte del mar que una ventana, negro agujero de contornos irregulares. En el coronamiento de la torre, una tronera que había servido en otros tiempos para un pequeño cañón recortaba su tajadura sobre el azul del cielo. A un lado del promontorio, cortado a pico sobre el mar, descendía el terreno, cubriéndose de verde con arboledas bajas y frondosas, entre las cuales asomaba la mancha blanca de un exiguo caserío.

La embarcación hizo rumbo a la torre, y al llegar cerca de ella desvióse hacia una playa inmediata, chocando su proa en el fondo de grava. El viejo amainó la vela y aproximó la embarcación a una roca aislada en medio de la playa, de la cual pendía una cadena. Amarró a ella la barca, y luego saltaron a tierra él y Jaime. No quería poner en seco la embarcación; pensaba volver al mar aquella tarde, luego de comer: asunto de calar *unos palangres*, que recogería a la mañana siguiente. ¿Le acompañaba el señor?... Febrer hizo un gesto negativo, y el viejo se despidió de él hasta la madrugada siguiente. Le despertaría desde la playa cantando el *Introito* cuando aún hubiera estrellas en el cielo. El amanecer debía sorprenderles en el Vedrá. ¡A ver si el señor salía pronto de su torre!

115

Se alejó el viejo tierra adentro, llevando pendiente de un brazo el cesto de pescado.

—Déle usted mi parte a Margalida, tío Ventolera, y que me traigan pronto la comida.

El marinero contestó con un movimiento de hombros, sin volver el rostro, y Jaime fue avanzando por el borde de la playa hacia la torre. Sus pies, calzados de alpargatas, hollaban la grava, en la que se perdían los últimos estremecimientos del mar. Entre las azuladas piedrecitas veíanse fragmentos de barro cocido: pedazos de asas; superficies cóncavas de alfarería, con vestigios de remotos adornos que tal vez habían pertenecido a panzudas vasijas; pequeñas esferas irregulares de tierra gris, en las que parecía adivinarse, a través de las roeduras del agua salitrosa, rostros informes, fisonomías crispadas por el paso de los siglos. Eran misteriosos despojos de los días de tormenta; fragmentos del gran secreto del mar que volvían a la luz tras una ocultación de miles de años; la historia confusa y legendaria devuelta por las olas incoherentes a las riberas de estas islas, abrigo en tiempos remotos de fenicios y cartagineses, árabes y normandos. El tío Ventolera hablaba de monedas de plata, delgadas como hostias, encontradas por muchachos al jugar en la costa. Su abuelo le había contado, siendo niño, la tradición de cavernas submarinas que contenían tesoros, cuevas de los sarracenos y normandos que habían sido muradas con pedruscos, perdiéndose después el secreto del escondrijo.

Jaime comenzó a ascender por la peñascosa ladera, camino de la torre. Los tamariscos erguían su áspera y rumorosa vegetación de pinos enanos, que parecía nutrirse de la sal disuelta en el ambiente, hundiendo sus raíces en la roca. El viento de los días tempestuosos, al remover la arena, dejaba descubiertas sus múltiples y enmarañadas raíces, negras y delgadas serpientes en las que se enredaban muchas veces los pies de Febrer. Al eco de los pasos de éste respondía en los matorrales un rumor de medrosas carreras y chasquido de hojas, viéndose pasar entre mata y mata, con ciega velocidad, un bulto de pelos grises con la cola en forma de botón. La fuga de los conejos hacía correr a los lagartos de color de esmeralda tendidos perezosamente al Sol.

Junto con estos rumores llegó a oídos de Jaime un débil tamborileo y una voz de hombre que entonaba un romance ibicenco. Deteníase de vez en cuando como indecisa, repitiendo los mismos versos tenazmente, hasta que lograba pasar a otros nuevos, lanzando al final de cada estrofa, según costumbre del país, un cloqueo extraño semejante al graznido del pavo real, un gorgorito rudo y estridente como el que acompaña a los cantos de los árabes.

Cuando Febrer estuvo en la cumbre vio al músico sentado en una piedra detrás de la torre y contemplando el mar.

Era un *atlot* al que había encontrado algunas veces en *Can Mallorquí*, la casa de su antiguo arrendatario Pep. Tenía apoyado en un muslo el tamboril ibicenco, pequeño tambor pintado de azul con flores y ramajes dorados. El brazo izquierdo se apoyaba en el instrumento y la cara descansaba en una mano, oculta casi por la palma y los dedos. Con la diestra armada de un palillo golpeaba lentamente uno de los parches, y así permanecía inmóvil, en actitud reflexiva, con el pensamiento concentrado en su improvisación, contemplando el inmenso horizonte del mar a través de sus dedos.

Le llamaban el *Cantó*, como a todos los que en la isla cantan versos nuevos en bailes y serenatas. Era un mozuelo alto, paliducho y estrecho de hombros, un *atlot* que aún no había llegado a los dieciocho años. Al cantar, tosía y se hinchaba su frágil cuello, arrebolándosele el rostro, de una blancura transparente. Sus ojos eran grandes, ojos de mujer, con el lagrimal de color rosa muy saliente. Vestía traje de fiesta en todo tiempo: sus pantalones eran de terciopelo azul, la faja y el lazo que le servía de corbata de encendido rojo, y por encima de esta última prenda ostentaba un pañolito femenil arrollado al cuello, con la bordada punta por delante. Dos rosas asomaban sobre sus orejas, y bajo el ala de su fieltro, echado atrás y adornado con una cinta a flores, escapábanse en rizado flequillo las ondulaciones de su cabello, lustroso de pomada. Febrer, viendo estos adornos casi femeniles, sus grandes ojos y su pálida tez, lo comparó a una doncella exangüe de las que idealiza el arte moderno. Pero esta virgen mostraba cierto bulto inquietante en el ruedo de su faja roja. Indudablemente era un cuchillo o un pistolete de los que fabrican los herreros de la isla; el compañero inseparable de todo *atlot* ibicenco.

Al ver a Jaime se levantó el cantor, dejando el tamborcillo pendiente de una correa sujeta al brazo izquierdo, mientras con la mano derecha, que aún empuñaba el palillo, tocaba el ala de su sombrero.

—¡Bon día tengui!

Febrer, que como buen mallorquín creía en la ferocidad de los ibicencos, admiraba sin embargo su aspecto cortés al encontrarlos en los caminos. Se mataban entre ellos, siempre por asuntos de amor, pero el forastero era respetado, con el mismo escrúpulo tradicional que muestra el árabe por el hombre que pide hospitalidad bajo su tienda.

El *Cantó* parecía avergonzado de que el señor mallorquín le hubiese sorprendido junto a su casa, en un terreno que era suyo. Balbuceaba excusas. Venía a sentarse allí porque le gustaba contemplar el mar desde la altura. Sentíase mejor a la sombra de la torre; ningún amigo le turbaba con su presencia y podía componer libremente los versos de un romance para el próximo baile en el pueblo de San Antonio.

Jaime sonrió al oír las tímidas excusas del cantor. Seguramente que sus versos eran dedicados a alguna *atlota*. El muchacho inclinó la cabeza. «Sí, señor...» ¿Y quién era ella?

—*Flo d'enmetllé* —dijo el poeta.

«¡Flor de almendro!...» Bonito nombre. Y animado por la aprobación del señor, el *atlot* siguió hablando. «Flor de almendro» era Margalida, la hija del *sinó* Pep de *Can Mallorquí*. Él era quien había dado este nombre, al verla blanca y hermosa como las flores que echa el almendro cuando terminan las heladas y vienen del mar los soplos tibios anunciadores de la primavera. Todos los muchachos del contorno repetían este nombre, y Margalida no era conocida por otro. El cantor confesaba poseer cierta habilidad para la invención de apodos bonitos. Lo que él decía quedaba para siempre.

Febrer acogió sonriendo estas palabras del muchacho. ¿Adonde había ido a refugiarse la poesía?... Luego le preguntó si trabajaba, y el *atlot* contestó negativamente. No querían sus padres: un médico de la ciudad le había visto un día de mercado, aconsejando a su familia que le evitase toda fatiga. Y él, satisfecho del consejo, pasaba los días de labor en pleno campo, a la sombra de un árbol, oyendo cantar a los pájaros, espiando a las *atlotas* que transitaban por las sendas; y cuando le bullía en la cabeza un trovo nuevo, sentábase a la orilla del mar para devanarlo lentamente, fijándolo en su memoria.

Jaime se despidió de él: podía continuar su trabajo poético. Pero a los pocos pasos se detuvo, volviendo la cabeza al no oír de nuevo el tamboril. El cantor se alejaba cuesta abajo, temeroso de molestar al señor con su música, e iba en busca de otro lugar solitario.

Llegó Febrer a la torre. Todo lo que parecía de lejos piso bajo era una construcción maciza. La puerta estaba al nivel de las ventanas superiores; así los antiguos guardianes podían evitar una sorpresa de los piratas, valiéndose para sus entradas y salidas de una escala, que retiraban al interior en cuanto llegaba la noche. Jaime había hecho fabricar una ruda escalera de madera para llegar a su habitación, pero no la retiraba nunca. La torre, construida con piedra arenisca, estaba algo roída en su exterior por el viento del mar. Muchos sillares habían rodado fuera de sus alvéolos, y estas oquedades eran como peldaños disimulados para escalar la torre.

Ascendió el solitario a su habitación. Era una pieza circular, sin más huecos que la puerta y la ventana trasera, aberturas que casi parecían túneles en el desmesurado espesor de los muros. Éstos, por su parte interna, hallábanse cuidadosamente enjalbegados con la deslumbrante cal de Ibiza, que da una transparencia y una suavidad lácteas a todos los edificios, comunicando aspecto de risueñas mansiones a las casuchas sórdidas de la campiña. Solo en la bóveda, cortada por un tragaluz revelador de la antigua escalera que conducía a la plataforma, quedaba el hollín de las fogatas que se habían encendido en otros tiempos.

Unas tablas mal unidas por cruces de maderos que les servían de refuerzo cerraban la puerta, la ventana y el tragaluz. No había ni un cristal en la torre. Aún era verano, y Febrer, indeciso sobre su destino, o más bien indiferente, dejaba los trabajos de una instalación definitiva para más adelante.

Le parecía hermoso y seductor este retiro, a pesar de su rudeza. Notaba en él la mano adicta de Pep y la gracia de Margalida. Jaime se fijaba en lo nítido de las paredes, en la limpieza de las tres sillas y la mesa de tablas, muebles fregoteados por la hija de su antiguo arrendatario. Unos aparejos de pesca extendían sus mallas por los muros con ondulaciones de tapiz. Más allá colgaban la escopeta y un bolso de municiones. A trechos agrupábanse, formando abanicos, largas y estrechas valvas de mariscos que tenían la transparencia acaramelada del carey. Eran regalo del tío Ventolera, así como dos caracolas enormes que adornaban la mesa, blancas, erizadas de púas y con el interior de un rosa húmedo, como el de la carne femenil. Cerca de la ventana permanecía arrollado el jergón con su almohada y sus sábanas, cama rústica que Margalida o su madre hacían todas las tardes.

Jaime dormía allí con más tranquilidad que en su palacio de Palma. Los días que no le despertaba al romper el alba el tío Ventolera cantando la misa desde la playa o subiendo la colina para lanzar unas cuantas piedras contra la puerta de la torre, el solitario permanecía en su jergón hasta bien entrada la mañana. Llegaba a sus oídos la voz monótona del mar, la gran madre arrulladora. Una luz misteriosa, mezcla de oro de Sol y azul acuático, filtrábase por las rendijas, temblando en la blancura de las paredes. Las gaviotas chillaban afuera, y pasando ante las ventanas con aleteo juguetón trazaban rápidas sombras en el muro.

Las noches en que se acostaba temprano, reflexionaba el solitario con los ojos abiertos, viendo deslizarse la luz difusa estelar o el resplandor de la Luna por los maderos entreabiertos. Era esa media hora en la que se ve todo el pasado con una percepción sobrenatural; antesala del sueño, por la que pasan los recuerdos más remotos. El mar gruñía; sonaban estridentes silbidos de los pajarracos de la noche; las gaviotas se quejaban con un lamento de niños martirizados. ¿Qué harían a aquellas horas sus amigos?... ¿Qué dirían en los cafés del Borne?... ¿Quién de ellos estaría en el Casino?...

Por la mañana estos recuerdos le hacían sonreír con gesto lastimero. La nueva luz parecía embellecer su vida, haciéndola más amable. ¡Y él había podido ser como los otros, adorando la existencia en la ciudad!... La verdadera vida era ésta.

Paseaba su mirada por la interna redondez de la torre. Un verdadero salón, más apacible para él que los de la casa de sus antepasados. Todo suyo, sin miedo a la copropiedad con prestamistas y usureros. Hasta tenía bellas antigüedades que nadie le podía disputar. Cerca de la puerta se apoyaban en el muro dos ánforas extraídas por las redes de unos pescadores, dos piezas de barro blancuzco, adornadas caprichosamente por el mar con guirnaldas de conchas petrificadas. En el centro de la mesa, entre las caracolas, estaba otro regalo del tío Ventolera: una cabeza de mujer rematada por una especie de tiara redonda sobre los cabellos en trenzas. El barro gris estaba moteado de blancas y duras esferillas, granulaciones de los siglos y del agua salitrosa. Pero Jaime, al contemplar a esta compañera de soledad, atravesaba con la imaginación su áspera mascarilla, adivinando sus serenas facciones y el misterio de sus ojos orientales, rasgados en forma de almendra. La veía como nadie podía verla. Sus largas horas de contemplación silenciosa habían acabado por borrar el rugoso antifaz, obra de los siglos.

—Mírala, es mi novia —había dicho una mañana a Margalida, mientras ésta limpiaba la habitación—. ¿Verdad que es hermosa?... Debió ser princesa de Tiro o Ascalón, no lo sé cierto; pero lo que sé indiscutiblemente es que estaba reservada para mí. Me amaba cuatro mil años antes de nacer yo, y ha venido a buscarme a través de los siglos. Tenía barcos, tenía esclavos, tenía trajes de púrpura y palacios con terrazas que eran jardines; pero lo abandonó todo por ocultarse en el mar, esperando durante siglos y siglos que una ola la arrastrase a la playa para ser recogida por el tío Ventolera y que éste la trajese a mi casa... ¿Por qué me miras así? Tú, pobrecita, no entiendes estas cosas.

Margalida le miraba con asombro. Heredera del respeto que su padre sentía por el señor, solo se imaginaba a don Jaime hablando gravemente. ¡Las cosas que había visto en el mundo!... Y ahora sus palabras sobre la novia milenaria conmovían su credulidad, haciéndola sonreír levemente, al mismo tiempo que miraba con temor supersticioso a la gran señora de otros tiempos que solo era una cabeza. ¡Cuando el señor decía aquello! ¡Era tan extraordinario todo lo suyo!...

Al subir Febrer a la torre se sentó cerca de la puerta, contemplando todo el paisaje de tierra adentro que se dominaba desde este agujero. Al pie de la colina extendíanse algunos campos roturados recientemente. Eran los pedazos de montaña propiedad de Febrer, que Pep iba convirtiendo en tierra cultivable. Más allá comenzaban las plantaciones de almendros, con su follaje de un verde fresco, y los añosos y retorcidos olivares, que extendían su leña negra con ramilletes de hojas de plateado gris. La casa, el *Can Mallorquí*, era una vivienda casi árabe, un grupo de construcciones cuadradas como dados, de techo plano y deslumbrante blancura. Conforme aumentaban las necesidades y la expansión de la familia, se iban levantando nuevas construcciones blancas. Cada dado era una habitación, y todos juntos formaban una casa, que más bien parecía un aduar, no adivinándose exteriormente cuáles servían para la vida de los habitantes y cuáles para las bestias de labor.

Más allá del *Can* extendíanse la arboleda, dividida por paredones de piedra seca, y los bancales de altos ribazos. Los vientos de la isla no permitían la ascensión de los árboles, y éstos esparcían su ramaje en torno de ellos con una prolijidad exuberante, ganando en extensión lo que perdían en altura. Todos conservaban las ramas sostenidas por numerosas horquillas. Algunas higueras llegaban a tener centenares de sostenes, y se extendían como una inmensa tienda verde destinada a cobijar un sueño de gigantes. Eran cenadores naturales, en los que podía ocultarse casi un pueblo. El fondo del horizonte estaba cerrado por montañas cubiertas de pinos con grandes calvas de tierra roja. Entre el oscuro follaje se elevaban columnas de humo. Eran las fogatas de los leñadores que fabricaban carbón vegetal.

Tres meses que Febrer estaba en la isla. Su llegada había asombrado a Pep Arabí, todavía ocupado en relatar a parientes y amigos su estupenda aventura, su inaudito atrevimiento, el reciente viaje a Mallorca con los *atlots*, la estancia en Palma de unas horas, y su visita al palacio de los Febrer, lugar encantado que guardaba cuanto en el mundo puede existir de señorial y lujoso.

Las rudas declaraciones de Jaime asombraron menos al payés.

—Pep, estoy arruinado; tú eres rico si te comparas conmigo. Vengo a vivir en la torre... no sé hasta cuándo. Tal vez para siempre.

Y entró en los detalles de instalación, mientras Pep sonreía con aire incrédulo. ¡Arruinado!... Todos los grandes señores decían lo mismo, y lo que a ellos les sobraba en su desgracia podía hacer ricos a muchos pobres. Eran como los barcos que encallaban en Formentera antes que el gobierno pusiera faros. Los formenterinos, gente sin ley y dejada de Dios —por ser de una isla más pequeña—, encendían hogueras para engañar a los navegantes; y cuando se perdía el barco para éstos, no se perdía para los isleños, pues sus despojos hacían ricos a muchos.

¡Pobre un Febrer!... No quiso aceptar el dinero que le ofreció don Jaime. Él iba a cultivar unas tierras que eran del señor; ya arreglarían cuentas. Y viendo su empeño en ocupar la torre, trabajó Pep por hacerla habitable, ordenando además a sus hijos que llevasen la comida al señor los días que no quisiera bajar para sentarse a su mesa.

Estos tres meses habían sido para Jaime de rústico aislamiento; ni escribir una carta, ni abrir un periódico, ni conocer más libros que media docena de volúmenes que había traído de Palma. La ciudad de Ibiza, tranquila y soñolienta como un pueblo del interior de la Península, parecíale una capital remota. Mallorca no debía existir ya, ni tampoco las grandes ciudades que él había visitado. En el primer mes de esta nueva vida, un suceso extraordinario turbó su plácida tranquilidad. Llegó una carta, un pliego con membrete de un café del Borne y unos cuantos renglones de letra gruesa y defectuosa. Era Toni Clapés quien le escribía. Le deseaba muchas felicidades en su nueva existencia. En Palma todo continuaba lo mismo. Pablo Valls no le escribía porque estaba enfadado con él. ¡Marcharse sin avisarle!... Pero era un buen amigo y se ocupaba en desenmarañar sus asuntos. Tenía para esto una habilidad diabólica. ¡Al fin, *chueta*!... Ya le daría más noticias.

Después habían transcurrido dos meses sin que por suerte llegase otra carta. ¿Qué le importaban a él estas noticias de un mundo al que no pensaba volver?... No sabía ciertamente qué le reservaba el porvenir: allí había llegado y allí se quedaba, sin otros placeres que la caza y la pesca, gozando una voluptuosidad animal al no tener más ideas y deseos que los del hombre primitivo.

Permanecía aparte de la vida ibicenca, sin mezclarse en sus costumbres. Era un señor entre los payeses, un forastero. Aquéllos le trataban respetuosamente, pero con un respeto frío.

La existencia tradicional de estas gentes, ruda y un tanto feroz, le atraía con la fuerza de todo lo que es extraordinario y de contornos vigorosos. La isla, abandonada a sus propias fuerzas, había tenido que hacer frente durante siglos y siglos a los piratas normandos, a los navegantes árabes, a las galeras de Castilla, enemiga de los estados aragoneses, a los barcos de las repúblicas italianas, a los bajeles turcos, tunecinos y argelinos, y a los corsarios ingleses en tiempos más recientes. Formentera, deshabitada

123

durante siglos, luego de haber sido granero de los romanos, servía de refugio traicionero a las flotas hostiles. Las iglesias de los pueblos eran aún verdaderas fortalezas con torres robustas, donde se refugiaban los labriegos al enterarse por las fogatas de que desembarcaban enemigos. Esta vida azarosa, de continuo peligro e interminable lucha, había creado una población habituada al derramamiento de sangre, a defender sus derechos con las armas en la mano. Los labradores y pescadores del presente, encerrados en su isla, tenían aún la misma mentalidad y costumbres de sus abuelos. Los pueblos no existían. Eran caseríos desparramados en muchos kilómetros, sin más núcleo que la iglesia y las casas del cura y el alcalde. La única población era la capital, la llamada en los antiguos documentos «Real Fuerza de Ibiza», con su barrio anexo de la Marina.

Cuando un *atlot* llegaba a la pubertad, su padre lo llamaba a la cocina de la alquería en presencia de toda la familia.

—Ya eres hombre —declaraba solemnemente.

Y le hacía entrega de un cuchillo de recia hoja. El *atlot* armado caballero perdía su encogimiento filial. En adelante se defendería él mismo, sin buscar la protección de su familia. Luego, al juntar algún dinero, completaba sus arreos paladinescos comprando un pistolete con adornos de plata a los herreros del país, que tenían su forja en el bosque.

Fortalecido por el contacto de estos dos testimonios de viril ciudadanía, que no le abandonarían mientras viviese, se juntaba con los otros *atlots* igualmente pertrechados, y empezaba para él la vida juvenil y amorosa: las serenatas con acompañamiento di relinchos, los bailes, las excursiones a las parroquias que celebraban la fiesta de su santo patrón, donde se divertía tirando al galle con certeras pedradas, y sobre todo los *festeigs*, los tradicionales cortejos, la busca de novia, costumbre la más respetable de todas, que daba origen a riñas y muertes.

En la isla no había ladrones. Las casas aisladas en pleno campo conservaban muchas veces la llave en la puerta mientras los dueños estaban ausentes. Los hombres no se mataban por cuestiones de interés. El disfrute del suelo estaba muy repartido, y la dulzura del clima así como la frugalidad de las gentes hacían que éstas fuesen generosas y poco apegadas a los bienes materiales. El amor, solo el amor empujaba a los hombres a matarse. Los rústicos caballeros eran apasionados en sus predilecciones y fatales en sus celos, como héroes de novela. Por una *atlota* de ojos negros y manos morenas se buscaban y se provocaban en la oscuridad de la noche con relinchos de desafío; se *aucaban* de lejos antes de venir a las manos. El arma moderna que solo emite un proyectil en cada disparo les parecía insuficiente, y sobre el cartucho añadían un puñado de pólvora y otro de balas, atacándolo todo fuertemente. Si el arma no reventaba en sus manos, el agresor estaba seguro de hacer polvo a su contrario.

Los cortejos duraban meses y años. El payés que tenía una *atlota* en edad de noviazgo veía presentarse a los muchachos del distrito y de otros distritos de la isla, pues todos los ibicencos contaban con igual derecho para solicitarla. El padre apreciaba el número de los pretendientes. Diez, quince, veinte: a veces hasta treinta. Luego calculaba el tiempo de que podía disponer en la velada antes de que le rindiese el sueño, y teniendo en cuenta el número de solicitantes, lo dividía a tantos minutos cada uno.

Al cerrar la noche iban acudiendo por distintos caminos los del cortejo, unos en grupos, canturreando con acompañamiento de relinchos y cloqueos, otros solitarios, haciendo vibrar en su boca el zumbido del *bimbau*, un instrumento compuesto de dos laminillas de hierro que gruñía como un moscardón y les hacía olvidar la fatiga de la marcha. Venían de muy lejos. Los había que caminaban tres horas a la ida y otras tantas a la vuelta, yendo de un extremo a otro de la isla, los jueves y sábados, días de cortejo, para hablar tres minutos con una *atlota*.

Sentábanse en el verano en el *porchu*, especie de zaguán de la alquería, o entraban en la cocina si era invierno. Inmóvil en un poyo de piedra les esperaba la muchacha. Habíase despojado del sombrero de palma con largas cintas, que le daba a las horas de Sol un aire de pastora de opereta; vestía el traje de fiesta, la falda verde o azul de menudos pliegues, que guardaba el resto de la semana apretada entre cuerdas y pendiente del techo para que conservase intacto su plegado. Debajo de ésta llevaba otras faldas y otras, ocho, diez o doce zagalejos, toda la ropa femenil de la casa, un embudo sólido de paños y bayetas que borraba los vestigios del sexo y hacía imposible imaginarse la existencia de una realidad carnal bajo la balumba de tejidos. Las hileras de botones de filigrana brillaban en las mangas postizas del jubón. Sobre el pecho, aplastado por un corsé monjil que parecía de hierro, brillaba la triple cadena de oro de enormes eslabones. Por debajo del pañuelo que cubría su cabeza colgaba una gruesa trenza con remate de cintas. Sobre el poyo, sirviendo de tapiz a unas rotundidades que parecían voluminosas como globos por el enorme bulto de las faldas, estaba el *abrigais*, la prenda femenil de invierno.

Deliberaban los solicitantes para el buen orden del cortejo, y uno tras otro iban a sentarse al lado de la *atlota* hablando con ella los minutos marcados. Si alguno, enardecido por la conversación, se olvidaba de los compañeros, dejando pasar el tiempo, éstos se lo advertían con toses, miradas furiosas y palabras de amenaza. Si insistía, el más fuerte de la banda lo agarraba de un brazo, apartándolo para que otro ocupase su lugar. Algunas veces, cuando los pretendientes eran muchos y apremiaba el tiempo, la *atlota* hablaba con dos a la vez, haciendo esfuerzos de habilidad para no dar la preferencia a uno sobre otro... Así continuaban los cortejos hasta que ella manifestaba su preferencia por un *atlot*, sin tener en cuenta la voluntad de sus padres. En esta corta primavera de su vida, la mujer era reina. Luego, al casarse, cultivaba la tierra como su marido y era poco más que una bestia.

Los *atlots* despreciados se retiraban, cuando no sentían gran interés por la muchacha, trasladando sus amores algunas leguas más allá; pero si estaban realmente enamorados, seguían acechando la casa, y el preferido tenía que pelearse con sus antiguos rivales, llegando milagrosamente al casamiento a través de cuchillos y pistolas.

La pistola era como una segunda lengua del ibicenco. En los bailes domingueros soltaba tiros para demostrar su entusiasmo amoroso. Saliendo de la alquería de la novia, para dar a ésta y a su familia una muestra de aprecio, disparaba un tiro al transponer la puerta, y gritaba luego: «*¡Bona nit!*». Si, por el contrario, se retiraba ofendido y deseaba inferir a la familia una grave injuria, invertía los términos, dando primero las buenas noches y disparando la pistola después; pero en tal caso había de salir inmediatamente a todo correr, pues los de la casa contestaban acto seguido a la declaración de guerra con otros disparos o con palos y pedradas.

Jaime vivía al borde de esta existencia ruda y tradicional, contemplando de lejos las costumbres de aduar que aún se mantenían en el apartamiento de la isla. España, cuya bandera ondeaba todos los domingos sobre el menguado caserío de cada parroquia, apenas hacía memoria de este pedazo de su suelo perdido en el mar. Muchas tierras de la lejana Oceanía se hallaban en comunicación más frecuente con los grandes núcleos humanos que esta isla, arrasada en otros tiempos por la guerra y la rapiña, y mísera ahora al hallarse lejos del camino de los grandes buques, encerrada en un cinturón de islotes, rocas y bajos, entre freos y canales cuyas aguas transparentaban el fondo submarino.

Sentía Febrer en esta nueva existencia el deleite del que ocupa sitio cómodo para presenciar un espectáculo interesante. Aquellos campesinos y pescadores, belicosos nietos de corsarios, eran para él agradables compañeros de existencia. Pretendía contemplarlos de lejos, como un testigo curioso, pero lentamente sus costumbres habían hecho presa en él, arrastrándolo a los mismos hábitos de existencia. No tenía enemigos, y sin embargo, en sus paseos por la isla, cuando no llevaba la escopeta al hombro, ocultaba un revólver en su faja... por si acaso.

En los primeros días de su estancia en la torre, como las necesidades de la instalación le obligaban a ir a la ciudad, conservó su traje; pero poco a poco prescindió de la corbata, del cuello de camisa, de las botas. La caza le hizo preferir la blusa y el pantalón de pana de los payeses. La pesca le aficionó a marchar con los pies desnudos dentro de unas alpargatas por playas y peñascos. Un sombrero igual al que usaban todos los *atlots* en la parroquia de San José cubrió su cabeza.

La hija de Pep, conocedora de las costumbres de la isla, admiraba con cierto agradecimiento el sombrero del señor. Los hombres de los diversos *cuartones* que de antiguo dividían a Ibiza distinguíanse unos de otros por la manera de llevar el sombrero y la forma de sus alas, diferencia imperceptible para el que no fuese de la tierra. El de don Jaime era idéntico al de todos los *atlots* de San José y se diferenciaba de los usados por los vecinos de los otros pueblos, todos con nombres de santos. Un honor para la parroquia de que ella era hija.

¡Ingenua y graciosa Margalida! Febrer gustaba de hablar con ella, gozándose en el asombro que sus relatos de otras tierras y sus bromas, dichas con gesto grave, despertaban en su alma simple...

No tardaría en traerle la comida. Hacía media hora que una columna tenue de humo flotaba sobre la chimenea de *Can Mallorquí*. Se imaginaba a la
hija de Pep guisando, yendo y viniendo junto al hogar, seguida por la mirada
de la madre, payesa infeliz y de silenciosa torpeza, que no osaba poner
mano en las cosas del señor.

De un momento a otro la vería aparecer bajo el sombrajo del *porchu* que
daba entrada a su casa, llevando al brazo la cesta de la comida y sobre su
rostro de milagrosa blancura, que el Sol apenas doraba con ligera pátina de
marfil antiguo, un sombrero de paja con largas cintas.

Alguien se movió bajo el sombrajo, emprendiendo la marcha hacia la torre. ¡Era Margalida!... No; no era ella. Llevaba pantalones. Era su hermano
Pepet... Pepet, que vivía en Ibiza desde un mes antes, preparándose para
seminarista, y al que la gente había dado por esto el apodo de el *Capellanet*.

II

—¡Bon día tengui!...

Pepet extendió una servilleta en un lado de la mesa y puso sobre ella dos
platos tapados y una botella de vino de parra que tenía el color y la transparencia del rubí. Luego se sentó en el suelo, abarcando las rodillas con
los brazos, y quedó inmóvil. El luminoso marfil de su dentadura brillaba
sonriente sobre el rostro moreno. Sus ojos maliciosos fijábanse en el señor
con una expresión de can alegre y fiel.

—Pero ¿no estabas en Ibiza para ser cura? —preguntó Jaime mientras
atacaba la comida.

El muchacho movió la cabeza. Sí, señor; estaba. Su padre lo había confia-
do a un profesor del Seminario. ¿Sabía don Jaime dónde era el Seminario?...

Hablaba el pequeño payés de él como de un remoto lugar de tortura. Ni
árboles, ni libertad, ni aire apenas: la vida no era posible en aquel encierro.

Febrer, oyéndole, recordaba su visita a la ciudad alta, la Real Fuerza de
Ibiza, población muerta, separada del barrio de la Marina por una gran muralla del tiempo de Felipe II, con los intersticios de la piedra arenisca cubiertos
de verdes y ondeantes alcaparros. Estatuas romanas sin cabeza decoraban
en tres hornacinas la puerta que comunicaba la ciudad con el arrabal. Más
allá, las calles tortuosas empezaban a empinarse hacia la cumbre, ocupada

por la catedral y el castillo: pavimentos de piedra azul, por cuyo centro corrían en pendiente las inmundicias; fachadas de nítida blancura, marcando borrosamente bajo su enjalbegado escudos nobiliarios y la labor de antiguos ventanales; un silencio de cementerio a orillas del mar, interrumpido solamente por el lejano rumor de la resaca y el zumbido de las moscas amontonándose en el arroyo. De tarde en tarde, pasos en el pavimento de estas calles morunas y ventanas que se entreabren con la ávida curiosidad de un suceso extraordinario; unos soldados que suben lentamente hacia el castillo por las empinadas cuestas; los señores canónigos que bajan del coro, con el pecho de la sotana brillante de grasa y el sombrero de teja y el manteo de color de ala de mosca, míseros prebendados de una catedral olvidada, pobre y sin obispo.

En una de estas calles había visto Febrer el Seminario, casa larga, de blancas paredes, con las ventanas cubiertas de rejas lo mismo que una cárcel. El *Capellanet*, al recordarla, poníase grave, borrándose de su rostro achocolatado el blanco marfil de la sonrisa. ¡Qué mes había pasado allí! El maestro entretenía el aburrimiento de las vacaciones con este pequeño campesino, queriendo iniciarlo en las bellezas de las letras latinas con ayuda de su elocuencia y de una correa. Deseaba hacer de él un prodigio, para sorprender a los otros profesores cuando se abriesen las clases, y los golpes menudeaban. Además de esto, las rejas, que solo dejaban ver la pared de enfrente; la aridez de la ciudad, donde no se encontraba una hoja verde; los aburridos paseos al lado del cura por aquel puerto de aguas muertas que olía a almeja corrompida y sin otros barcos que algunos veleros que llegaban a cargar sal... El día anterior, unos cuantos correazos más fuertes habían acabado con su paciencia. «¡Pegarle a él! ¡Si no fuese un cura!...» Se había fugado, emprendiendo a pie el regreso a *Can Mallorquí*; pero antes, como venganza, desgarró varios libros que el maestro tenía en gran estima, volcó el tintero sobre la mesa y escribió en las paredes vergonzosas inscripciones, con otras travesuras de mono en libertad.

La noche había sido de emociones en *Can Mallorquí*. Pep había dado de palos a su hijo: lo quiso matar, ciego de ira, teniendo que interponerse entre los dos Margalida y su madre.

La sonrisa del *atlot* había vuelto a reaparecer. Hablaba con orgullo de los palos que llevaba recibidos sin que le arrancasen un grito. Era su padre quien le pegaba, y un padre puede pegar, porque así demuestra que se interesa por sus hijos. Pero que probase otro a golpearle: era como sentenciarse a muerte. Y al decir esto, se erguía con la belicosa petulancia de una raza habituada a ver correr la sangre y a hacerse justicia por su mano. Pep hablaba de llevar a su hijo otra vez al Seminario, pero el muchacho dudaba de esta amenaza. No iría aunque su padre cumpliera la promesa de llevarlo atado como un costal a lomos de un asno: huiría antes a la montaña o al islote del Vedrá, para vivir con las cabras salvajes.

El dueño de *Can Mallorquí* había dispuesto del porvenir de sus hijos rudamente, con esa energía del campesino que no repara en obstáculos cuando cree hacer el bien. Margalida se casaría con un payés, y para él serían las tierras y la casa. Pepet sería cura, lo que representaba una ascensión social de la familia, honor y fortuna para todos.

Jaime sonreía al escuchar las protestas del *atlot* contra su destino. En toda la isla no existía otro centro de enseñanza que el Seminario, y los payeses y patrones de barca que deseaban para sus hijos una suerte mejor los llevaban a él. ¡Los curas de Ibiza!... Muchos de ellos, mientras seguían sus estudios, tomaban parte en los cortejos, usando cuchillo y pistolete. Nietos de corsarios y de soldados, al vestir la sotana guardaban la arrogancia y la ruda virilidad de sus ascendientes. No eran impíos, pues su simpleza de pensamiento no les permitía este lujo, pero tampoco eran devotos ni austeros: amaban la vida con todas sus dulzuras y sentían la atracción de los peligros con atávico entusiasmo. La isla era una fábrica de sacerdotes animosos y aventureros. Los que permanecían en España acababan por ser capellanes de regimiento. Otros, más atrevidos, apenas cantaban misa se embarcaban para América, donde ciertas repúblicas de aristocrático catolicismo son el Eldorado de los sacerdotes españoles que no temen al mar. Desde allá giraban mucho dinero a sus familias y compraban casas y tierras, alabando a Dios, que mantiene a sus sacerdotes con más holgura en el Nuevo Mundo que en el viejo. Había buenas señoras en Chile y el Perú que daban cien pesos de limosna por una misa. Estas noticias hacían abrir la boca de asombro a los parientes, reunidos durante las noches de invierno en la cocina. A pesar de tales grandezas, su deseo era regresar a la isla amada, y volvían a los pocos años con el propósito de vegetar en sus tierras. Pero el demonio de la vida moderna les había mordido en el corazón, y se aburrían en la monótona existencia isleña, tradicional y cerrada. Pensaban en las ciudades jóvenes del otro continente, y al fin vendían sus bienes o los regalaban a la familia, embarcándose para no volver más.

Indignábase Pep contra la tenacidad de su hijo, que se empeñaba en continuar siendo payés. Hablaba de matarlo, como si lo viese en un camino de perdición. Llevaba la cuenta de todos los hijos de amigos suyos que habían partido para el otro mundo con la sotana puesta. El hijo de *Treufoch* llevaba enviados de América cerca de seis mil duros. Otro, que vivía tierra adentro, entre indios, en unas montañas muy altas a las que llamaban los Andes, había comprado un predio en Ibiza, que cultivaba su padre. ¡Y el pillo de Pepet, más listo para las letras que los demás, negábase a seguir tan hermosos ejemplos!... Había para matarlo.

La noche anterior, en un momento de calma, cuando Pep descansaba en su cocina con el brazo fatigado y el gesto triste del padre que acaba de pegar fuerte, el *atlot*, rascándose los golpes, había propuesto un arreglo. Sería cura; obedecería al *siñó* Pep pero antes deseaba ser hombre, ir con los muchachos de la parroquia a hacer música, bailar los domingos, mezclarse en los cortejos, tener novia, llevar un cuchillo en la faja. Esto último era lo que deseaba con mayores ansias. Si su padre le regalaba el cuchillo del abuelo, él pasaría por todo.

—*¡El gabinet del güelo, pare!* —imploraba el muchacho—. *¡El gabinet del güelo!*

Por obtener el cuchillo del abuelo sería cura, y hasta si era preciso viviría solitario, de la limosna de las gentes, como los ermitaños que estaban a orillas del mar en el santuario de los *Cubells*. Al recordar el arma venerable, brillaban sus ojos con fulgores de admiración y se la describía a Febrer. ¡Una joya! Era una antigua lima de acero aguzada y bruñida. Podía atravesarse con ella una moneda, ¡y en manos de su abuelo!... Su abuelo era un hombre famoso. El nieto no le había conocido, pero hablaba de él con admiración, colocando su memoria por encima del mediano respeto que le inspiraba el buenazo de su padre.

Luego, a impulsos de su deseo, se atrevía a implorar la protección de don Jaime. ¡Si quisiera darle ayuda!... Bastaría que pidiese una vez el famoso cuchillo, para que su padre se lo entregara al instante.

Febrer acogió esta demanda con risa bondadosa.

—Tendrás el cuchillo, muchacho. Y si tu padre no quiere entregarlo, yo te compraré otro cuando vaya a la ciudad.

Esta certeza entusiasmó al *Capellanet*. Necesitaba ir armado para poder mezclarse con los hombres. Su casa iba a verse frecuentada por los *atlots* más valerosos de la isla. Margalida era ya moza e iba a comenzar el *festeig*. El *siñó* Pep había sido rogado por los *atlots* con objeto de que fijase día y hora para la visita de los cortejantes.

—¡Ah! ¡Margalida! —dijo Febrer con asombro—. ¡Margalida con novios!...

Lo que él había visto en tantas casas de la isla parecíale un espectáculo absurdo en *Can Mallorquí*. Se había olvidado de que la hija de Pep era una mujer. ¿Pero realmente aquella niña, aquella muñeca blanca e ingenua, podía gustar a los hombres?... Sentía la extrañeza del padre que ha enamorado en otro tiempo a muchas mujeres, y juzgando luego por su propia sensibilidad, no puede comprender que su hija inspire pasiones.

Pasados algunos instantes ya no la vio así. Margalida era otra a sus ojos: era una mujer. La transformación le dolía. Creyó que acababa de perder algo, pero se resignó ante la realidad.

—¿Y cuántos son? —dijo con voz algo apagada.

Pepet agitó una mano al mismo tiempo que elevaba los ojos a la bóveda de la torre. ¿Cuántos?... Aún no se sabía con certeza. Lo menos treinta. Iba a ser un *festeig* del que se hablaría en toda la isla; y eso que muchos, aunque se comían a Margalida con los ojos, no osaban entrar en el cortejo, dándose de antemano por vencidos. Como su hermana había pocas en la isla: guapa, alegre y con un buen pedazo de pan, pues el *siñó* Pep hablaba en todas partes de dar *Can Mallorquí* al yerno cuando él muriese. ¡Y el hijo que se reventase con la sotana a cuestas al otro lado del mar, sin ver más *atlotas* que las indias! ¡Futro!...

Pero su indignación duró poco. Entusiasmábase al pensar en los mozos que iban a acudir a su casa dos veces por semana para hacer la corte a Margalida. Iban a venir hasta de San Juan, al otro extremo de la isla, el pueblo de los hombres valientes, donde muchos evitaban salir de su casa apenas cerraba la noche, sabiendo que cada ribazo servía de sostén a una pistola y cada árbol de guarida a una escopeta, y todos esperaban pacientemente la satisfacción de un agravio recibido muchos años antes; la patria de las temibles «fieras de San Juan». Juntos con estos personajes vendrían otros de los demás *cuartones*, y muchos tendrían que caminar leguas para llegar a *Can Mallorquí*.

El *Capellanet* regocijábase pensando en los mozos arrogantes que iba a conocer. Todos le tratarían como un compañero, por ser hermano de la novia; pero de estas futuras amistades la que más le halagaba era la de Pere, apodado el *Ferrer* por su oficio de herrero, un hombre cercano a los treinta años, del que se hablaba mucho en la parroquia de San José.

El muchacho lo admiraba como gran artista.

Cuando se decidía a trabajar, fabricaba las más hermosas pistolas que se conocían en los campos de Ibiza. Pepet enumeraba su trabajo. Le enviaban de la Península cañones viejos de escopeta —lo viejo inspiraba respeto al *atlot*— y los montaba a su modo en culatas de pistola esculpidas con bárbara fantasía, añadiendo a la obra prolijos adornos de plata. Arma salida de sus manos podía cargarse hasta la boca, sin miedo a que reventase.

Pero otra circunstancia más importante aumentaba su admiración por el *Ferrer*. Lo declaró en voz baja, con un tono de misterio y respeto:

—*El Ferrer és un verro.*

¡Un *verro*!... Jaime quedó pensativo unos instantes, coordinando sus recuerdos sobre las costumbres de la isla. Un gesto expresivo del *Capellanet* ayudó a su memoria. Un *verro* es un hombre cuyo valor no necesita probarse, pues tiene pudriendo tierra uno o varios ejemplos de la dureza de su mano o de lo certero de su puntería.

Pepet, para que los suyos no quedasen por debajo del *Ferrer*, volvió a recordar a su abuelo. También había sido *verro*, pero los antiguos sabían hacer mejor las cosas. Aún se acordaban en San José de la habilidad con que el *güelo* despachaba sus asuntos: un golpe nada más con el famoso cuchillo, y después las precauciones tan bien tomadas que siempre se presentaban testigos para declarar que lo habían visto al otro extremo de la isla a la misma hora en que agonizaba el enemigo.

133

El *Ferrer* era un *verro* con menos fortuna. Hacía medio año que había desembarcado, después de pasar ocho en un presidio de la Península. Le habían condenado a catorce, pero le alcanzaron varios indultos. El recibimiento fue triunfal. ¡Un hijo de San José que regresaba de tan heroico destierro!... No debían mostrarse menos entusiastas que los vecinos de otras parroquias, que acogían a sus *verros* con grandes agasajos. Y bajaron al puerto de Ibiza, el día de la llegada del vapor, los parientes lejanos del *Ferrer*, que eran medio pueblo, y todo el resto del vecindario por puro patriotismo. Hasta el alcalde hizo el viaje, seguido de su secretario, para conservar las simpatías de sus administrados. Los señores de la ciudad protestaban con indignación de estas costumbres bárbaras e inmorales de la payesía, mientras hombres, mujeres y chiquillos asaltaban el vapor, ansioso cada uno de ser el primero en estrechar la mano del héroe.

Pepet se acordaba de la vuelta del *verro* a San José. Él también había figurado en la comitiva, larga hilera de carros, caballos, asnos y peatones, como si el pueblo entero emigrase. En todas las tabernas y ventorros del camino deteníase la romería, y el grande hombre era obsequiado con jarros de vino, pedazos de sobreasada y copas de *figola*, licor de hierbas de la isla. Admiraban su traje nuevo —un traje de señor que había comprado al salir del presidio—, se asombraban en silencio de la desenvoltura de sus maneras, del aire de buen príncipe con que acogía a sus antiguos amigos, protegiéndolos con el gesto y la mirada. Muchos le envidiaban. ¡Lo que aprende un hombre saliendo de la isla! ¡No hay como correr el mundo!... El antiguo herrero los abrumó a todos con la superioridad de sus recuerdos durante el viaje a San José. Luego, en el espacio de varias semanas, la tertulia en la taberna del pueblo, a la caída de la tarde, resultó interesantísima. Las palabras del *verro* se repetían de hogar en hogar por todos los esparcidos caseríos del *cuartón*, viendo cada payés algo honroso para su parroquia en estas aventuras del convecino.

El *Ferrer* no se cansaba de alabar las bellezas del establecimiento en el que había permanecido ocho años. Olvidaba las cóleras y tristezas sufridas allá. Todo lo veía al través de ese amor a lo pasado que desfigura los recuerdos.

Él no había vivido, como ciertos infelices, en un establecimiento penal de las llanuras manchegas, donde hay que subir el agua a lomos de hombre, sufriendo los tormentos de un frío ártico. Tampoco había estado en los presidios de la vieja Castilla, donde la nieve blanquea los patios y los huecos de las rejas. Venía de Valencia, del penal de San Miguel de los Reyes, llamado *Niza*, a causa de la dulzura de su clima, por los habituales pensionistas de dichos establecimientos. Hablaba con orgullo de esta casa, lo mismo que un rico estudiante recuerda los años pasados en una universidad inglesa o alemana. Altas palmeras sombreaban los patios, ondeando su capitel de plumas por encima de los tejados. Desde las rejas llegaba a verse toda la extensión de la huerta valenciana, con los frontones triangulares y blancos de sus barracas, y más allá el Mediterráneo, una faja azul inmensa, tras cuyo lomo se ocultaba el peñón natal, la isla amada. Tal vez había pasado por ella el viento cargado de emanaciones salinas y ardores vegetales que se colaba como una bendición en las hediondas cuadras del presidio. ¡Qué más podía desear un preso!... La vida era dulce: se comía a sus horas, siempre de caliente; había orden, y el hombre no tenía más que obedecer, dejarse llevar. Se hacían buenas amistades; se trataba uno con gentes notables, que jamás hubiese conocido de permanecer en la isla. Y el *Ferrer* hablaba con orgullo de sus amigos. Unos habían tenido millones y paseado en lujosos carruajes allá en Madrid, ciudad casi fantástica, cuyo nombre sonaba en los oídos de los isleños como el de Bagdad para el pobre árabe del desierto que escucha un relato de *Las mil noches y una noche*. Otros habían corrido medio mundo antes de que la desgracia les confinase en el encierro, y recordaban ante un corro absorto sus aventuras en tierras de negros o en países donde los hombres eran amarillos o verdes y llevaban trenzas mujeriles. En aquel antiguo convento, grande como un pueblo, vivía lo mejor de la tierra. Algunos habían ceñido espada y mandado hombres; otros habían manejado papeles sellados e interpretado la ley. ¡Hasta un cura había sido compañero de cuadra del *Ferrer*!...

Los admiradores de éste le oían con los ojos muy abiertos y las narices palpitantes de emoción. ¡Qué dicha! Ser *verro*, haber ganado la celebridad y el respeto matando a un enemigo en las sombras de la noche, y a cambio de esto, ocho años en *Niza*, lugar de delicias y honores. ¡No tendrían ellos tanta suerte!...

El *Capellanet*, que había escuchado estos relatos, sentía por el *verro* un respeto admirativo. Describía las particularidades de su persona con la prolijidad del que se siente enamorado de un héroe.

No era alto ni fuerte como el señor; pero era ágil, nadie le ganaba en el baile, y podía danzar horas enteras, hasta rendir a todas las muchachas de la parroquia. Había traído de su larga temporada en *Niza* una tez pálida y lustrosa, una tez de monja en clausura; pero ya estaba oscuro como los demás, con la cara bronceada y curtida por el aire del mar y el Sol africano de la isla. Vivía en la montaña, en una casucha inmediata a los bosques de pinos, cerca de los carboneros que proporcionaban combustible a su fragua. Esta no se encendía todos los días. El *Ferrer*, con sus pretensiones de artista, solo trabajaba cuando tenía que reparar una escopeta, transformar un viejo trabuco de chispa en arma de pistón, o fabricar aquellas pistolas con adornos de plata que admiraban al *Capellanet*.

Deseaba éste verle preferido por su hermana; que el *verro* entrase en su familia con sus asombrosas habilidades. Tal vez a impulsos del próximo parentesco se decidiese a regalarle una de aquellas joyas.

—Puede ser que Margalida le quiera, y entonces el *Ferrer* me dé una de sus pistolas. ¿Usted qué cree, don Jaime?...

Abogaba por el *verro* como si fuese ya pariente suyo. ¡El pobre vivía tan mal!... Solo en la fragua, sin otra compañía que una parienta vieja, siempre vestida de negro por remotos lutos, lagrimeante un ojo, cerrado otro, y tirando del fuelle mientras su sobrino batía el hierro rojo. La vecindad del fogón secaba cada vez más su huesosa flacura. En su cara arrugada de manzana vieja parecían liquidarse las cuencas de los ojos.

Aquel antro ahumado y lóbrego en medio de los pinares podía embellecerse con la presencia de Margalida. Su único adorno actual eran unos cuantos cestillos de juncos de colores tejidos en forma de tablero de ajedrez, con pompones de seda, amistoso recuerdo de los ignorados artistas que entretenían sus ocios en el retiro de *Niza*. Cuando su hermana viviese en la fragua, Pepet iría a verla, y contaba adquirir de la munificencia de su cuñado, en estas visitas, un cuchillo tan famoso como el del abuelo, si es que el señor Pep perseveraba injustamente en negarle esta herencia gloriosa.

El recuerdo de su padre pareció oscurecer las esperanzas del muchacho. Veía difícil que el dueño de *Can Mallorquí* aceptase como yerno a Pere el *Ferrer*. Nada malo podía decir el viejo de él; aceptaba su fama como una honra para el pueblo. La isla no solo tenía hombres bravos en «las fieras de San Juan»; también San José podía enorgullecerse de mozos valientes que habían sufrido duras pruebas. Pero el *Ferrer* era hombre de oficio, poco entendido en materias agrícolas, y aunque todos los ibicencos mostrábanse igualmente dispuestos a cultivar la tierra, echar una red en el mar o hacer un alijo de contrabando, pasando fácilmente de un trabajo a otro, él quería para su hija un verdadero labrador, habituado toda su vida a arañar el suelo. Su resolución era inquebrantable. En aquel cerebro yermo y duro, cuando llegaba a retoñar una idea, echaba raíces tan hondas, que no había huracán ni cataclismo que la arrancase. Pepet sería cura y correría mundo. Margalida la guardaba para un labrador que agrandase las tierras de *Can Mallorquí* al heredarlas.

El *Capellanet* inquietábase al pensar en quién podría ser el favorecido por Margalida. Trabajo le daba a todos teniendo enfrente a un hombre como el *Ferrer*. Aunque su hermana se inclinase hacia otro, el agraciado tendría que vérselas luego con Pere, el bravo glorioso, quitándolo de en medio. Iban a verse cosas grandes. Del cortejo de Margalida se hablaba ya en todas las casas del *cuartón*; su fama acabaría por extenderse a toda la isla. Y Pepet sonreía con feroz deleite, como un pequeño salvaje que ve próxima una matanza.

Admiraba a Margalida, reconociendo en ella una autoridad mayor que la del padre, por lo mismo que no estaba basada en el miedo a los golpes. Ella lo dirigía todo en la casa. La madre marchaba tras sus pasos como una doméstica, no osando hacer nada sin consultarla. El *siñó* Pep, tan absoluto en sus ideas, deteníase antes de tomar una resolución, rascándose la frente con gesto de duda mientras decía en voz baja: «Esto habrá que consultarlo con la *atlota*». El mismo *Capellanet*, que había heredado la terquedad paternal, desistía fácilmente de sus intentos de protesta con solo una palabra de la hermana, una insinuación de su boca sonriente, de su voz dulce.

—¡Lo que ella sabe, don Jaime! —decía el muchacho con admiración—. Yo ignoro si es guapa. Por ahí dicen que sí; pero a mí no me gusta. A mí me gustan otras de mi edad. ¡Lástima que no estén aún para admitir el *festeig*!...

Y volviendo a hablar de su hermana, enumeraba sus talentos, insistiendo con cierto respeto en su habilidad para el canto.

¿Conocía don Jaime al *Cantó*, un *atlot* malucho del pecho, que no trabajaba y pasaba los días tendido a la sombra de los árboles, golpeando el tamboril y mascullando versos?... Era un blanco cordero, una gallina, con ojos y piel de mujer, incapaz de hacer frente a nadie. También éste pretendía a Margalida; pero el *Capellanet* juraba meterle el tamboril por el cogote antes que aceptarlo como cuñado... Él solo podía emparentar con un héroe... Pero en lo de sacarse canciones de la cabeza y cantarlas intercaladas con alaridos de pavo real no había quien se midiese con el *Cantó*. Había que ser justos, y Pepet reconocía su mérito. Era para el *cuartón* una gloria que casi podía compararse con la del valeroso *Ferrer*. Pues bien; a este cantor le hacía frente Margalida cuando, en las tertulias de verano en el *porchu* de la alquería o en los bailes del domingo, ruborosa, empujada por las compañeras, se decidía a sentarse en el centro del corro, y con el tamboril en una rodilla, ocultos los ojos tras un pañuelo, contestaba con un largo romance, todo de su invención, a lo que había dicho antes el poeta.

Si el *Cantó* soltaba un domingo un interminable relato sobre la falsedad de las mujeres y lo caras que cuestan al hombre por su afición a los trapos, Margalida le respondía al otro domingo con un romance doblemente largo criticando la vanidad y el egoísmo de los hombres, y la turba de *atlotas* coreaba sus versos con cloqueos de entusiasmo, reconociendo la gloria de una vengadora en la muchacha de *Can Mallorquí*.

—¡Pepet!... ¡Atlot!

Una voz femenina sonó a lo lejos, como un cristal, cortando el denso silencio de las primeras horas de la tarde, cargado de vibraciones de calor y de luz. Sonaba cada vez más fuerte, al repetirse, como si se aproximase a la torre.

Pepet abandonó su posición de bestezuela en descanso, libertando las piernas encogidas del anillo de los brazos para erguirse de un salto... Era

Margalida la que llamaba... Su padre debía reclamarle para algún trabajo, en vista de su tardanza.

El señor le retuvo por un brazo.

—Déjala que venga —dijo sonriendo—. Hazte el sordo, para que grite.

El *Capellanet* enseñó los nítidos dientes en la oscuridad de su cara bronceada. Sonrió el pillete, satisfecho de esta inocente complicidad, y quiso aprovecharse de ella, hablando al señor con atrevida confianza.

¿De veras que pediría para él, al *siñó* Pep, el cuchillo del abuelo? *¡Ay, el gabinet del güelo!* Estaba siempre presente en su memoria.

—Sí, lo tendrás —dijo Jaime—. Y si tu padre no te lo da, yo te compraré el mejor que encuentre en Ibiza.

El muchacho se frotó las manos, brillándole los ojos con fulgores salvajes.

—Es solo para que seas hombre como los otros —continuó Febrer—; pero ¡nada de usarlo! Un simple adorno nada más.

Pepet, ansioso de realizar cuanto antes su deseo, contestó con enérgicos movimientos de cabeza. Sí; un adorno nada más... Pero sus ojos se oscurecieron con una duda cruel... Un adorno; pero si alguien le ofendía llevando tal compañero, ¿qué debe hacer un hombre?...

—¡Pepet!... ¡Atlot!

La voz de cristal sonó ahora al pie de la torre. Febrer esperaba oírla más cerca, ver aparecer la cabeza de Margalida y luego todo su cuerpo en el hueco de entrada. En vano aguardó largo rato: la voz fue haciéndose apremiante, con graciosos temblores de impaciencia, pero sin aproximarse más.

Febrer se asomó a la puerta y vio a la muchacha al pie de la escalera, algo empequeñecida por la distancia, con hinchada falda azul y un sombrero de paja del que pendían cintas a flores. Sobre el fondo de las amplias alas del sombrero, iguales a una aureola, destacábase su rostro, de una palidez de rosa, en el que parecían temblar las gotas negras de los ojos.

—¡Salut, Flo d'enmetllé! —dijo Febrer con cierta inseguridad en la voz, pero sonriendo.

«¡Flor de almendro!...» Al oír la muchacha este nombre en boca del señor, el carmín de una expansión sanguínea ocultó momentáneamente la suave blancura de su tez...

«¿Ya sabía don Jaime este nombre?... ¿Un señor como él se enteraba de tales tonterías?...»

Febrer solo vio ya la copa y las alas del sombrero de Margalida. Había bajado la cabeza, y en su turbación jugueteaba con las puntas del delantal, avergonzada como una niña que se da cuenta de pronto de la significación de su sexo y escucha el primer requiebro.

III

El domingo siguiente, Febrer fue por la mañana al pueblo. El tío Ventolera no podía acompañarle al mar, pues consideraba indispensable su presencia en la misa, para responder con voz chillona a las palabras del sacerdote.

Falto de ocupación, Jaime emprendió la marcha hacia el pueblo por senderos de tierra roja que ensuciaba la blancura de sus alpargatas. Era uno de los últimos días estivales. Las alquerías de nítida blancura parecían reflejar como espejos el fuego de un Sol africano. Zumbaban en el ambiente los enjambres de insectos. En la sombra verdosa de las higueras, amplias, bajas y redondas, apoyadas en un círculo de estacas como un techo de verdura, caían los higos abiertos por el calor, reventando en el suelo como enormes gotas de azúcar purpúreo. Las chumberas alzaban sus muros de pinchosas palas a ambos lados del camino, y entre sus raíces polvorientas correteaban, medrosas y ebrias de Sol, pequeñas bestias ondeantes, de larga cola y verde esmeralda.

Por entre la columnata negra y retorcida de los olivos y los almendros veíanse a lo lejos, siguiendo otros senderos, grupos de payeses que también marchaban hacia el pueblo. Delante iban las *atlotas* de traje dominguero, con pañuelos rojos o blancos y faldas verdes, brillando al Sol sus grandes cadenas de oro. Junto a ellas caminaban los pretendientes, escolta tenaz y hostil que se disputaba una mirada o una palabra de preferencia, asediando varios a la vez a la misma moza. Cerraban la marcha los padres de las muchachas, envejecidos antes de tiempo por las fatigas y sobriedades de la vida del campo, pobres bestias de la tierra, sumisas, resignadas, negras de piel, con los miembros secos como sarmientos, y que en la modorra de su mente recordaban cual una vaga y remota primavera los años del *festeig*.

Cuando Febrer llegó al pueblo se dirigió rectamente a la iglesia. Lo formaban seis u ocho casas con la alcaldía, la escuela y la taberna en torno del templo. Éste erguíase soberbio y poderoso, como nexo de unión de todo el caserío esparcido por valles y montes en algunos kilómetros a la redonda.

Jaime, despojándose del sombrero para limpiarse el sudor de la frente, se refugió bajo las arcadas de un pequeño claustro que precedía a la iglesia. Allí experimentó la misma sensación de bienestar del árabe que se acoge a un solitario morabito tras la marcha por el arenal inflamado como un horno.

La blancura de la iglesia, enjalbegada de cal, con sus arcadas frescas y sus ribazos de piedra seca coronados de nopales, hacía pensar en una mezquita africana. Tenía más de fortaleza que de templo. Sus tejados estaban ocultos por el borde superior de los muros, especie de reducto sobre el cual habían asomado muchas veces escopetas y trabucos. La torre era un torreón de guerra coronado todavía de almenas: su vieja campana había volteado en otro tiempo con la fiebre del rebato.

Esta iglesia, en la que los payeses del *cuartón* entraban a la vida con el bautismo y salían de ella con la misa de difuntos, había sido durante siglos el refugio de sus pavores, la fortaleza de sus resistencias. Cuando las atalayas de la costa anunciaban con fogatas o humaredas un barco de moros, de todas las alquerías de la parroquia corrían las familias hacia el templo, los hombres cargando su escopeta, las mujeres y niños arreando las cabras y los asnos o llevando a cuestas con las patas atadas en manojo todas las aves de corral. La casa de Dios se convertía en establo guardador de la fortuna de sus adeptos. El cura, en un rincón, rezaba con las mujeres, siendo cortadas sus oraciones por chillidos de angustia y llantos de niños, mientras en los tejados y la torre los escopeteros exploraban el horizonte, hasta que llegaba noticia de que las aves de rapiña del mar se habían alejado. Entonces reanudábase la existencia normal, volviendo cada familia a su aislamiento, con la certeza de repetir el viaje angustioso pocas semanas después.

Febrer permaneció bajo las arcadas viendo cómo iban llegando los grupos de payeses a toda prisa, espoleados por el último toque del esquilón que volteaba en lo alto de la torre. El interior de la iglesia estaba casi lleno. Por la puerta entreabierta llegaba hasta Jaime una densa bocanada de respiraciones ardorosas, de sudor y ropas burdas. Experimentaba Febrer cierta simpatía por estas buenas gentes cuando las tropezaba por separado, pero la muchedumbre inspirábale aversión, y permanecía lejos de su contacto.

Muchos domingos bajaba al pueblo para quedarse en la puerta de la iglesia, sin entrar en ella. La soledad habitual en su torre de la costa le hacía necesario ver gentes. Además, el domingo resultaba para él, hombre sin ocupaciones, un día monótono, fastidioso, interminable. Este descanso de los demás era su tormento. No podía ir al mar por falta de barquero, y los campos solitarios, con sus casas cerradas, por hallarse las familias en la misa o en el baile de la tarde, le comunicaban la impresión penosa de un paseo por un cementerio. La mañana pasábala en San José, y uno de sus placeres era permanecer en el claustro de la iglesia viendo entrar y salir al gentío, gozando de la fresca sombra de los arcos, mientras unos pasos más allá ardía la tierra con la reverberación solar, mecían sus ramas los árboles lentamente, como angustiadas por el calor y el polvo que cubría sus hojas, y el ambiente denso parecía ser mascado antes de descender a los pulmones.

Llegaban las familias retrasadas, pasando ante Febrer con una mirada de curiosidad y un leve saludo. Todos le conocían en el *cuartón*. Estas buenas gentes, al verle en el campo podían abrirle la puerta de su casa; pero su afabilidad no iba más allá, siendo incapaces de aproximarse a él por impulso propio. Era un forastero. Además, era un mallorquín. Su condición de señor creaba una misteriosa desconfianza en la gente rústica, que no podía explicarse su permanencia en el aislamiento de una torre.

Febrer quedó solo. Llegó hasta sus oídos el repiqueteo de una campanilla, el rumor de la gente al arrodillarse o al ponerse de pie, y una voz conocida, la voz del tío Ventolera, lanzando en tono cantable las respuestas de la misa con el estridor de su boca sin dientes. La gente aceptaba sin reírse estas ingerencias de su locura senil. Estaba habituada, años y años, a oír los latinajos del antiguo marinero, que desde su banco apoyaba a gritos las respuestas del ayudante. Todos daban cierto carácter sagrado a estos desvaríos, como los orientales, que ven en la demencia un signo de santidad.

Fumó Jaime en la entrada de la iglesia para entretenerse. Unos palomos se arrullaban sobre los arcos, cortando con el rumor de sus caricias las largas pausas de silencio. Tres colillas de cigarro estaban a los pies de Febrer, cuando sonó en el interior del templo un largo murmullo como de cien respiraciones contenidas que se exhalan al fin con un suspiro de satisfacción. Luego ruido de pasos, voces ahogadas de saludo, chocar de sillas, chirrido de bancos, arrastre de pies, y la puerta quedó obstruida por las gentes que intentaban salir todas a un tiempo.

Comenzaron a desfilar los fieles, saludándose como si se vieran por primera vez al encontrarse en pleno Sol, fuera de la luz crepuscular del templo.

—¡Bon dia!... ¡Bon dia!...

Salían en grupos las mujeres: las viejas vestidas de negro, esparciendo el interno olor de sus innumerables zagalejos y faldas; las jóvenes erguidas en su estrecho corsé, que les aplastaba los pechos y borraba las curvas salientes de las caderas, ostentando con nobiliario orgullo, sobre el pañuelo multicolor, las cadenas de oro y los enormes crucifijos. Eran cabezas morenas o verdosas con grandes ojos de dramática expresión; vírgenes cobrizas con el pelo brillante y aceitoso partido por una raya que iba ensanchando cada vez más la rudeza del peine.

Los hombres deteníanse un momento en la puerta para colocarse sobre la rapada cabeza, con luengos rizos en su parte delantera, el pañuelo que llevaban bajo el sombrero, a uso mujeril. Era una prenda con la que suplían el capuchón del antiguo jaique del país, usado ya únicamente en circunstancias extraordinarias.

Luego, los viejos sacaban de la faja una pipa rústica fabricada por ellos mismos, llenándola de tabaco de *pota* cultivado en la isla, hierba de acre olor. Los mozos se alejaban de ellos. Salían del atrio para adoptar fieras posturas, con las manos en la faja y la cabeza erguida, ante los grupos de mujeres. En ellos estaban las amadas *atlotas* fingiendo indiferencia y contemplándolos al mismo tiempo con el rabillo de un ojo.

Poco a poco iba disolviéndose esta masa de gentío.

—¡Bon dia!... ¡Bon dia!...

Muchos no volverían a verse hasta el domingo siguiente. Por todos los senderos se alejaban grupos multicolores: unos oscuros, sin escolta alguna, marchando lentamente, como si se arrastrasen, con la miseria de la ancianidad; otros bulliciosos, de faldas inquietas y pañuelos ondeantes, seguidos a distancia por una tropa de *atlots*, que gritaban, relinchaban y corrían para advertir su presencia a las muchachas.

143

Aún quedaba gente dentro de la iglesia. Febrer vio salir a unas mujeres vestidas de negro, tétrico grupo de tapadas, que apenas sí enseñaban a través de la abertura del manto su nariz enrojecida por el Sol y un ojo de brasa velado por las lágrimas. Iban cubiertas con el *abrigais*, chal de invierno, envoltura tradicional de gruesa lana, cuya vista producía una sensación de tormento y asfixia en aquella mañana bochornosa de verano. Detrás salieron unos encapuchados, antiguos payeses que se habían cubierto con el capote de ceremonia, un jaique pardo de lana burda con amplias mangas y apretado capuchón. Las mangas las llevaban sueltas, pero el capuchón iba bien abrochado bajo la barba, mostrando por la abertura sus rostros tostados de piratas.

Eran los parientes de un payés que había muerto una semana antes. La numerosa familia, que habitaba en distintos puntos del *cuartón*, habíase reunido, según costumbre, en la misa del domingo para recordar al muerto, y al verse estallaba su dolor con africana vehemencia, como si aún tuviesen ante sus ojos el cadáver. La costumbre exigía que se cubrieran con sus prendas de ceremonia, con sus vestidos de invierno, encerrándose en ellos cual si fuesen cáscaras de dolor. Lloraban y sudaban bajo las envolturas, y al reconocer cada uno a los parientes que no había visto en algunos días, estallaba su pena con nuevo recrudecimiento. Salían suspiros de agonía de entre los espesos mantos; las rudas caras, encuadradas por el capuchón, contraíanse con crispaciones de dolor infantil, exhalando lamentos de pequeñuelo enfermo. El dolor se licuaba con una incesante secreción, mezcla de sudor y lágrimas. De todas las narices —la parte más visible de estos fantasmas doloridos— pendían gotas que iban a caer sobre los pliegues del paño burdo.

Un hombre hablaba con bondadosa autoridad, exigiendo calma, en medio del estrépito de las voces femeniles que rugían broncas de pena y de los suspiros masculinos atiplados por el dolor. Era Pep el de *Can Mallorquí*, lejano pariente del muerto, en esta isla donde todos se hallaban más o menos unidos por los cruces de la sangre. El vago parentesco, aunque le impulsaba a participar del dolor, no le había obligado a ponerse el jaique de las grandes solemnidades. Iba vestido de negro y se cubría con un manteo de ligera lana y un fieltro redondo, que le daban cierto aire eclesiástico. Su mujer y Margalida, que no se creían unidas por el parentesco a esta familia, manteníanse aparte, como si las alejase la diferencia entre sus alegres ropas domingueras y aquel aparato de dolor.

El bondadoso Pep fingía enfadarse por los extremos de desesperación, cada vez más vehementes, de los enlutados... «¡Ya había bastante! Cada uno a su casa, a vivir muchos años, para encomendar el muerto al Señor.»

Estallaron más fuertes los sollozos bajo los mantos y los capuchones. «¡Adiós! ¡adiós!» Se estrechaban las manos, se besaban las bocas, se retorcían los brazos, como si todos se despidieran para no verse más. «¡Adiós! ¡adiós!» Se alejaron por grupos, cada uno en distinta dirección, hacia las montañas cubiertas de pinos, hacia las alquerías de lejana blancura medio ocultas entre higueras y almendrales, hacia los rojos peñascos de la costa; y era un espectáculo absurdo e incoherente ver bajo el ardor del Sol, al través de los campos verdes y espléndidos, cómo marchaban con paso tardo estos fantasmas espesos y sudorosos, incansables lloradores de la muerte.

La vuelta a *Can Mallorquí* fue triste y silenciosa. Pepet abría la marcha con el *bimbau* en los labios, que le acompañaba en su caminata con un zumbido de moscardón. De vez en cuando deteníase para echar piedras a los pájaros o a los lagartos hinchados y negruzcos que asomaban entre las chumberas. ¡Lo que a él le importaba la muerte!... Margalida caminaba junto a su madre, silenciosa, abstraída, con los ojos muy abiertos: unos ojos de vaca hermosa que miraban a todas partes sin ver, sin reflejar pensamiento alguno. Parecía no darse cuenta de que tras ella caminaba don Jaime, el señor, el reverenciado huésped de la torre.

Pep, abstraído también, delataba el curso de sus pensamientos con palabras sueltas dirigidas a Febrer, como si necesitase hacer partícipe a alguien de sus ideas.

«¡La muerte! ¡Qué cosa tan fea, don Jaime!... Y allí estaban ellos, en un pedazo de tierra rodeado por las olas, sin poder escapar, sin poder defenderse, aguardando el momento en que les echase la zarpa.» El payés sentía sublevarse su egoísmo ante esta gran injusticia. Bueno que allá en tierra firme, donde las gentes son felices y gozan mucho, se ensañase la muerte... ¿Pero aquí? ¿También aquí, en el último rincón del mundo? ¿No había límite ni excepción para la gran entrometida?... Era inútil imaginarse obstáculos. Ya podía el mar embravecerse entre las cadenas de islotes y escollos que van de Ibiza a Formentera. Los freos eran hervideros de olas, los peñones se cubrían de espuma, los rudos hombres de mar retrocedían vencidos, los barcos se refugiaban en los puertos, el paso se cerraba para todos, las islas quedaban apartadas del resto del mundo... Pero esto nada significaba para la marinera invencible de cráneo pelado, para la caminante de piernas de hueso, que podía correr con gigantescos saltos por encima de montañas y mares.

No había tempestad que la detuviese; no existía alegría que la hiciera olvidar; estaba en todas partes; se acordaba de todos. Ya podía lucir el Sol, y mostrarse hermosos los campos, y ser buena la cosecha... ¡Engañifas para entretener al hombre en sus fatigas y que le fuesen más tolerables! ¡Mentirosas promesas, como las que se hacen a los niños para que se sometan de buen grado al tormento de la escuela!... Y había que dejarse engañar; la mentira era buena. No debían acordarse de este mal inevitable, de este último peligro sin remedio alguno, que entristece la vida, quitando su sabor al pan, su alegre topacio al líquido de la parra, su jugo al blanco queso, su sabor de azúcar a los higos purpúreos, y su energía picante a la sobreasada, entenebreciendo y amargando todas las cosas buenas que Dios puso en la isla para consuelo de las gentes de bien. «¡Ay, don Jaime, qué miseria!...»

Febrer comió en *Can Mallorquí*, para evitar a los hijos de Pep la subida a la torre. La comida empezó con cierta tristeza, como si aún vibrasen en sus oídos los lamentos de los encapuchados en el atrio de la iglesia. Poco a poco, en torno de la mesita baja y su gran cazuela de arroz fue difundiéndose cierta alegría. El *Capellanet* hablaba del baile de la tarde, olvidado totalmente de su vida de seminarista y osando arrostrar los ojos de Pep. Margalida recordaba las miradas del *Cantó* y la arrogante postura del *Ferrer* cuando ella había pasado ante los *atlots* al entrar en misa. La madre suspiraba:

—¡Ay, Siñor!... ¡Ay, Siñor!...

Nunca había dicho más, acompañando con la misma exclamación de su confuso pensamiento hacia Dios las alegrías y los dolores.

Pep había dado varios tientos al jarro de vino, lleno del zumo sonrosado de las mismas parras que extendían un toldo de pámpanos ante el porche. Su rostro cetrino se coloreó con una aurora alegre. «¡Al diablo la muerte y sus miedos! ¿Iba un hombre honrado a pasar la existencia entera temblando por su llegada?... Podía presentarse cuando lo tuviese a bien. ¡Mientras tanto, a vivir!...» Y manifestó esta voluntad de vida durmiéndose en un poyo, con sonoros ronquidos que no lograban asustar a las moscas y avispas revoloteantes en torno de su boca.

Febrer se marchó a la torre. Margalida y su hermano apenas se fijaron en el señor. Habían abandonado la mesa para hablar más libremente del baile de la tarde, con una alegría de muchachos a los que estorba la presencia de una persona grave.

En la torre se tendió en su jergón y quiso dormir. ¡Solo!... Se daba cuenta de su aislamiento, rodeado de personas que le respetaban, que tal vez le amaban, pero al mismo tiempo sentían la irresistible atracción de unas alegrías sencillas, insípidas para él. ¡Qué tormento el de los domingos! ¿Adonde ir? ¿Qué hacer?...

En su firme deseo de suprimir el martirio del tiempo, de alejarse de una vida sin objeto inmediato, acabó por dormirse y despertó a media tarde, cuando el Sol empezaba a descender lentamente, más allá de la línea de islotes, entre una lluvia de oro pálido que parecía dar a las aguas un azul más intenso y profundo.

Al bajar a *Can Mallorquí* vio cerrada la alquería. ¡Nadie! Ni siquiera excitaron sus pasos el ladrido del perro que estaba siempre bajo el porche. El vigilante animal había ido también a la fiesta con la familia.

«Están todos en el baile —pensó Febrer—. ¿Si yo fuese al pueblo?...»

Dudó largo rato. ¿Qué podía hacer allá?... Repugnábanle estas diversiones, en las que su presencia de forastero parecía despertar cierta molestia entre los payeses. Aquellas gentes preferían verse solas. ¿Iba él a bailar con una *atlota* a sus años y con su aspecto malhumorado que infundía respeto y frialdad?... Tendría que permanecer con Pep y otros, aspirando el olor del tabaco *de pota*, hablando de la almendra y del miedo a que se helase, esforzándose por abatir su pensamiento al nivel del de estas gentes.

Al fin se decidió a ir al pueblo. Tenía miedo a la soledad. Antes que pasar solo el resto de la tarde, prefería la conversación lenta y monótona de las gentes simples, una conversación refrescante, como él decía, que no le obligaba a reflexionar y dejaba su pensamiento en dulce calma animal.

Cerca de San José vio la bandera española flotando sobre el tejado de la alcaldía, y llegaron a sus oídos los golpes secos del parche del tamboril, el bucólico gorjeo de la flauta y el repiqueteo de las *castañolas*.

El baile era frente a la iglesia. La gente joven formaba grupos, de pie, cerca de los músicos, que ocupaban silletas bajas. El tamborilero, con su redondo instrumento acostado en una rodilla, golpeaba el parche cadenciosamente, mientras su compañero soplaba en la larga flauta de madera, adornada con tallas de primitiva rudeza hechas a cuchillo. El *Capellanet* repicaba las *castañolas*, enormes como las conchas que cogía en la playa el tío Ventolera.

Las *atlotas*, agarradas del talle o apoyadas unas en los hombros de otras, miraban con virtuosa hostilidad a los mozos, que se pavoneaban en el centro de la plaza, las manos metidas en el cinto, el ancho castoreño echado atrás para dejar al descubierto las rizos de su frente, el cuello envuelto en bordado pañuelo o corbata de cintas, y las alpargatas de inmaculada blancura casi ocultas por la boca del pantalón de pana en forma de pata de elefante.

A un lado de la plaza estaban sentadas sobre un ribazo, o en sillas de la inmediata taberna, las casadas y las viejas; mujeres anémicas y tristes en su relativa juventud por una procreación excesiva y por las fatigas de su existencia campestre, con los ojos hundidos en un cerco azul que parecía revelar desarreglos interiores, guardando sobre su pecho las cadenas de oro de sus tiempos de *atlotas* y adornadas las mangas con botones de oro. Las ancianas, cobrizas y arrugadas, vistiendo trajes oscuros, suspiraban lastimeramente al ver la alegría de la gente moza.

Febrer, luego de contemplar un buen rato a toda esta concurrencia, que apenas fijó en él una mirada distraída, fue a colocarse junto a Pep en un corro de payeses viejos. Hicieron sitio al *siñor de la torre* con respetuoso silencio, y después de lanzar algunas bocanadas de humo de sus pipas cargadas *de pota*, reanudaron la lenta conversación sobre los rigores probables del invierno próximo y la suerte de la futura cosecha de almendra.

Seguía repicando el tamboril, sonaba la flauta, tableteaban las enormes castañuelas, pero ninguna pareja se lanzaba al centro de la plaza. Los *atlots* parecían consultarse con indecisión, como si todos temiesen ser los primeros. Además, la inesperada presencia del señor mallorquín intimidaba a las vergonzosas muchachas.

Jaime sintió que le tocaban en un codo. Era el *Capellanet*, que le hablaba misteriosamente al oído al mismo tiempo que señalaba con un dedo... Aquél era Pere el *Ferrer*, el famoso *verro*. Y designaba a un mozo de estatura menos que mediana, pero arrogante y jactancioso en su actitud. Los *atlots* se agrupaban en torno del héroe. El *Cantó* le hablaba sonriente, y él oía con protectora gravedad, escupiendo de vez en cuando por las comisuras de la boca, y admirándose a sí mismo por la distancia a que enviaba el chorro de secreción.

De pronto, el *Capellanet* saltó al medio de la plaza tremolando su sombrero... «Pero ¿es que iban a pasar la tarde oyendo la flauta sin bailar?» Corrió al grupo de *atlotas* y agarró por las manos a la más grande, tirando de ella. «¡Tú!...» Esto bastaba para la invitación. Cuanto más rudo era el manotazo, más cariñoso parecía y digno de agradecimiento.

El travieso *atlot* quedó frente a su pareja, moza arrogante y fea, de rudas manos, pelo aceitoso y cara negra, que le llevaba de estatura casi toda la cabeza. El muchacho protestó, encarándose con los músicos. Nada de *llarga*; quería bailar la *curta*. La «larga» y la «corta» eran los dos únicos bailes de la isla. Febrer no había llegado nunca a distinguirlos: una simple variación de ritmo, pues la música y la danza siempre parecían iguales.

La moza, con un brazo doblado sobre la cintura en forma de asa y pendiente el otro a lo largo de la hueca faldamenta, comenzó a girar. No debía hacer más: ésta era toda su danza. Bajaba los ojos, fruncía la boca, como era de rigor, con un gesto de virtuoso desprecio, cual si bailase contra su voluntad, y así giraba y giraba, trazando en sus evoluciones sobre el suelo grandes números ochos. El bailarín era el hombre. Reproducíase en esta danza tradicional, inventada sin duda por los primeros pobladores de la isla, rudos piratas de la edad heroica, la eterna historia de los humanos, la persecución y la caza de la hembra. Ella giraba fría e insensible, con la altivez asexual de una virtud ruda, huyendo de los saltos y contorsiones varoniles, presentando la espalda con gesto de desprecio, y el fatigoso trabajo de él consistía en colocarse siempre ante sus ojos, en ponerse ante su paso, en salirle al encuentro para que le viera y le admirase. El bailarín saltaba y saltaba sin regla alguna, sin otra disciplina que la del ritmo de la música, rebotando sobre el suelo con incansable elasticidad. Unas veces abría los brazos con gesto agresivo de dominador, otras los replegaba sobre la espalda, echando los pies en alto.

Era más que baile un ejercicio gimnástico, un delirio de acróbata, un movimiento frenético como el de las danzas guerreras de las tribus africanas. La hembra no sudaba ni enrojecía: continuaba sus vueltas fríamente, sin apresurar el paso, mientras el compañero, poseído del vértigo de la velocidad, jadeaba con el rostro congestionado, retirándose trémulo de fatiga a los pocos minutos. Cada *atlota* podía bailar con varios hombres sin esfuerzo alguno, rindiéndolos. Era el triunfo de la pasividad femenil, que sonríe ante la jactancia arrogante del sexo contrario, sabiendo que acabará por verlo humillado...

La salida de la primera pareja pareció arrastrar a los demás. En un momento, todo el espacio libre que había ante los músicos se cubrió de faldas pesadas, bajo cuyo rígido y múltiple ruedo movíanse los pequeños pies, metidos en blancas alpargatas o amarillos zapatos. Las anchas bocas de los pantalones cimbreábanse a un lado y a otro con el rápido movimiento de los saltos o el enérgico pateo que hería la tierra levantando nubecillas de polvo. Los brazos varoniles escogían con galante zarpazo entre las *atlotas* agrupadas. «¡Tú!...» Y a este monosílabo seguían el tirón de conquista, los empellones, que equivalían a un título momentáneo de propiedad, todos los extremos de una predilección rudamente ancestral, de una galantería heredada de remotos abuelos en la época oscura en que el palo, la pedrada y la lucha a brazo partido eran la primera declaración de amor.

Algunos *atlots* que se habían visto precedidos de otros más audaces en el escogimiento de las parejas permanecían inmóviles cerca del corro, vigilando a sus compañeros para sucederles. Cuando veían al danzarín congestionado y sudoroso por los saltos, extremando sus esfuerzos para seguir adelante, llegábanse a él, tirándole de un brazo para apartarlo. *«¡Déixamela!»* Y ocupaban su puesto sin más explicación, saltando y acosando a la hembra con el empuje de su frescura, sin que ella pareciese percatarse del cambio de pareja, pues continuaba sus vueltas con la vista baja y el gesto desdeñoso.

Jaime vio por primera vez en las evoluciones del baile a Margalida, que hasta entonces había permanecido oculta entre sus compañeras.

¡Hermosa «Flor de almendro»! Febrer la encontraba más bella al compararla con sus amigas, morenas y curtidas por el Sol y el trabajo. Su piel blanca, de una suavidad de flor, sus ojos húmedos y brillantes de animalillo dulce, su cuerpo esbelto y hasta la suavidad de sus manos, la separaban, como si fuese de una raza distinta, de aquellas compañeras negruzcas, seductoras por su juventud, enérgicas y guapotas, pero que parecían talladas a hachazos.

Contemplándola, pensaba Jaime que aquella muchacha, en otro ambiente, podía haber sido una criatura adorable. Él creía entender algo de esto. Adivinaba en «Flor de almendro» un sinnúmero de delicadezas, de las que ella misma no se daba cuenta. ¡Lástima que hubiese nacido en esta isla para no salir de ella jamás!... ¡Y su belleza sería para alguno de aquellos bárbaros que la admiraban con perruna mirada de ansiedad! ¡Tal vez para el *Ferrer*, el odioso *verro* que parecía protegerlos a todos con sus ojos sombríos!...

Cuando fuese casada cultivaría la tierra, como las otras: su blancura de flor se marchitaría, amarilleando; sus manos se tornarían negras y escamosas; acabaría siendo igual a su madre y a todas las payesas viejas, una hembra esqueleto, retorcida y nudosa, lo mismo que un tronco de olivo... Febrer entristecíase con estos pensamientos como ante una gran injusticia. ¿De dónde habría sacado este retoño el simple Pep, que estaba a su lado? ¿Por qué oscura combinación de raza había podido nacer Margalida en *Can Mallorquí*?... ¿Y habría de agostarse esta florescencia misteriosa y perfumada del tronco payés lo mismo que los otros brotes rudos que crecían junto a ella?...

Algo extraordinario distrajo a Febrer de estos pensamientos. Seguían sonando la flauta, el tamboril y las *castañolas*, saltaban los danzarines, giraban las *atlotas*, pero en los ojos de todos brillaba una mirada de alarma inteligente, una expresión de solidaridad defensiva. Los viejos cesaban en su conversación, mirando hacia la parte que ocupaban las mujeres. «¿Qué es? ¿qué es?» El *Capellanet* corría por entre las parejas, hablando al oído de los bailarines. Éstos salíanse del corro con las manos en la faja, y desapareciendo unos segundos volvían inmediatamente a ocupar su sitio, mientras las *atlotas* seguían girando.

Pep sonrió levemente al adivinar lo que ocurría, y habló al oído del señor. «Nada: lo de todos los bailes.» Había peligro, y los *atlots* ponían en seguridad sus «arreglos».

Estos «arreglos» eran las pistolas y los cuchillos que llevaban los muchachos como testimonio de ciudadanía. Durante unos instantes, Febrer vio salir a luz las armas más estupendas y enormes, disimuladas prodigiosamente en aquellos cuerpos enjutos y esbeltos. Las viejas las reclamaban con sus manos huesosas, deseando compartir el riesgo, brillando en sus ojos la vehemencia de un heroísmo agresivo. ¡Tiempos malditos de impiedad los de ahora, en que se molesta a las gentes y se atenta a las antiguas costumbres! «¡Aquí! ¡aquí!» Y agarrando los mortales chismes, los escondían bajo el ruedo de innumerables hojas de sus faldas y zagalejos. Las madres jóvenes se arrellanaban en sus asientos y abrían el ángulo de las abultadas piernas, como para ofrecer mayor espacio al guerrero escondrijo. Unas a otras se miraban las mujeres con belicosa resolución. «¡Que viniesen aquellas malas almas!... Se dejarían hacer pedazos antes que moverse de su sitio.»

Febrer vio brillar algo en un camino que conducía a la iglesia. Eran correajes y fusiles, y sobre éstos las blancas cogoteras de los tricornios de una pareja de la Guardia civil.

Los dos soldados del orden se aproximaron lentamente, con cierto desmayo, convencidos sin duda de haber sido adivinados de lejos y llegar demasiado tarde. Jaime era el único que los miraba; los demás fingían no verles, con la cabeza baja o puestos los ojos en distinta dirección. Los músicos tocaban con más fuerza, pero las parejas se iban retirando. Las *atlotas* abandonaban a los mozos para ir a confundirse en el grupo de mujeres.

—¡Buenas tardes, señores!...

A este saludo del guardia más antiguo contestó el tamboril callando en seco y dejando sola a la flauta. Ésta todavía gangueó unas cuantas notas, que parecieron contestar irónicamente a la salutación.

Hubo un largo silencio. Algunos contestaron con un leve «*¡Tengui!*» al saludo de la pareja, pero todos fingían no verla, y miraban a otra parte, como si los guardias careciesen de presencia real.

El silencio penoso pareció molestar a los dos soldados.

—Vaya, sigan ustedes —continuó el más viejo—. Por nosotros que no pare la diversión.

Hizo un gesto a los músicos, y éstos, incapaces de desobedecer en nada a la autoridad, acometieron una música más viva y endiabladamente alegre que la de antes. ¡Pero como si tocasen a muerto!... Todos permanecían inmóviles y enfurruñados, pensando cómo podría acabar esta inesperada presentación.

La pareja, acompañada por el repiqueteo del tamboril, las cabriolas musicales de la flauta y la risa seca y estridente de las castañuelas, comenzó a moverse entre los grupos de *atlots* examinándolos.

—Tú, galán —decía con paternal autoridad el más antiguo de la pareja—, ¡brazos en alto!

Y el designado obedecía mansamente, sin el menor intento de resistencia, casi orgulloso de esta distinción. Conocía sus deberes. El ibicenco ha nacido para trabajar, vivir... y ser registrado. ¡Nobles inconvenientes de ser valeroso y que le tengan a uno cierto miedo!... Y cada *atlot*, viendo en el registro un testimonio de su mérito, levantaba los brazos y avanzaba el vientre, prestándose satisfecho al manoseo de los guardias, mientras miraba orgulloso hacia el grupo de las muchachas.

Febrer se dio cuenta de que los dos soldados fingían no reparar en la presencia del *Ferrer*. Parecían no reconocerlo; le volvían la espalda. Pasaron varias veces junto a él, registrando minuciosamente a los que estaban a su lado y haciendo visible alarde de no fijarse en el *verro*.

Pep habló al oído del señor en voz queda, con acento de admiración. «Aquellas gentes del tricornio sabían más que el diablo. No registrando al *verro* le inferían un insulto. Demostraban no tenerle miedo; le ponían aparte de los demás, eximiéndole de una operación por la que iban pasando todas las personas.» Siempre que encontraban al *verro* con otros mozos, registraban a éstos, sin tocar nunca a aquél. De este modo, los *atlots*, por miedo a perder sus armas, acababan por evitar el trato con el héroe y huían de él como de una atracción del peligro.

Continuaba el registro al son de la música. El *Capellanet* seguía a la pareja en sus evoluciones, plantándose siempre ante el guardia viejo con las manos en la faja, mirándole tenazmente con una expresión entre amenazadora y suplicante. El guardia parecía no verle, buscaba a los otros, pero a poco volvía a tropezarse con el muchacho, que le cerraba el paso. El hombre del tricornio acabó por sonreír bajo el duro bigote y llamó a su camarada.

—Tú —dijo, designándole al muchacho— registra a este *verro*. Debe ser de cuidado.

El *Capellanet*, perdonando el tono zumbón del enemigo, estiró los brazos todo cuanto pudo para que nadie dejase de enterarse de su importancia. Ya se había alejado el guardia, luego de hacerle unas cosquillas en el ombligo, cuando todavía guardaba su actitud de hombre temible. Después corrió hacia el grupo de mozas, para ufanarse del peligro que acababa de arrostrar. Afortunadamente, el cuchillo del abuelo estaba en casa, bien guardado por su padre en un lugar que él desconocía. «Si llego a traerlo, me lo quitan.»

Los guardias cansáronse pronto de este registro infructuoso. El guardia más antiguo miraba maliciosamente, como un perro que husmea, hacia el grupo de mujeres. Por allí cerca debía estar el escondrijo. ¡Pero cualquiera hacía mover a las secas y negruzcas matronas de sus asientos! Bien claro hablaban los ojos hostiles de estas damas. Habría que arrastrarlas a viva fuerza, y eran señoras.

—¡Caballeros, buenas tardes!

Y se echaron los fusiles al hombro, rechazando la amable solicitud de algunos mozos que habían corrido a la taberna para traer unas copas. «Se las ofrecían sin rencor y sin miedo; al fin todos eran unos y vivían en la estrechez de la isla.» Pero los guardias insistieron en su negativa. «Se agradece; lo prohíbe el reglamento.» Y se marcharon, tal vez para emboscarse a corta distancia y repetir el registro al anochecer, cuando la gente volviese dispersa a sus alquerías.

Al alejarse este peligro cesaron de sonar los instrumentos. Febrer vio al *Cantó* que se apoderaba del tamborcillo, sentándose en el espacio libre que antes ocupaban los bailarines. Las gentes se agruparon en semicírculo frente a él. Las respetables matronas avanzaban sus silletas de esparto para oír mejor. Iba a cantar uno de aquellos romances que sacaba de su cabeza; una «relación» cortada a uso del país por un alarido tembloroso, gorjeo de dolor que se iba prolongando mientras el cantante tenía aire en los pulmones.

Golpeó con el palillo el parche lentamente para dar una tétrica gravedad a su canto monótono, soñoliento y triste. «¡Cómo queréis, amigos, que cante, si tengo el corazón destrozado!...» Y a continuación un gorjeo estridente, un quejido interminable de ave moribunda, en medio del general silencio. Todos miraban al cantor, no viendo en él al *atlot*, perezoso y enfermo, despreciable por su inutilidad para el trabajo. En el rudimentario magín de todos ellos latía algo confuso que les impulsaba a respetar las palabras y quejidos del mozo débil. Era algo extraordinario que parecía pasar con rudo batir de alas sobre sus almas primitivas.

La voz del *Cantó* lloriqueaba hablando de una mujer insensible a sus quejas; y al comparar su blancura con la flor del almendro, todos volvieron la vista a Margalida, que permanecía impasible, sin rubores virginales, habituada a estos homenajes de burda poesía, que eran el preludio de todo galanteo.

Continuaba el *Cantó* sus lamentos, enrojeciéndose con el esfuerzo del cacareo doloroso que daba remate a las estrofas. Su pecho angosto jadeaba con el esfuerzo; dos rosetas de enfermiza púrpura coloreaban sus pómulos; dilatábase su débil cuello, marcándose en él las venas con azul relieve. Siguiendo la costumbre, ocultaba parte del rostro en un pañuelo que sostenía con el brazo apoyado en el tamboril. Febrer sentía congoja al escuchar esta voz doliente. Creía que iba a desgarrarse su pecho, a estallar su garganta; pero los oyentes, habituados al canto bárbaro, tan anonadador como la danza, no paraban atención en la fatiga del cantor ni se cansaban de su interminable relato.

Un grupo de *atlots* separándose del corro que rodeaba al poeta, pareció deliberar y se aproximó luego adonde estaban los hombres graves. Venían en busca del *siñó* Pep el de *Can Mallorquí*, para hablar con él de asuntos importantes. Volvían la espalda con desprecio a su amigo el *Cantó*, un infeliz que no servía para otra cosa que para dedicar trovos a las *atlotas*.

El más atrevido del grupo se encaró con Pep. Querían hablar del *festeig* con Margalida; recordaban al padre su promesa de autorizar el cortejo de la muchacha.

El payés miró el grupo detenidamente, como si contase su número.

—¿Cuántos sois?...

Sonrió el que llevaba la voz. Eran muchos más. Representaban a otros *atlots* que se habían quedado en el corro escuchando la canción. Los había de diferentes *cuartones*. Hasta de San Juan, en el extremo opuesto de la isla, vendrían mozos para cortejar a Margalida.

Pep, a pesar de su falso gesto de padre intratable, enrojecía y apretaba los labios con mal disimulada satisfacción, mirando de reojo a los amigos sentados junto a él. ¡Qué honor para *Can Mallorquí*! Nunca se había conocido un galanteo como éste. Jamás sus compañeros habían visto a sus hijas tan cortejadas.

—*¿Sereu vint?* —preguntó.

Los *atlots* tardaron en contestar, ocupados en cálculos mentales, murmurando nombres de amigos. ¿Veinte?... Más, muchos más. Podía contar con unos treinta.

El payés extremó su falsa indignación. ¡Treinta! ¿Creían acaso que él no necesitaba descanso y que iba a pasar la noche en vela presenciando sus galanteos?...

Luego se calmó, entregándose a complicados cálculos mentales, mientras repetía pensativo, con expresión de asombro: «*¡Trenta!... ¡trenta!*».

Su decisión fue autoritaria. Él no podía dedicar al noviazgo más que hora y media de la noche. Siendo treinta, salían a tres minutos por cabeza. Tres minutos, contados reloj en mano, para hablar cada uno con Margalida: ni un minuto más. Noches de noviazgo, la del jueves y la del sábado. Cuando él había cortejado a su mujer eran muchos menos los pretendientes, y sin embargo, su suegro, un hombre al que jamás vio nadie reír, no le concedió mayor tiempo... Mucha formalidad, ¿eh? Nada de rivalidades y riñas. Al primero que faltase a lo convenido, él era muy nombre para hacerle pasar la puerta a palos; y si resultaba preciso coger la escopeta, la cogería.

El buen Pep, satisfecho de poder fingir una bravura sin límites a costa del respeto de los pretendientes de su hija, amontonaba bravata sobre bravata, hablando de matar al que faltase a lo convenido, mientras los *atlots* le escuchaban con la vista humilde y una mueca de ironía debajo de la nariz.

El trato quedó cerrado. El jueves próximo sería la primera velada en *Can Mallorquí*. Febrer, que había escuchado la conversación, miró al *verro* que

156

se mantenía aparte, como si su grandeza no le permitiera descender a los míseros regateos de este arreglo.

Cuando se alejaron los muchachos para incorporarse al corro, discutiendo en voz baja el modo de repartirse los turnos, cesó el *Cantó* en su lastimera poesía, lanzando el último cacareo con voz dolorosa, que parecía desgarrar definitivamente su pobre garganta. Se limpió el sudor y luego se llevó las manos al pecho; su cara era de un rojo amoratado; pero la gente le volvía la espalda, olvidada ya de él.

Las *atlotas*, con una solidaridad de sexo, envolvían a Margalida en vehementes manoteos, la empujaban, pidiéndola que cantase para contestar a lo que había dicho el cantor sobre la falsedad de las mujeres.

—¡No vullc! ¡no vullc! —contestaba «Flor de almendro», agitándose entre los brazos de sus compañeras.

Y tan sincera era su resistencia, que al fin intervinieron las mujeres viejas, defendiéndola. «¡Dejad a la *atlota*! Margalida había venido para divertirse y no para entretener a los demás. ¿Creían empresa fácil sacarse de la cabeza repentinamente una contestación en verso?...»

El tamborilero había recobrado el instrumento de manos del *Cantó*, y golpeaba con su baqueta el redondo parche. La flauta parecía gargarizar rápidas escalas, antes de emprender la adormecedora melodía de africano ritmo. ¡Siga el baile!...

Comenzaba a ocultarse el Sol. La brisa venida del mar refrescaba los campos. Las gentes, que parecían dormidas en la pesadez ardorosa del ambiente, agitábanse ahora con vivo movimiento, como si la frescura las espolease.

Los *atlots* gritaban a un tiempo contradictoriamente, con agresiva vehemencia, dirigiéndose a los músicos. Unos pedían la *llarga*, otros la *curta*: todos se sentían fuertes e imperiosos en su voluntad. La ferretería mortal oculta bajo los zagalejos de las mujeres había vuelto a sus fajas, y con el contacto de estos acompañantes cada uno sentía nueva vida, un recrudecimiento de sus arrogancias.

Los músicos rompieron a tocar lo que les pareció mejor, echóse atrás el gentío curioso, y otra vez en el centro de la plaza volvieron a dar saltos las blancas alpargatas, a agitarse, rígidos, los ruedos de las faldas azules y verdes, mientras arriba ondeaban los picos de los pañuelos sobre las gruesas trenzas, o se movían como borlas rojas las flores que llevaban los *atlots* en las orejas.

Jaime seguía mirando al *Ferrer* con la irresistible atracción de la antipatía. Manteníase el *verro* silencioso y como distraído entre sus admiradores, que formaban corro en torno de él. Parecía no ver a los demás, fijos sus ojos en Margalida con una expresión dura, cual si pretendiese vencerla bajo esta mirada que infundía miedo a los hombres. Cuando el *Capellanet*, con sus entusiasmos de aprendiz, se aproximaba al *verro* éste dignábase sonreír, viendo en él a un pariente próximo.

Los mismos *atlots* que habían hablado del noviazgo con el *siñó* Pep parecían intimidados por la presencia del *Ferrer*. Salían las muchachas a bailar, sacadas por los mozos, y Margalida permanecía al lado de su madre, contemplada codiciosamente por todos, pero sin que nadie osase avanzar para invitarla.

El mallorquín sintió renacer en él las aficiones camorristas de su primera juventud. Odiaba al *verro*; sentía como una vaga ofensa inferida a su persona al ver el terror que inspiraba a todos. ¿Y no habría quien le diese una bofetada a este fantasmón venido del presidio?...

Un *atlot* avanzó hasta Margalida, tomándola la mano. Era el *Cantó*, sudoroso y trémulo aún por su reciente fatiga. Erguíase, como si su debilidad fuese una nueva fuerza. La blanca «Flor de almendro» comenzó a girar sobre sus pequeños pies, y él saltó y saltó, persiguiéndola en sus evoluciones.

¡Pobre muchacho! Jaime sentía una impresión de angustia, adivinando los esfuerzos de aquella pobre voluntad para dominar la fatiga de su cuerpo. Respiraba jadeante, a los pocos minutos le temblaban las piernas, pero a pesar de esto sonreía, satisfecho de su triunfo. Contemplaba amorosamente a Margalida, y si volvía la vista era para mirar altivamente a los amigos, que le contestaban con gestos de lástima.

Al dar una vuelta, estuvo próximo a caer; al dar un gran salto, sus rodillas se doblaron. Todos esperaban de un momento a otro verle tendido en el suelo; pero él seguía bailando, adivinándose el esfuerzo de su voluntad, su resolución de perecer antes que confesar su flaqueza.

Se cerraban ya sus ojos con el vértigo, cuando sintió que le tocaban en un hombro, según costumbre, para que cediese la pareja.

Era el *Ferrer*, que se lanzaba a bailar por primera vez en la tarde. Sus saltos fueron acogidos con un murmullo de aplauso. Todos le admiraban, con esa cobardía colectiva de la multitud temerosa.

El *verro*, viéndose aplaudido, extremaba los movimientos y contorsiones, persiguiendo a su pareja, saliéndola al paso, envolviéndola en la complicada red de sus movimientos, mientras Margalida giraba y giraba con la vista baja, evitando el encuentro de sus ojos con los del temible galán.

En ciertos momentos, el *Ferrer*, para demostrar su vigor, con el busto echado atrás y las manos en la espalda, saltaba a considerable altura, como si el suelo fuese elástico y sus piernas acerados resortes. Estos saltos hacían pensar a Jaime, con una sensación de repugnancia, en carcelarias evasiones o en canallescos duelos a cuchillo.

Pasaba el tiempo y aquel hombre parecía no fatigarse. Se habían retirado unas parejas, había sido sustituido en otras el bailarín varias veces, y el *Ferrer* continuaba su danza violenta, siempre sombrío y desdeñoso, como si fuese insensible al cansancio.

El mismo Jaime reconocía con cierta envidia el vigor del temible herrero. ¡Qué animal!...

De pronto vio cómo buscaba algo en su faja y avanzaba una mano hacia el suelo, sin detenerse en sus evoluciones y saltos. Una nube de humo se esparció sobre la tierra, y entre sus blancas vedijas marcáronse, pálidos y sonrosados por la luz del Sol, dos rápidos fogonazos. A continuación sonaron dos truenos.

Las mujeres agrupáronse chillando con instantáneo susto; los hombres quedaron indecisos; pero al momento, reponiéndose todos, prorrumpieron en gritos de aprobación y aplausos.

¡Muy bien! El *Ferrer* había disparado la pistola a los pies de su pareja: la suprema galantería de los hombres valientes; el mayor homenaje que podía recibir una *atlota* de la isla.

Y Margalida, mujer al fin, siguió bailando, sin haberla impresionado gran cosa, como buena ibicenca, el estampido de la pólvora. Fijaba en el *Ferrer* una mirada de agradecimiento por su bravura, que le hacía desafiar la persecución de la Guardia civil, tal vez próxima; contemplaba después a sus amigas, temblorosas de envidia por este homenaje.

Hasta el mismo Pep, con gran indignación de Jaime, mostrábase orgulloso de los dos tiros disparados a los pies de su hija.

Febrer era el único que no parecía entusiasmado por esta hazaña galante del verro.

«¡Maldito presidiario!...» No sabía ciertamente el motivo de su furia, pero era algo inevitable... A este «tío» le pegaría él.

IV

Llegó el invierno. El mar batió furioso, en ciertos días, la cadena de islas y peñascos que forma entre Ibiza y Formentera una muralla de rocas, aportillada por estrechos y freos. En estos pasadizos marítimos, las aguas, antes tranquilas, de un azul profundo que refleja los fondos de arena, arremolinábanse lívidas, chocando contra las costas y las rocas sueltas, que desaparecían y emergían en la espuma. Entre la isla del Espalmador y la de los Ahorcados, donde se abre el paso para los grandes buques, deslizábanse éstos teniendo que luchar con el ímpetu sordo de las corrientes y los dramáticos y ruidosos golpes de agua. Las embarcaciones de Ibiza y Formentera tendían la lona de su velamen para navegar al abrigo de los islotes. Las sinuosidades de este laberinto de tierras marítimas permitían a los navegantes del archipiélago de las Pitiusas ir de una isla a otra por distintos derroteros, con arreglo a la dirección de los vientos. Mientras en un lado del archipiélago mugía el mar, en el otro manteníase inmóvil y profundo, con una pesadez de aceite. En los freos amontonábanse las olas con remolinos furiosos, pero bastaba un golpe de barra, una desviación de la proa, para quedar al abrigo de una isla, balanceándose la barca en aguas tranquilas, paradisíacas, límpidas, con un fondo visible de extrañas vegetaciones, en el que bullían los peces entre chisporroteos de plata y relámpagos de carmín.

El cielo amanecía nublado los más de los días, y el mar ceniciento. El Vedrá parecía más enorme, más imponente, alzando su cónica aguja en esta atmósfera tempestuosa. El mar se despeñaba en cataratas dentro de las cavidades de sus cuevas, con gigantescos cañonazos. Las cabras silvestres, en sus alturas inaccesibles, saltaban de meseta en meseta, y únicamente cuando rodaba el trueno en el azul sombrío y los rayos como serpientes ígneas bajaban con veloz angulosidad a beber en el inmenso abrevadero del mar huían las tímidas bestias con balidos de terror a refugiarse en las oquedades cubiertas por el ramaje de las sabinas.

Febrer iba de pesca con el tío Ventolera muchos días de mal tiempo. El viejo conocía bien su mar. Algunas mañanas que Jaime se quedaba en el lecho viendo filtrarse por las rendijas la luz lívida y difusa de un día tempestuoso, tenía que levantarse apresuradamente al oír la voz de su compañero, que «cantaba la misa» acompañando los latinajos con pedradas a la torre. «¡Arriba! El día era bueno para la pesca. Iban a coger mucho.» Y cuando Febrer parecía inquieto contemplando el mar amenazador, le explicaba el viejo que al abrigo de la parte opuesta del Vedrá encontrarían aguas tranquilas.

Otras veces, en mañanas esplendorosas, aguardaba Febrer inútilmente la llamada del viejo. Pasaban las horas. Tras la luz rosada del amanecer marcábanse en las rendijas las barras de oro de la luz solar. Pero en vano transcurría el tiempo: ni misa cantada ni pedradas. El tío Ventolera permanecía invisible. Luego, al abrir su ventana, contemplaba un cielo límpido, luminoso, con el esplendor suave del Sol invernal, pero el mar estaba agitado, ondeando sin espuma y sin estrépito a impulsos de un viento peligroso.

Las lluvias cubrían la isla de un manto gris, en el que apenas sí se marcaban con indecisos contornos las montañas próximas. En las cumbres lloraban los pinos por todos los filamentos de su follaje y la gruesa capa de humus se empapaba como una esponja, expeliendo líquido bajo la huella de los pies. En las calvas alturas de la costa, de roca viva, amontonábase la lluvia, formando tumultuosos arroyos que saltaban de peña en peña.

Las anchas higueras temblaban como enormes paraguas rotos, dejando entrar el agua en el amplio recinto cobijado por su cúpula. Los almendros, desnudos de hojarasca, temblaban como negros esqueletos. Los profundos barrancos llenábanse de aguas mugientes que rodaban infecundas hacia el mar. Los caminos, empedrados de guijarros azules, entre altos ribazos de piedra seca, convertíanse en cataratas. La isla, sedienta y empolvada durante gran parte del año, parecía repeler por todos sus poros esta exuberancia de lluvia invernal, como un enfermo repele el medicamento enérgico y tardío de difícil asimilación.

En estos días de aguacero, Febrer permanecía encerrado en su torre. Era imposible ir al mar e imposible también salir con la escopeta por los campos de la isla. Las alquerías estaban cerradas, con sus blancos cubos manchados por los raudales de lluvia, sin más vida que el hilo de humo azul que se escapaba de los agujeros de las chimeneas.

Obligado a la inercia, el señor de la torre del Pirata volvía a releer alguno de los pocos libros adquiridos en sus viajes a la ciudad o fumaba pensativo, recordando aquel pasado del que había querido huir... ¿Qué ocurriría en Mallorca? ¿Qué dirían sus amigos?...

Sumido en esta inmovilidad forzosa, cuando le faltaba la distracción de los ejercicios físicos acordábase de la vida anterior, cada vez más lejana e indecisa en su memoria. Creía que era la vida de otro; algo que había presenciado y conocía con exactitud, pero perteneciente a la historia de una existencia ajena. ¿En realidad aquel Jaime Febrer que había rodado por Europa y había tenido sus horas de orgullo y de triunfo era el mismo que habitaba ahora una torre junto al mar, rústico, barbudo y casi salvaje, con alpargatas y sombrero de payés, más habituado al ruido de las olas y el chillido de las gaviotas que al trato de los hombres?...

Semanas antes había recibido una segunda carta de su amigo Toni Clapés, el contrabandista. Estaba escrita también en un café del Borne: cuatro líneas garrapateadas deprisa para hacer presente su buen recuerdo. Aquel amigo rudo y bondadoso no le olvidaba; ni siquiera parecía ofendido por haber quedado sin respuesta su carta anterior. Le hablaba del capitán Pablo. Siempre enfadado con Febrer, pero moviéndose hábilmente para desenmarañar sus asuntos. El contrabandista tenía fe en Valls. Era el más listo de los *chuetas* y generoso como ninguno de ellos. Indudablemente sacaría a flote los restos de la fortuna de Jaime, y éste podría pasar su existencia en Mallorca tranquilo y feliz. Más adelante recibiría noticias del capitán. Valls no quería hablar hasta que todo estuviese resuelto.

Febrer movió los hombros al enterarse de estas esperanzas. «¡Bah! Todo terminado...» Pero en los días tristes de invierno su resignación se revolvía contra esta existencia de molusco recluido en su caparazón de piedra. ¿Iba a vivir siempre así?... ¿No era torpeza haberse encerrado en este rincón, teniendo aún juventud y bríos para luchar en el mundo?...

Sí; era una torpeza. Muy hermosa la isla y su romántico albergue durante los primeros meses, cuando lucía el Sol, estaban verdes los árboles y las costumbres isleñas ejercían sobre su ánimo el encanto de una novedad bizarra. Pero había venido el mal tiempo, la soledad era intolerable, y la vida de los campesinos se le aparecía con toda la rudeza de sus bárbaras pasiones. Aquellos payeses vestidos de pana azul, con sus fajas y corbatas de color y sus flores detrás de las orejas, le habían parecido en los primeros momentos figulinas originales creadas únicamente para servir de adorno a los campos, coristas de una opereta pastoril lánguida y dulzona; pero ahora los conocía mejor, eran hombres como los demás, y hombres bárbaros, en los que el roce de la civilización apenas había logrado un leve pulimento, conservando todas las angulosidades cortantes de su rudeza ancestral. Vistos de lejos, por corto tiempo, seducían con el encanto de la novedad; pero él había penetrado en sus costumbres, casi era uno de ellos, y le pesaba como una caída en la esclavitud esta existencia inferior, en la que chocaba a cada instante con ideas y prejuicios de su pasado.

Debía alejarse de este ambiente; pero ¿adonde ir? ¿cómo escapar?... Era pobre. Todo su capital consistía en unas cuantas docenas de duros que había traído de su fuga de Mallorca, cantidad que conservaba aún gracias a Pep, tenaz en su negativa a aceptar remuneración alguna. Allí debía permanecer, clavado a su torre como si fuese una cruz, sin esperar nada, sin desear nada, buscando en la anulación de su pensamiento una felicidad vegetativa semejante a la de las sabinas y tamariscos que crecían entre las peñas del promontorio, o a la de las almejas agarradas para siempre a las rocas sumergidas.

Tras larga reflexión conformábase con su suerte. No pensaría, no desearía. Además, la esperanza, que jamás nos abandona, hacíale columbrar la posibilidad confusa de algo extraordinario que iba a presentarse a su hora para arrancarlo de tal situación. Pero mientras esto llegaba, ¡cuán abrumadora la soledad!...

Pep y los suyos constituían su única familia; pero sin darse cuenta de ello, obedeciendo tal vez a un confuso instinto, se alejaban cada vez más de él. Jaime se recluía en su aislamiento, y ellos se acordaban menos del señor.

Hacía tiempo que Margalida no se presentaba en la torre. Parecía evitar todo pretexto para este viaje, y hasta sorteaba los encuentros con Febrer. Era otra: diríase que había despertado a una nueva existencia. La sonrisa inocente y confiada de su pubertad habíase trocado en un gesto de reserva, como mujer que conoce los peligros del camino y marcha con paso tardo y prudente.

Desde que era objeto de cortejo y los mozos acudían a solicitarla dos veces por semana con arreglo al tradicional *festeig*, parecía haberse dado cuenta de grandes e inesperados peligros que antes no sospechaba, y permanecía al lado de su madre, evitando toda ocasión de verse a solas con un hombre, ruborizándose apenas unos ojos varoniles se cruzaban con los suyos.

Este galanteo nada tenía de extraordinario dentro de las costumbres de la isla, pero no obstante, producía en Febrer sorda cólera, como si viese en él un atentado y un despojo. La invasión de *Can Mallorquí* por la *atlotería* bravucona y enamorada mirábala como un insulto. Había considerado la alquería lo mismo que si fuese su casa; pero ya que llegaban estos intrusos y eran bien recibidos, él se marchaba.

Además, sufría en silencio el despecho de no ser, como en los primeros días, la única preocupación de la familia. Pep y su mujer seguían creyéndolo el señor; Margalida y su hermano le veneraban como un ser poderoso venido de lejanas tierras, por ser Ibiza el mejor lugar del mundo; pero a pesar de esto, otras preocupaciones parecían reflejarse en sus ojos. La visita de tantos *atlots* y la modificación que esto había traído a sus costumbres les hacía ser menos solícitos con don Jaime. A todos ellos les inquietaba el porvenir. ¿Quién merecería al fin ser el marido de Margalida?...

Durante las noches de invierno, Febrer, recluido en su torre, miraba una lucecita que brillaba a sus pies: la de *Can Mallorquí*. No eran noches de *festeig*, la familia debía estar sola, cerca del hogar; pero él manteníase firme en su aislamiento. No, no bajaría. Quejábase en su despacho hasta del mal tiempo, como si quisiera hacer responsable de la frialdad invernal a este cambio que lentamente se había efectuado en sus relaciones con la familia payesa.

¡Ay, las hermosas noches del verano con sus veladas que se prolongaban hasta altas horas, viendo temblar las estrellas en el cielo oscuro, más allá del borde negro del porche!... Sentábase Febrer bajo su techumbre con toda la familia y el tío Ventolera, que acudía atraído por la esperanza de algún obsequio. Nunca le dejaban ir sin una tajada de sandía, que llenaba la boca del viejo con la dulce sangre de su carne roja, o una copa de *figola* perfumada de hierbas olorosas del monte. Margalida, los ojos puestos en el misterio de las estrellas, cantaba romances ibicencos con voz infantil, más fresca y suave al oído de Febrer que la brisa que poblaba de leves estremecimientos la azul confusión de la noche. Pep contaba con aire de prodigioso explorador sus estupendas aventuras en tierra firme durante los años que había servido al rey como soldado en los remotos y casi fantásticos países de Cataluña y Valencia.

El perro, encogido a sus pies, parecía escucharle, fijos en el amo sus ojos de suave mansedumbre, en cuyo fondo se reflejaba una estrella. De pronto incorporábase con nervioso impulso, y dando un salto desaparecía en la oscuridad, entre sonoro rumor de vegetaciones rotas. Pep explicaba este arranque silencioso. No era nada; algún animal que andaba errante y perdido en la sombra: una liebre, un conejo que había husmeado con su sensible olfato de perro cazador. Otras veces se incorporaba lentamente, con gruñidos de vigilante hostilidad. Alguien pasaba por cerca de la alquería; una sombra, un hombre caminando deprisa, con la celeridad de los ibicencos, habituados a ir rápidamente de un lado a otro de la isla. Si la sombra hablaba, contestaban todos a su saludo. Cuando pasaba silenciosa, fingían no verla, lo mismo que el oscuro viandante parecía no enterarse de la existencia de la alquería y de las personas sentadas bajo el porche.

Era costumbre antiquísima en Ibiza no saludarse en campo raso apenas cerraba la noche. En los caminos se cruzaban las sombras sin una palabra, evitando el encuentro para no rozarse ni conocerse. Cada cual iba a su negocio, a ver a la novia, a buscar el médico, a matar a un contrario en el otro extremo de la isla, para regresar corriendo y poder decir que a la misma hora estaba con los amigos. Todo el que caminaba durante la noche tenía sus razones para pasar inadvertido. Las sombras temían a las sombras. Un *«bona, nit!»* o una petición de lumbre para el cigarro podían recibir como contestación un pistoletazo.

Algunas veces no pasaba nadie ante la alquería, y sin embargo, el perro, avanzando el pescuezo, aullaba frente al vacío negro. A lo lejos parecían contestarle aullidos humanos. Eran alaridos prolongados y salvajes que cortaban como un grito de guerra el silencio misterioso: *«¡Auuú!...»*. Y mucho más lejos, debilitada por la distancia, contestaba otra fiera exclamación: *«¡Auuú!...»*.

El payés hacía callar a su perro. Nada tenían de extraño estos gritos. Eran *atlots* que se *aucaban* en la oscuridad, guiándose por el sonido de sus gritos tal vez para reconocerse y reunirse, tal vez para pelear, siendo el grito un llamamiento de desafío. Era probable que tras el *aucamiento* sonase una detonación. ¡Cosas de jóvenes y de la noche!... ¡Adelante! Con los de casa no iba nada.

Y Pep seguía el relato de sus viajes extraordinarios, bajo la mirada de asombro de su mujer, que escuchaba por milésima vez estas maravillas, siempre nuevas.

El tío Ventolera, por no ser menos, narraba historias de piratas y de valerosos marineros de Ibiza, apoyándolas con el testimonio de su padre, que había sido paje en el jabeque del capitán Riquer, asaltando detrás de este héroe la fragata *Felicidad*, del temible corsario «el Papa». Entusiasmado por los recuerdos heroicos, canturreaba con su voz trémula las coplas con que la marinería ibicenca había celebrado el triunfo; coplas en castellano, para mayor solemnidad, y cuyas palabras desfiguraba el tío Ventolera.

> ¿Dónde estás, «Papa» valiente,
> hombre de tanto valor,
> que por temor a la muerte
> te escondiste en un cajón?...

Y la boca desdentada del marino seguía cantando las proezas de otros tiempos, como si datasen de ayer, como si las hubiese presenciado, como si de pronto fuesen a flamear sobre aquella tierra envuelta en la oscuridad las llamaradas de las torres atalayas anunciando un desembarco de enemigos. Otras veces, con los ojos brillantes de codicia, hablaba de enormes caudales que los moros, los romanos y otros marineros rojos, a los que llamaba los *mormandos*, habían enterrado en cuevas de la costa, tapiándolas después. Sus abuelos sabían mucho de esto. ¡Lástima que muriesen sin decir palabra!... Relataba la historia verídica de la caverna de Formentera, donde los normandos habían guardado los productos de sus piraterías en España e Italia: santos de oro, cálices, cadenas, joyas, piedras preciosas y monedas medidas a celemines. Un espantoso dragón, amaestrado sin duda por los hombres rojos, velaba en el fondo de la sima con el tesoro debajo de su panza. El imprudente que se descolgaba le servía de pasto. Los marineros rojos habían muerto hacía muchos siglos; el dragón había muerto también; el tesoro debía estar aún en Formentera. ¡Ay, quién pudiese encontrarlo!... Y el rústico auditorio temblaba de emoción, sin dudar de la existencia de tales riquezas, por el respeto que le inspiraba la vejez del narrador.

¡Plácidas veladas aquéllas, que ya no se repetirían para Febrer! Evitaba bajar por la noche a *Can Mallorquí*, temeroso de estorbar con su presencia las conversaciones de la familia acerca de los pretendientes de Margalida.

En las noches de *festeig* experimentaba mayor desazón; y sin explicarse el motivo, asomábase a la puerta de la torre, mirando ávidamente hacia la alquería. La misma luz, el aspecto de siempre, pero él se imaginaba oír en el silencio nocturno nuevos ruidos, ecos de cantos, la voz de Margalida. Allí estaría el *Ferrer* odioso, y aquel pobre diablo del *Cantó*, y todos los *atlots* bárbaros y rudos, con sus trajes ridículos. ¡Gran Dios! ¿Cómo habían podido gustarle estos campesinos?... ¡Con lo que él había visto en el mundo!...

Al día siguiente, al subir el *Capellanet* a la torre para llevar la comida a don Jaime, éste le hacía preguntas sobre lo ocurrido en la noche anterior.

Escuchando al muchacho, se imaginaba Febrer todos los accidentes del galanteo. La familia cenaba deprisa, al anochecer, para estar pronta a la ceremonia. Margalida descolgaba del techo de su cuarto la falda de fiesta, y luego de ponérsela, con el pañuelo rojo y verde cruzado sobre el pecho, otro más pequeño en la cabeza y un largo lazo de cintas al extremo de la trenza, colocábase las cadenas de oro que le había cedido su madre, e iba a sentarse sobre el *abrigais*, doblado en una silla de la cocina. El padre fumaba su pipa de tabaco de *pota*; la madre, en un rincón, tejía cestos de junco; el *Capellanet* asomábase fuera de la casa, bajo el amplio porche, en el cual iban reuniéndose silenciosos los *atlots* cortejadores. Los había que estaban allí desde una hora antes, por ser vecinos; los había que llegaban polvorientos o manchados de barro, después de caminar dos leguas. En las noches de lluvia sacudían bajo el techado sus jaiques de burda capucha, herencia de los abuelos, o el mantón femenil en que se envolvían como prenda de moderna elegancia.

Luego de acordar brevemente el orden que iban a seguir en su conversación con la muchacha, la tropa de rivales entraba en la cocina, por ser en invierno el porche un lugar frío. Un golpe en la puerta.

—*¡Avant qui siga!* —gritaba Pep como si ignorase la presencia de los cortejantes y estuviera esperando una visita extraordinaria.

Entraban mansamente, saludando a la familia. «*¡Bona nit! ¡Bona nit!*» Tomaban asiento en un banco, como niños de la escuela, o quedaban de pie, mirando todos a la *atlota*. Junto a ella había una silla vacía, y cuando faltaba ésta, el solicitante poníase en cuclillas, a uso moruno, hablando a la muchacha en voz baja durante tres minutos, bajo la mirada hostil de sus adversarios. La menor prolongación de este breve plazo provocaba toses, furiosas miradas y reclamaciones amenazadoras a media voz. Se retiraba el *atlot*, y otro al puesto. El *Capellanet* reía de estas escenas, viendo en la tenacidad hostil de los cortejantes un motivo de orgullo para Margalida y la familia.

El noviazgo de su hermana no iba a ser como el de otras *atlotas*. Los pretendientes parecíanle a Pepet perros rabiosos que no soltarían fácilmente su presa. A él le olía a pólvora el tal galanteo, y esto lo afirmaba con una sonrisa de orgullo, que hacía brillar la blancura de sus dientes de lobezno en el óvalo oscuro de la cara. Ninguno de los pretendientes adelantaba sobre los demás. En dos meses que llevaban de noviazgo, Margalida no había hecho más que escuchar, sonreír y responder a todos con palabras que turbaban a los *atlots*. Era mucho el talento de su hermana. Los domingos, al ir a misa, marchaba delante de sus padres acompañada por todos los pretendientes. Un ejército: don Jaime los había encontrado varias veces. Las amigas, al verla llegar con este acompañamiento de reina, palidecían de envidia. Todos la asediaban, pugnando por arrancarla una palabra, un signo de preferencia, y ella contestaba a todos con asombrosa discreción, manteniéndolos en perfecta igualdad, evitando los choques mortales que podían sobrevenir repentinamente entre esta juventud belicosa, armada y poco sufrida.

—¿Y el *Ferrer*? —preguntaba don Jaime.

¡Maldito *verro*! Su nombre salía con dificultad de los labios del señor, pero su recuerdo se estaba moviendo desde mucho antes en su memoria.

El muchacho agitaba la cabeza negativamente. El *Ferrer* tampoco adelantaba gran cosa sobre sus rivales, y el *Capellanet* no parecía sentirlo mucho.

Se había enfriado algo su admiración por el *verro*. El amor embravece a los hombres, y todos los *atlots* pretendientes de Margalida, al verle enfrente como rival, ya no le tenían miedo y hasta osaban atropellar su temible persona. Una noche se había presentado con una guitarra, proponiéndose invertir en músicas gran parte del tiempo que correspondía a otros. Al llegarle el turno se colocó junto a Margalida, templó su instrumento y comenzó a entonar canciones de tierra firme aprendidas en el retiro de Niza. Pero antes había sacado de la faja una pistola de dos cañones, dejándola con las llaves montadas sobre uno de sus muslos, pronto a cogerla y descerrajar un tiro al primero que le interrumpiese. Silencio absoluto y miradas impasibles. Cantó cuanto quiso, se guardó la pistola con aire de vencedor; pero luego, a la salida, en la negrura de los campos, cuando los *atlots* se dispersaban con *auquidos* de irónica despedida, dos certeras pedradas salidas de la sombra dieron con el bravucón en el suelo, y durante varios días dejó de acudir al cortejo por no mostrarse con la cabeza entrapajada. No había intentado saber quién fuese el agresor. Eran muchos los rivales, y además había que tener en cuenta a sus padres, tíos y hermanos, casi la cuarta parte de la isla, prontos a mezclarse por la honra de la familia en una guerra de venganzas.

—Pienso —decía Pepet— que el *Ferrer* no es tan valiente como dicen. ¿Y usted qué cree, don Jaime?...

Cuando avanzaba la noche y Margalida había hablado ya con todos sus cortejantes, el padre, que dormía en un rincón, prorrumpía en sonoro bostezo. Aquel hombre de campo parecía adivinar durante su sueño el curso del tiempo. «¡Las nueve y media!... A dormir. *¡Bona nit!*» Y toda la *atlotería*, tras esta invitación, abandonaba la casa, perdiéndose en la oscuridad sus pasos y relinchos.

Pepet, al hablar de estas reuniones, en las que se rozaba con gente brava, portadora de armas, volvía a acordarse del cuchillo del abuelo. ¿Cuándo hablaría don Jaime a su padre para que le entregase esta joya de familia?... Ya que retardaba la petición, debía acordarse de su promesa y regalarle otro cuchillo. ¿Qué podía hacer un hombre como él falto de tal compañía? ¿Dónde presentarse?...

—Descansa —dijo Febrer—. Un día de estos iré a la ciudad. Cuenta con el regalo.

Y Jaime emprendió una mañana el camino de Ibiza, ansioso de nueva existencia, de renovar y variar sus impresiones fuera de la rusticidad campestre.

Ibiza le pareció una gran ciudad, a él que había corrido toda Europa. Las casas en fila, las aceras de ladrillos rojos, los balcones con persianas, todo lo admiró con la simpleza de un salvaje del interior que llega a una factoría de la costa. Detúvose ante algunas ventanas convertidas en escaparates, examinando los géneros expuestos con la misma delectación que había contemplado en otra época las lujosas vitrinas de los bulevares o del *Regent Street*.

Una platería de un *chueta* le retuvo largo tiempo. Admiraba las cadenas de oro hueco fabricadas para las payesas, los botones de filigrana con una piedra en el centro, reputando en su interior todos estos objetos como las obras más perfectas y maravillosas creadas por el arte de los hombres. ¡Si entrase en la tienda para comprar una docena de aquellos botones!... ¡Qué sorpresa la de la *atlota* de *Can Mallorquí* cuando él se los ofreciese para adornar sus mangas!... Seguramente que los aceptaría de él, un señor grave al que miraba con respeto filial. ¡Enojoso respeto! ¡Maldita gravedad la cuya, que le estorbaba como un fardo abrumador!... Pero el heredero de los Febrer, el descendiente de opulentos mercaderes y heroicos navegantes, tuvo que desistir pensando en el dinero que guardaba en su faja. Indudablemente no tenía bastante para tal compra.

Luego, en otra tienda adquirió un cuchillo para Pepet, el más grande y pesado que encontró, un arma absurda, capaz de hacerle olvidar la de su glorioso abuelo.

A mediodía, Febrer, aburrido de sus paseos sin objeto por la Marina y las empinadas callejuelas de la antigua Real Fuerza, entró en una pequeña fonda, la única de la ciudad, situada junto al puerto. Allí encontró los huéspedes de siempre. En el vestíbulo, unos cuantos mozos vestidos de payeses, con gorra de cuartel: soldados de la guarnición que servían de asistentes. En el comedor, oficiales subalternos de un batallón de cazadores, jóvenes tenientes que fumaban con aire aburrido y contemplaban a través de las ventanas, como prisioneros del mar, la inmensa extensión azul. Mientras comían lamentábanse de la mala suerte de su juventud, inútil y perdida en este peñón. Hablaban de Mallorca como de un lugar de delicias; recordaban las provincias de tierra firme, de las que eran hijos muchos de ellos, como paraísos a los que ansiaban volver. ¡Las mujeres!... Era un anhelo, un ansia que hacía temblar sus voces y ponía en sus ojos fulgores de locura. Pesaba sobre ellos, como cadena de insufrible presidio, la casta virtud ibicenca, el exclusivismo isleño, receloso para los forasteros. Allí no se bromeaba con el amor, no se perdía el tiempo en galanteos; o la indiferencia hostil, o el noviazgo honesto para casarse cuanto antes. Palabras y sonrisas conducían rectamente al matrimonio; solo era posible el trato con las jóvenes para hablar de la formación de una nueva familia. Y esta juventud ruidosa, alegre, exuberante en jugos, sufría un suplicio tantalesco al hablar de las muchachas más hermosas de la ciudad. Las admiraban y vivían aparte de ellas, a pesar de moverse en un estrecho espacio que les obligaba a continuos encuentros. Toda su ilusión era conseguir una licencia para vivir varios días en Mallorca o en la Península, lejos de la isla virtuosa y huraña, que solo admitía al forastero como marido; embarcarse en busca de otras tierras, donde era fácil dar expansión a sus deseos exacerbados, iguales a los del colegial y el presidiario.

¡Las mujeres!... Aquellos jóvenes no hablaban de otra cosa; y Febrer, sentado a la gran mesa de la fonda, aprobaba en silencio sus palabras y sus lamentaciones. ¡Las mujeres!... La irresistible tendencia que nos liga a ellas es lo único que se mantiene firme después de los trastornos morales que cambian una vida; lo que permanece de pie en medio de los cadáveres de otras ilusiones destrozadas por el cataclismo. Febrer sentía el mismo tedio de aquellos militares, la impresión de hallarse encerrado en una cárcel de privaciones que tenía por fosos el mar. Ahora le pareció la capital isleña una población de irresistible monotonía, con sus señoritas encerradas en un aislamiento huraño y monjil. Pensaba en el campo como en un lugar de libertad, con sus mujeres de alma simple y afectos naturales, limitados solamente por un instinto defensivo igual al de las hembras primitivas.

Aquella misma tarde salió de la ciudad. Nada quedaba en él del optimismo de pocas horas antes. Las calles de la Marina eran nauseabundas; un olor infecto se escapaba de las casas; en el arroyo zumbaban enjambres de insectos, saltando de los charcos al sonar los pasos de un transeúnte. El recuerdo de las colinas inmediatas a su torre, perfumadas de plantas silvestres y olor salitroso de mar, parecía sonreír en su memoria con una dulzura idílica.

El carro de un payés le llevó hasta cerca de San José, y al separarse de él emprendió la marcha por el monte, pasando entre pinares encorvados por las grandes tormentas. El cielo estaba nebuloso; la atmósfera era cálida y pesada. De vez en cuando caían gruesas gotas, pero antes de que las nubes pudieran fijar su lluvia, una ráfaga parecía barrerlas hacia los confines del horizonte.

Cerca de la cabaña de un carbonero vio Jaime a dos mujeres que marchaban apresuradas por entre los pinos. Eran Margalida y su madre. Venían de los *Cubells*, ermita situada en una altura de la costa, junto a una fuente que fecunda los abruptos peñones, haciendo crecer el naranjo y la palmera al abrigo de las rocas.

Jaime se unió a las dos mujeres, y entonces vio salir de entre los matorrales a Pepet, que caminaba fuera del sendero persiguiendo piedra en mano a un pajarraco cuyos graznidos habían llamado su atención. Continuaron juntos la marcha hacia *Can Mallorquí*, y sin saber cómo, Febrer se vio delante, caminando al lado de Margalida, mientras la esposa de Pep marchaba tras ellos con el lento paso de su debilidad, buscando apoyo en su hijo.

La madre estaba enferma: una enfermedad incierta que hacía levantar los hombros al médico en sus raras visitas y excitaba la imaginación de las curanderas de la isla. Venían de hacer una promesa a la Virgen de los *Cubells* y habían dejado en su altar dos velas rizadas traídas de la ciudad.

Mientras Margalida iba hablando con voz triste de las dolencias de la vieja, el egoísmo de una juventud robusta coloreaba sus mejillas y sus ojos delataban cierta impaciencia. Aquel día era de *festeig*. Había que llegar pronto a *Can Mallorquí*, para preparar la cena de la familia antes de que se presentasen los cortejantes.

Febrer la admiraba con sus ojos graves. Extrañábase ahora de su anterior torpeza, que le había hecho contemplar a Margalida, meses y meses, como una niña, como un ser asexual, sin percatarse de sus gracias. ¡Qué mujer!... Recordaba con desprecio aquellas señoritas de la ciudad por las que suspiraban los militares recluidos en la fonda. Otra vez pensaba en el noviazgo de Margalida con una molestia semejante a la de los celos. ¿Y esta muchacha iba a ser para uno de aquellos bárbaros de tez oscura, que la sometería como una bestia a la servidumbre de la tierra?...

—¡Margalida! —murmuró como si fuese a revelarle algo importante—. ¡Margalida!...

Pero no dijo más. El antiguo calavera sintió despertarse sus instintos de libertinaje con el perfume que exhalaba aquella mujer, perfume indefinible de carne fresca y virginal que él creía aspirar, como buen conocedor, más con la imaginación que con el olfato. Al mismo tiempo —¡cosa extraña en él!— experimentó cierta timidez que le impedía hablar; una timidez semejante a la que había sentido en los tiempos de su primera juventud, cuando, lejos de las fáciles conquistas en su predio de Mallorca, se atrevió a dirigirse a las señoras conocidas en la península española... ¿No era un acto indigno de él hablar de amor a aquella muchacha a la que había visto como niña hasta poco antes y que le respetaba cual si fuese su padre?

—¡Margalida! ¡Margalida!

Y tras estos llamamientos, que excitaban la curiosidad de la *atlota* haciendo que elevase los ojos para fijarlos interrogantes en los de Febrer, éste se lanzó por fin a hablar, preguntándola por los progresos de su noviazgo. ¿Se había decidido por alguien? ¿Quién iba a ser el afortunado? El *Ferrer*... ¿el *Cantó*?...

Ella volvió a humillar los ojos, cogiendo en su turbación una punta del delantal y subiéndola hasta su pecho... No sabía. Su voz ceceaba infantilmente a impulsos de un avergonzado aturdimiento. No tenía ganas de casarse. Ni el *Cantó*, ni el *Ferrer*, ni nadie. Había aceptado el cortejo porque todas las muchachas hacían lo mismo al llegar a cierta edad. Además —y aquí enrojecía vivamente—, la proporcionaba cierta satisfacción humillar a sus amigas, que rabiaban viendo el gran número de sus pretendientes. Ella estaba agradecida a los *atlots* que venían a verla de grandes distancias a *Can Mallorquí*. ¿Pero quererlos? ¿casarse con ellos?...

Había acortado su paso al hablar. La mujer de Pep y su hijo pasaron insensiblemente delante de ellos, y al quedar solos los dos en la senda, acabaron por detenerse sin saber lo que hacían.

—¡Margalida!... ¡«Flor de almendro»!...

¡Al diablo la timidez! Febrer se sintió arrogante y triunfador, como en sus buenos tiempos. ¿Por qué aquel miedo?... ¡Una payesa! ¡una chiquilla!...

Habló con acento firme, poniendo un intento de fascinación en la fijeza apasionada de sus ojos, aproximando su boca a ella, como para acariciarla con el susurro de sus palabras... ¿Y él? ¿qué pensaba Margalida de él?... ¿Y si se presentase un día a Pep diciendo que quería casarse con su hija?...

—¡Usted! —exclamó la muchacha—. ¡Usted, don Jaime!

Levantó los ojos sin miedo alguno, riendo de estas palabras. El señor acostumbraba a engañarla con bromas inverosímiles. Bien decía su padre que los Febrer eran unos caballeros serios como jueces, pero de eterno buen humor. Iba a burlarse otra vez de ella, lo mismo que cuando le hablaba de la novia de barro guardada en su torre, que había estado esperándole miles de años...

Pero al fijar su mirada en la de Febrer y encontrarse con su rostro pálido, crispado por la emoción, ella palideció también. Era otro hombre: veía un don Jaime que nunca había conocido. Instintivamente, a impulsos del miedo, dio un paso atrás. Quedó como a la defensiva, apoyada en el delgado tronco de un arbolillo que se elevaba junto a la senda, con sus menudas hojas casi sueltas por el otoño.

Aún tuvo serenidad para sonreír con una sonrisa forzada, fingiendo creer en una broma del señor.

—No —repuso Febrer con energía—. Hablo seriamente. Di, Margalida... «Flor de almendro»... ¿Y si yo fuese uno de tus novios? ¿Y si yo me presentase en el cortejo? ¿Qué contestarías?...

Ella se apelotonaba contra el débil tronco, haciéndose más pequeña, como si quisiera escapar a aquellos ojos ardientes. Su instintivo movimiento de retroceso hizo cimbrearse el flexible árbol, y una lluvia de hojas amarillas como copos de ámbar cayó en torno de ella, enredándose en su trenza, pegándose a su tez, esparciéndose sobre su traje. Pálida, con la boca apretada y los labios azulados, iba murmurando palabras que sonaban apenas como débiles suspiros. Sus ojos, agrandados y húmedos, tenían la expresión angustiosa de los humildes de espíritu que piensan muchas cosas y no encuentran el modo de decirlas. ¡Él!... ¡el mayorazgo de los Febrer! ¡Un gran señor casarse con una payesa!... ¿Estaba loco?...

—No; yo no soy un gran señor, yo soy un desgraciado. Tú eres más rica que yo, pues vivo de vuestra limosna... Tu padre desea para ti un marido que cultive sus tierras. ¿Aceptas que sea yo, Margalida? ¿Me quieres, «Flor de almendro»?...

Con la cabeza baja, huyendo de una mirada que parecía quemarla, ella siguió hablando sin saber lo que decía. «¡Locura! Aquello no podía ser cierto. ¡Decir el mayorazgo tales cosas!... Estaba soñando.»

Pero de pronto sintió en una de sus manos un contacto leve y acariciador. Era la diestra de Febrer que agarraba la suya. Volvió a verle otra vez, pero le pareció un hombre distinto. Encontró ante sus ojos un rostro nuevo que la hizo estremecerse. Experimentó la sensación de un grave peligro, el sobresalto nervioso que avisa. Temblaron sus rodillas, se contrajeron como si fuese a desplomarse de miedo.

—¿Es que me encuentras viejo para ti? —murmuró en sus oídos una voz suplicante—. ¿Es que nunca podrás quererme?...

La voz era dulce y acariciadora; ¡pero aquellos ojos que parecían comerla! ¡aquella cara pálida, semejante a la de los hombres que matan!... Quiso decir algo para protestar de sus últimas palabras. Don Jaime no había tenido nunca edad para Margalida: era algo superior, como los santos, que crecen en hermosura con los años... Pero el miedo no la dejó hablar. Se desasió de la mano acariciadora, sintióse movida por el prodigioso resorte de los nervios, lo mismo que si viese su vida en peligro, y huyó de Febrer como si fuese un asesino.

—¡Jesús! ¡Jesús!...

Saltó, murmurando esta súplica, a alguna distancia de él, e inmediatamente empezó a correr con sus ágiles piernas de campesina, desapareciendo en una revuelta del sendero.

Jaime no fue tras ella. Permaneció inmóvil en la soledad del pinar, insensible a cuanto le rodeaba, como un héroe de leyenda sometido a un encantamiento. Luego se pasó una mano por el rostro, cual si despertase, coordinando sus ideas. Dolíanle como un remordimiento sus audaces palabras, el susto de Margalida, la carrera de terror con que había terminado la entrevista. ¡Qué disparate el suyo!... Era el resultado de su viaje a la ciudad, la vuelta a la vida civilizada que había trastornado su calma de solitario, despertando pasiones de antaño; la conversación de los jóvenes militares, que vivían con el pensamiento puesto en la mujer... Pero no, no estaba arrepentido de su acción. Lo importante era que Margalida conociese lo que tantas veces había pensado él vagamente en el aislamiento de la torre, sin poder dar forma precisa a sus deseos.

Continuó lentamente su camino, para no alcanzar a la familia de *Can Mallorquí*. Margalida se había reunido con su madre y su hermano. Los vio desde una altura, cuando el grupo caminaba ya por el valle con dirección a la alquería.

Febrer torció su marcha, evitando aproximarse a *Can Mallorquí*. Fue hacia la torre del Pirata, pero al llegar cerca de ella continuó su camino, no deteniéndose hasta el mar.

La costa de roca, que parecía cortada a pico sobre las aguas, estaba quebrantada por el embate de éstas durante siglos y siglos. Las olas, como furiosos toros azules, topaban entre espumarajos de rabia contra la peña, abriendo cóncavas oquedades, cuevas profundas que se prolongaban hacia lo alto en forma de grietas verticales. Esta labor secular iba royendo la costa, arrebatándola su coraza de piedra, lámina por lámina. Despegábanse de ella fragmentos enormes como murallas. Separábanse primeramente formando una rendija imperceptible, que se agrandaba con el curso de los siglos. La muralla natural se inclinaba años y años sobre las olas que batían incesantemente su base, hasta que, perdido el centro de gravedad, una noche de tormenta derrumbábase como la cortina de una ciudadela sitiada, deshaciéndose en bloques, poblando el mar de nuevos escollos, prontamente cubiertos de viscosas vegetaciones, en cuyos enmarañamientos hervían las espumas y chisporroteaban las escamas de los peces.

Febrer fue a sentarse en el borde de un gran peñasco avanzado, de un fragmento de roca desprendida de la costa que se inclinaba peligrosamente sobre los escollos. Su fatalismo le impulsaba a sentarse allí. ¡Ojalá la catástrofe esperada fuese en aquel momento, y su cuerpo, arrastrado por el grandioso accidente, desapareciera en el fondo del mar, teniendo como sarcófago esta mole igual a la pirámide de un Faraón!... ¡Para lo que le esperaba en la vida!...

El Sol poniente, antes de ocultarse, se asomó a un agujero del cielo tempestuoso, entre nubes desgarradas. Era una esfera sangrienta, una hostia de púrpura que animó con tonos de incendio la inmensidad del mar. Las negras masas de vapor que cerraban el horizonte se ribetearon de escarlata. Sobre el oscuro verde acuático se extendió un inquieto triángulo de llamas. Enrojecióse la espuma de las olas y la costa pareció por unos instantes de lava en ebullición.

Al resplandor de esta luz de tempestad, Jaime contempló a sus pies el vaivén de las aguas lanzando sus chorros rugientes en las oquedades de la roca, bramando y retorciéndose con espumarajos de cólera en las tortuosas callejuelas de los escollos. En el fondo de esta masa verdosa, iluminada con transparencias de ópalo por el Sol poniente, veía agarradas a las peñas extrañas vegetaciones, bosques minúsculos, en cuyas frondas pegajosas movíanse bestias de formas fantásticas, rampantes y veloces o torpes y sedentarias, con duras corazas grises y rojizas, erizadas de defensas, armadas de tenazas, de lanzas y de cuernos, dándose caza entre ellas y persiguiendo a seres menos fuertes que pasaban como exhalaciones, haciendo brillar en la rapidez de la fuga su transparencia de cristal.

Febrer se sintió empequeñecido por la soledad. Perdida la fe en su importancia humana, considerábase igual a uno de estos monstruos pequeños que se agitaban en las vegetaciones del abismo submarino. Menos aún tal vez. Aquellos animales estaban armados para la vida, podían mantenerse por su propia fuerza, sin conocer los desalientos, las humillaciones y las tristezas que le afligían a él. ¡El mar!... Su grandeza, insensible para los hombres, cruel e implacable en sus cóleras, abrumaba a Febrer, despertando en su memoria un sinnúmero de ideas que tal vez eran nuevas, pero él las aceptaba como vagas reminiscencias de una vida anterior, como algo que ya había pensado, no sabía dónde ni cuándo.

Un estremecimiento de respeto, de devoción instintiva pasaba por él, haciéndole olvidar el suceso de poco antes, sumiéndolo en religiosa admiración. ¡El mar!... Pensaba, sin saber por qué, en los más remotos ascendientes de la humanidad, en los primeros hombres, miserables, apenas salidos del animalismo original, martirizados y repelidos de todas partes por una Naturaleza hostil en su exuberancia, como el cuerpo joven y vigoroso anula o aleja los parásitos que se empeñan en vivir a costa de su organismo. A la orilla del mar, ante la divinidad misteriosa, verde e inmensa, debió tener el hombre sus mejores momentos de descanso. Del seno de las aguas salieron los primeros dioses. Contemplando el vaivén de las aguas y arrullado por su murmullo, debió sentir el hombre que nacía en él algo nuevo y poderoso: un alma. ¡El mar!... Los organismos misteriosos que lo pueblan también vivían, como los de tierra, sometidos a la tiranía del medio, inmóviles en su primitiva existencia, repitiéndose a través de los siglos, como si fuesen siempre el mismo ser. También los muertos mandaban allí. Los fuertes perseguían a los débiles, y eran a su vez devorados por otros más poderosos; la misma historia de sus remotos antecesores en las aguas todavía cálidas del globo en formación. Todo igual, repitiéndose a través de centenares de millones de años. Un monstruo de los tiempos prehistóricos que volviese a colear en las aguas presentes encontraría por todas partes, en los abismos oscuros y en las orillas costeras, la misma vida e idénticas luchas que en su juventud. La bestia de combate acorazada de rojo, armada de uñas corvas y tenazas de tortura, guerrero implacable de las verdes cavernas submarinas, jamás se había unido con el pez gracioso, ligero y débil que movía la cola de su túnica rosada y plateada en las aguas transparentes. Su destino era devorar, ser fuerte, y si se veía desarmada, con las defensas rotas, entregarse al infortunio sin protesta y perecer. ¡La muerte antes que abdicar de su origen, de la noble fatalidad del nacimiento! Para los fuertes no había en la tierra y en el mar satisfacciones ni vida fuera de su ambiente. Eran esclavos de su propia grandeza: la casta traía para ellos, con los honores, la desgracia. ¡Y siempre sería lo mismo!... Los muertos eran los únicos que gobernaban lo existente. Los primeros seres que iniciaron una acción para vivir formaron con sus actos la jaula en que habían de moverse prisioneras las sucesivas generaciones.

Los tranquilos moluscos que veía ahora en el fondo de las aguas, agarrados a las peñas como botones oscuros, le parecían seres divinos guardadores en su estúpida quietud del misterio de la creación. Admirábalos augustos y grandes, como los monstruos que adoran los pueblos salvajes por su inmovilidad, y en cuyo quietismo creen adivinar la majestad de los dioses. Febrer recordaba sus bromas de otros tiempos, en noches de francachela, ante los platos de ostras frescas en los grandes restoranes de París. Sus elegantes compañeras le creían loco al escuchar los disparatados pensamientos que le sugerían el vino, la vista de los mariscos y el recuerdo de ciertas lecturas fragmentarias y rápidas de su juventud. «Vamos a comernos a nuestros abuelos, como alegres antropófagos que somos.» La ostra era una de las primeras manifestaciones de vida en el planeta, una de las primitivas formas de la materia orgánica, flotante aún, incierta y desorientada en su evolución, sobre la inmensidad de las aguas. El simpático y calumniado mono solo tenía la importancia de un primo hermano que no ha hecho carrera, de un pariente desgraciado y ridículo al que se deja en la puerta fingiendo ignorar su apellido de familia, negándole el saludo. El molusco era nuestro abuelo venerable, el jefe de la casa, el creador de la dinastía, el antecesor, cargado con una nobleza de millones de siglos... Estas ideas resucitaban ahora en Febrer, con la frescura de verdades indiscutibles, al contemplar los seres inmóviles y rudimentarios encerrados en su caparazón, agarrados a las rocas, debajo de sus pies, en las profundidades del verde cristal tembloroso entre los escollos.

La humanidad era fiel a su origen. Nadie renegaba las tradiciones de estos venerables ascendientes que parecían dormidos en la inmensa catacumba del mar. Los hombres se creen libres porque pueden moverse de un lado al otro del planeta, porque su organismo va montado sobre dos columnas ágiles y articuladas que le permiten saltar sobre el suelo con el mecanismo del paso... ¡Error! ¡Una ilusión más de las muchas que alegran mentirosamente nuestra vida, haciéndonos llevaderas su miseria y su pequeñez! Febrer estaba convencido de que todos nacen metidos entre dos valvas de prejuicios, escrúpulos y orgullos, herencia de los que nos precedieron en la vida, y por más que los hombres se agitan, jamás llegan a arrancarse de la misma peña en que vegetaron agarrados sus predecesores. La actividad, los incidentes de la vida, la independencia del carácter, ¡todo ilusión! ¡vanidad de molusco que sueña adherido a la roca, y cree estar nadando por los mares del globo, mientras sus valvas siguen unidas a la caliza!...

Todos los seres eran como habían sido los que marcharon delante de ellos, como serían los que llegasen detrás. Cambiaban las formas, pero el alma permanecía inmóvil e inmutable, como la de aquellos seres rudimentarios, testigos eternos de los primeros latidos de la vida en el planeta, y que parecían envueltos en el más espeso de los sueños. Y así sería siempre. Eran vanos los grandes esfuerzos para librarse de este ambiente fatal, de la herencia del medio, del círculo en que forzosamente nos movemos; hasta que llegaba la muerte y otros animales semejantes venían a dar vueltas en el mismo redondel, creyéndose libres porque siempre tenían ante sus pasos nuevo espacio que correr.

«Los muertos mandan», afirmaba una vez más Jaime en su pensamiento. Parecía imposible que los hombres no se diesen cuenta de esta gran verdad y se agitaran en eterna noche, creyendo hacer cosas nuevas al resplandor de ilusiones que surgen diariamente, como surge el gran engaño del Sol para acompañarnos por el infinito, que es lóbrego y a nosotros nos parece azul y radiante de luz...

Cuando Febrer pensaba esto, el Sol se había ocultado ya. El mar era casi negro, el cielo de un gris plomizo, y en las brumas del horizonte serpenteaban los rayos bajando a beber en las olas. Sintió Jaime en su rostro y en sus manos el húmedo contacto de algunas gotas de lluvia. Iba a estallar una tormenta que tal vez durase toda la noche. Los relámpagos brillaban cada vez más cerca. Resonaba un lejano estrépito, como si dos flotas enemigas se estuviesen cañoneando detrás de la cortina de bruma del horizonte, aproximándose con ésta. Las láminas de agua mansa, tersas como cristales entre los escollos y la costa, empezaron a temblar con las ondulaciones excéntricas de las gotas de lluvia.

A pesar de esto, el solitario no se movió. Permanecía en la roca, sintiendo una sorda irritación contra la fatalidad, sublevándose con toda la rudeza de su carácter ante la tiranía del pasado. ¿Y por qué habían de mandar los muertos?... ¿Por qué oscurecían el ambiente con las partículas de su alma, semejantes a un polvo de huesos, que se posaban en el cerebro de los vivos imponiéndoles viejas ideas?...

De pronto Febrer sufrió una impresión de deslumbramiento, como si contemplase una luz extraordinaria nunca vista. Su cerebro pareció dilatarse, esparcirse, como una masa de agua que rompe el vaso opresor de piedra. Fue en el mismo instante que un relámpago coloreaba de luz lívida el mar y estallaba un trueno sobre su cabeza, conmoviendo con horrísono tableteo los ecos de la inmensidad marítima y las oquedades y cimas de la costa.

«No; los muertos no mandan, los muertos no gobiernan.» Jaime, como si fuese un hombre nuevo, se burló de sus pensamientos de poco antes. Aquellas bestias rudimentarias que él veía entre los peñascos, y lo mismo que ellas todos los animales del mar y de la tierra, sufrían la esclavitud del medio. Mandaban los muertos sobre ellas porque hacían lo que harían sus descendientes. Pero el hombre no es esclavo del medio: es su colaborador y a veces su dueño. El hombre es un ente de razón y de progreso, y puede modificar el ambiente según sus conveniencias. Fue su siervo en otros tiempos, en remotas edades; pero al dominar en parte a la Naturaleza y poder explotarla, rasgó la especie de envoltura fatal en que siguen prisioneros los otros seres de la creación. ¿Qué podía importarle el medio en que había nacido? Se creería otro si lo deseaba...

No pudo seguir en sus reflexiones. La tempestad había, estallado sobre él. La lluvia chorreaba por los bordes de su sombrero y corría a lo largo de su espalda. La noche había llegado de pronto. A la luz de los relámpagos veíase el mar con la superficie mate estremecida por el choque de la lluvia.

Febrer marchó hacia la torre con toda la ligereza de sus piernas. Iba, sin embargo, alegre, con el gozo desbordante del que sale de un largo encierro y no ve ante los ojos bastante espacio para su contenida actividad. Reía, sin detenerse en su carrera, y la luz de los relámpagos le sorprendió varias veces avanzando el brazo derecho con un dedo en alto, mientras chocaba la mano izquierda en la parte inferior del codo, realizando un ademán de protesta tan popular como poco decente.

—¡Haré lo que quiera! —gritaba, complaciéndose en escuchar su propia voz entre el fragor de la tempestad—. ¡Ni muertos ni vivos mandan en mí!... ¡Toma!... ¡para mis nobles ascendientes!... ¡Toma!... ¡para mis antiguas ideas, para todos los Febrer!...

Repitió varias veces el indecoroso ademán con una alegría de pilluelo. De pronto se vio envuelto en una luz roja y estalló sobre su cabeza un cañonazo, como si la costa acabase de partirse a impulsos de inmenso cataclismo.

—Ha caído cerca —dijo Febrer refiriéndose a la exhalación.

Su pensamiento, ocupado por el recuerdo de los Febrer, fue hacia su ascendiente el comendador don Príamo. Aquella explosión de trueno le hizo recordar los combates del diabólico héroe, del religioso caballero de la Cruz, burlón con Dios y con el diablo, que hizo siempre su soberana voluntad y tan pronto peleó al lado de los suyos como vivió entre los enemigos de la Fe, según sus caprichos y aficiones.

No; de éste no renegaba Febrer. Adoraba al valeroso comendador: era su verdadero ascendiente, el mejor de todos, el rebelde, el demonio de la familia.

Al entrar en la torre encendió luz, se envolvió en el jaique de burda lana que le servía para sus excursiones nocturnas, y tomando un libro quiso distraerse de sus pensamientos hasta que Pepet le subiera la cena.

La tempestad pareció fijarse sobre la isla. Caía la lluvia en los campos, convirtiéndolos en barrizales; saltaba por las pendientes de los caminos, desbordados como barrancos; empapaba los montes, como grandes esponjas, por la verde porosidad de sus pinares y matorrales. La rápida luz de los relámpagos mostraba instantáneamente, como una visión de ensueño, el mar negruzco con hirvientes espumas, los campos encharcados, que parecían llenos de peces de fuego, los árboles brillantes bajo su capa acuosa.

En la cocina de *Can Mallorquí*, los pretendientes de Margalida formaban una masa de alpargatas enlodadas y cuerpos humeantes por la evaporación de sus ropas húmedas. Esta noche el cortejo sería más largo. Pep, con aire paternal, había permitido a los *atlots* que esperasen después de pasada la hora del galanteo. Sentía lástima por aquellos muchachos, obligados a caminar bajo la lluvia. Él también había sido novio. Debían esperar; tal vez pasase la tormenta. Y si no pasaba, se quedarían a dormir donde pudiesen: en la cocina, en el porche... «¡Una noche es una noche!»

La *atloteria*, contenta del accidente, que añadía algún tiempo más a su cortejo, contemplaba a Margalida vestida con su traje de gala, sentada en el centro de la pieza, junto a una silla vacía. Todos habían pasado por ésta en el curso de la noche; algunos miraban con cierta ansiedad al asiento, pero sin atreverse a ocuparlo de nuevo.

El *Ferrer*, ganoso de sobrepujar a sus rivales, tañía una guitarra, cantando a media voz, acompañado por el rodar de los truenos. El *Cantó*, metido en un rincón, meditaba nuevos versos. Algunos muchachos saludaban con expresiones burlonas la luz de los relámpagos que se filtraba por las rendijas de la puerta, y el *Capellanet* sonreía sentado en el suelo con la mandíbula apoyada en ambas manos.

Pep dormitaba en su silla baja, vencido por el cansancio, y su mujer lanzaba sordos alaridos de terror cada vez que un trueno fuerte conmovía la casa, intercalando en sus gemidos fragmentos de oraciones, murmuradas en castellano para mayor eficacia. «*Santa Bárbera bendita, que en el sielo estás escrita...*» Margalida, insensible a las miradas de sus pretendientes, parecía próxima a dormirse en su asiento.

Resonó de pronto la puerta con dos golpes dados por una mano. El perro, que se había erguido momentos antes como adivinando la presencia de alguien en el porche, estiró el cuello, pero no ladró, moviendo la cola con tranquilidad.

Margalida y su madre miraron a la puerta con cierto miedo. «¿Quién podría ser? ¡A aquellas horas, en aquella noche, en la soledad de *Can Mallorquí*!...¿Le habría ocurrido algo al señor?...»

Pep, despertado por estos golpes, se incorporó en su asiento. «*¡Avant qui siga!*» Invitaba a entrar con una majestad de padre de familia al uso latino, señor absoluto de su casa. La puerta solo estaba entornada.

Se abrió, dando paso a una ráfaga de viento cargada de lluvia, que hizo estremecerse las luces del candil y refrescó el denso ambiente de la cocina. Iluminóse con el resplandor de una exhalación el negro rectángulo de la puerta, y todos vieron en ella, sobre el cielo lívido, una figura encapuchada, una especie de penitente, chorreando lluvia y con el rostro casi oculto.

Entró con paso decidido, sin saludar a nadie, seguido del perro, que olisqueaba sus piernas con gruñido cariñoso, y fue rectamente a ocupar la silla vacía junto a Margalida: el lugar reservado a los pretendientes.

Al sentarse se echó atrás la capucha y fijó sus ojos en la muchacha.

—¡Ah! —gimió ésta, pálida, con los ojos agrandados por la sorpresa.

Y fue tal su emoción, tan violento su impulso por retirarse de él, que la faltó poco para caer.

Tercera parte

I

Dos días después, cuando Jaime, de vuelta de la pesca, esperaba la comida en su torre, vio presentarse a Pep, que depositó el cestillo sobre la mesa con cierta solemnidad.

El rústico intentó excusarse por esta visita extraordinaria. Su mujer y Margalida habían ido otra vez a la ermita de los *Cubells*: el muchacho las acompañaba.

Comió Febrer con buen apetito, por haber pasado la mañana en el mar desde que rompió el día; pero el aire grave del payés acabó por preocuparle.

—Pep: tú quieres decirme algo y no te atreves —dijo Jaime en dialecto ibicenco.

—Así es, señor.

Y Pep, igual a todos los tímidos, que dudan y vacilan antes de hablar, pero una vez perdido el miedo se lanzan adelante ciegamente, empujados por el propio temor, expuso con rudeza su pensamiento.

«Sí; algo tenía que decirle, algo muy importante. Dos días había estado pensándolo, pero ya no podía callar más tiempo. Si se había encargado de traer la comida del señor, era solo por hablarle... ¿Qué deseaba don Jaime? ¿Por qué se burlaba de ellos, que le querían tanto?...»

—¡Burlarme! —exclamó Febrer.

«Sí; burlarse de ellos.» Pep lo afirmaba con tristeza. «¿Qué había sido lo de la noche de la tormenta? ¿Qué capricho había impulsado al señor a presentarse en pleno cortejo, sentándose al lado de Margalida como si fuese un pretendiente?...» ¡Ah, don Jaime! Los *festeigs* son cosa seria: por ellos se matan los hombres. Bien sabía él que los señores se burlaban de esto, considerando casi como salvajes a los payeses de la isla; pero a los pobres hay que dejarles sus costumbres, olvidarlos, no turbar sus escasas alegrías.

Ahora fue Febrer quien puso el gesto triste.

—¡Pero si yo no me burlo de vosotros, querido Pep! ¡Si todo es verdad!... Entérate de una vez: soy pretendiente de Margalida, como el *Cantó*, como ese *verro* antipático, como todos los muchachos que acuden a tu cocina para cortejarla... La otra noche me presenté porque ya no podía sufrir más, porque comprendí de pronto la causa de las tristezas que me vienen afligiendo, porque quiero a Margalida, y me casaré con ella, si ella me acepta.

Su acento sincero y apasionado no dejó dudas al payés.

—¡Luego es verdad! —exclamó—. Algo de eso me había dicho la *atlota* llorando cuando yo le pregunté el motivo de la visita del señor... Yo no la creí al principio. ¡Las muchachas son tan pretenciosas! Se imaginan que todos los hombres andan locos tras ellas... ¿Conque es verdad?...

Y esta certidumbre le hacía sonreír, como algo inesperado y gracioso.

¡Qué don Jaime! Muy honrados él y su familia por esta muestra de aprecio a los de *Can Mallorquí*. Lo malo era para la muchacha, que se engreiría, imaginándose ya digna de un príncipe, no queriendo aceptar a ningún payés.

—No puede ser, señor. ¿No comprende usted que no puede ser?... Yo también he sido joven y sé lo que es esto. Un primer movimiento que nos hace ir detrás de toda *atlota* que no es fea; pero luego reflexiona uno, piensa lo que está bien y lo que está mal, lo que más le conviene, y acaba por no hacer tonterías. Usted habrá reflexionado, ¿verdad, señor?... Lo de la otra noche fue una broma, un capricho...

Febrer movió la cabeza enérgicamente. No; ni broma ni capricho. Amaba a Margalida, a la gentil «Flor de almendro»; estaba convencido de su pasión, e iría donde ella le arrastrase. Su propósito era hacer en adelante lo que le ordenara su voluntad, sin escrúpulos ni prejuicios. Bastante tiempo había sido esclavo de ellos. No; ni reflexión ni arrepentimiento. Amaba a Margalida, y era uno de sus pretendientes, con el mismo derecho que cualquier *atlot* de la isla. Ya estaba dicho.

Pep, escandalizado por tales palabras, herido en sus ideas más antiguas y arraigadas, levantó las manos, al mismo tiempo que su alma simple se asomaba a los ojos con temblores de sorpresa.

—¡Siñor!... ¡Siñor!...

Necesitaba poner por testigo al Señor del cielo para expresar su turbación y su asombro. ¡Un Febrer queriendo casarse con la payesa de *Can Mallorquí*!... El mundo ya no era el mismo: parecían trastornadas todas sus leyes, como si el mar estuviera próximo a cubrir la isla y los almendros floreciesen en adelante sobre las olas. ¿Pero se había dado cuenta don Jaime de lo que significaba su deseo?...

Todo el respeto depositado en el alma del payés durante largos años de servidumbre a la noble familia, la veneración religiosa que le habían infundido sus padres cuando de niño veía llegar a los señores de Mallorca, renacieron ahora, protestando de este absurdo como de algo contrario a las costumbres humanas y la divina voluntad. El padre de don Jaime había sido un personaje poderoso, de los que dictan las leyes allá en Madrid; hasta había vivido en el palacio real. Le veía en su memoria, lo mismo que se lo había imaginado en las ilusiones crédulas de su niñez, mandando a los hombres a su voluntad; pudiendo enviar unos a la horca y perdonando a otros, según su capricho; sentado a la mesa de los monarcas y jugando con ellos a la baraja, igual que podía hacerlo él con un amigo en la taberna de San José, tratándose tú por tú; y cuando no estaba en la corte, era señor absoluto en barcos de hierro de los que escupen humo y cañonazos... ¿Y su célebre abuelo don Horacio? Pep le había visto pocas veces, y sin embargo, temblaba aún de respeto al recordar su aspecto señorial, su cara grave, limpia de sonrisas, y el gesto imponente con que acompañaba sus bondades. Era un rey a la antigua, uno de aquellos reyes buenos y justicieros, padres de los pobres, con el pan en una mano y el palo en la otra.

—¿Y quiere usted que yo, el pobre Pep de *Can Mallorquí*, sea pariente de su padre y su abuelo, y de todos los señorones que fueron amos de Mallorca y mandones del mundo?... Vamos, don Jaime. Vuelvo a creer que todo es una broma: su seriedad no me engaña. También don Horacio discurría a veces las cosas más chistosas, sin perder su cara de juez.

Jaime paseó los ojos por el interior de la torre, sonriendo de su miseria.

—¡Pero si soy un pobre, Pep ¡Si tú eres rico comparado conmigo! ¿A qué recordar mi familia, si vivo de tu apoyo?... Si me despidieras, no sé adonde podría ir.

El gesto de incredulidad con que Pep acogía siempre estas afirmaciones humildes volvió a aparecer.

«¡Pobre! ¿Y aquella torre no era suya?...» Febrer le contestó riendo. ¡Bah! Cuatro piedras viejas, que se caían cansadas de existir; un monte inculto, que solo tendría algún valor trabajado por el payés... Pero éste insistió. Le quedaba lo de Mallorca, que aunque algo enredado, era mucho... ¡mucho!

Y al extender sus brazos con un gesto de inmensidad, como si nadie pudiese abarcar la fortuna de Jaime, añadía convencido:

—Un Febrer nunca es pobre. Usted no podrá serlo nunca. Después de estos tiempos otros vendrán.

Jaime desistió de hacerle reconocer su pobreza. Mejor era que le creyese rico. Así no podrían decir aquellos *atlots* sin más horizonte que el de la isla, que era un desesperado ansioso de unirse con la familia de Pep para recuperar las tierras de *Can Mallorquí.*

¿Por qué se asombraba tanto el payés de que él pretendiese a Margalida? No era esto más que la repetición de una eterna historia: la del rey disfrazado y vagabundo enamorándose de la pastora y dándola su mano... Y él no era un rey ni estaba disfrazado, sino en una situación de miseria verdadera.

—También sé yo esa historia —dijo Pep—. Me la contaron de chico muchas veces y se la he contado yo a los míos... No digo que no sucediese así; pero sería en otros tiempos... otros tiempos muy lejanos: cuando hablaban los animales.

Para Pep, la más remota antigüedad y el estado dichoso de los hombres era siempre en el tiempo feliz «cuando hablaban los animales».

Pero ¡ahora!... Ahora él, aunque no sabía leer, se enteraba de las cosas del mundo cuando iba a San José los domingos y hablaba con el secretario del Ayuntamiento y otras personas letradas que leían periódicos. Los reyes se casaban con reinas y las pastoras con pastores. Se acabaron los buenos tiempos.

—¿Pero tú sabes si Margalida me quiere o no me quiere?... ¿Tú estás seguro de que le parece todo esto un disparate, lo mismo que a ti?...

Pep quedó silencioso largo rato, metiendo una mano bajo el fieltro y el pañuelo de seda puesto mujerilmente, para rascarse los bucles crespos y canos de su cabeza. Sonreía maliciosamente y al mismo tiempo con desprecio, como regocijado por la inferioridad en que vive la hembra de los campos.

—¡Las mujeres! ¡Vaya usted a saber lo que piensan, don Jaime!... Margalida es como todas: amiga de vanidades y cosas extraordinarias. A su edad, todas sueñan que va a venir por ellas un conde o un marqués para llevárselas en un carro de oro y que mueran de envidia sus amigas. Yo también, cuando era *atlot*, pensaba muchas veces que vendría a pedirme en matrimonio la más rica de Ibiza, una muchacha que no sabía quién pudiera ser, pero hermosa como la Virgen y con campos tan grandes como la mitad de la isla... Son cosas de los pocos años.

Luego, cesando de sonreír, añadió:

—Sí; tal vez le quiera a usted y no se dé cuenta de lo que desea. ¡Esto del querer y de la juventud es tan raro!... Llora cuando le hablan de lo de la otra noche; dice que fue una locura, pero ni una palabra contra usted... ¡Ay! ¡el corazón quisiera yo verle!

Febrer acogió estas palabras con una sonrisa de gozo; pero el payés desvaneció instantáneamente su alegría, añadiendo enérgicamente:

—No puede ser, y no será... Piense ella lo que piense, yo me opongo, porque soy su padre y quiero su bien... ¡Ay, don Jaime! Cada cual con los suyos. Me recuerda todo esto a cierto fraile que vivía solitario en los *Cubells*, hombre sabio, y por ser sabio, medio loco, que se empeñó en sacar crías de un gallo y una gaviota: una gaviota del tamaño de un ganso.

Y describía, con la gravedad que tiene para el campesino la vida y el cruce de los animales, la ansiedad de los payeses cuando iban a los *Cubells*, agrupándose curiosos en torno del jaulón donde estaban bajo la vigilancia del fraile el gallo y la gaviota.

—Años duró el trabajo de aquel buen señor, y ¡ni una cría!... Contra lo imposible nada pueden los hombres. Tenían sangre distinta; vivían juntos y tranquilos, pero no eran iguales ni podían serlo. Cada uno con los suyos.

Y al decir esto, Pep recogió de la mesa los platos de la comida y los fue guardando en la cesta, preparándose para marcharse.

—Quedamos, don Jaime —dijo con su tenacidad campesina—, en que todo es broma, y usted no inquietará a la *atlota* con sus fantasías.

—No, Pep. Quedamos en que quiero a Margalida, y voy a su cortejo con el mismo derecho que cualquier muchacho de la isla. Hay que respetar los usos antiguos.

Y sonrió ante el gesto malhumorado del payés. Pep movía la cabeza en señal de protesta, repitiendo que aquello era imposible. Las muchachas del *cuartón* iban a burlarse de Margalida, regocijadas por este pretendiente extraño que rompía el orden de las costumbres. Los maliciosos tal vez iban a calumniar a *Can Mallorquí*, que tenía un pasado de honradez como la mejor familia de la isla. Hasta sus amigos, cuando fuese él a misa a San José reuniéndose con ellos en el claustro de la iglesia, iban a suponer que era un ambicioso y deseaba convertir a su hija en una señorita... Y no era esto solo. Había que temer además la cólera de los rivales, los celos de aquellos *atlots* que habían quedado absortos por la sorpresa al verle entrar en plena tempestad y sentarse junto a Margalida. De seguro que a aquellas horas ya habían salido de su asombro, y hablaban de él concertándose todos para oponerse al forastero. Los de la isla eran como eran. Se mataban entre ellos, sin molestar al de fuera, porque le creían extraño a su vida, indiferente a sus pasiones. ¡Pero si el extranjero se mezclaba en sus asuntos, y además de extranjero... era mallorquín!... ¿Cuándo se había visto a gentes de otras tierras disputarles la novia a los ibicencos?... Don Jaime, ¡por su padre! ¡por su noble abuelo! Se lo rogaba Pep, que le conocía desde niño. La alquería era suya, todos sus habitantes deseaban servirle... ¡pero no debía persistir en aquel capricho! Iba a traerle desgracia.

Febrer, que había escuchado hasta entonces con deferencia, se irguió ante estas palabras de Pep. Sublevóse su carácter rudo, como si acabara de recibir una grave ofensa con los temores del payés. ¡Miedos a él!... Sentíase capaz de pelear con todos los *atlots* de la isla. No había en Ibiza quien le hiciese retroceder. A su apasionamiento belicoso de amante uníase una soberbia de raza, el odio ancestral que separaba a los habitantes de las dos islas. Iría al cortejo; tenía buenos compañeros que le defendiesen en caso de apuro. Y miraba la escopeta colgada de la pared, luego de pasar sus ojos por la faja, donde ocultaba el revólver.

Pep bajó la cabeza con desaliento. Lo mismo había sido él cuando joven. Las mujeres hacen cometer las mayores locuras. Era inútil insistir para convencer al señor, testarudo y soberbio como todos los suyos.

—Haga su santa voluntad, don Jaime; pero acuérdese de lo que le digo. Nos espera una desgracia, una gran desgracia.

Salió el payés de la torre, y Jaime lo vio alejarse cuesta abajo, hacia su alquería, moviéndose al impulso de la brisa marítima las puntas de su pañuelo y el mantón mujeril que llevaba sobre los hombros.

Desapareció Pep tras las bardas de *Can Mallorquí*. Febrer iba a separarse de la puerta, cuando vio surgir entre los grupos de tamariscos de la pendiente un muchacho que, luego de mirar a un lado y a otro para convencerse de que no era observado, corrió hacia él. Era el *Capellanet*. Subió a saltos la escalera de la torre, y al verse ante Febrer rompió a reír, mostrando el marfil de su dentadura rodeada de rosa oscuro.

Desde la noche que el señor se presentó en la alquería, el *Capellanet* lo trataba con la mayor confianza, cual si le considerase ya de la familia. Él no protestaba de lo extraordinario del suceso. Le parecía natural que Margalida gustase al señor y que éste desease casarse con ella.

—Pero ¿no estabas en los *Cubells*? —preguntó Febrer.

El muchacho volvió a reír. Había dejado a su madre y su hermana en mitad del camino, y oculto entre los tamariscos esperó a que su padre regresase de la torre. Sin duda el viejo quería hablar de cosas importantes con don Jaime; por esto los había alejado a todos, encargándose de llevar él mismo la comida. Hacía dos días que solo hablaba en su casa de esta entrevista. Su timidez y el respeto «al amo» le hacían vacilar, pero al fin se había decidido. El noviazgo de Margalida le tenía de mal humor. ¿Había estado muy regañón el viejo?...

Queriendo esquivar Febrer estas preguntas, le hizo otras con cierta ansiedad. ¿Y «Flor de almendro»? ¿Qué decía cuando el *Capellanet* le hablaba de él?

Se irguió el muchacho con petulancia, satisfecho de proteger al señor. Su hermana no decía nada; unas veces sonreía al oír el nombre de don Jaime, otras se le humedecían los ojos, y casi siempre daba fin a la conversación aconsejando al *Capellanet* que no se mezclase en este asunto y diese gusto al padre yendo a estudiar en el Seminario.

—Esto se arreglará, señor —continuó el muchacho, poseído de la nueva importancia de su persona—. Se arreglará; se lo digo yo. Estoy seguro de que mi hermana le quiere mucho... pero le tiene cierto miedo, cierto respeto. ¡Quién podía esperar que usted se fijase en ella!... En casa todos parecen locos. El padre pone mala cara y habla solo; la madre gime y se aclama a la Virgen; Margalida llora; y mientras tanto, la gente cree que estamos de lo más alegres. Pero esto se arreglará, don Jaime; yo se lo prometo.

Preocupábale otra cosa, aparte de la voluntad de Margalida. Mientras hablaba, su pensamiento iba hacia sus antiguos amigos, los *atlots* que cortejaban a «Flor de almendro». «¡Atención, señor! ¡Mucho ojo!...» Él no sabía nada de cierto. Hasta sospechaba que aquellos muchachos habían perdido la confianza en su persona, recatándose de hablar en su presencia. Pero seguramente tramaban algo. Una semana antes parecían odiarse y vivían apartados unos de otros; ahora se habían juntado todos para abominar del forastero. Callaban, pero su silencio era taciturno, poco tranquilizador. El único que gritaba y se movía con una cólera de cordero rabioso era el *Cantó*, irguiendo su cuerpo desmedrado de tísico, afirmando entre crueles toses su propósito de matar al mallorquín.

—Le han perdido a usted el respeto, don Jaime —continuó el muchacho—. Cuando le vieron entrar y sentarse al lado de mi hermana, quedaron como atontados. Yo también me quedé sin saber lo que veía, y eso que hace tiempo me daba el corazón que a usted no le era indiferente Margalida. Preguntaba usted demasiado por ella... Pero ahora ya se les ha pasado el susto, y van a hacer algo: ¡vaya si lo harán!... Y no les falta razón. ¿Cuándo se ha visto en San José venir los forasteros a quitarles la novia a unos *atlots* que son los más valientes de la isla?...

El orgullo de vecindario arrastró al *Capellanet* a participar momentáneamente de las opiniones de los otros, pero pronto renacieron su gratitud y su afecto a Febrer.

—No importa. Usted la quiere, y basta. ¿Por qué ha de ir mi hermana a trabajar la tierra y pasar fatigas, cuando un señor como usted se fija en ella?... Además —y aquí sonreía maliciosamente el pilluelo—, a mí me conviene este casamiento. Usted no va a cultivar los campos, usted se llevará a Margalida, y el viejo, no teniendo a quién dejar *Can Mallorquí*, me permitirá que sea labrador, que me case, y ¡adiós capellanía!... Le digo a usted, don Jaime, que usted se la lleva. Aquí estoy yo, el *Capellanet*, para pelearme con media isla en su defensa.

Miraba a un lado y a otro, como si temiera encontrarse con los bigotes y los ojos severos de la Guardia civil, y luego, tras una vacilación de hombre modesto que teme revelar su importancia, llevábase una mano a los riñones y tiraba del interior de la faja, sacando un cuchillo cuyo brillo y limpieza parecían hipnotizarle.

—¿Eh? —decía, admirando la tersura del acero virgen y mirando a Febrer.

Era el cuchillo que le había regalado Jaime el día antes. Como estaba de buen humor, había hecho arrodillarse al *Capellanet*. Luego, con burlona gravedad, le había golpeado con el arma, proclamándolo caballero invencible del *cuartón* de San José, de toda la isla y de los freos y peñones adyacentes. El pilluelo, trémulo de emoción por el regalo, había acogido la ceremonia con gravedad, creyéndola algo indispensable que se usaba entre los señores.

—¿Eh? —volvió a preguntar, mirando a don Jaime como si lo protegiese con toda la inmensidad de su valentía.

Pasaba un dedo ligeramente por el filo y luego apoyaba la yema en la punta, gozando voluptuosamente al sentir su agudo pinchazo. ¡Qué joya!

Febrer movió la cabeza. Sí; conocía el arma: él mismo se la había traído de Ibiza.

—Pues con esto —continuó el chicuelo— no hay guapo que se nos ponga delante. ¿El *Ferrer*?... ¡mentira! ¿El *Cantó* y todos los otros?... ¡mentira también! ¡Y pocas ganas que tengo yo de usarlo!... Él que intente algo contra usted está sentenciado a muerte.

Y a continuación, con una tristeza de grande hombre que pierde el tiempo sin dar la medida de su valor, dijo bajando los ojos:

—Cuando mi abuelo tenía mi edad, cuentan que ya era *verro* y metía miedo a toda la isla.

Pasó el *Capellanet* en la torre una parte de la tarde, hablando de los enemigos supuestos de don Jaime, que ya consideraba como suyos, ocultando su cuchillo para volver a sacarlo, como si necesitase contemplar su imagen desfigurada en la bruñida hoja, soñando en tremendos combates que terminaban siempre con la fuga o muerte de los adversarios, salvando él caballerescamente al acorralado don Jaime. Éste reía de la petulancia del muchacho, tomando a broma sus ansias de pelea y destrucción.

Al anochecer bajó a la alquería para traerle la cena. Ya había encontrado en el porche varios cortejantes venidos de muy lejos, que esperaban sentados en los poyos el principio del *festeig*. ¡Hasta luego, don Jaime!...

Febrer, así que cerró la noche, se dispuso a bajar a la alquería, con el gesto hosco, la mirada dura, las manos nerviosas por un imperceptible temblor homicida, lo mismo que un guerrero primitivo al emprender una expedición desde la cumbre al valle. Antes de echarse el jaique sobre los hombros sacó su revólver de la faja, examinando escrupulosamente el estado de las cápsulas y el juego de la llave. ¡Todo corriente! Al primero que intentase algo contra él, le metía los seis tiros en la cabeza. Sentíase bárbaro, implacable, como uno de aquellos Febrer leones del mar, que saltaban a las playas enemigas, matando para no morir.

Anduvo cuesta abajo, por entre los grupos de tamariscos, que movían en la oscuridad sus masas ondeantes, con una mano metida en la faja y acariciando la culata del revólver. ¡Nadie! Al llegar al porche de *Can Mallorquí* lo encontró lleno de *atlots* que aguardaban de pie o sentados en los poyos a que la familia acabase su cena en la cocina. Febrer los adivinó en la oscuridad por el olor de cáñamo de las alpargatas nuevas y el de lana burda de sus mantones y jaiques. Las chispas rojas de los cigarros indicaban en el fondo del porche otros grupos en espera.

—*¡Bono, nit!* —dijo Febrer al llegar.

Solo le respondieron con un leve gruñido. Cesaron las conversaciones mantenidas a media voz, y un silencio hostil y penoso empezó a gravitar sobre todos aquellos hombres.

Jaime se apoyó en una pilastra del porche, alta la frente, arrogante el ademán, destacando su figura sobre el fondo del horizonte, como si adivinase los ojos que en la oscuridad estaban fijos en él.

Sentía cierta emoción, pero no era de miedo. Casi llegó a olvidar a los enemigos que le rodeaban. Pensaba con inquietud en Margalida. Sintió el escalofrío del enamorado cuando adivina la proximidad de la mujer adorada y duda de su suerte, temiendo y deseando al mismo tiempo su aparición. Ciertos recuerdos del pasado volvieron a él, haciéndole sonreír. ¿Qué diría miss Mary si le viese rodeado de esta gente rústica, tembloroso y vacilante al pensar en la proximidad de una muchacha campesina?... ¡Cómo reirían sus antiguas amigas de Madrid y de París al encontrarle en esta traza de campesino, dispuesto a matar por la conquista de una mujer casi igual a sus criadas!...

Se abrió la puerta de la alquería, que estaba entornada, marcándose en su rectángulo de luz rojiza la silueta de Pep.

—*¡Avant els hómens!* —dijo como un patriarca que comprende los anhelos de la juventud y ríe bondadosamente de ellos.

194

Y los hombres entraron uno tras otro, saludando al *siñó* Pep y los suyos, ocupando los bancos y sillas de la cocina como niños que llegan a la escuela. El payés de *Can Mallorquí*, al reconocer al señor, hizo un gesto de asombro. «¡Allí él esperando con los otros, como un simple pretendiente, sin atreverse a entrar en una casa que era suya!...» Febrer contestó con un encogimiento de hombros. Quería hacer lo mismo que los demás. Se imaginaba que de este modo le sería más fácil conseguir sus deseos. Nada que recordase su antigua condición de amigo respetable y de señor: cortejante nada más.

Pep le hizo sentar a su lado. Pretendió distraerlo con su conversación, pero él no apartaba los ojos de «Flor de almendro», que, fiel al ritual de los *festeigs*, estaba en una silla, en el centro de la pieza, acogiendo con gestos de reina tímida la admiración de sus cortejantes.

Fueron uno tras otro sentándose todos al lado de Margalida, que respondía en voz queda a sus palabras. Fingía no ver a don Jaime; casi le volvía la espalda. Los pretendientes que aguardaban su vez estaban taciturnos, sin la alegre charla con que entretenían su espera en otras noches. Parecía que algo fúnebre pesaba sobre ellos, obligándolos a permanecer en silencio, con la vista baja y los labios apretados, como si en la habitación inmediata hubiese un muerto. Era la presencia del extraño, del intruso, ajeno a su clase y sus costumbres. ¡Maldito mallorquín!...

Cuando hubieron pasado todos los mozos por la silla inmediata a Margalida, el señor se levantó. Era el último que se había presentado como cortejante, y en buena ley le llegaba su turno. Pep, que le hablaba sin cesar para distraerlo, quedóse de pronto con la boca abierta al ver cómo se alejaba sin oírle más.

Sentóse al lado de Margalida, que parecía no verle, humillada la cabeza y fijos los ojos en sus rodillas. Todos los *atlots* quedaron en silencio, para que en el ambiente tranquilo resonasen las más leves palabras del forastero; pero Pep, adivinando esta intención, comenzó a hablar fuerte con su mujer y su hijo sobre trabajos que debían de realizar al día siguiente.

—¡Margalida! ¡«Flor de almendro»!...

La voz de Febrer, como un susurro, acarició las orejas de la muchacha. Allí le tenía, para convencerla de que era amor, verdadero amor, lo que ella consideraba un capricho. Febrer no sabía aún ciertamente cómo había sido esto. Sentía un malestar en su soledad, un anhelo vago de cosas mejores, que tal vez estaban a su alcance, pero que él, en su ceguera, no podía reconocer, hasta que de pronto había visto claro dónde estaba la dicha... Y la dicha era ella. ¡Margalida! ¡«Flor de almendro»! Él no tenía juventud, él era pobre; ¡pero la amaba tanto!... Una palabra nada más, algo que disipase la incertidumbre en que vivía.

Y ella, al sentir más próxima la boca de Febrer, al percibir su aliento ardoroso, movió levemente la cabeza. «No, no. ¡Váyase!... Tengo miedo.» Sus ojos se elevaron para mirar rápidamente a todos aquellos jóvenes morenos, de gesto trágico, que parecían quemarlos a los dos con sus pupilas de brasa.

¡Miedo!... Esta palabra bastó para que Febrer saliese de su encogimiento suplicante y mirase con soberbia a los rivales sentados ante él. ¿Miedo a quién?... Sentíase capaz de pelear con todos estos rústicos y sus innumerables parientes. ¡Miedo no, Margalida! Ni por él ni por ella debía temer. Lo que Jaime la suplicaba era que respondiese a su pregunta. ¿Podía esperar? ¿Qué pensaba contestarle?...

Pero Margalida permanecía silenciosa, descoloridos sus labios, pálidas las mejillas con una blancura lívida, moviendo los párpados para esconder tras el enrejado de las pestañas la humedad lacrimosa de sus ojos. Iba a llorar. Se adivinaban sus esfuerzos para contener el llanto: respiraba con angustia. Sus lágrimas, surgiendo de pronto en este ambiente hostil, podían ser una señal de combate; iban a producir la explosión de todas las cóleras contenidas que adivinaba en torno de ella. No... ¡no! Y el esfuerzo de su voluntad solo servía para hacer mayor su angustia, obligándola a humillar el rostro como las bestias dulces y tímidas, que creen salvarse del peligro ocultando su cabeza. La madre, que trenzaba cestos en un rincón, sintióse alarmada en sus instintos de mujer. Su alma simple se dio cuenta del estado de Margalida. El padre, viendo la inquietud de aquellos ojos de animal triste y resignado, intervino oportunamente.

«Las nueve y media...» Hubo un movimiento de sorpresa y protesta en el grupo de los *atlots*. Aún era pronto, faltaban muchos minutos para la hora: lo tratado era ley. Pero Pep, con su testarudez de campesino, se hacía el sordo, repitiendo las mismas palabras mientras se ponía de pie e iba hacia la puerta, abriéndola completamente. «Las nueve y media.» Cada uno era amo en su casa, y él hacia en la suya lo que creía mejor. Debía levantarse temprano al día siguiente: *«¡Bona nit!...».*

Y fue saludando a los cortejantes según salían de la casa. Al pasar Jaime ante él, sombrío y despechado, intentó retenerlo por un brazo. Debía esperar; él le acompañaría hasta la torre. Miraba con inquietud al *Ferrer*, que se había quedado detrás de él, retardando voluntariamente su salida de la casa.

Pero el señor no le contestó, librándose de su brazo con rudo movimiento. Sentíase furioso por el mutismo de Margalida, que consideraba un fracaso; por la actitud hostil de los mozos; por el modo insólito con que se había dado fin a la velada.

Los *atlots* dispersáronse en la sombra, sin gritos, relinchos ni canciones, como si volvieran de un entierro. Algo trágico flotaba en las tinieblas de la noche.

Febrer siguió su camino sin volver la vista, deseoso de oír que alguien venía tras de sus pasos, tomando por misterioso arrastre de perseguidores los leves crujidos del ramaje de los tamariscos bajo la brisa nocturna.

Al llegar al pie de la colina, donde los matorrales eran más espesos, se volvió, quedando inmóvil. Su silueta destacábase sobre la blancura del sendero a la luz vagorosa de las estrellas. Tenía el revólver en la diestra, apretando nerviosamente la culata, acariciando el gatillo con un dedo febril, ansioso de disparar. ¡Ay! ¿no le seguiría alguien? ¿no aparecería el *verro* o cualquiera de los otros enemigos?...

Transcurrió el tiempo sin que nadie se presentase. En torno de él, la vegetación silvestre, agrandada por la sombra y el misterio, parecía reír irónicamente de su cólera con grandes murmullos. Al fin, la fresca serenidad de la tierra soñolienta pareció penetrar en él. Acabó encogiéndose de hombros con gesto de desprecio, y llevando el revólver por delante, continuó su camino hasta encerrarse en la torre.

El día siguiente lo pasó por entero en el mar con el tío Ventolera. De vuelta a su vivienda encontró fría sobre la mesa la cena que le había traído el *Capellanet*. Unas cruces y el propio nombre de Febrer grabados en el muro a punta de acero le revelaron la visita del *atlot*. El seminarista no podía permanecer quieto teniendo un cuchillo al alcance de su mano.

Al otro día apareció en la torre el muchacho de *Can Mallorquí* con aire misterioso. Tenía que contar a don Jaime cosas importantes. La tarde anterior, correteando en persecución de cierto pájaro por el pinar inmediato a la forja del *Ferrer*, había visto de lejos, bajo el cobertizo de la herrería, al *verro* hablando con el *Cantó*.

—¿Y qué más? —preguntó Febrer, extrañándose de que el muchacho callase.

Nada más. ¿Le parecía poco?... El *Cantó* no era aficionado a las alturas, porque sus cuestas le hacían toser. Siempre andaba por los valles, sentándose bajo los almendros y las higueras para inventar sus trovos. Si había subido hasta la herrería, era indudablemente porque el *Ferrer* le habría llamado. Hablaban los dos con gran animación. El *verro* parecía darle consejos, y el pobrecillo le contestaba con gestos afirmativos.

—¿Y qué? —volvió a preguntar Febrer.

El *Capellanet* pareció compadecerse de la simpleza del señor. «¡Mucho ojo, don Jaime! Él no conocía a los de la isla.» Esta conversación en la fragua le inspiraba cuidado. Estaban en sábado: aquella noche era de *festeig*. De seguro que preparaban algo contra el señor, si se presentaba en *Can Mallorquí*.

Febrer acogió tales palabras con un gesto de desprecio. Bajaría, a pesar de todo... ¡Si creían que le inspiraban miedo! Lo que lamentaba era que tardasen tanto en atacarle.

Pasó en belicosa nerviosidad todo el resto del día, deseando que llegara pronto el anochecer. Evitaba en sus paseos acercarse a *Can Mallorquí*, contemplándolo de lejos, con la esperanza de ver unos instantes la gentil figura de Margalida bajo el porche. No por esto osaba aproximarse, como si una irresistible timidez le cerrase el camino de la finca mientras brillaba el Sol. Desde que era pretendiente no podía presentarse como amigo. Su llegada podía resultar embarazosa para la familia de Pep. Temía que la muchacha se ocultase al verle.

Apenas se extinguió la luz del Sol y comenzaron a brillar las estrellas en un cielo claro de invierno, Febrer descendió de la torre.

Durante el breve camino hasta la alquería volvieron a renacer en su memoria los recuerdos del pasado, con una precisión irónica, lo mismo que en la anterior noche de cortejo.

«¡Si me viese miss Mary! —pensó—. Tal vez me comparase a un Sigfrido rústico yendo a matar el dragón que guarda el tesoro de Ibiza... ¡Si me viesen otras mujeres que he conocido, y todo lo encontraban ridículo!...»

Pero su amor se sobrepuso inmediatamente a tales recuerdos. ¡Si le viesen! ¿y qué?... Margalida valía más que las hembras que él había conocido antes: era la primera, la única. Todo en su historia pasada le parecía falso y artificial, como la vida que se muestra en los escenarios, pintada y cubierta de oropeles bajo una luz engañosa. Nunca había de volver a ese mundo de ficción. La realidad era lo presente.

Al llegar al porche encontró reunidos a los cortejantes, que parecían discutir con voz ahogada. Al verle callaron instantáneamente.

—¡Bona nit!

Nadie contestó. Ni siquiera le acogieron con el gruñido de la otra noche.

Cuando Pep, abriendo la puerta, les dio entrada en la cocina, Febrer vio que el *Cantó* llevaba el tamborcillo pendiente de un brazo y en la diestra la baqueta con que golpeaba el parche.

Era noche de música. Unos *atlots* sonreían al ocupar sus puestos con expresión maligna, como regocijándose por adelantado de algo extraordinario. Otros, más serios, mostraban en su gesto el noble disgusto de los que temen presenciar una mala acción inevitable. El *Ferrer* permanecía impasible en uno de los rincones más apartados, buscando empequeñecerse, pasar inadvertido entre los camaradas.

Hablaron con Margalida unos cuantos *atlots*, pero de pronto, viendo la silla libre, el *Cantó* avanzó para sentarse en ella, sujetando el tambor entre la rodilla y un codo y apoyando la frente en su mano izquierda. La baqueta golpeó lentamente el parche, mientras sonaba un largo siseo reclamando silencio. Era un trovo nuevo: todos los sábados traía versos el *Cantó*, en honor de la *atlota* de la alquería. El encanto de la música bárbara y monótona, admirada desde la niñez, obligó a callar a todos. La santa emoción de la poesía hacía estremecerse por adelantado a estas almas simples.

El pobre tísico rompió a cantar, acompañando cada verso con un cloqueo final que estremecía su pecho y arrebolaba sus mejillas. Pero el *Cantó* se mostraba esta noche con más fuerzas que nunca: sus ojos tenían un brillo extraordinario.

A los primeros versos, una carcajada general resonó en la cocina, celebrando la gracia irónica del rústico poeta.

Febrer no había entendido gran cosa. Cuando escuchaba esta música monótona y relinchante, que parecía recordar los primeros cantos de los marineros semitas esparcidos por el Mediterráneo, sumíase en otros pensamientos para hacer corta la espera y sufrir menos con la extraordinaria longitud del romance.

La carcajada de los *atlots* atrajo su atención, adivinando confusamente algo hostil para su persona. ¿Qué decía aquel cordero rabioso?... La voz del cantor, su pronunciación campesina y los continuos cloqueos con que cortaba los versos eran poco inteligibles para Jaime; pero lentamente fue dándose cuenta de que el romance iba dirigido a las *atlotas* que desean abandonar el campo, casándose con caballeros, para lucir los mismos adornos que las señoras de la ciudad. Las modas femeninas describíalas el cantor en términos extravagantes, que hacían reír a los payeses.

El simple Pep reía también de estas burlas, que halagaban a la vez su orgullo de campesino y su soberbia de varón inclinado a no ver en la hembra más que una compañera de fatigas. «¡Verdad! ¡verdad!» Y unía su carcajada a la de los muchachos. ¡Qué *Cantó* tan gracioso!...

Pero a los pocos versos ya no habló el improvisador de las *atlotas* en general, sino de una sola, ambiciosa y sin corazón. Febrer miró instintivamente a Margalida, que permanecía inmóvil, con los ojos bajos, pálidas las mejillas, como asustada, no de lo que escuchaba, sino de lo que indudablemente vendría después.

Jaime comenzó a revolverse en su asiento. ¡Molestarla así, en su presencia, aquel rústico!... Una carcajada más fuerte e insolente de aquellos jóvenes atrajo de nuevo su atención hacia los versos. El cantor se burlaba de la *atlota* que para ser señora quería casarse con un pobre arruinado, sin casa y sin familia; un forastero que no tenía tierras que cultivar...

El efecto de estos versos fue instantáneo. Pep, en la densidad de su pensamiento espeso, vio flotar algo como una chispa de fuego, una luminosa adivinación, y extendió las manos imperativamente, al mismo tiempo que se incorporaba:

—*¡Prou!... ¡prou!*

Pero era ya inútil que gritase «¡bastante!» Un bulto se interpuso entre él y la luz del candil: el cuerpo de Febrer, que se había erguido de un salto.

Con solo un tirón arrancó el tamborcillo de las rodillas del cantor, arrojándolo inmediatamente contra su cabeza, y tal fue el ímpetu, que se rompieron los parches; quedando la caja como un gorro torcido sobre la frente ensangrentada del muchacho.

Saltaron los *atlots* de sus asientos, sin saber ciertamente lo que hacían, pero llevándose todos las manos a la faja. Margalida se refugió al lado de su madre, y el *Capellanet* creyó llegado el momento de sacar su cuchillo. El padre, con la autoridad de los años, se impuso a todos:

—*¡Fora!... ¡fora!*

Todos obedecieron, saliendo fuera de la alquería, para detenerse en pleno campo. Febrer salió también, a pesar de la resistencia de Pep.

Los *atlots* parecían divididos, discutiendo acaloradamente. Unos protestaban. «¡Pegarle al pobre *Cantó*, un infeliz enfermo que no podía defenderse!...» Otros movían la cabeza. Esperaban aquello: no se puede insultar impunemente a un hombre sin que ocurra algo. Ellos se habían opuesto a la canción; eran partidarios de que los hombres, cuando tienen que decirse algo, se lo digan cara a cara.

Casi iban a reñir, con la furia de sus opiniones encontradas y su rivalidad amorosa, cuando el *Cantó* distrajo su atención. Se había librado del tamboril incrustado en su cabeza y se limpiaba la sangre de la frente. Lloraba con la rabia del débil enfurecido, capaz de las mayores venganzas, pero que se siente al mismo tiempo esclavo de su impotencia.

—¡A mí! ¡a mí! —gemía asombrado de este ataque. De pronto se agachó, buscando piedras en la oscuridad para arrojarlas contra Febrer, y a cada pedrada retrocedía algunos pasos, como para defenderse de una nueva agresión. Los guijarros, despedidos por sus brazos débiles, fueron a perderse en la sombra o rebotaron contra el porche.

Luego ya no silbaron más piedras. Algunos amigos del *Cantó* se lo llevaban casi a rastras en la oscuridad. Oyéronse sus gritos a lo lejos: profería amenazas, juraba vengarse... «¡Mataría al forastero! ¡Él solo acabaría con el mallorquín!...»

Este permaneció inmóvil, con una mano en la faja, entre tantos enemigos. Sentíase avergonzado de su arrebato. ¡Pegarle al pobre tísico!... Para sofocar sus remordimientos, profirió en voz baja soberbios retos. «¡Otro deseaba él que hubiese cantado!...» Y sus ojos buscaron al *Ferrer*, pero el temible *verro* había desaparecido.

Cuando Febrer, media hora después, apaciguado ya el tumulto, volvía a su torre, detúvose varias veces en el camino, con el revólver en la diestra, como si esperase a alguien.

¡Nadie!

II

A la mañana siguiente, apenas salido el Sol, corrió el *Capellanet* en busca de don Jaime, revelando en su gesto al entrar en la torre la importancia de las noticias de que era portador.

En *Can Mallorquí* habían pasado todos mala noche. Margalida lloraba; la madre se había lamentado incesantemente de lo ocurrido. ¡Señor! ¡qué pensarían de ellos las gentes del *cuartón* al saber que en su casa se pegaban los hombres como en una taberna! ¡Qué dirían las *atlotas* de su hija!... Pero a Margalida la preocupaba poco la opinión de sus amigas. Otra cosa parecía interesarla: algo que no acertaba a decir, pero la hacía verter lágrima tras lágrima. El *siñó* Pep luego de cerrar la puerta de la casa, se había paseado más de una hora por la cocina mascullando palabras y cerrando los puños. «¡Aquel don Jaime!... ¡Empeñarse en conseguir lo que era imposible!... ¡Testarudo como todos los suyos!...

El *Capellanet* tampoco había dormido, sintiendo nacer en su pensamiento de pequeño salvaje, astuto y receloso, una sospecha que poco a poco tomó la realidad de una certidumbre.

Al entrar en la torre comunicó inmediatamente sus pensamientos a don Jaime. ¿Quién creía él que era el autor de la canción injuriosa? ¿El *Cantó*?... Pues no señor: era el *Ferrer*. Los versos los había inventado el otro, pero la intención era del malicioso *verro*. Este le había sugerido la idea de que insultase a don Jaime en pleno cortejo, contando con la seguridad de que no dejaría impune el agravio. Ya veía claro el muchacho el verdadero motivo de la entrevista de los dos cortejantes que él había sorprendido en el monte. Febrer acogió con un gesto de indiferencia esta noticia, a la que el *Capellanet* daba gran importancia. ¿Y qué?... El cantor insolente ya estaba castigado; y en cuanto al *verro*, había huido de sus retos a la puerta de la alquería. Era un cobarde.

Pepet movió la cabeza con incredulidad. ¡Ojo, don Jaime! Él ignoraba las costumbres de los valientes de la tierra, las astucias de que se valían para asegurarse la impunidad en sus venganzas. Debía permanecer en guardia, ahora más que nunca. El *Ferrer* sabía lo que era el presidio, y no deseaba volver a él. Lo que acababa de hacer lo habían hecho otros *verros* antes.

Se impacientó Jaime ante el aire misterioso y las palabras confusas del muchacho.

—¡Para qué tapujos!... ¡Habla!

El *Capellanet* expuso al fin sus sospechas. Ya podía el herrero hacer lo que quisiera contra don Jaime: podía esperarle emboscado en los tamariscos al pie de la torre y matarlo de un tiro. Las sospechas se dirigirían inmediatamente contra el *Cantó*, recordando la cuestión ocurrida en la alquería y sus palabras de venganza. Con esto y con prepararse el *verro* una coartada, trasladándose a todo correr por los atajos a algún punto lejano donde todos le viesen, le sería fácil cumplir su venganza, sin peligro.

—¡Ah! —exclamó Febrer poniéndose hosco, como si comprendiera de pronto toda la importancia de tales palabras.

El muchacho, satisfecho de su superioridad, continuó dando consejos. Don Jaime debía vivir en adelante menos descuidado, cerrar la puerta de su torre, no hacer caso, apenas llegada la noche, de los gritos de fuera. Seguramente el *verro* pretendería inducirle a salir a la oscuridad con gritos de reto, con *auquidos* de desafío.

—Aunque le *aúquen* durante la noche, usted quieto, don Jaime. Yo conozco eso —continuó el *Capellanet* con la importancia de un *verro* endurecido—. Le gritará desde fuera, oculto en la maleza, con el arma preparada, y si sale, antes de que pueda verle le matará de un pistoletazo. Usted quieto en la torre.

Estos consejos eran para la noche. De día, el señor podía salir sin miedo. Allí estaba él para acompañarlo a todas partes. Se erguía con bélica vanidad, llevándose una mano a la faja para cerciorarse de que el cuchillo no había desaparecido, pero su decepción era inmediata al ver el gesto de burlona gratitud de Febrer.

—Ría usted, don Jaime, búrlese de mí, pero de algo puedo yo servir... Vea usted cómo le aviso ahora el peligro. Hay que vivir en guardia. Con alguna mala idea ha preparado el *Ferrer* lo de la canción.

Y miraba en torno, como un caudillo que se prepara para repeler un largo sitio. Sus ojos encontraron la escopeta colgando del muro entre los adornos de conchas. ¡Muy bien! Debía cargar con bala los dos cañones, y encima un buen puñado de postas o perdigón grueso. Esto nunca está de más. Así lo hacía su glorioso abuelo. Después fruncía el entrecejo al ver el revólver abandonado sobre la mesa. ¡Muy mal! Las armas cortas son para llevarlas encima a todas horas. Él dormía con el cuchillo sobre la panza. ¿Y si entraba de pronto el enemigo sin dejarle tiempo para buscar el arma?...

La torre, que había presenciado en otros siglos ejecuciones y combates de piratas, cascarón de piedra de trágico vacío disimulado por la nítida enjalbegadura de los muros, atrajo luego la atención del muchacho.

Iba hasta la puerta con lenta precaución, como si un enemigo le aguardase al pie de la escalera, y ocultando el cuerpo en el borde del muro, avanzaba solo un ojo y parte de la frente. Luego movía la cabeza con desaliento. Al asomarse de noche, aunque fuera con estas astucias, el enemigo, emboscado abajo, podía verlo, apuntándole con toda comodidad apoyados los codos en una rama o en una piedra, sin miedo a perder el tiro. Peor era aún echar el cuerpo fuera de la puerta y pretender bajar. Por oscura que fuese la noche, el enemigo podía escoger un punto de mira, una mancha del follaje, una estrella del horizonte, algo saliente en la oscuridad que se destacase junto a la escalera. Y al pasar el bulto negro del que bajaba, ocultando por un momento el objeto apuntado... ¡fuego y pieza segura! Eran enseñanzas oídas a graves varones que habían pasado meses enteros tras un ribazo o al abrigo de un tronco, con la culata junto a la mejilla y el ojo en el extremo del cañón, desde la puesta del Sol hasta la aurora, aguardando a un antiguo amigo.

No; al *Capellanet* no le gustaba esta puerta con su escalera al aire libre. Había que buscar otra salida, y sus ojos fueron a la ventana, abriéndola luego para asomarse a ella.

Con una agilidad simiesca, riendo de su descubrimiento, saltó sobre el alféizar y empezó a descender por el muro, buscando con pies y manos las desigualdades de la mampostería, los alvéolos profundos como peldaños que habían dejado los pedruscos al rodar desprendidos de la argamasa. Febrer se asomó a la ventana, y le vio al pie de la torre recogiendo su sombrero que se había caído y agitándolo en alto con expresión triunfante. Corrió luego el muchacho en torno de la base de la torre, y sus pasos resonaron poco después con bullicioso trote en los peldaños de madera, cerca de la puerta.

—¡Si es lo más fácil! —gritó al entrar en la pieza, rojo de emoción por su descubrimiento—. ¡Si es una escalera de señores!...

Y comprendiendo la importancia de su descubrimiento, puso un gesto grave de misterio. Esto quedaba entre los dos: ni una palabra a nadie. Era una salida preciosa, cuyo secreto había que guardar.

El *Capellanet* envidiaba a don Jaime. ¡No tener él un enemigo que viniera a *aucarlo* allí durante la noche!... Mientras el *Ferrer* aullase emboscado, con la vista fija en la escalera, él descendería por la ventana, a espaldas de la torre, y dando la vuelta silenciosamente, cazaría al cazador. ¡Qué golpe!... Reía con salvaje complacencia, y en sus labios de rojo oscuro parecía despertar temblona la ferocidad de los gloriosos abuelos, que habían considerado la caza del hombre como el más noble de los ejercicios.

Febrer se sintió contagiado por la bárbara alegría del muchacho. ¡Si él probase a bajar por la ventana!... Echó las piernas fuera del alféizar, y lentamente, entorpecido por su madura corpulencia, fue tanteando las desigualdades de la muralla con las puntas de los pies hasta encontrar los agujeros que servían de peldaños. Descendió poco a poco, rodando bajo sus plantas algunas piedras sueltas, hasta que al fin puso los pies en tierra con un suspiro de satisfacción. ¡Muy bien! El descenso era fácil; después de unos cuantos ensayos bajaría con tanta facilidad como el *Capellanet*. Éste, que le había seguido ágilmente, descolgándose casi sobre su cabeza, sonreía como un maestro satisfecho de la lección, y tornaba a repetir sus consejos. ¡Que no los olvidase don Jaime! Apenas le *anearan* desde fuera, debía echarse ventana abajo, pillando por la espalda al contrario.

Cuando a mediodía quedó solo Febrer, sintióse poseído de un deseo belicoso, de una agresividad que le hizo mirar durante largo rato el trozo de muro del que pendía la escopeta.

Al pie del promontorio, en la playa donde estaba varada la barca del tío Ventolera, sonó la voz de éste cantando la misa. Febrer se asomó a la puerta, llevándose las dos manos a la boca en forma de bocina para gritarle.

El marinero, con la ayuda de un muchacho, echaba su barca al agua. La vela, recogida, temblaba en lo alto del mástil. Jaime no aceptó la invitación. «¡Muchas gracias, tío Ventolera!» Este insistió con su vocecita, que llegaba a través del aire como el vagido lejano de una criatura. La tarde era buena: había cambiado el viento; en las cercanías del Vedrá iban a coger el pescado en abundancia. Febrer encogió los hombros. «No, muchas gracias; tenía que hacer.»

Apenas acabó de hablar, cuando el *Capellanet* se presentó por segunda vez en la torre, llevándole la comida. El muchacho parecía enfurruñado y triste. Su padre, colérico por la escena de la noche anterior, le había escogido como víctima, para desahogar su enfado. «¡Una injusticia, don Jaime!» Gritaba paseándose por la cocina, mientras las mujeres, con los ojos llorosos y el aire encogido, parecían huir de su mirada. Todo lo ocurrido lo atribuía a su blandura de carácter, a su bondad; pero iba a poner remedio a esto inmediatamente. El noviazgo quedaba suspendido: ya no admitía cortejos ni visitas. ¡Y en cuanto al *Capellanet*!... Este mal hijo, desobediente y revoltoso, tenía la culpa de todo.

Pep no sabía con certeza cómo podía haber influido la presencia de su hijo en el escándalo de la noche anterior, pero recordaba su resistencia a ser clérigo, su fuga del Seminario, y la memoria de estos disgustos despertaba su cólera, haciendo que la concentrase en el muchacho. ¡Se acabaron los miramientos y bondades! El próximo lunes lo llevaría al Seminario. Si pensaba resistirse y huir por segunda vez, mejor sería para él embarcarse de grumete y olvidar que tenía padre, pues al verle regresar a la alquería, Pep era capaz de romperle las dos piernas con la tranca de la puerta. Y por puro desahogo, por ir habituando la mano y dar una muestra de su futura cólera, le largó unas cuantas bofetadas y puntapiés, cobrándose de esta forma el disgusto sufrido tiempo antes al verle llegar fugitivo de Ibiza.

El *Capellanet*, encogido y paciente por la costumbre, se refugió en un rincón detrás del muro de zagalejos y faldas que oponía la llorosa madre a la furia de Pep. Pero al verse ahora en la torre y recordar la ofensa, rechinaba los dientes, con los ojos en blanco, las mejillas lívidas y los puños cerrados.

«¡Qué injusticia! ¿Así se pega a los hombres, sin motivo alguno, solo por desahogar el mal humor?... ¡A él, que llevaba un cuchillo en la faja y no le tenía miedo a nadie de la isla! ¡Todo porque era padre!...» ¡Ay! Esto de la paternidad y del respeto filial eran para el *Capellanet* en aquellos momentos invenciones de cobardes, creadas únicamente para fastidiar y envilecer a los hombres de corazón. Y encima de los golpes, humillantes para su dignidad de bravo, la certeza del encierro en el Seminario; la negra sotana, semejante a las faldas de las mujeres, y el pelo cortado al rape, perdiendo para siempre aquellos bucles que asomaban arrogantes bajo las alas de su sombrero; la tonsura, que haría reír o infundiría un frío respeto a las *atlotas*, y ¡adiós bailes y noviazgos! ¡adiós cuchillo!...

Pronto dejaría de verle don Jaime. Antes de una semana iban a llevarle a Ibiza. Otros le subirían la comida a la torre... Febrer hizo un gesto revelador de su esperanza. ¡Tal vez Margalida, como en otros tiempos! Pero el *Capellanet*, a pesar de su tristeza, sonrió maliciosamente. No, Margalida no; todos menos ella. ¡Bueno estaba el *siñó* Pep para consentirlo! Cuando la pobre madre, para defender a su *atlot*, había hablado tímidamente de lo necesario que era el muchacho en la casa para servir al señor, Pep estalló en nuevas vociferaciones. Él mismo se encargaría de llevar todos los días a la torre la comida de don Jaime, y si no su mujer, y si no buscarían una *atlota* que sirviese de criada a aquel señor, ya que se empeñaba en vivir cerca de ellos.

No dijo más el *Capellanet*, pero Febrer adivinó las palabras que el buen payés debía haber lanzado contra él. Olvidaba, a impulsos de la cólera, su antiguo respeto; sentíase enfurecido por la perturbación que acarreaba a la familia con su presencia.

El muchacho volvió a la alquería mascullando propósitos vengativos, jurándose no ir al Seminario, aunque ignoraba el modo de conseguirlo. Su resistencia tomó de pronto un tono de protección caballeresca. ¡Abandonar a su amigo don Jaime cuando le veía rodeado de peligros!... ¡Ir a encerrarse en aquel caserón de tristezas, entre señores con faldas negras que hablaban una lengua rara, ahora que en pleno campo, a la luz del Sol o en el misterio de las noches, iban a matarse los hombres!... ¡Ocurrir tan extraordinarios sucesos y no verlos él!...

Cuando Febrer quedó solo, descolgó la escopeta y estuvo largo rato junto a la puerta examinándola distraídamente. Su pensamiento iba lejos, mucho más lejos de los extremos de los cañones, que parecían apuntar a la montaña... «¡Aquel herrero! ¡Aquel valentón insufrible!...» Desde el primer día que lo vio algo se había removido en su interior, poniéndose de pie con el irresistible impulso de la antipatía. A aquel fantasmón lúgubre nadie en la isla le iba a pegar más que él.

La sensación fría del acero de la escopeta en la palma de sus manos le volvió a la realidad. Estaba resuelto a salir de caza por la montaña... ¡Pero qué caza!... Extrajo los dos cartuchos que ocupaban los cañones, cartuchos cargados con perdigón menudo para las bandas de pájaros que cruzan la isla viniendo de África. Buscó en una bolsa otros cartuchos e introdujo dos en el doble cañón, guardándose los demás en los bolsillos. Eran con bala. ¡Caza mayor!...

Colgóse la escopeta de un hombro y bajó la escalera de la torre silbando y con paso arrogante, como si su resolución le llenase de alegría.

Al pasar cerca de *Can Mallorquí*, el perro salió a su encuentro con ladridos de regocijo. Nadie se asomó a la puerta como otras veces. Seguramente le habían visto, sin moverse, desde el fondo de la cocina. El perro saltó tras él largo trecho, retrocediendo luego al verle tomar el camino de la montaña.

Anduvo Febrer entre paredes de piedra seca que contenían pendientes bancales, y otras veces por senderos pavimentados de guijarros azules, que las lluvias de invierno convertían en encajonados barrancos. Luego dejó de ver tierras removidas y surcadas por el arado: el suelo compacto cubríase de bravía y espinosa vegetación. A los árboles frutales, el alto almendro y la chaparra higuera de amplia copa, sucedían las sabinas y los pinos retorcidos por los vientos de la costa. Al detenerse Febrer un instante y mirar atrás, vio a sus pies *Can Mallorquí* como unos dados blancos escapados del cubilete de una roca vecina al mar. En la cúspide de esta roca erguíase como un agarrador la torre del Pirata. Su ascensión había sido veloz, casi a todo correr, como si temiera llegar tarde a un lugar de cita que no conocía con certeza. Inmediatamente reanudó la marcha. Dos palomas silvestres salieron de la maleza con el sonoro plumeo de un abanico que se abre, pero el cazador pareció no verlas. Unos bultos humanos, negros y agachados en los matorrales, le hicieron llevar la diestra a la culata de la escopeta para descolgarla del hombro. Eran carboneros que apilaban leña. Al pasar Febrer junto a ellos le miraron con ojos fijos, en los que creyó notar algo extraordinario, mezcla de asombro y curiosidad.

—¡*Bonas tardes tenguin!*

Los hombres negros apenas contestaron, pero le fueron siguiendo largo rato con sus ojos, que tenían el brillo y la transparencia del agua sobre sus rostros tiznados. Seguramente los solitarios del monte sabían ya lo ocurrido la noche anterior en *Can Mallorquí*, y se asombraban viendo al señor de la torre marchar solo, como si desafiase a sus enemigos, creyéndose invulnerable.

Ya no encontró más gente en su camino. De pronto, sobre los rumores de la seca arboleda acariciada por el viento, oyó un tintineo lejano de hierro batido. Por entre el ramaje elevábase una ligera columna de humo: la fragua del *Ferrer*.

Jaime, llevando la escopeta algo caída de su hombro, como si el arma fuera a descolgarse sola, desembocó en un claro del bosque que formaba ancha plazoleta ante la fragua. Era ésta una casucha construida con adobes, negra de humo y cubierta por un techo giboso, que en algunos de sus puntos se abombaba como si fuera a desplomarse. Bajo un cobertizo brillaba el ojo inflamado de una fogata, y junto a ella el *Ferrer*, de pie ante el yunque, golpeaba con el martillo una barra de hierro ígneo.

Febrer no quedó descontento de su entrada teatral en la plazoleta. El *verro* levantó la vista al oír ruido de pisadas en el intervalo de dos de sus golpes, y quedó inmóvil, con el martillo en alto, al reconocer al señor de la torre. Pero sus ojos fríos eran incapaces de transparentar ninguna impresión.

Avanzó Jaime ante la fragua con la mirada fija en el herrero, una mirada de reto que el otro pareció no comprender. Ni una palabra, ni un saludo. El señor pasó adelante; pero al salir de la plazoleta se detuvo junto a uno de los primeros árboles y acabó por sentarse en sus raíces salientes, guardando la escopeta entre las piernas.

Un orgullo de viril soberbia invadía el alma de Febrer. Estaba satisfecho de su arrogancia. Bien podía ver aquel matón que venía a buscarlo en la soledad del monte, en su propia vivienda; bien podía convencerse de que no le tenía miedo.

Y para demostrar mejor su serenidad, sacó la petaca de la faja y se puso a liar un cigarro.

El martillo había vuelto a reanudar su tintineo sobre el metal. Jaime, desde su asiento, veía al *Ferrer* vuelto de espaldas a él con descuidada confianza, como si ignorara su presencia y solo le preocupase el examen de su trabajo. Esta calma desconcertó un poco a Febrer. «¡Vive Dios! ¿No había adivinado sus intenciones?...» Le exasperaba la frialdad del herrero, y al mismo tiempo infundíale un vago agradecimiento el hecho de permanecer de espaldas a él, tranquilamente, con la confianza de que el señor de la torre era incapaz de aprovecharse de esta situación para dispararle un escopetazo traidor.

Cesó de sonar el martillo. Cuando Febrer miró otra vez hacia el cobertizo, ya no vio al herrero. Esta ausencia le hizo requerir la escopeta, acariciando sus llaves. Indudablemente iba a salir con un arma, cansado de aguantar esta provocación muda que venía a buscarle en su propia casa. Tal vez iba a disparar por alguno de los ventanucos que daban luz a la negra vivienda. Debía precaverse contra una asechanza del antiguo presidiario, y se puso de pie, procurando disimular su cuerpo detrás del tronco de un árbol, no dejando visible más que un ojo.

Alguien se movió en el interior de la casucha; algo negro asomó indeciso en su puerta. Iba a salir el enemigo: ¡atención!... Empuñó la escopeta para hacer fuego apenas se mostrase el extremo del arma enemiga; pero quedó inmóvil y confuso al ver que era una falda negra rematada por unos pies desnudos dentro de viejas alpargatas, y sobre esto un busto mísero, encorvado y huesudo, una cabeza cobriza y arrugada, con solo un ojo, y ralos cabellos grises que dejaban brillar entre sus mechas el barniz de la calvicie.

Febrer reconoció a la mujer. Era la tía del herrero, la tuerta de que le había hablado el *Capellanet*, la única compañera del *Ferrer* en su bravía soledad.

La vieja se plantó en el cobertizo con los brazos en jarras, echando adelante el flácido vientre abultado por los zagalejos, fijando su pupila única, inflamada por la cólera, en aquel intruso que venía a provocar a un hombre de bien en medio de su trabajo. Miraba a Jaime con la fiera acometividad de la mujer que, segura del respeto que infunde su sexo, es más audaz e impetuosa que el hombre. Mascullaba amenazas e insultos que el señor no podía oír, furiosa de que alguien se atreviera contra su sobrino, amado cachorro en el que había puesto su esterilidad todos los ardores de una madre fracasada.

Jaime se dio cuenta repentinamente de lo odioso de su acción. ¡Un hombre como él venir a provocar en pleno día a otro, en su propia casa! La vieja tenía razón para insultarle. El matón no era el *Ferrer*: era él, señor de la torre, descendiente de tantos varones ilustres y orgulloso de su origen.

La vergüenza le hizo tímido, sumiéndolo en torpe confusión. No sabía cómo irse ni por dónde escapar. Al fin se echó la escopeta al hombro, y con la vista en alto, como si persiguiese a un pájaro que saltaba de rama en rama, emprendió la marcha por entre los árboles y la maleza, evitando pasar otra vez ante la fragua.

Anduvo ahora cuesta abajo, hacia el valle, huyendo de aquella montaña a la que le había arrastrado un impulso homicida, avergonzado de sus anteriores deseos. Volvió a encontrar a los hombres negros que hacían carbón.

—¡Bonas tardes tenguin!

Contestaron a su saludo, pero en sus ojos de extraordinaria blancura sobre el rostro tiznado creyó notar Febrer algo de burla hostil, de repulsiva extrañeza, como si fuese él de otra casta, como si hubiera cometido un acto inaudito que le colocaba fuera para siempre de la comunidad humana de la isla.

Los pinos y sabinas quedaron atrás en la falda del monte. Caminaba ahora entre bancales de tierra arada. En unos campos vio payeses que trabajaban; en un ribazo encontró varias *atlotas* que recogían hierbas, encorvándose sobre el suelo; en un camino se cruzó con tres viejos marchando lentamente al lado de sus borricos.

Febrer, con la humildad del que se siente arrepentido de una mala acción, saludaba a todos dulcemente.

—¡Bonas tardes tenguin!

Los labriegos le respondieron con un gruñido sordo; las muchachas torcieron la cara con un gesto de contrariedad para no verle; los tres viejos contestaron al saludo tristemente, mirándole con ojillos escrutadores, como si encontraran en su persona algo extraordinario.

Bajo una higuera, negro parasol de ramajes enroscados, vio a unos payeses ocupados en escuchar a alguien que estaba en el centro del corro. Al aproximarse Febrer hubo cierto movimiento en el grupo. Un hombre surgió de él con rabioso impulso, y los otros le detuvieron, cogiéndolo de los brazos, pugnando por contenerle. Jaime lo reconoció por el lienzo blanco anudado bajo su sombrero. Era el cantor. Los fuertes payeses sujetaron fácilmente con solo una mano al enfermizo muchacho, pero éste, incapaz de moverse, desahogó su rabia tendiendo un puño hacia el camino, mientras las amenazas e insultos salían a borbotones de su boca. Estaba, sin duda, contando a los amigos lo ocurrido en la noche anterior, cuando apareció Febrer. Adivinaba éste en las voces chillonas las amenazas del *Cantó*. Eran las mismas que había proferido en *Can Mallorquí*. Juraba matarle: prometía ir de noche a la torre del Pirata para incendiarla y hacer pedazos a su dueño.

«¡Bah!» Jaime levantó los hombros y siguió adelante, pero triste, desesperado por el ambiente de repulsión y hostilidad cada vez más sensible en torno de él. ¿Qué había hecho? ¿En dónde se había metido? ¡Pegar a uno de la isla! ¡Él, un forastero..., y además mallorquín!...

En su tristeza, creyó que la isla entera, con todas sus cosas inanimadas, asociábase a esta protesta de las gentes. Ante su paso se despoblaban las alquerías; sus habitantes ocultábanse para no saludarlo; los perros salían al camino ladrando sañudamente, como si no le hubiesen visto nunca.

Las montañas le parecían más austeras y ceñudas en sus cumbres de pelada roca; los bosques, más oscuros, más negros; los árboles de los valles, más tristes y escuetos; las piedras del camino rodaban bajo sus pies, como si huyesen de su contacto; el cielo tenía algo de repelente; hasta el aire de la isla acabaría por huir de su boca. Febrer, en su desesperación, se veía solo. Todos contra él; únicamente le quedaba Pep con su familia, pero éstos acabarían alejándose igualmente, a impulsos de la necesidad de vivir bien con sus vecinos.

El forastero no intentaba rebelarse contra su suerte. Sentíase arrepentido, avergonzado de la acometividad de la noche anterior y de su reciente excursión a la montaña. Para él no había sitio en la isla. Era un forastero, un extraño que perturbaba con su presencia la vida tradicional de aquellas gentes. Le había recibido Pep con un respeto de antiguo siervo, y pagaba tal hospitalidad perturbando su casa y la paz de su familia. Le habían acogido las gentes con una cortesía algo glacial, pero tranquila e inmutable, como a un gran señor forastero, y él correspondía a este respeto golpeando al más infeliz de todos ellos, al que por su debilidad era considerado con una benevolencia paternal por todos los payeses del distrito. ¡Muy bien, mayorazgo de Febrer! Desde hacía algún tiempo que andaba como loco, sin discurrir otra cosa que disparates. ¿Y todo por qué?... Por amar absurdamente a una muchacha que podía ser su hija; por un capricho casi senil, pues él, a pesar de su relativa juventud, veíase viejo, triste y miserable ante Margalida y los rústicos *atlots* que se agitaban en torno a su belleza. ¡Ay, el ambiente! ¡El maldito ambiente!

En los tiempos de prosperidad, cuando habitaba él su palacio de Palma, de ser Margalida una criada de su madre, solo habría sentido por ella el apetito que inspira la frescura de la juventud, sin nada que se pareciese al amor. Otras mujeres le dominaban entonces con la seducción de sus artificios y refinamientos. Pero aquí, en plena soledad, con el más imperioso de los instintos irritado por la privación, viendo a Margalida entre la morena y ruda hermosura de sus compañeras, bella como una diosa blanca de las que inspiran veneración religiosa a los pueblos cobrizos, sentía la demencia del deseo, y todos sus actos eran absurdos, cual si hubiera perdido para siempre la razón.

Había que huir: en la isla no quedaba sitio para él. Bien podría ser que le engañase su pesimismo al apreciar la importancia del afecto que le había empujado hacia Margalida. Tal vez no era deseo, sino amor, el primer amor verdadero de su vida: casi estaba seguro de ello. Pero aunque así fuese, había que olvidar y huir; huir cuanto antes.

¿Para qué seguir en esta tierra? ¿Qué esperanza le retenía?... Margalida, como si resultase superior a sus fuerzas la sorpresa experimentada al conocer su amor, huía de él, se ocultaba silenciosa, solo sabía llorar, y las lágrimas no eran una respuesta. Pep, por un resto de veneración tradicional, toleraba silencioso este capricho de gran señor, pero iba a estallar de un momento a otro contra el hombre que perturbaba su vida. La isla, que le había aceptado cortésmente, parecía alzarse ahora contra el forastero venido de lejos para trastornar su patriarcal quietismo, su existencia concentrada, su orgullo de pueblo aparte, con la misma fiereza que se había alzado en otros siglos contra el normando, el árabe o el berberisco desembarcados en sus costas.

Imposible hacer frente a todos: huiría. Sus ojos acariciaron una enorme faja de mar tendida entre dos colinas, como un telón azul que ocultase un desgarrón de la tierra. Aquel pedazo de mar era el camino salvador, la esperanza, lo desconocido que nos abre sus brazos de misterio en los momentos más difíciles de la existencia. Tal vez volviese a Mallorca, para llevar una vida de mendigo respetable al lado de los amigos que aún se acordaban de él; tal vez pasase a la Península y fuese a Madrid en busca de un empleo; tal vez acabara embarcándose para América. Todo era preferible a seguir allí. No sentía miedo; no le intimidaba la hostilidad de la isla y sus habitantes; lo que sentía era remordimiento, vergüenza, por las perturbaciones que había causado.

Instintivamente sus pies le llevaron hacia el mar, que era ahora su amor y su esperanza. Evitó el paso por *Can Mallorquí*, y al llegar a la playa marchó por la orilla, donde la última palpitación de las olas llegaba a perderse, como delgada hoja de cristal, entre las menudas guijas mezcladas con fragmentos de barro cocido.

Cuando estuvo al pie del promontorio de su torre, trepó por las rocas sueltas, yendo a sentarse en el peñón roído por las olas y casi despegado de la costa. Allí había estado reflexionando una noche de tormenta, la misma en que se presentó como cortejante en casa de Margalida.

La tarde era serena, el mar tenía un intenso color de extraordinaria y profunda transparencia.

Los fondos de arena reflejábanse como manchas lácteas; los peñones submarinos y sus oscuras vegetaciones parecían temblar con un rebullicio de vida misteriosa. Las nubes blancas que flotaban en el horizonte, al pasar ante el Sol trazaban sobre el mar grandes espacios de sombra. Un pedazo de la extensión azul quedaba oscuro y mate, mientras más allá de este manto movible las aguas luminosas parecían hervir con burbujas de oro. A veces, el astro, oculto tras las cortinas de nubes, lanzaba por debajo de su orla una manga visible de luz, un chorro de linterna, un largo triángulo de blanquecino resplandor, como el de un paisaje holandés.

Nada en este aspecto del mar recordaba a Febrer aquella noche tempestuosa; y sin embargo, por la asociación que forman en nuestra memoria las ideas olvidadas con los lugares antiguamente visitados cuando volvemos a ellos, Febrer comenzó a sentir los mismos pensamientos, solo que ahora, en vez de seguir adelante, desfilaban en sentido inverso, con una confusión de derrota.

Reía amargamente de su optimismo en aquella ocasión, de la confianza que le había hecho despreciar todas sus ideas sobre el pasado. Los muertos mandan: su autoridad y su poder son indiscutibles. ¿Cómo había podido él, a impulsos del entusiasmo amoroso, desconocer esta enorme y desconsoladora verdad?... Bien le hacían sentir los lóbregos tiranos de nuestra vida todo el peso abrumador de su poder. ¿Qué había hecho él para que en este rincón de la tierra, su último refugio, le mirasen como un extraño?... Las innumerables generaciones de hombres cuyo polvo y cuya alma estaban confundidos con la tierra de la isla habían dejado como herencia a los presentes el odio al extranjero, el miedo y la repulsión al extraño, con el que vivieron siempre en guerra. Él que llegaba de otros países era recibido con un aislamiento repelente, ordenado por los que ya no existían.

Cuando, despreciando sus antiguos prejuicios, intentaba aproximarse a una mujer, esta mujer replegábase misteriosa y asustada de tal aproximación. Era una obra de loco la suya: la conjunción del gallo y la gaviota soñada por un fraile extravagante y que tanto hacía reír a los payeses. Así lo habían querido los hombres en otros tiempos al fundar la sociedad y dividirla en clases, y así debía continuar. Inútil rebelarse contra las cosas establecidas. La vida de un hombre era corta, y no bastaba para batirse con centenares de miles de vidas que habían existido antes de ella y parecían espiarla invisibles, oprimiéndola entre creaciones materiales que eran recuerdo de su paso por la tierra, abrumándola con sus pensamientos, que llenaban el ambiente y eran aprovechados por todos los que nacían sin fuerza para discurrir algo nuevo.

Los muertos mandan, y es inútil que los vivos se resistan a obedecer. Todas las rebeliones por salir de esta servidumbre, por romper la cadena de los siglos, todas mentira. Febrer recordaba la rueda sagrada de los indios, símbolo budista que había visto en París al presenciar una ceremonia religiosa oriental en un museo. La rueda es el símbolo de nuestra vida. Creemos avanzar porque nos movemos; creemos progresar porque vamos hacia adelante, y cuando la rueda da la vuelta completa, nos encontramos en el mismo sitio. La vida de la humanidad, la historia, todo era un interminable «recomenzamiento de las cosas». Nacen los pueblos, crecen, progresan; la cabaña se convierte en castillo y después en fábrica; se forman las enormes ciudades de millones de hombres, sobrevienen después las catástrofes, las guerras por el pan que escasea para tantas gentes, las protestas de los desposeídos, las grandes matanzas, y las ciudades se despueblan y caen en ruinas. La hierba invade los orgullosos monumentos; las metrópolis se hunden poco a poco en la tierra y duermen siglos y siglos bajo colinas. El bosque bravío cubre la capital de remotas épocas; pasa el cazador salvaje por donde en otro tiempo eran recibidos los caudillos vencedores con aparato de semidioses; pacen las ovejas y sopla el pastor en su caramillo sobre las ruinas que fueron tribuna de leyes muertas; vuelven a agruparse los hombres y surge la cabaña, la aldea, el castillo, la fábrica, la ciudad enorme, y se repite lo mismo, siempre lo mismo, con una diferencia de centenares de siglos, como se repiten de unos hombres en otros iguales gestos, ideas y preocupaciones en el transcurso de unos cuantos años. ¡La rueda! ¡El eterno recomenzar de las cosas! ¡Y todas las criaturas del rebaño humano cambiando de aprisco, pero jamás de pastores! ¡y los pastores siempre eran los mismos, los muertos, los primeros que pensaron, y cuyo pensamiento primordial fue como el puñado de nieve que rueda y rueda por las pendientes, agrandándose, llevando adherido en su pegajosidad todo cuanto encuentra al paso!...

Los hombres, orgullosos de su progreso material, de los juguetes mecánicos inventados para su bienestar, se creían libres, superiores al pasado, emancipados de la servidumbre original, ¡y todo cuanto decían se había dicho centenares de siglos antes, con diversas palabras! Sus pasiones eran las mismas; sus pensamientos, que consideraban propios, eran destellos y reflejos de otros pensamientos remotos; y todos los actos que tenían por buenos o malos merecían esta clasificación inmutable, porque así lo habían decidido los muertos, los tiránicos muertos, a los que el hombre tendría que matar de nuevo si deseaba ser libre realmente... ¿Quién llegaría a realizar esta gran hazaña libertadora? ¿Qué paladín tendría fuerzas suficientes para matar al monstruo que pesaba sobre la humanidad, enorme y abrumador, como los dragones de las leyendas que guardaban bajo su corpachón inútiles tesoros?...

Febrer permaneció mucho tiempo inmóvil en la roca, con los codos en las rodillas y la mandíbula en las manos, sumido en sus pensamientos, hipnotizados los ojos por el manso subir y bajar de las aguas palpitantes.

Cuando se arrancó a esta meditación comenzaba a caer la tarde... ¡Seguiría su destino! Él solo podía vivir en las alturas, aunque fuese con la humildad del mendicante. Todos los caminos de descenso veíalos cerrados, ¡Adiós, felicidad buscada en un retroceso a la vida natural y primitiva! Ya que los muertos no querían que fuese hombre, sería parásito.

Sus ojos, vagando por el horizonte, fijáronse en los blancos vapores que se amontonaban sobre el límite del mar. Cuando era pequeño y *madó* Antonia le acompañaba en sus paseos por la costa de Sóller, se habían entretenido muchas veces dando cuerpo y nombre, con un esfuerzo de imaginación, a las nubes que se juntaban o se esparcían en una incesante variedad de formas, viendo en ellas tan pronto un monstruo negruzco de inflamadas fauces como una virgen entre celestes resplandores. Un amontonamiento de nubes densas y nítidas cual blancos vellones atrajo su mirada. Esta blancura luminosa era la del hueso pulido de los cráneos. Sueltas vedijas de vapor oscuro flotaban sobre esta nube. La imaginación de Febrer fue viendo en ellas dos agujeros negros y espantables, un triángulo lóbrego semejante al que deja la nariz desaparecida en la faz de los muertos, y más abajo un desgarrón inmenso, trágico, igual a la risa muda de una boca sin labios y sin dientes.

Era la Muerte, la gran señora, la emperatriz del mundo, que se mostraba a él con su blanca y mate majestad, en pleno día, desafiando los esplendores del Sol, el azul del cielo, el verde luminoso del mar. El reflejo del astro moribundo ponía una chispa de maligna vida en el óseo rostro de palidez de hostia, en la lobreguez de sus negras cuencas, en su sonrisa que daba espanto... ¡Sí; era ella! Las nubes esparcidas a ras del mar parecían bullones y pliegues de una vestidura que ocultaba su inmenso esqueleto; y otras nubes flotantes en lo alto, una amplia manga, de la que se escapaban vapores más sutiles e indecisos formando un brazo de hueso rematado por un índice seco y corvo como una uña de presa, señalando lejos, muy lejos, el destino misterioso.

La visión se desvaneció rápidamente con el movimiento de las nubes. Borráronse sus espantables contornos, adoptando otras formas caprichosas; pero Febrer, al perderla de vista, no salió por esto de su alucinación.

Aceptaba la orden sin rebelarse: partiría. Los muertos mandan, y él era su siervo inerme. La luz de la caída de la tarde daba a los objetos un relieve extraño. En los recovecos de la costa marcábanse vigorosas sombras que parecían dar vida y formas animales a las piedras. A lo lejos, un promontorio semejaba un león acurrucado junto a las olas, mirando a Jaime con hostilidad silenciosa. Los peñascos a flor de agua sacaban y ocultaban sus negras cabezas coronadas de melenas verdes, como gigantes anfibios de una humanidad monstruosa. El solitario vio por la parte de Formentera un dragón inmenso que poco a poco avanzaba en la línea del horizonte, con larga cola de nubes, para devorar traidoramente al Sol moribundo.

Cuando la roja esfera, huyendo de este peligro, se sumergió en las aguas, agrandada por un espasmo de terror, la tristeza gris del crepúsculo despertó a Febrer de su alucinación.

Púsose de pie, recogió la escopeta abandonada junto a él, y emprendió el camino de la torre. Iba preparando mentalmente el programa de su marcha. No pensaba decir una palabra a nadie. Aguardaría a que tocase en el puerto de Ibiza el vapor correo de Mallorca, y solo en el último momento daría cuenta a Pep de su resolución.

La certeza de abandonar muy pronto este retiro le hizo ver con interés el interior de la torre al resplandor de una vela que acababa de encender. Su sombra, gigantescamente agrandada y vacilante por las oscilaciones de la luz, iba de un lado a otro en las blancas paredes, eclipsando los objetos que las adornaban o haciendo que brillasen el nácar de las conchas y el metal de la colgada escopeta.

Cierto carraspeo conocido atrajo a Febrer, y le hizo asomarse a lo alto de la escalera. Un hombre envuelto en un mantón estaba en los primeros peldaños. Era Pep.

—*El sopar* —dijo brevemente, tendiéndole una cesta.

Jaime la tomó. Notábase en el payés un deseo de no hablar, y él, por su parte, sintió cierto miedo de que rompiese su laconismo.

—*¡Bona nit!*

Pep emprendió el camino de regreso a su alquería luego de este breve saludo, como un servidor respetuoso y enojado que solo se permite con su amo las palabras indispensables.

Vuelto Jaime al interior de la torre, cerró la puerta, dejando la cesta sobre la mesa. No sentía apetito: cenaría más tarde. Cogió una pipa rústica, labrada por un payés en una rama de cerezo, la llenó de tabaco y comenzó a fumar, siguiendo con ojos distraídos el revoleteo de las espirales de humo, cuya azul sutilidad tomaba ante la vela una transparencia irisada.

Luego buscó un libro y quiso leer, pero fueron inútiles todos los esfuerzos por concentrar su atención en la lectura.

Fuera de aquella cáscara de piedra reinaba la noche, una noche lóbrega, de profundo misterio. Al través de los muros parecía filtrarse ese solemne silencio que cae de lo alto, y en el cual los ruidos más leves adquieren proporciones pavorosas, como si el rumor se escuchase a sí mismo.

Creía percibir Febrer los latidos de la circulación de su sangre en esta calma profunda. De vez en cuando escuchaba el chillido de una gaviota o la agitación momentánea de los tamariscos bajo una ráfaga, murmullo semejante al de las fingidas muchedumbres teatrales ocultas tras los bastidores. En el techo de la habitación sonaba a intervalos el cric-cric monótono de una carcoma royendo las vigas con un trabajo incesante, inadvertido durante el día. El mar rasgaba la oscuridad con un ronquido plácido, cuya ondulación iba rompiéndose en todos los salientes y recovecos de la costa.

Por primera vez se dio cuenta exacta de la soledad en que vivía. ¿Era posible continuar esta existencia de eremita? ¿Y cuando le sorprendiese la enfermedad? ¿Y cuando llegase la vejez?... A aquellas horas comenzaban las ciudades una nueva vida bajo los blancos resplandores de su alumbrado eléctrico; cortábase la circulación en las calles con la aglomeración de los coches; brillaban los escaparates, abríanse los teatros, sonaban las aceras bajo el gracioso taconeo de mujeres hermosas. Y él estaba como un hombre primitivo en el interior de una torre bárbara, sin otro signo de civilización que aquella luz macilenta que solo servía para hacer más visibles las tinieblas, rodeado de un silencio trágico, como si el mundo se hubiese dormido para siempre. Adivinábase al otro lado del muro de piedra la sombra preñada de misterios y peligros. Ya no albergaba a la fiera, como en los tiempos prehistóricos, pero bien podía servir de guarida al hombre.

De pronto, Febrer, que permanecía inmóvil, escuchándose a sí mismo, con una quietud semejante a la de los niños medrosos que temen removerse en la cama por no aumentar el misterio que les rodea, se estremeció en su asiento. Algo extraordinario cortó el aire, dominando con su estridencia los confusos ruidos de la noche. Era un grito, un aullido, un relincho, una de aquellas voces hostiles y burlonas con que los *atlots* vengativos se llamaban en la sombra.

Jaime sintió un impulso de levantarse, de correr a la puerta, pero luego permaneció inmóvil. El tradicional *auquido* había sonado a alguna distancia. Debían ser mozos del *cuartón* que escogían las inmediaciones de la torre del Pirata para encontrarse arma en mano. Aquello no iba con él; a la mañana siguiente se enteraría de lo ocurrido.

Abrió otra vez el libro, intentando distraerse con la lectura; pero a las pocas líneas se levantó de un salto, arrojando sobre la mesa el volumen y la pipa.

¡Auuuú! El relincho de reto, el aullido hostil y burlón, había resonado casi al pie de la escalera de la torre, prolongándose con el fuerte soplo de unos pulmones como fuelles. Casi al mismo tiempo sonó en la oscuridad un rumor estridente de abanicos abiertos: las aves marinas, sorprendidas en su sueño, salían disparadas de entre las rocas para cambiar de guarida.

¡Era para él! ¡Venían a retarlo a la puerta de su vivienda!... Miró fijamente su escopeta; se llevó la diestra a la faja, palpando el metal del revólver, tibio por el contacto del cuerpo; dio dos pasos hacia la puerta, pero se detuvo y alzó los hombros con una sonrisa de resignación. Él no era de la isla; él no entendía este lenguaje de chillidos, y se creía a cubierto de tales provocaciones.

Volvió a su silla y cogió el libro, sonriendo con una alegría forzada.

—¡Grita, buen hombre! ¡chilla, *aúca*! Lo siento por ti, que puedes constiparte al fresco, mientras yo estoy tranquilo en mi casa.

Pero esta conformidad burlona solo era aparente. Volvió a sonar el aullido, ya no al pie de la escalera, sino algo más lejos, tal vez entre los tamariscos que cercaban la torre. El retador parecía haber tomado posición esperando que saliese Febrer.

¿Quién sería?... Tal vez el miserable *verro*, al que había buscado por la tarde; tal vez el *Cantó*, que juraba públicamente matarlo. La noche y la astucia, que igualan las fuerzas de los enemigos, habrían dado ánimos a este enfermo para marchar contra él. También era posible que fuesen dos o más los que le aguardasen.

Sonó otro aullido, pero Jaime volvió a encogerse de hombros. Podía gritar lo que quisiera su desconocido retador... Pero ¡ay! ¡imposible leer! ¡inútil esforzarse por fingir tranquilidad!...

Los aullidos repetíanse ahora rabiosamente, como los cacareos de un gallo furioso. Jaime creyó ver el cuello de aquel hombre, hinchado, enrojecido, con los tendones vibrantes por la cólera. El grito gutural parecía adquirir poco a poco, al repetirse, los contornos y la significación de un lenguaje. Era irónico, burlón, insultante; echaba en cara su prudencia al forastero; parecía llamarle cobarde.

En vano intentó no escuchar. Nublábase su vista, le pareció que la vela ya no daba luz; en los intervalos de silencio, la sangre zumbaba en sus oídos. Pensó que *Can Mallorquí* estaba muy cerca, y tal vez Margalida, trémula y pegada a un ventanuco, escuchaba estos aullidos frente a la torre, donde estaba un hombre medroso oyéndolos también, pero encerrado como si fuese sordo.

No; no más. Arrojó esta vez definitivamente el libro sobre la mesa, y luego, por instinto, sin saber ciertamente lo que hacía, sopló la llama de la vela. Al quedar en la oscuridad anduvo algunos pasos con las manos avanzadas, olvidado completamente de los planes de ataque que había concebido momentos antes en su acelerado pensamiento. La cólera trastornaba sus ideas. La ceguedad repentina de su espíritu solo tuvo una idea, igual al último destello de una luz que se aleja. Tocaba ya la escopeta con sus manos palpantes, cuando desistió de cogerla. Necesitaba un arma menos embarazosa; tal vez tendría que descender y arrastrarse entre los matorrales.

Tiró del interior de la faja, y el revólver se deslizó fuera de su madriguera con la suavidad de una bestia sedosa y tibia. Anduvo a tientas hasta la puerta y la abrió con lentitud, solo un pequeño espacio, el necesario para asomar la cabeza, chirriando levemente sus groseros goznes.

Pasando Febrer de la oscuridad de su habitación a la difusa claridad de la luz sideral, vio la mancha de las malezas en torno de la torre, más allá la confusa blancura de la alquería, y enfrente la giba negra de los montes cortando un cielo cargado de palpitaciones de estrellas. Esta visión solo duró un instante: no pudo ver más. Dos pequeños relámpagos, dos culebreos de fuego marcáronse uno tras otro en las tinieblas de los matorrales, seguidos de dos estampidos que casi se confundieron.

Jaime experimentó en su olfato una sensación acre de pólvora quemada, que tal vez no fue más que un fenómeno imaginativo. Al mismo tiempo percibió sobre la cúspide de su cráneo un silencioso y violento choque, algo anormal que pareció tocarle sin llegar a tocarle, la sensación del roce de una piedra. Algo cayó sobre su rostro como una lluvia impalpable. ¿Sangre?... ¿tierra?...

Su sorpresa solo duró un instante. Le habían hecho fuego desde el matorral, en las inmediaciones de la escalera. El enemigo estaba allí... ¡allí! Veía en la oscuridad el punto de donde habían surgido los fogonazos, y avanzando la diestra fuera de la puerta, disparó su revólver una... dos... cinco veces: todas las cápsulas que contenía el cilindro.

Tiró casi a ciegas, desorientado por la oscuridad y el desconcierto de la cólera. Un leve ruido de ramas tronchadas, una ondulación casi imperceptible del matorral, le llenaron de salvaje alegría. Había alcanzado al enemigo indudablemente, y en su satisfacción, se llevó una mano a la cabeza para convencerse de que no estaba herido.

Al pasarla después por su cara cayó de sus mejillas y sus cejas algo menudo y granujiento. No era sangre: era tierra, polvo de argamasa. Sus dedos, deslizándose sobre el cuero cabelludo, estremecido aún por el roce mortal, tropezaron con dos agujeros de la pared, semejantes a pequeños embudos, que guardaban una sensación de calor. Las dos balas le habían rozado, yendo a clavarse en el muro a una distancia casi imperceptible de su cabeza.

Febrer sintióse alegre por su buena suerte. Él sano, incólume, ¡y su enemigo!... ¿Dónde estaría en aquel momento? ¿Debía bajar para buscarle entre los tamariscos y reconocerlo en su agonía?... De pronto se repitió el grito, el aullido salvaje, lejos, muy lejos, casi en las inmediaciones de la alquería: un *auquido* triunfante, burlón, que Jaime interpretó como anuncio de próxima vuelta.

El perro de *Can Mallorquí*, excitado por los disparos, ladraba lúgubremente. A lo lejos, otros perros le contestaban. El aullido del hombre se alejó, con incesantes repeticiones, cada vez más remoto, más débil, hundiéndose en el misterio azul de la noche.

III

Apenas rompió el día, el *Capellanet* se presentó en la torre.

Lo había oído todo. Su padre, que tenía el sueño fuerte, no estaba tal vez enterado a aquellas horas del suceso. Ya podía ladrar el perro y sonar junto a la alquería tantos disparos como en una guerra; el buen Pep, cuando se acostaba cansado de sus faenas diurnas, era insensible como un muerto. Los demás de la casa habían pasado una noche de angustias. La madre, luego de varios intentos para despertar a su esposo, sin conseguir otro éxito que palabras incoherentes seguidas de nuevos ronquidos, había rezado hasta el amanecer por el alma del señor de la torre, creyéndolo muerto. Margalida, que dormía cerca de su hermano, le había llamado con voz queda y angustiosa al oír los primeros tiros. «¿Oyes, Pepet?...»

La pobre muchacha se había incorporado en la cama, encendiendo el candil; a su luz la había visto el *atlot*, con el rostro pálido y unos ojos de loca. Ella, tan pudorosa y tímida, mostraba en su agitación los mayores secretos de su desnudez, olvidada de todo, retorciéndose los brazos, llevándose las manos a la cabeza. «Habían matado a don Jaime: se lo anunciaba el corazón.» Y temblaba con el eco lejano de nuevos disparos. «Un verdadero rosario de tiros», según decía el *Capellanet*, había contestado a las dos primeras detonaciones.

—Ésos fueron de usted, ¿verdad, don Jaime? —continuó el muchacho—. Los conocí al momento y se lo dije a Margalida. Recuerdo la tarde que disparó usted el revólver en la playa. Yo tengo mucho oído para estas cosas.

Luego contó la desesperación de su hermana, buscando las ropas en silencio, queriendo vestirse para correr a la torre. Pepet la acompañaría. Pero después, súbitamente acobardada, ya no quiso ir. Solo sabía llorar, y se opuso a que el muchacho cumpliera su propósito de escaparse por las bardas del corral.

Habían oído el *auquido* junto a la alquería, mucho después de los disparos; y al hablar de este grito, sonreía el muchacho con aire malicioso. Luego, Margalida, súbitamente tranquilizada por las palabras de su hermano, había callado, quedando inmóvil en el lecho; pero durante toda la noche oyó el *Capellanet* suspiros de angustia y un ligero murmullo, como si debajo del embozo una voz queda murmurase palabras y palabras con incansable monotonía. También la joven había estado rezando.

Después, al esparcirse la luz del alba, se levantaron todos, menos el padre, que seguía en su plácido sueño. Al asomarse las mujeres al porche, dominadas por los más lúgubres pensamientos, esperaban presenciar un cuadro horroroso: la torre destruida y colgando sobre sus ruinas el cadáver del señor. Pero el *Capellanet* había reído al ver la puerta abierta, y junto a ella, como en otras mañanas, a don Jaime, con el busto desnudo, chapuzándose en un balde que él mismo traía de la costa lleno de agua del mar.

No se había equivocado al reírse de los terrores de las mujeres. «A su don Jaime no había quien lo matase. Y esto lo decía él, que entendía de hombres.»

Luego, tras el breve relato que le hizo el señor de todo lo ocurrido en la noche, examinó, entornando los ojos con una expresión de inteligente, los dos agujeros abiertos por las balas en la pared.

—¿Y usted tenía la cabeza aquí, donde la tengo yo?... ¡Futro!...

Su mirada reflejó admiración, devota idolatría, ante aquel hombre portentoso que acababa de salvarse por un verdadero milagro.

Febrer interrogó al muchacho sobre el supuesto agresor, fiando en su conocimiento de las gentes del país, y el *Capellanet* sonrió con aire de persona importante. Había escuchado el aullido. Era el mismo modo de *aucar* que tenía el *Cantó*: muchos se hubiesen imaginado que era él. Lo mismo aullaba en las serenatas, en las tardes de baile y a la salida de los cortejos.

—Pero no es él, don Jaime: estoy seguro. Si al *Cantó* le preguntan, dirá que sí por darse importancia. Pero era el otro, el *Ferrer*, le conocí la voz, y Margalida cree lo mismo.

A continuación, con gesto grave, habló del necio miedo de las mujeres, que sostenían la necesidad de avisar a la Guardia civil de San José.

—Usted no hará eso. ¿Verdad, don Jaime, que es un disparate? Los civiles solo sirven para los cobardes.

La sonrisa despectiva y el encogimiento de hombros con que le contestó Febrer devolvieron al muchacho su aspecto alegre.

—Ya me lo figuraba yo: eso no se usa en la isla. ¡Pero como usted es forastero!... Hace usted bien: cada hombre debe defenderse él mismo; para eso es hombre; y en caso apurado, buscar a los amigos.

Y al decir esto pavoneábase, resumiendo en su persona toda la ayuda poderosa con que podía contar don Jaime en momentos de peligro.

El *Capellanet* quiso sacar provecho de este suceso, aconsejando al señor la conveniencia de llevarle a vivir en la torre. Si él se lo pedía al *siñó* Pep, éste no era capaz de negarle tal favor. Le convenía a don Jaime tenerle a su lado: siempre serían dos para defenderse. Y para apoyar la urgencia de la petición, recordaba el enfado del *siñó* Pep, y la certeza de que éste iba a llevarlo a Ibiza a principios de la semana próxima, para encerrarle en el Seminario. ¿Qué haría el señor cuando se viese privado del más fiel de sus amigos?...

Queriendo demostrar la utilidad de su presencia, censuraba los olvidos de Febrer en la noche anterior. ¿A quién podía ocurrírsele asomar la cabeza a la puerta cuando de fuera le estaban *aucando* con el arma preparada? Por milagro no lo habían matado. ¿Y la lección que él le dio? ¿No recordaba su consejo de bajar por la ventana, a espaldas de la torre, para sorprender al enemigo?...

—Es verdad —dijo Jaime, realmente avergonzado de su olvido.

El *Capellanet*, que saboreaba orgulloso el éxito de estos consejos, tuvo un sobresalto al mirar por el hueco de la puerta.

—¡El pare!...

Pep subía la cuesta lentamente, con los brazos atrás y el aspecto meditabundo. El muchacho se alarmó al verle. Indudablemente, venía malhumorado por las recientes noticias: no le convenía encontrarse con él. Y repitiendo a Febrer una vez más la conveniencia de que le guardase como compañero, echó las piernas fuera de la ventana, apoyó su vientre en el alféizar, y se deslizó por el muro.

El payés, al entrar en la torre, habló sin ninguna emoción del suceso de la noche anterior, como si fuese un hecho normal que solo alteraba levemente la monotonía de la vida del campo. Las mujeres le habían contado... él tenía un sueño pesadísimo... ¿De modo que no había sido nada?...

Escuchó con los ojos bajos y los pulgares juntos el breve relato del señor. Luego fue a la puerta, para contemplar las huellas de los proyectiles.

—Un milagro, don Jaime, un verdadero milagro.

Volvió a su silla, permaneciendo inmóvil largo rato, como si le costase un gran esfuerzo interior hacer funcionar su tardo pensamiento.

—El demonio anda en libertad, señor... Era de esperar; ya lo dije yo... Cuando se quieren cosas imposibles, todo se enreda y se acaba la paz.

Luego, levantando la cabeza, fijó sus ojos fríos y escrutadores en don Jaime. Habría que avisar al alcalde; habría que decir todo esto a la Guardia civil.

Febrer hizo un gesto negativo. No; era un asunto de hombres, que debía ventilar él mismo.

Pep quedó con la vista fija en el señor, de un modo enigmático, como si en su pensamiento luchasen encontradas ideas.

—Hace usted bien —dijo al poco rato el cachazudo payés.

Los forasteros pensaban de distinto modo, pero él se alegraba de que el señor dijese lo mismo que decía su pobre padre (que en santa gloria esté). En la isla todos pensaban igual: lo antiguo era lo cierto.

Luego, Pep, sin consultar al señor, expuso su propósito de ayudarle en su defensa. Era un deber de amistad. Él tenía su escopeta en la casa. Hacía tiempo que no la usaba, pero en sus mocedades, cuando vivía su famoso padre (que en santa gloria esté), había sido un regular tirador. Vendría a pasar las noches en la torre, al lado de don Jaime, para que éste no viviese solo, expuesto a una sorpresa durante el sueño.

Tampoco se extrañó el payés de la rotunda negativa del señor, algo ofendido por la proposición. Él era un hombre, no un chiquillo necesitado de compañía. Cada uno en su casa, y podía venir lo que la suerte quisiera.

Pep asintió igualmente con movimientos de cabeza a estas palabras. Lo mismo decía su padre, y como él todas las personas de bien que seguían los antiguos usos. Parecía Febrer un hijo verdadero de la isla... Luego, ablandado por la admiración que le inspiraba la energía de don Jaime, le propuso otro arreglo. Ya que el señor no quería compañía en su torre, podía bajar a dormir en *Can Mallorquí*. Una cama se la improvisarían en cualquier parte.

Febrer sintióse tentado por la proposición. ¡Ver a Margalida!... Pero el tono de flojedad con que el padre le invitaba y el gesto inquieto con que aguardó su respuesta le hicieron desistir. No; muchas gracias, Pep se quedaba en la torre. Podían creer que cambiaba de vivienda a impulsos del miedo.

El payés volvió a mover la cabeza con signos de asentimiento. Comprendía esta actitud; lo mismo haría él en su situación. Pero esto no era obstáculo para que Pep durmiese menos por la noche, y si oía gritos o tiros cerca de la torre saliese al campo con su vieja escopeta.

Y como si esta obligación que se imponía de dormir con zozobra, pronto a exponer la piel en defensa de su antiguo amo, rompiese la calma en que se había mantenido hasta entonces, el payés elevó los ojos y juntó sus manos:

—¡Ay, Siñor! ¡Siñor!...

El diablo andaba suelto; volvía a repetirlo: ya no había tranquilidad. Todo por no creerle a él; por ir contra la corriente de los usos antiguos, que establecieron personas más sabias que las de ahora... ¿En qué pararía todo esto?

Febrer intentó tranquilizar al payés, y se le escapó un pensamiento que deseaba mantener oculto. Podía tranquilizarse Pep. Él se marchaba para siempre, no queriendo turbar su paz y la de su familia.

¡Ah! ¿Era de veras que se iba el señor?... La alegría del campesino fue tan grande y tan viva su sorpresa, que Jaime quedó indeciso. Le pareció ver en los ojillos del rústico, animados por el gozo de la noticia inesperada, cierta malicia. ¿Si creería aquel isleño que su repentino viaje era por huir de los enemigos?...

—Me voy —dijo mirando a Pep con hostilidad—, pero no sé cuándo. Más adelante... cuando me parezca. Antes tengo que vivir aquí, para que me encuentre el que me busque.

Pep tuvo un gesto de resignación: se desvaneció su alegría; pero estuvo próximo a asentir también a estas palabras, añadiendo que lo mismo hubiese hecho su padre y lo mismo creía él.

Cuando el payés se levantó para marcharse, Febrer, que estaba junto a la puerta, distinguió cerca de la alquería al *Capellanet*, y esto trajo a su memoria el deseo del muchacho. Si a Pep no le molestaba su petición, podía dejar al *atlot* para que le acompañase en la torre.

Pero el padre acogió su ruego ásperamente. No, don Jaime. Si necesitaba compañía, allí estaba él, que era un hombre. El muchacho a estudiar. El diablo iba suelto, y hora era ya de imponer su autoridad y que la familia no siguiese desarreglada. En la próxima semana pensaba llevarlo al Seminario. Era su última palabra.

Febrer, al quedar solo, bajó a la orilla del mar. El tío Ventolera reparaba con estopa y alquitrán las junturas de su barca, puesta en seco. Tendido en ella como si fuese un enorme ataúd, buscaba con sus débiles ojos los intersticios, y al encontrar uno falto de carena, su alegría le hacía prorrumpir a toda voz en latinajos cantados.

Al notar que la barca se movía y ver apoyado en la borda al señor, el viejo tuvo una sonrisa maliciosa, e interrumpió sus cánticos.

—*¡Hola, don Chaume!...*

Lo sabía todo. Las mujeres de *Can Mallorquí* le habían contado la noticia, y a aquellas horas circulaba por el *cuartón*, pero de oído en oído, como se debe hablar de estas cosas, sin que se enteren las gentes de la justicia, que solo sirven para enredarlo todo. ¿Conque le habían buscado la noche anterior, *aucándolo* para que saliese de la torre?... ¡Ji, ji! A él también... a él también, en otros tiempos, cuando hacía el amor a su difunta entre dos viajes, lo había *aucado* cierto camarada que era rival suyo. Pero él se llevó a la muchacha por tener la mano más lista; total, una cuchillada al amigo en pleno pecho, que le tuvo mucho tiempo entre la vida y la muerte. Luego había vivido en guardia siempre que bajaba a tierra, para librarse de la venganza de su enemigo; pero los años pasan, todo se olvida, y los dos compadres acabaron por contrabandear juntos, navegando desde Argel a Ibiza o las costas de España.

El tío Ventolera reía, con risa infantil, complacido por estos recuerdos juveniles que resurgían en su memoria siempre que oía hablar de tiros, cuchilladas y provocaciones en la noche. ¡Ay! ¡A él ya no lo *aucarían*! Esto quedaba para los jóvenes. Y su acento era melancólico al no verse mezclado en los lances de amor y de guerra, que juzgaba indispensables para una existencia feliz.

Febrer le dejó cantando la misa mientras terminaba su carenaje. En la torre encontró la cesta de su comida sobre la mesa. El *Capellanet* la había dejado sin esperar, obedeciendo sin duda a algún llamamiento urgente de su padre malhumorado. Después de comer volvió Jaime a contemplar los dos agujeros que los proyectiles habían abierto en el muro. Pasada la excitación del peligro, y al apreciar fríamente la gravedad de éste, sintió una cólera vengativa, más intensa que la que le había impulsado hacia la puerta en la noche anterior. Unos milímetros más abajo al apuntar, y habría rodado en la oscuridad, al pie de la puerta, como una bestia cazada. ¡Cristo! ¡Y así podía morir un hombre de su clase, víctima de la traición y el acecho de uno de aquellos rústicos!...

Su cólera tomó un impulso vengativo. Sintió la necesidad de provocar, de ser arrogante, de aparecer sereno y amenazador ante aquellos hombres, entre los cuales se ocultaban sus adversarios.

Descolgó la escopeta, examinó sus cargas, se la echó al hombro y descendió de la torre, tomando el mismo camino de la tarde anterior. Al pasar junto a *Can Mallorquí*, los ladridos del perro hicieron salir a la puerta a Margalida y su madre. Los hombres estaban en un campo lejano que cultivaba Pep. La madre, lloriqueante y con la palabra cortada por la emoción, solo sabía coger las manos del señor.

—¡Don Chaume! ¡Don Chaume!...

Debía tener mucho cuidado, salir poco de la torre, estar en guardia contra los enemigos. Y Margalida, silenciosa, con los ojos desmesuradamente abiertos, contemplaba a Febrer, revelando admiración y zozobra. No sabía qué decir; su alma simple parecía recogerse humildemente, no encontrando palabras para expresar sus pensamientos.

Jaime continuó su camino. Al volverse repetidas veces vio a Margalida, de pie bajo el porche, siguiéndolo con visible ansiedad. El señor iba de caza como otras veces, pero ¡ay! tomaba el sendero de la montaña, iba hacia el bosque de pinos, en una de cuyas calvas estaba la herrería.

Durante el camino rumiaba Febrer proyectos de ataque. Estaba resuelto a una acción inmediata. Apenas saliese el *verro* a la puerta de su casa, le dispararía los dos tiros de la escopeta. Él ventilaba sus negocios a la luz del Sol, y sería más afortunado: sus dos balas no irían a clavarse en el muro.

Pero al llegar a la fragua la encontró cerrada. ¡Nadie! El herrero había desaparecido; la vieja vestida de negro no estaba allí para recibirle colérica con el fulgor hostil de su único ojo.

Se sentó al pie de un árbol como la otra vez, con la escopeta preparada, resguardándose detrás del tronco, por si esta soledad ocultaba una asechanza. Transcurrió mucho tiempo; las palomas silvestres, enardecidas por la calma y la soledad de la fragua, revoloteaban en la plazoleta sin fijarse en el cazador, inmóvil y olvidado de ellas. Un gato avanzaba lentamente por el ruinoso tejado, con estiramientos de tigre, pretendiendo atrapar a los inquietos gorriones.

Pasó más tiempo. La espera y la inmovilidad serenaron a Febrer. ¿Qué hacía allí, lejos de su casa, en medio del monte, próximo ya el crepúsculo, esperando a un enemigo de cuya culpabilidad solo tenía vagos indicios? El herrero tal vez estaba en su casa. Se habría encerrado al verle llegar, y era inútil esperarle. También podía ser que se hubiera marchado lejos, con la vieja, y no volviese hasta bien entrada la noche. Debía partir.

Y con la escopeta en la mano, para ser el primero en disparar si encontraba al enemigo, emprendió el regreso al valle.

Otra vez volvió a encontrar en el camino payeses y muchachas que le miraron con tenaz curiosidad, contestando apenas a su saludo. Otra vez vio al *Cantó* con su cabeza entrapajada, en el mismo sitio, rodeado de amigos, a los que hablaba con violentas gesticulaciones. Al reconocer al señor de la torre, antes de que sus camaradas pudieran sujetarle, se agachó, y agarrando dos piedras en los endurecidos surcos, arrojólas contra aquél. Los rústicos proyectiles, a impulsos de un brazo débil, no llegaron a hacer la mitad de su camino. Luego, irritado por la despectiva serenidad de Febrer, que seguía adelante, el *atlot*, prorrumpió en amenazas. ¡Mataría al mallor-quín! lo declaraba a gritos. ¡Que todos supiesen que él juraba el exterminio de este hombre!

Jaime sonrió tristemente ante estas amenazas. No; el cordero rabioso no era el que había venido a la torre del Pirata a matarle. Sus escandalosas vociferaciones bastaban para demostrarlo.

El señor pasó tranquilamente la primera parte de la noche. Luego de cenar, cuando se fue el hermano de Margalida con la triste certeza de que su padre no desistía de llevarlo al Seminario, Jaime cerró la puerta, colocando tras ella la mesa y las sillas. Temía ser sorprendido durante el sueño. Apagó la luz y fumó en la oscuridad, complaciéndose en el latido del pequeño tizón del cigarro, que se ensanchaba con sus chupetones. Tenía la escopeta cerca y el revólver en la faja, pronto a hacer uso de ellos al menor movimiento de la puerta. Habituado su oído a los rumores de la noche y a la respiración del mar, buscaba al través de éstos un roce, un indicio de que en aquella soledad había otros seres humanos aparte de él.

Pasó mucho tiempo. A la luz del cigarro miró la esfera de su reloj. Las diez. Lejos sonaron ladridos, y Jaime creyó reconocer al perro de *Can Mallorquí*. Tal vez delataba el paso de alguien aproximándose a la torre. Ya estaba cerca el enemigo: era posible que se arrastrase cautelosamente, fuera de la senda, entre las ramas de los tamariscos.

Se incorporó, requiriendo la escopeta, buscando en su faja el revólver. Tan pronto como oyese un grito de reto o un temblor en la puerta, se echaba ventana abajo, y dando vuelta a la torre, cogía al enemigo por la espalda.

Pasó más tiempo... ¡Nada! Febrer quiso mirar el reloj, pero sus manos no obedecían a su voluntad. Ya no brillaba en la sombra la punta rojiza del cigarro. Su cabeza había acabado por caer sobre la almohada; sus ojos se cerraron: oyó gritos de reto, tiros, maldiciones, pero esto fue en un estado anormal, como si viviese en otro mundo, donde los insultos y los ataques no despertaban su sensibilidad. Luego... nada: una sombra densa, una noche profunda e interminable, sin el más leve destello de visión... Le despertó un rayo de Sol que, pasando por una rendija de la ventana, venía a dar en sus ojos. Renació con la luz diurna la blancura de aquellos muros, que parecían sudar durante la noche la sombra y el bárbaro misterio de otros siglos.

Jaime se levantó contento, y al deshacer la barricada de muebles que obstruía la puerta, rió algo avergonzado de su precaución, considerándola casi una cobardía. Las mujeres de *Can Mallorquí* le habían trastornado con su miedo. ¡Quién podía venir a buscarle en la torre, sabiendo que estaba alerta y lo recibiría a tiros! La ausencia del *Ferrer* cuando él se había presentado en la fragua y la calma de la noche anterior daban que pensar a Jaime. ¿Estaría herido el *verro*? ¿Le habría alcanzado alguna de sus balas?...

Pasó la mañana en el mar. El tío Ventolera le llevó hasta el Vedrá, alabando la ligereza y otros méritos de su barca. La reparaba año tras año, no quedando en ella ni una astilla de su primitiva construcción. Pescaron al abrigo de las rocas hasta media tarde. Al volver a la torre, Febrer vio al *Capellanet* que corría por la playa agitando en lo alto una cosa blanca.

Antes de saltar a tierra, cuando la barca hundía su proa en la grava, el muchacho le gritó con la impaciencia del que trae una gran noticia:

—*¡Una carta, don Chaume!*

¡Una carta!... En aquel rincón del mundo, el más extraordinario suceso que podía turbar la vida ordinaria era la llegada de una carta. Febrer la revolvió en sus manos, examinándola como algo extraño y lejano. Miró el sello; luego miró la letra del sobre... La conocía; despertaba en su memoria la misma impresión de un rostro amigo al que no podemos asociar un nombre. ¿De quién era?...

El *Capellanet*, mientras tanto, daba explicaciones sobre este gran suceso. La carta la había traído el peatón a media mañana. Era del vapor-correo de Palma, llegado a Ibiza en la noche anterior. Si deseaba contestarla, debía hacerlo sin pérdida de tiempo. El buque volvería a Mallorca al día siguiente.

Mientras iba Jaime hacia la torre, rompió el sobre y buscó la firma, casi al mismo tiempo que en su memoria se precisaba el recuerdo y surgía un nombre: ¡Pablo Valls!... El capitán Pablo le escribía luego de medio año de silencio, y su carta era larga: varias hojas de papel comercial cubiertas de apretada escritura.

A las primeras líneas, el mallorquín sonrió. El capitán estaba allí, en aquellos renglones, con su ruda y desbordante personalidad, escandaloso, simpático y agresivo. Febrer creyó contemplar sobre el papel su nariz enorme y pesada, sus patillas canosas, sus ojos de color de aceite con pintas de tabaco, su chambergo abollado puesto de través.

La carta comenzaba de un modo terrible: «Querido sinvergüenza». Y en el mismo estilo seguían los primeros párrafos.

—Esto vale la pena —murmuró sonriendo—. Esto hay que leerlo despacio.

Y guardando la carta, con el regodeo del que se reserva un gran placer, Jaime subió a la torre después de despedir al muchacho.

Sentado junto a la ventana, con el busto echado atrás y la espalda apoyada en la mesa, comenzó a leer. Una explosión de furia cómica, de insultos cariñosos, de indignaciones por cosas olvidadas, llenaba las primeras páginas. Pablo Valls desbordaba su graciosa incoherencia, como un charlatán condenado largo tiempo al silencio y que sufre el suplicio de una verbosidad comprimida. Echaba en cara a Febrer su origen y su orgullo, que le habían impulsado a huir sin despedirse de los amigos. «Al fin, de raza de inquisidores.» Sus abuelos habían quemado a los de Valls: ¡que no lo olvidase! Pero en algo habían de distinguirse los buenos de los malos; y él, el réprobo, el *chueta*, el hereje aborrecido de unos y otros, había correspondido a esta falta de amistad ocupándose de los asuntos de Jaime. Seguramente le habría escrito varias veces de esto su amigo Toni Clapés, cuyos negocios marchaban bien, como siempre, aunque acababa de sufrir algunas contrariedades. Le habían cogido dos barcas cargadas de tabaco.

«Pero no divaguemos: al grano. Ya sabes que soy un hombre práctico, un verdadero inglés, enemigo de perder el tiempo.»

Y el hombre práctico, el inglés, para no divagar más, cubría otras dos hojas con las explosiones de su indignación contra todo lo que le rodeaba: contra sus hermanos de raza, tímidos y humildes, que besuqueaban la mano enemiga; contra los nietos de los antiguos perseguidores; contra el feroz padre Garau, del que no quedaba ya ni polvo; contra la isla entera, la famosa *Roqueta*, a la que vivían sujetos los suyos por un amor al terruño, pagado siempre con aislamientos e insultos.

«Pero no divaguemos: orden, método y claridad. Sobre todo, escribamos prácticamente. La falta de carácter práctico es lo que nos pierde.»

Y hablaba a continuación de «la Papisa Juana», tremenda señora que Pablo Valls había visto siempre de lejos, por ser para ella la personificación de todas las impiedades revolucionarias y todos los pecados de su raza. «Por este lado no tengas esperanza.» La tía de Febrer solo se acordaba de él para lamentarse de su mal fin y alabar la justicia del Señor, que castiga a los que caminan por malos senderos y se apartan de las santas tradiciones de la familia. Unas veces le creía en Ibiza la buena señora; otras afirmaba saber con certeza que habían visto a su sobrino en América, dedicado a los más bajos oficios. «De todos modos, cachorro de inquisidor, tu santa tía no se acuerda de ti y no debes esperar de ella el menor auxilio.» Ahora se murmuraba en la ciudad que renunciando definitivamente a las pompas del mundo y tal vez a la «Rosa de Oro» pontifical, que nunca acababa de llegar, entregaría sus bienes a los sacerdotes de su corte, yendo a encerrarse en un convento con todas las comodidades de una dama de privilegio. «La Papisa» se alejaba para siempre; imposible esperar nada de ella. «Y aquí entro yo, pequeño Garau; yo el réprobo, el *chueta*, el rabudo, que deseo ser adorado y reverenciado por ti como si fuese la Providencia.»

Al fin, el hombre práctico, el enemigo de las divagaciones, cumplía su promesa, y el estilo de la carta tornábase conciso, con una sequedad comercial. Primeramente un largo relato de los bienes que aún poseía Jaime antes de partir de Mallorca, esclavos de toda clase de gravámenes e hipotecas; luego una lista de sus acreedores, que era mayor que la de los bienes, seguida de una relación de intereses y obligaciones, enmarañada red en la que se perdía la memoria de Febrer, pero por en medio de la cual caminaba Valls rectamente, con la seguridad de los de su raza para desentrañar los más confusos negocios.

El capitán Pablo había pasado medio año sin escribir a su amigo, pero ocupándose todos los días de sus asuntos. Había peleado con los más feroces usureros de la isla, insultando a unos, venciendo a otros en astucia, valiéndose de la persuasión o de la bravata, avanzando dineros para satisfacer los créditos más urgentes, cuyos tenedores amenazaban con el embargo y la venta. Total: había dejado limpia y sana la fortuna de su amigo, pero ésta resurgía del terrible combate achicada y casi insignificante. Solo le restaban a Febrer unos miles de duros: tal vez no llegarían a quince; pero mejor era esto que vivir en su antiguo ambiente de gran señor sin tener que comer y sometido a las exigencias de los acreedores. «Ya es hora de que vuelvas.

¿Qué haces ahí? ¿Vas a estar toda tu vida como un Robinsón en esa torre de piratas?» Debía volver inmediatamente, para vivir en alegre modestia. La vida en Mallorca es barata. Además, podía solicitar un empleo del Estado. Con su nombre y sus relaciones no era difícil conseguirlo. También podía dedicarse al comercio, bajo la dirección y consejo de un hombre como él. Si deseaba viajar, no le sería difícil a Valls buscarle una colocación en Argelia, en Inglaterra o en América. El capitán tenía amigos en todas partes. «Vuelve pronto, pequeño Garau, inquisidor simpático; no te digo más.»

Pasó Febrer el resto de la tarde leyendo la carta o paseando por los alrededores de la torre, conmovido por tales noticias. Los recuerdos de su pasada existencia, amortiguados por la vida solitaria, surgían ahora con el mismo relieve que si fuesen sucesos del día anterior. ¡Los cafés del Borne! ¡Sus amigos del Casino!... ¡Volver allá, pasando de un salto a la vida ciudadana, luego de su reclusión casi salvaje en la torre!... Se marcharía cuanto antes: estaba resuelto a ello. Partiría a la mañana siguiente, aprovechando el viaje de vuelta del mismo vapor que había traído la carta.

El recuerdo de Margalida surgió en su memoria, pretendiendo retenerle en la isla. La veía blanca, con sus adorables redondeces y sus ojos tímidos y bajos, que parecían ocultar como un pecado el negro ardor de sus pupilas. ¡Dejarla! ¡no verla más!... ¡Y ella iba a ser de uno de aquellos bárbaros, que profanarían su belleza usándola en las faenas del campo, convirtiéndola poco a poco en una bestia agrícola, negra, callosa y arrugada!...

Pero una afirmación pesimista le arrancó al poco tiempo de esta duda cruel. Margalida no le amaba, no podía amarle. Un mutismo desconcertante y lágrimas misteriosas era todo lo que él había podido conseguir con sus declaraciones de amor. ¿A qué empeñarse en conquistar lo que a todos parecía imposible? ¿Por qué seguir la lucha sorda con toda la isla, por una mujer que aún no sabía él ciertamente si le amaba?

La alegría de las recientes noticias volvió escéptico a Febrer. «Nadie se muere de amor.» Le costaría un gran esfuerzo abandonar aquella tierra al día siguiente; experimentaría honda tristeza al perder de vista la blancura africana de *Can Mallorquí*. Pero al sentirse libre del ambiente de la isla y volver a su antigua existencia, tal vez no fuese Margalida más que un pálido recuerdo, y él reiría el primero de esta pasión de una *atlota* hija de un antiguo arrendatario de su familia.

No vaciló más. Esta noche la pasaría en la soledad de la torre, como un hombre primitivo de los que viven acechados por el peligro, dispuestos a matar; a la noche siguiente estaría sentado ante la mesa de un café, bajo el resplandor de los focos eléctricos, viendo carruajes junto a las aceras y pasando por el centro del Borne mujeres más hermosas que Margalida. «¡A Mallorca!» No viviría en un palacio: el caserón de los Febrer lo perdía para siempre en el arreglo revolucionario y salvador ideado por el amigo Valls; pero no le faltaría una casita pequeña y limpia en el Terreno u otro barrio vecino al mar, y en ella la compañía y los cuidados maternales de *madó* Antonia. Ninguna tristeza, ninguna vergüenza le esperaba allá. Hasta se vería libre de don Benito Valls y de su hija, a los que había abandonado de un modo incorrecto, sin palabras de excusa. El rico *chueta*, según anunciaba su hermano en la carta, vivía ahora en Barcelona para cuidar mejor de su salud. Indudablemente, como creía el capitán Pablo, este viaje era para encontrar un yerno lejos de las preocupaciones que perseguían en la isla a los de su raza.

Al cerrar la noche llegó el *Capellanet* llevando la cesta de la cena. Mientras Febrer comía ávidamente, con el buen apetito de la alegría, el muchacho anduvo por la habitación, atisbando con ojos ansiosos, por si podía encontrar aquella carta que había excitado su curiosidad. «Nada.» La alegría del señor acabó por contagiarle, y rió también, sin saber de qué, creyéndose obligado a mostrar buen humor, ya que don Jaime estaba contento.

Febrer bromeó sobre su próxima ida al Seminario. Pensaba hacerle un regalo, pero un regalo extraordinario, como él no podía imaginárselo, y al lado del cual nada valdría el cuchillo. Sus ojos, al decir esto, miraban la escopeta colgada del muro.

Cuando se fue el muchacho, cerró la puerta y se entretuvo a la luz de la vela en hacer el inventario y distribución de los objetos que llenaban su vivienda. En un antiguo arcón de madera, tallado a cuchillo groseramente, estaban dobladas con cuidado por Margalida, entre hierbas olorosas, las ropas con que había llegado él de Mallorca. Las vestiría a la mañana siguiente. Pensó con cierto terror en el suplicio de las botas y el tormento del cuello de la camisa, después de su larga temporada de campestre libertad; pero quería salir de la isla lo mismo que había venido a ella. Lo demás lo regalaba a Pep y la escopeta a su hijo, riendo del gesto del pequeño seminarista ante este presente, que llegaba algo tarde... Ya cazaría, con ella cuando fuese cura de uno de los *cuartones* de la isla.

Volvió a sacar del bolsillo la carta de Valls, complaciéndose en leerla lentamente, como si cada vez encontrase en su texto nuevas noticias. Mientras leía estos párrafos, que ya le eran familiares, su pensamiento trabajaba aparte a impulsos de la alegría. ¡El buen amigo Pablo! ¡Y qué a tiempo llegaban sus consejos!... Le sacaba de Ibiza en el instante más oportuno, cuando se veía en guerra abierta con todas aquellas gentes rudas, que deseaban la muerte del forastero. No se equivocaba el capitán. ¿Qué hacía allí, como un Robinsón, que ni siquiera podía disfrutar la placidez de la soledad?... Valls, oportuno como siempre, le libraba del peligro.

Su vida de horas antes, cuando aún no había recibido la carta, parecíale absurda y ridícula.. Ahora era otro hombre. Sonreía con lástima y vergüenza de aquel loco que el día anterior, llevando la escopeta al hombro, había emprendido el camino de la montaña para buscar a un antiguo presidiario, retándolo a bárbaro combate en la soledad del bosque. ¡Como si toda la vida del planeta estuviese concentrada en la pequeña isla y hubiera que matar para poder existir en ella!... ¡Como si no hubiese vida ni civilización más allá de la sábana azul que rodeaba a este pedazo de tierra, con su grupo humano de almas primitivas, petrificadas en las costumbres de otros siglos! Ésta era la última noche de su existencia salvaje. Al día siguiente, todo lo ocurrido no sería más que una aglomeración de recuerdos interesantes, con cuyo relato podría entretener a sus amigos del Borne.

Cortó Febrer repentinamente sus pensamientos, separando los ojos del papel. Al encontrar su mirada una mitad de la habitación en la sombra y otra mitad en una luz rojiza que hacía temblar los objetos, pareció volver del lejano viaje al que le arrastraba su imaginación. Aún vivía en la torre del Pirata; aún estaba en medio de lobregueces, de una soledad poblada por los rumores de la Naturaleza, en el interior de un cubo de piedra cuyas paredes parecían sudar lóbrego misterio.

Algo había sonado fuera de la torre: un grito, un aullido, distinto del de la otra noche, más sofocado, más lejano. Jaime tuvo la sensación de que este grito venía de muy cerca, de que tal vez lo lanzaba alguien oculto en los grupos de tamariscos.

Concentró su atención, y al poco rato el aullido volvió a sonar. Era el mismo *aucamiento* de la otra noche, pero sordo, quedo, ronco, como si el que lo lanzaba tuviese miedo de que el grito se esparciese demasiado, colocando sus manos en torno a la boca para enviarlo con esta bocina natural únicamente hacia la torre.

Pasada la primera sorpresa, rió silenciosamente, encogiendo los hombros. No pensaba moverse. ¿Qué le importaban ya estas costumbres primitivas, estos retos de payeses? «Aúlla, buen hombre; grita hasta que te canses: estoy sordo.»

Y para distraer su atención volvió a leer la carta, complaciéndose en el saboreo de la larga lista de acreedores, muchos de cuyos nombres evocaban visiones coléricas o grotescos recuerdos.

El aullido continuó sonando a largos intervalos, y cada vez que su ronca estridencia cortaba el silencio, Febrer se estremecía de impaciencia y de cólera. «¡Cristo! ¿Iba a pasar así la noche, desvelado por esta serenata amenazadora?...»

Pensó que tal vez el enemigo, oculto en la maleza, veía las rendijas de la puerta iluminadas y esto le hacía persistir en sus provocaciones. Apagó la vela y se tendió en la cama, experimentando una sensación de bienestar al verse en la oscuridad, con la espalda hundida en las crujientes blanduras del jergón. Podía aullar horas y horas hasta perder la voz aquel bárbaro. Él no quería moverse. ¿Qué le importaban sus insultos?... Y rió con una alegría de bienestar animal, en la blandura de su lecho, mientras el otro enronquecía oculto tras los matorrales, con el arma preparada y el ojo atento. ¡Qué chasco para el enemigo!...

Febrer casi se durmió arrullado por estos gritos de amenaza. Había colocado tras la puerta la misma barricada de la noche anterior. Mientras sonasen los gritos tenía la certeza de que ningún peligro le amenazaba. De pronto, se incorporó, repeliendo ese sopor que precede al sueño. Ya no sonaban aullidos. Lo que le había desvelado era el misterio del silencio, más amenazador e inquietante que las vociferaciones de la hostilidad.

Avanzando la cabeza, creyó percibir entre los rumores confusos y fundidos de la respiración nocturna un roce, un leve crujir de madera, algo semejante al ligero peso de un gato trepando de peldaño en peldaño por la escala de la torre, con largas pausas de inmovilidad.

Jaime buscó el revólver y aguardó con él en la diestra. El arma parecía temblar entre sus dedos. Comenzaba a sentir la cólera del hombre fuerte que adivina junto a su puerta el rondar de un enemigo.

La lenta ascensión se detuvo, tal vez en mitad de la escala, y tras largo silencio, oyó el solitario una voz queda, una voz que sonaba solo para él. Era la voz del *Ferrer*: la reconocía. Le invitaba a salir; le llamaba cobarde, uniendo a este insulto otras injurias para la odiada isla donde había nacido.

Con irreflexivo impulso, se levantó Jaime de la cama, sonando ruidosamente el jergón bajo el hundimiento de sus rodillas. Al estar de pie, en la oscuridad, con el revólver en la mano, volvió a tenerse lástima por este movimiento y a despreciar a su retador. ¿Por qué hacerle caso? Debía volver a acostarse... Hubo una larga pausa, como si el enemigo, al escuchar los crujimientos del jergón, esperase que el habitante de la torre fuera a salir de un momento a otro. Pero transcurrió algún tiempo, y la voz ronca e injuriosa volvió a sonar en la calma de la noche. Le llamaba cobarde otra vez; invitaba a salir al mallorquín. «Sal, hijo de...»

Febrer, ante este insulto, tembló, guardándose el revólver en la faja. ¡Su madre, su pobre madre, pálida, enferma, dulce como una santa, resucitando con el más infamante de los insultos en la boca de aquel presidiario!...

Anduvo instintivamente hacia la puerta, tropezando a los pocos pasos con la mesa y las sillas amontonadas. No; la puerta no... Un rectángulo de luz brumosa y azul se marcó en el muro lóbrego. Jaime acababa de abrir la ventana. El fulgor sideral iluminó débilmente la contracción de su rostro, un rictus frío, desesperado, cruel, que le daba gran semejanza con el comendador don Príamo y otros navegantes de guerra y destrucción, cuyos retratos se empolvaban en el palacio de Mallorca.

Sentóse en el alféizar, echando las piernas fuera, y lentamente empezó a descender, tanteando con los pies las oquedades del muro para evitar que rodasen piedras sueltas, denunciándole con su estrépito.

Al tocar tierra sacó el revólver de la faja, y agachándose, casi de rodillas, con una mano en el suelo, comenzó a seguir el contorno de la base de la torre. Sus pies se enredaron en las raíces de los tamariscos que el viento había dejado al descubierto, y se hundían en la arena como marañas de serpientes negras. Cada vez que un tropezón de éstos le hacía vacilar, obligándole a rudos tirones para seguir adelante, cada vez que una piedra rodaba o crujía, deteníase, conteniendo su respiración. Temblaba, no de miedo, sino de ansiedad y zozobra, con la inquietud del cazador que teme llegar tarde. ¡Ah, si caía sobre el enemigo, si le pillaba cerca de la puerta, lanzando a media voz sus mortales injurias!...

Arrastrándose como una bestia, casi a flor del suelo, llegó a ver el extremo inferior de su escala, luego los peldaños superiores, y al fin la puerta negra en mitad del cubo de la torre, que aparecía blanco bajo el fulgor de las estrellas. ¡Nadie! El enemigo había huido.

La sorpresa le hizo incorporarse, avizorando con inquietud la negra y ondulante mancha de matorrales que se extendía ladera abajo. Este examen duró poco. Un culebreo rojo, una ondulación llameante y breve, seguida de una nubecilla y de un trueno, salió de entre los tamariscos, a corta distancia de él. Jaime creyó recibir en el pecho una piedra, un guijarro caliente que tal vez había hecho saltar el estrépito de la detonación.

«¡No es nada!», pensó.

Pero al mismo tiempo viose en el suelo, sin saber cómo, tendido de espaldas.

«¡No es nada!», pensó otra vez.

Y revolviéndose instintivamente, dio la vuelta, quedando con el pecho en tierra, apoyado en una mano y tendiendo la otra, que empuñaba el revólver. Sentíase fuerte, repetía en su interior que aquello no era nada, pero el cuerpo se negó con súbita torpeza a obedecer su voluntad. Parecía pegado al suelo por una dolorosa simpatía.

Vio agitarse los matorrales como movidos por una bestia oscura, cautelosa y maligna. Allí estaba el enemigo. Primero avanzó la cabeza, luego el busto, al fin sacó las piernas de entre el ramaje crujidor.

Febrer, con la rápida visión que acompaña al ahogado y al moribundo en sus últimos instantes, visión en la que se concentran los fugitivos recuerdos de toda la vida anterior, pensó en su juventud, cuando tiraba a la pistola en el jardín de Palma tendido en el suelo y fingiéndose herido, como un ensayo de ilusorios encuentros. Por primera vez iba a servirle esta caprichosa precaución.

Vio claramente el bulto negro del enemigo inmóvil ante el punto de mira de su revólver. Le vio cada vez más turbio, más indeciso, como si la noche se oscureciese por momentos. Avanzaba cautelosamente, también con un arma en la mano, sin duda para rematarlo. Entonces tiró del gatillo una, y otra, y otra vez, creyendo que el arma no funcionaba, sin llegar a oír sus detonaciones, diciéndose en su desesperación que el enemigo iba a caer sobre él, privado de defensa. Ya no le veía. Una niebla blanca se extendió ante sus ojos; le zumbaron los oídos... Pero cuando creía sentir cerca de él a su contrario, la niebla se deshizo, volvió a ver la luz tranquila y azul de la noche, y a pocos pasos, tendido igualmente en el suelo, un cuerpo que se revolvía, que se arqueaba, arañando la tierra, lanzando un ronquido angustioso, un hipo de muerte.

Jaime no pudo comprender este prodigio. ¿Realmente era él quien había tirado?...

Quiso levantarse, y sus manos, al palpar el suelo, chapotearon en un barro denso y caliente. Se tocó el pecho, y también lo encontró mojado por algo tibio y espeso que chorreaba en hilillos sutiles e incesantes. Intentó contraer las piernas para arrodillarse, y las piernas no le obedecieron. Solo entonces se convenció de que estaba herido.

Sus ojos perdieron la limpieza de su visión. Contempló doble la torre, luego triple, después toda una cortina de cubos de piedra que se extendía por la costa hundiéndose mar adentro. Esparcióse un gusto acre por su paladar y sus labios. Le pareció que bebía algo caliente y viscoso, pero que lo bebía al revés, por un capricho del mecanismo de su vida, viniendo el extraño licor a su paladar desde lo más recóndito de sus entrañas. El bulto negro que se revolvía entre ronquidos a pocos pasos de él agrandábase cada vez que en sus contorsiones tocaba el suelo. Era ya una bestia apocalíptica, un monstruo de la noche que al arquearse llegaba a las estrellas.

El ladrido de un perro y voces de personas disolvieron estas fantasmagorías de la soledad. De la sombra surgieron luces.

—*¡Don Chaume! ¡Don Chaume!...*

¿De quién era esta voz femenil? ¿Dónde la había oído?...

Vio bultos negros que se movían, que se inclinaban, llevando en las manos estrellas rojas. Vio un hombre que retenía a otro más pequeño, y en la mano de este último un relámpago blanco, tal vez un cuchillo, con el que pretendía rematar al monstruo pataleante.

No vio más. Sintió que unos brazos suaves, de fina epidermis y dulce calor, le cogían la cabeza. Una voz, la misma de antes, trémula y llorosa, sonó en sus oídos:

—*¡Don Chaume! ¡Ay, don Chaume!...*

Percibió en su boca un roce dulce, algo suave que le acariciaba sedosamente, y poco a poco fue extremando su contacto hasta convertirse en un beso frenético, desesperado, rabioso de dolor.

El herido, antes de perder la vista, sonrió débilmente al reconocer junto a sus ojos unos ojos lacrimosos de amor y de pena: los ojos de Margalida.

IV

Al verse Febrer en una pieza de *Can Mallorquí*, tendido en una cama alta —tal vez la cama de Margalida—, fue dándose cuenta de lo ocurrido poco antes.

Había llegado por su pie a la alquería, apoyado en Pep y su hijo, sintiendo a sus espaldas unas manos de simpático tacto que parecían temblar. Eran remembranzas vagas, imprecisas, rodeadas de un nimbo de blanca niebla; algo semejante a la confusa memoria de hechos y palabras luego de un día de embriaguez.

Recordaba que su frente había buscado con mortal pereza un apoyo en el hombro de Pep; que las fuerzas le iban abandonando, como si la vida se escapase con el chorreo caliente y viscoso que cosquilleaba a lo largo de su pecho y su espalda. Recordaba también que tras sus pasos sonaban gemidos sordos, palabras entrecortadas implorando el auxilio de todos los poderes celestiales. Y él, en medio de su debilidad, latentes las sienes por el zumbido cerebral que acompaña al desvanecimiento, hacía esfuerzos para concentrar sus energías en las piernas, avanzando paso tras paso, con el temor de quedarse para siempre en el camino. ¡Qué interminable la bajada a *Can Mallorquí*! Había durado horas, había durado días: en su memoria oscura aparecía esta marcha casi tan larga como toda su vida anterior.

Cuando brazos amigos le ayudaron a subir al lecho y a la luz de un candil fueron despojándolo de sus ropas, experimentó Febrer una sensación de bienestar y descanso. ¡No levantarse más de estas blanduras! ¡Permanecer en ellas para siempre!...

¡Sangre!... El rojo escandaloso de la sangre por todas partes: en la chaqueta y la camisa, que cayeron como guiñapos al pie de la cama; en la blancura rígida de las gruesas sábanas; en el cubo de agua que se iba coloreando al mojar Pep un trapo para lavar el busto del herido. Cada prenda arrancada de su cuerpo esparcía en torno una menuda lluvia. Las ropas interiores despegábanse de la carne con un tirón doloroso. La luz del candil, en su llamear vacilante, sacaba de las sombras una eterna nota roja.

Las mujeres prorrumpían en lamentos. La madre de Margalida, olvidando toda prudencia, juntaba las manos y elevaba los ojos con una expresión de terror. «¡Reina Santísima!...» Febrer, a quien el descanso en la cama había devuelto la serenidad, extrañábase de estas exclamaciones. Él se sentía bien: ¿por qué se alarmaban de tal modo las mujeres? Margalida, silenciosa, con los ojos agrandados por el terror, iba de un lado a otro, revolviendo ropas, abriendo arcas, con la precipitación del miedo, pero sin aturdirse al oír los gritos furiosos de su padre.

El buen Pep, ceñudo, con una palidez verdosa en su tez oscura, manejaba al herido al mismo tiempo que daba órdenes. «¡Hilas! ¡muchas hilas!... ¡Silencio las hembras! ¿A qué tantos gritos y lamentos?...» Lo que debía hacer su mujer era ir en busca de cierto pucherete que contenía un ungüento maravilloso guardado a prevención desde los tiempos de su valeroso padre, un *verro* temible habituado a las heridas.

Y cuando la madre, afligida por las órdenes furiosas, quería unirse a Margalida para buscar el remedio, la reclamaba otra vez su marido junto al lecho.

Debía sostener al señor: lo había puesto de lado para examinar y lavar al mismo tiempo el pecho y la espalda. El pacífico Pep había visto de mozo sucesos más estupendos que aquél, y entendía algo de heridas. Al borrar las manchas de sangre con el trapo mojado, dejó al descubierto dos orificios en el busto de don Jaime, uno en el pecho y otro en la espalda... Bueno: la bala le había atravesado el cuerpo; no habría que extraerla, y esto llevaban adelantado.

Con sus manos rústicas, a las que pretendía infundir cierta delicadeza femenil, pugnaba por formar unos tapones de hilas, introduciéndolos en aquellos orificios de carne rota y sanguinolenta, que seguían vomitando mansamente el rojo líquido. Margalida, frunciendo las cejas y desviando la vista para no encontrarse con los ojos del herido, intervino, apartando a Pep. «¡Deje, padre!»; tal vez ella sabría hacerlo mejor... Y Jaime creyó percibir en su carne viva, sensible, vibrante por el cruel rasguño, una impresión de frescura, de dulce calma al hundirse en ella los tapones manejados por los dedos de la muchacha.

Quedó Jaime inmóvil, sintiendo en la espalda y en el pecho los trapos amontonados por las dos mujeres en su horror a la sangre.

El optimismo que le había animado al doblarse sus piernas y caer junto a la torre volvió a reaparecer. Seguramente, aquello no era nada: una herida insignificante; sentíase mejor. Le molestaba, como si fuese algo inoportuno, el gesto triste y silencioso de los que le rodeaban, y sonrió para animarlos. Intentó hablar, pero el primer intento de palabra le produjo una gran fatiga.

El payés le atajó con un gesto. «¡Quieto, don Jaime: debía permanecer inmóvil!» El médico iba a llegar. Su hijo había montado en la mejor caballería de la casa, para traerlo de San José.

Y al ver a don Jaime con los ojos muy abiertos, persistiendo en su sonrisa animosa, Pep siguió hablando para entretener al herido.

Estaba él durmiendo con la pesadez de un sueño inconmovible, cuando le despertaron las voces y tirones de su mujer, los gritos de los *atlots* que corrían hacia la puerta queriendo salir. Fuera de la alquería, por la parte de la torre, sonaban tiros. ¡Otro ataque al señor, lo mismo que dos noches antes!... Pepet, al escuchar los últimos disparos, pareció alegrarse. Eran de don Jaime: conocía el estampido de su revólver.

Pep había encendido el farol que le servía para salir al campo, su mujer cogió el candil, y todos corrieron cuesta arriba hacia la torre, sin pensar en el peligro. El primero que encontraron fue el *Ferrer*, moribundo, con la cabeza chorreando sangre, lanzando aullidos y retorciéndose lo mismo que un demonio... Ya había acabado de penar. ¡Que Dios le acogiese en su misericordia! Pep había tenido que ir a las manos con su hijo, rabioso y maligno como un mono, el cual, al ver al moribundo, extrajo de su faja un gran cuchillo, pretendiendo rematarlo. ¿De dónde habría sacado Pepet aquella arma? ¡El demonio son los muchachos! ¡Famoso juguete para un seminarista!...

Y el padre señalaba con los ojos el cuchillo regalado por Febrer al *Capellanet*, que estaba ahora abandonado sobre una silla.

Luego habían descubierto al señor, caído de bruces cerca de la escalera de la torre. ¡Ay, don Jaime, qué susto el de Pep y su familia! Le habían creído muerto. En estos trances es cuando se conoce el cariño que se tiene a las personas. Y el buen payés, con su mirada lacrimosa, parecía besar al herido, acompañándole en esta caricia muda las dos mujeres, que, encogidas junto a la cama, pretendían devolverle la salud con sus ojos.

Esta mirada de cariño y de zozobra dolorosa fue lo último que vio Febrer. Sus ojos se cerraron, y dulcemente fue cayendo en un sopor, sin ensueños, sin delirio, en la blandura gris de la nada, como si su pensamiento se durmiese antes que su cuerpo.

Cuando volvió a abrir los ojos ya no era roja la luz que alumbraba la habitación. Vio el candil colgado en el mismo sitio, con la mecha negra y apagada. Una luz glacial y lívida penetraba por el ventanillo del dormitorio: la luz del amanecer. Jaime experimentó una sensación de frío. Arrancaban de su cuerpo las cubiertas del lecho; unas manos ágiles iban tentando los envoltorios de sus heridas. La carne, insensible pocas horas antes, estremecíase ahora al más leve contacto, con la espeluznante vibración del dolor, despertando un deseo irresistible de quejarse.

El herido, siguiendo con su mirada nebulosa las manos que le martirizaban, vio unas mangas negras, luego una corbata, un cuello de camisa distinto al que usaban los isleños, y encima de todo esto una cara con bigote cano, una cara que había visto otras veces en los caminos, pero no podía asimilar ahora al recuerdo de un hombre. Poco a poco fue reconociéndolo.

Debía ser el médico de San José, al que había encontrado en muchas ocasiones a caballo o guiando un carrito; un practicón viejo, calzando alpargatas como los payeses, y que solo se diferenciaba de éstos por la corbata y el cuello planchado, signos de superioridad social mantenidos por él cuidadosamente.

¡Cómo le atormentaba este hombre al palpar su carne, que parecía haberse endurecido, haciéndose más sensible, con una sensibilidad enfermiza y tímida, cual si se contrajera al simple contacto del aire!... Cuando perdió de vista esta cara, y no sintió ya el martirio de sus manos, sumióse otra vez en el sopor del descanso. Cerró los ojos, pero su oído pareció aguzarse en esta oscuridad. Hablaban en voz baja fuera de la pieza, en la cocina inmediata, y el herido solo llegó a percibir algunas frases de esta conversación sorda. Una voz desconocida, la del médico, sonaba en medio del angustioso silencio. Felicitábase de que la bala no se hubiese quedado en el cuerpo; indudablemente solo había atravesado en su trayectoria el pulmón. Aquí un coro de exclamaciones de asombro, de ayes contenidos, y la protesta de la misma voz. «Sí, el pulmón; no había que asustarse. El pulmón se cicatriza con facilidad. Es el órgano más bondadoso del cuerpo.» Solo había que temer a la pulmonía traumática.

El herido, escuchando esto, persistía en su optimismo. «No es nada; no es nada.» Y otra vez volvía a sumergirse dulcemente en el brumoso mar del sopor, un mar inmenso, terso, pesado, en el que se hundían visiones y sensaciones sin ondulación ni huellas.

Desde este instante Febrer perdió la noción del tiempo y de la realidad. Vivía aún, estaba cierto de ello, pero su vida era anormal, extraña, una larga vida de sombra e inconsciencia, con ligeros intervalos de luz. Abría los ojos y era de noche. El ventanillo estaba negro y la llama del candil lo coloreaba todo de inquietas manchas rojas que danzaban agarradas a las sombras. Volvía a abrirlos cuando solo consideraba transcurridos unos instantes, y era ya de día. Un rayo de Sol entraba en la habitación trazando un redondel de oro a los pies de la cama. Y de este modo se sucedían con una rapidez fantástica el día y la noche, como si se hubiese trastornado para siempre el curso del tiempo. Cuando no era así, la general revolución, en vez de marchar aceleradamente, se inmovilizaba en una monotonía desesperante.

Al abrir el herido los ojos era de noche, eternamente de noche, como si el globo viviese condenado a interminables tinieblas. Otras veces brillaba el Sol siempre seguido, lo mismo que en los países árticos, sometidos al deslumbramiento irritante de un día de meses.

En un despertar de estos encontró los ojos del *Capellanet*. El muchacho, creyéndole súbitamente mejorado, habló con voz queda para no incurrir en las iras de su padre, que recomendaba el silencio.

Ya habían enterrado al *Ferrer*. El valentón estaba pudriendo tierra. ¡Qué tiros tan certeros los de don Jaime! ¡Qué mano la suya!... Le había deshecho la cabeza.

Recordaba el *atlot* todo lo ocurrido después, con el orgullo del que ha gozado el honor de presenciar un suceso histórico. Habían llegado de la ciudad el juez con su bastón de borlas, el oficial de la Guardia civil y dos señores que llevaban papeles y tinteros, todos con escolta de tricornios y fusiles. Estos personajes omnipotentes, tras un descanso en *Can Mallorquí*, habían subido a la torre, mirándolo todo, escudriñándolo todo, corriendo el terreno como si quisieran tomar medidas, obligándole a él, ¡al *Capellanet*!, a que se tendiese en el sitio en que habían encontrado a don Jaime, adoptando su misma postura. Luego, unos vecinos piadosos, con la venia del juez, se habían llevado el cadáver del *Ferrer* al cementerio de San José, y la imponente comitiva de la justicia bajó a la alquería para hacer preguntas al herido. Imposible hablarle. Dormía, y cuando le despertaban miraba a todos con ojos vagos, volviendo a cerrarlos inmediatamente. ¿De veras que no se acordaba el señor?... Ya le preguntarían otra vez, cuando estuviese restablecido. No había cuidado: todas las gentes honradas, lo mismo que la justicia, «estaban a favor de ellos». Como el *Ferrer* carecía de parientes próximos que le vengasen y se había hecho antipático, los vecinos no tenían interés en callar y todos decían la verdad. El *verro* había ido dos noches a buscar al señor en su torre, y el señor se había defendido. Era indudable que no le harían nada. Lo afirmaba el *Capellanet*, que por sus aficiones belicosas tenía algo de jurisconsulto. «Defensa propia, don Jaime...» En la isla solo se hablaba de este suceso. En los cafés y casinos de la ciudad todos le daban la razón. Hasta habían escrito a Palma relatando el hecho para que lo publicasen los diarios. A estas horas sus amigos de Mallorca estarían enterados de todo.

Las actuaciones del proceso iban a ser cortas. Al único que se habían llevado a Ibiza para meterlo en la cárcel era al *Cantó*, por sus amenazas y mentiras. Intentaba hacer creer que era él quien había ido en busca del odiado mallorquín; ensalzaba al *verro* como una víctima inocente; pero de un momento a otro le pondría en libertad la justicia, cansada de sus trapacerías y embustes. El *atlot* hablaba de él con desprecio. Aquel gallina no podía darse el lujo de matar a un hombre. ¡Todo farsa!

Otras veces, al abrir el herido sus ojos, veía la figura inmóvil y acurrucada de la mujer de Pep mirándolo fijamente con sus pupilas sin expresión, moviendo los labios como si rezase, interrumpiendo este silabeo mudo con suspiros profundos. Apenas se encontraba con la mirada vidriosa de Febrer, corría a una mesita cubierta de botellas y vasos. Su cariño manifestábase con un incesante deseo de hacerle beber todos los líquidos ordenados por el médico.

Cuando Jaime, en su turbio despertar, encontraba el rostro de Margalida, sentía una impresión placentera que le ayudaba a mantenerse con los ojos abiertos. Las pupilas de la muchacha tenían una expresión adorante y temerosa. Parecía implorar misericordia con sus ojos lagrimeantes, aureolados de azul sobre la blancura monástica y delicada del rostro. «¡Por mí! ¡todo por mí!», decía mudamente, con un gesto de remordimiento.

Se aproximaba a él tímida, vacilante, pero sin rubores que alterasen su palidez, como si lo extraordinario de las circunstancias hubiese vencido a su antiguo encogimiento. Arreglaba el embozo del lecho, desordenado por los movimientos del herido, daba a beber a éste y levantaba con manos maternales su cabeza, para ahuecar la almohada. Llevábase un dedo a los labios para imponerle silencio cuando Febrer intentaba hablar.

Una vez, el herido agarró al paso una de sus manos y se la llevó a la boca, acariciándola con un beso prolongado. Margalida no osó retirarla. Únicamente volvió la cabeza para que no viese sus ojos llenos de lágrimas. Gemía con honda angustia, y el enfermo creyó oír las mismas expresiones de remordimiento que otras veces había adivinado en su mirada. «¡Por mi culpa!... ¡Ha sido por mi culpa!» Jaime experimentó una sensación de alegría ante estas lágrimas. ¡Oh dulce «Flor de almendro»!...

Ya no vio más su cara de fina palidez; solo distinguió el brillo de sus ojos envueltos en blancas neblinas, como se ve el resplandor del Sol en un amanecer tempestuoso. Le zumbaron cruelmente las sienes; su mirada se enturbió. Al dulce sopor de antes, blando y vacío como la nada, fue sucediendo un sueño poblado de visiones incoherentes, de imágenes de fuego vibrantes sobre un fondo de intensa negrura, de tormentos que arrancaban a su pecho gemidos de miedo y alaridos de angustia. Algunas veces, en medio de sus espantosas pesadillas, despertábase por un instante, un instante nada más, lo preciso para reconocerse incorporado en la cama, con los brazos sujetos por otros brazos que intentaban mantenerlo inmóvil. Y de nuevo volvía a sumirse en aquel mundo de sombras, poblado de espantos. En este fugaz despertar, que era semejante a la rápida visión luminosa de un respiradero en la lobreguez de un túnel, reconocía junto a su cara las caras afligidas de la familia de *Can Mallorquí*. Otras veces, sus ojos se encontraron con los del médico, y en una ocasión hasta creyó ver las patillas canosas y los ojos color de aceite de su amigo Pablo Valls. «¡Ilusión! ¡Locura!», pensaba al sumirse de nuevo en su inconsciencia.

Mientras sus ojos permanecían sumidos en este mundo lóbrego surcado por los rojos cometas de la pesadilla, su oído vibraba débilmente en ciertos momentos con palabras que parecían sonar lejos, muy lejos, y sin embargo eran pronunciadas junto a su cama. «Pulmonía traumática... Delirio.» Estas palabras eran repetidas por diversas voces, pero él dudaba que se refiriesen a su persona. Sentíase bien; aquello no era nada: un fuerte deseo de seguir acostado; una renuncia de la vida; la voluptuosidad de estar inmóvil, de permanecer allí hasta que llegase la muerte, que no le infundía ahora miedo alguno.

Su cerebro, desordenado por la fiebre, parecía girar y girar en loca rotación, y este movimiento circulatorio evocaba en su memoria confusa una imagen que la había ocupado muchas veces. Veía una rueda, una enorme rueda, inmensa como el globo terráqueo, perdiéndose su parte más alta en las nubes, hundiéndose el arco inferior entre el polvo sideral que brillaba en la negrura celeste. La llanta de esta rueda era de carne animada: millones y millones de criaturas soldadas, amasadas, gesticulantes, con las extremidades libres, moviéndolas para convencerse de su soltura y su libertad, mientras sus cuerpos estaban pegados unos a otros. Los rayos de la rueda atraían la atención de Febrer por sus diversas formas. Unos eran espadas con las sangrientas hojas cubiertas de guirnaldas de laurel, símbolo de heroísmo; otros parecían áureos cetros rematados por coronas de rey o de emperador; varas de justicia; barras de oro formadas de monedas superpuestas; báculos con piedras preciosas, símbolos de divino pastoreo desde que los hombres se agruparon en rebaños para balar temerosos con la vista puesta en lo alto. Y el cubo de esta rueda era un cráneo, blanco, limpio, brillante, como si fuese de marfil pulido; un cráneo enorme lo mismo que un planeta, que permanecía inmóvil, mientras todo giraba en torno de él; un cráneo luminoso como la Luna, que con sus negras oquedades parecía gesticular malignamente, burlándose silencioso de todo este movimiento.

La rueda giraba y giraba. Los millones de seres sujetos a su continua revolución gritaban y manoteaban entusiasmados y enardecidos por la velocidad. Jaime, tan pronto los veía subiendo a lo más alto, como descendiendo cabeza abajo; pero ellos, en su ilusión, creían marchar rectamente, admirando a cada vuelta nuevos espacios, nuevas cosas. Juzgaban como un lugar desconocido y asombroso el mismo punto por el que habían pasado momentos antes. Ignorando la inmovilidad del centro en torno del cual rodaban, creían con la mejor buena fe que el movimiento era de avance. «¡Cómo corremos! ¿Adonde iremos a parar?» Y Febrer sonreía, apiadado de su simpleza, viéndolos ufanarse de la rapidez de su progreso, cuando estaban en el mismo sitio, de la velocidad de una ascensión que emprendían por milésima vez y había de ser seguida fatalmente por el descenso cabeza abajo.

De pronto, Jaime sintióse empujado por una fuerza irresistible. El gran cráneo le sonreía burlonamente, «Tú también: ¿por qué resistirte a tu destino?» Y se encontraba adosado a la rueda, confundido con aquella humanidad crédula e infantil, pero sin el consuelo de su dulce engaño. Y sus compañeros de viaje le insultaban, le escupían, le golpeaban indignados al enterarse de que negaba su movimiento, y le tenían por loco al poner en duda lo que era visible para todos.

La rueda estallaba, poblando el negro espacio de llamas de explosión, de millares de millones de gritos y estremecimientos, que eran otros tantos seres arrojados a través del misterio de la eternidad. Y él caía y caía, durante

años, durante siglos, hasta sentir en su espalda la blandura de la cama...
Abría entonces los ojos. Margalida estaba allí, contemplándolo con expresión de terror a la luz del candil. Debían ser las altas horas de la noche. La pobre muchacha suspiraba de miedo mientras le cogía los brazos con sus manecitas temblorosas.

—*¡Don Chaume! ¡Ay, don Chaume!*...

Había gritado como un loco; se inclinaba fuera de la cama con marcada intención de caer al suelo; hablaba de una rueda y una calavera. ¿Qué era aquello, don Jaime?...

El enfermo sentía el roce amoroso de unas manos dulces que arreglaban las ropas desordenadas, subían el embozo y lo apretaban en torno de sus hombros maternalmente, con el mismo cuidado acariciador que si fuese un niño.

Febrer, antes de sumirse de nuevo en la inconsciencia, antes de atravesar otra vez las puertas ígneas del delirio, veía próximos a sus ojos los ojos húmedos de Margalida, cada vez más tristes y lagrimeantes en sus círculos azulados; sentía el soplo tibio de su aliento en sus propios labios, y luego estremecerse éstos con un contacto sedoso y húmedo, una caricia leve y tímida semejante al roce de un ala. «*Dorga, don Chaume.*» El señor debía dormir. Ya pesar del respeto con que hablaba al herido, sus palabras tenían un susurro de cariñosa intimidad, como si don Jaime fuese otro para ella luego que la desgracia los había aproximado.

El delirio de la fiebre empujaba al enfermo por extraños mundos, donde no persistía la más leve forma de realidad. Se veía otra vez en su torre solitaria. El sombrío cubo ya no era de piedra: estaba formado de cráneos, unidos como bloques, por una argamasa hecha de polvo de huesos. De huesos eran también la colina y los peñascos de la costa, y blancos esqueletos las líneas de espuma que coronaban las rompientes del mar. Todo cuanto abarcaba la vista, árboles y montes, buques e islas lejanas, estaba osificado, con una blancura deslumbradora de paisaje glacial. Cráneos con alas, parecidos a los querubines de los cuadros religiosos, revoloteaban en el espacio, lanzando por su mandíbula caída roncos himnos a la gran divinidad que lo llenaba todo con los bullones de su sudario y cuya cabeza de hueso se perdía en las nubes. Él mismo sentía que uñas invisibles le despojaban de su carne, sanguinolentos andrajos que, por haber estado adheridos a él toda una vida, le arrancaban alaridos de dolor al despegarse. Luego se veía mondo y pulido en su blancura de esqueleto, y una voz remota murmuraba una horrible consagración en sus orejas ausentes. «Había llegado el momento de su verdadera grandeza: dejaba de ser hombre para convertirse en muerto. El esclavo había pasado por la gran iniciación, trocándose en semidiós.» ¡Los muertos mandan! No había más que ver con qué supersticioso respeto, con qué miedo servil saludan los vivos en las ciudades a los que se marchan para siempre. El poderoso se descubre ante el mendigo.

Con la potente visión de sus cuencas negras y sin ojos, para los cuales no había distancia ni obstáculo, abarcaba el conjunto de la tierra. ¡Muertos, muertos por todas partes! Lo llenaban todo. Vio tribunales con hombres vestidos de negro, los ojos entornados y el gesto imponente, oyendo las miserias y locuras de sus semejantes, y tras ellos otros tantos esqueletos enormes, con una grandeza de siglos, envueltos en togas, eran los que movían las manos de los jueces cuando éstos escribían y los que soplando sobre sus cabezas les dictaban sus sentencias. ¡Los muertos juzgan! Vio grandes salones de luz cenital con hemiciclos de bancos, y en ellos centenares de hombres que hablaban, vociferaban y gesticulaban en la ruidosa labor de confeccionar leyes. Tras ellos se ocultaban los verdaderos legisladores, los muertos, los diputados con sudario, cuya presencia no adivinaban estos hombres de grandilocuente vanidad, creyendo hablar siempre por inspiración propia. ¡Los muertos legislan! En un momento de duda, bastaba que alguien recordase lo que habían pensado los muertos en otros tiempos para que se restableciese la calma, aceptando todos su opinión. Los muertos eran la única realidad eterna e inmutable. Los hombres de carne un accidente pasajero, una burbuja insignificante que no tardaba en estallar por la hinchazón de su hueca soberbia.

Y vio blancos esqueletos velando como tétricos ángeles a las puertas de las ciudades que eran su obra, vigilando el rebaño apriscado en su interior, repeliendo como reses malditas a los locos irrespetuosos que se negaban a reconocer su autoridad. Vio al pie de los grandes monumentos, de los cuadros de los museos, de los estantes de las bibliotecas, la muda sonrisa de los cráneos, que parecía decir a los hombres: «Admiradnos: ésta es nuestra obra, y cuanto hagáis vosotros debe ser a nuestra semejanza». El mundo entero pertenecía a los muertos. Ellos reinaban. El viviente, al abrir su boca para el alimento, mascaba partículas de los que le antecedieron en el camino de la vida; al recrear ojos y oídos en la belleza, daba el arte obras y patrones de los muertos. Hasta el amor sufría esta servidumbre. La hembra, en sus pudores o sus arrebatos, plagiaba sin saberlo a sus abuelas, que habían sido, según las épocas, tentadoras con una virtud hipócrita o francamente mesalinescas.

El enfermo, en su delirio, empezó a sentirse agobiado por la densidad y el número de estos seres blancos y huesosos, de negros alvéolos y maligna risa, armazones de una vida desaparecida que se empeñaban tenazmente en subsistir, llenándolo todo. Eran tantos, ¡tantos!... Imposible moverse. Febrer tropezaba con sus abombados y limpios costillares, con las agudas aristas de sus caderas, estremeciéndose sus oídos con el chasqueteo de sus rótulas. Le oprimían, le asfixiaban, eran millones de millones: todo el pasado de la humanidad. No encontrando espacio donde poner sus pies, se alineaban en filas unos sobre otros. Eran a modo de una marea montante de huesos que subía y subía hasta alcanzar la cumbre de las más altas montañas y tocar las nubes. Jaime empezaba a ahogarse en esta inundación blanca, dura y crujiente. Gravitaban sobre su pecho con la pesadez de las cosas muertas... Iba a perecer. En su desesperación se asió a una mano que parecía venir de muy lejos, saliendo de la sombra: una mano de vivo, una mano de carne. Tiró de ella, y poco a poco, en la bruma, fue tomando forma la mancha pálida de un rostro. Después de su existencia en aquel mundo de cráneos escuetos y huesos pelados, este rostro humano le causó la misma impresión de grata sorpresa que siente el explorador al encontrarse con la cara de uno de su raza tras larga permanencia entre salvajes.

Siguió tirando de aquella mano, y fue condensándose la vaguedad del rostro, hasta reconocer a Pablo Valls inclinado sobre él, moviendo los labios como si murmurase palabras cariñosas que no podía oír. «¡Otra vez!... ¡Siempre el capitán apareciendo en sus delirios!»

Sumióse de nuevo el enfermo en su inconsciencia después de esta rápida visión. Ahora su sopor era más tranquilo. La sed, una sed horrible que le hacía avanzar las manos fuera del lecho y apartar sus labios del vaso vacío con un gesto de ansiedad no saciada, empezó a decrecer. Había visto en su delirio claros arroyos, ríos silenciosos e inmensos, a los que no podía llegar nunca, sumidas sus piernas en dolorosa inmovilidad. Ahora contemplaba una catarata luminosa y espumeante rodando en el fondo de su ensueño, y podía al fin caminar, aproximarse a ella, viéndola a cada paso más grande, sintiendo en su rostro la fresca caricia de la humedad.

En medio del estrépito de esta caída líquida llegaban a su oído apagadas voces humanas. Alguien volvía a hablar de la pulmonía traumática. «Estaba vencida.» Y una voz agregaba alegremente: «En hora buena. Ya tenemos hombre». El enfermo reconoció esta voz. ¡Siempre Pablo Valls resurgiendo en su pesadilla!

Continuó su marcha hacia adelante, atraído por la frescura del agua, hasta colocarse bajo el sonoro raudal, estremeciéndose con escalofríos voluptuosos al recibir en su espalda todo el empuje del derrumbamiento acuático. Una sensación de frescura se esparcía por su cuerpo, haciéndole suspirar de placer. Sus miembros parecían dilatarse bajo la helada caricia. Se ensanchaba su pecho, desvaneciéndose la opresión que le había martirizado hasta poco antes, como si la tierra entera gravitase sobre su tronco. Sentía que en el interior de su cráneo se iban disolviendo las nebulosidades de su pensamiento. Deliraba aún, pero su delirio no se desarrollaba cortado por escenas de terror y gritos de angustia. Era más bien un ensueño plácido, en el que su cuerpo se dilataba con estiramientos de voluptuosidad y su imaginación corría por los risueños horizontes del optimismo. Las espumas de la cascada eran blancas, vibrando en las facetas de sus diamantes líquidos los colores del iris. El cielo era de tinta rosa, con lejanas músicas y suaves perfumes. Alguien temblaba misterioso, invisible y al mismo tiempo sonriente, en esta atmósfera fantástica: una fuerza sobrenatural que parecía embellecerlo todo con su contacto. La salud que llegaba.

La sábana de agua que se encorvaba al desprenderse de las altas rocas despertó en su memoria ensueños anteriores. Vio otra vez la rueda, la inmensa rueda, imagen de la humanidad, que giraba y giraba sin cambiar de sitio, emprendiendo una ascensión tras otra, para pasar siempre por los mismos puntos.

El enfermo, enardecido por aquella sensación de frescura, creyó poseer nuevos sentidos para darse cuenta de lo que le rodeaba.

Vio otra vez la rueda girando y girando en el infinito; ¿pero realmente estaba inmóvil?...

La duda, principio de nuevas verdades, le hizo mirar con mayor atención. ¿No era un engaño de sus ojos? ¿Sería él quien vivía en el error, y aquellos millones de seres que lanzaban gritos de júbilo en su prisión rodante estarían en lo cierto al creer que realizaban un nuevo avance con cada vuelta?...

Era cruel que la vida se desarrollase centenares y centenares de siglos en esta agitación mentirosa que ocultaba una inmovilidad real. ¿Para qué, entonces, la existencia de lo creado? ¿No tenía la humanidad otro fin que engañarse a sí misma, dando vueltas por su propio esfuerzo a la caja circular que la aprisionaba, como esos pájaros que con sus saltos mueven una jaula que es su cárcel?...

De pronto ya no vio la rueda. Vio pasar ante él un globo inmenso, de color azulado, en el que se marcaban mares y continentes con perfiles iguales a los que había contemplado en los mapas. Era la Tierra. Y él, imperceptible molécula en la inmensidad del espacio, ínfimo espectador de la estupenda representación de la Naturaleza, podía abarcar con sus ojos el globo azul ceñido de nubes.

También daba vueltas, como la rueda fatal. Giraba y giraba sobre sí mismo con una monotonía desesperante; pero este movimiento, que era el más inmediato, el más visible, el que todos podían apreciar, resultaba insignificante. Otro movimiento era el superior. Sobre la monótona rotación siempre en torno del mismo eje, estaba el movimiento de traslación, que arrastraba al globo por los espacios infinitos en eterno viaje, sin pasar nunca por los mismos lugares.

¡Maldición a la rueda! La vida no era una eterna vuelta por idénticos puntos. Solo los cortos de vista, al contemplar este movimiento, podían imaginarse que era el único. La imagen de la vida era la Tierra. Giraba sobre sí misma en determinados espacios de tiempo: repetíanse los días y las estaciones, como en la historia de los humanos se repiten las grandezas y las ruinas; pero había algo más sobre todo esto: el movimiento de traslación, que arrastra hacia lo infinito, siempre adelante... ¡siempre adelante!

La teoría del «eterno recomenzar de las cosas» era falsa. Repetíanse los hombres y los sucesos, como en la Tierra se repiten los días y las estaciones; pero aunque todo pareciese igual, no lo era realmente. La forma exterior de las cosas podía semejarse; el alma era distinta.

No; ¡rómpase la rueda! ¡perezca la inmovilidad! Los muertos no podían mandar. El mundo, en su movimiento de traslación, corría demasiado aprisa para que ellos lograsen mantenerse eternamente en su superficie. Se agarraban a la corteza con sus garras de hueso, pugnando por mantenerse firmes durante muchos años, tal vez durante siglos, pero la velocidad de la carrera acababa por expelerlos a todos, dejando atrás una estela de huesos rotos, luego de polvo, y al fin nada.

El mundo, cargado de vivientes, corría siempre adelante, sin pasar dos veces por el mismo sitio. Jaime lo había visto aparecer en el horizonte como una lágrima de luminoso azul; luego agrandarse y agrandarse, hasta llenar todo el espacio, pasando junto a él con rotación de rueda y velocidad de proyectil a un mismo tiempo; y ahora se empequeñecía otra vez, huyendo por el extremo opuesto. Ya era una gota, un punto, nada... perdiéndose en la oscuridad, ¡quién sabe hacia dónde y para qué!...

Era inútil que sus ideas de poco antes, al quedar vencidas, se revolviesen con el intento de una última protesta, gritando que aquel movimiento de traslación resultaba igualmente falso, ya que la Tierra giraba como una rueda alrededor del Sol... No; el Sol tampoco estaba inmóvil, y con todo su coro familiar de planetas caía y caía, si es que en el infinito se puede caer ni subir; marchaba y marchaba, ¡quién sabe hacia que punto, ni con qué fin!...

Definitivamente, abominó de la rueda, la hacía trizas mentalmente, sintiendo el goce del preso que pasa la puerta del encierro y aspira el aire libre. Se imaginó que de sus ojos caían escamas, como de los del apóstol hebreo en el camino de Damasco. Contemplaba una luz nueva. El hombre era libre y podía escaparse del tirón de los muertos, organizando su vida con arreglo a sus deseos, cortando el lazo de esclavitud que le soldaba a estos déspotas invisibles.

Cesó de soñar; se sumió en la nada con el placer íntimo y silencioso del trabajador que descansa después de una jornada provechosa.

Pasado mucho tiempo, ¡mucho! abrió los ojos y se encontró con los de Pablo Valls fijos en él. Le tenía cogido de las manos, le miraba cariñosamente con sus pupilas amarillentas.

No podía dudar: era una realidad. Su olfato percibió el olor de tabaco inglés ligeramente perfumado de opio que parecía flotar siempre en torno de su boca y sus patillas. ¿No era, pues, una ilusión haberle visto en el curso de su delirio? ¿Era realmente su voz la que había escuchado en medio de sus pesadillas?...

El capitán rompió a reír, mostrando sus dientes largos amarilleados por la pipa.

—¡Ah, buen mozo! —dijo—. Esto marcha, ¿verdad? Ya no hay fiebre, ya no hay nada de peligro. Las heridas marchan bien. Debes sentir en ellas una picazón de mil demonios; algo así como si te hubiesen metido avispas bajo los vendajes. Es la formación de los tejidos, la carne nueva que escuece al crecer.

Jaime se dio cuenta de la verdad de estas palabras. Sentía en el lagar de sus heridas una fuerte picazón, una rigidez que ponía tirante su carne.

Valls adivinó una curiosidad suplicante en los ojos de su amigo.

—No hables, no te fatigues... ¿Que cuánto tiempo estoy en Ibiza? Cerca de dos semanas. Leí en los papeles de Palma lo tuyo, y al momento me planté aquí. Tu amigo el *chueta* siempre será el mismo... ¡Los malos ratos que nos has hecho pasar! Una pulmonía, hijo mío, y de las de peligro. Abrías los ojos y no me reconocías: delirabas como un loco. Pero eso se acabó. Te hemos cuidado mucho... Mira quién está aquí.

Y se apartó de la cama para que viese a Margalida, oculta tras el capitán, encogida y vergonzosa ahora que el señor podía mirarla con ojos limpios de fiebre. ¡Ah, «Flor de almendro»!... La mirada de Jaime, tierna y dulce, la hizo enrojecer. Tuvo miedo de que el enfermo pudiera acordarse de lo que ella había hecho en los momentos más críticos, cuando estaba casi segura de que iba a morir.

—Ahora a estarse quieto —continuó Valls—. Permaneceré aquí hasta que nos vayamos juntos a Palma. Ya me conoces... Yo lo sé todo; yo lo arreglo todo... ¿Eh? ¿me explico?...

El *chueta* guiñaba un ojo y reía maliciosamente, seguro de su habilidad para adivinar los deseos de los amigos.

¡Famoso capitán! Desde que estaba en *Can Mallorquí*, todos parecían pendientes de sus mandatos, admirándolo como un personaje poderoso y jovial. Margalida ruborizábase con sus palabras y guiños, pero le quería al verle tan abnegado. Recordaba sus ojos llenos de lágrimas una noche en que todos creyeron que iba a morir don Jaime. Valls había llorado al mismo tiempo que mascullaba maldiciones. El *Capellanet* también adoraba a aquel señorón de Mallorca desde que le vio reír al enterarse de que pensaban hacerlo cura. Pep y su mujer le seguían como perros obedientes y sumisos.

Varias tardes hablaron Pablo y el enfermo de los sucesos pasados.

El capitán era hombre rápido en sus decisiones.

—Ya sabes que no me canso cuando se trata de un amigo. Al desembarcar en Ibiza vi al juez. Eso se arreglará; tú llevas razón y todos lo reconocen: defensa propia. Unas pocas molestias cuando estés bueno, pero nada al final... El asunto de tu salud también está resuelto. ¿Qué más queda?... ¡Ah, sí! Algo más queda, pero también lo tengo en punto de arreglo.

Rió maliciosamente al hablar así, apretando las manos de Febrer, y éste, por su parte, no quiso preguntar más, temeroso de sufrir una decepción.

Una vez, al entrar Margalida en el dormitorio, Valls la cogió de un brazo, llevándola junto al lecho.

—¡Mírala! —exclamó con burlesca gravedad dirigiéndose al enfermo—. ¿Es ésta la misma que tú quieres? ¿No te la cambiaron?... Dale, pues, la mano, tonto. ¿Qué haces ahí, contemplándola con ojos espantados?...

Las dos manos de Febrer estrecharon la diestra de Margalida. ¡Ay! ¿era verdad lo que decía el capitán?... Sus ojos buscaron los de la *atlota*, que permanecían bajos, mientras la emoción blanqueaba sus mejillas y hacía palpitar las alas de su nariz.

—Ahora, besaos —dijo Valls, empujando suavemente a la muchacha, hacia el enfermo.

Pero Margalida, como si se viera amenazada de un peligro, se desasió de sus manos, huyendo de la habitación.

—Bueno —dijo el capitán—. Ya os besaréis dentro de un rato: cuando yo no esté.

Valls aprobaba este casamiento. ¿La quería Febrer? Pues adelante... Esto era más lógico que la boda con su sobrina por los millones del padre. Margalida era una gran mujer. Él entendía de estas cosas. Cuando Jaime la sacara de la isla, habituándola a otros usos y otros trajes, con la facilidad de asimilación que tienen las hembras para todo lo bueno, nadie reconocería a la antigua payesa.

—Yo he arreglado tu porvenir, pequeño inquisidor. Ya sabes que tu amigo el judío consigue siempre lo que se propone. Te queda en Mallorca con qué vivir modestamente. No muevas la cabeza: ya sé que deseas trabajar, y más ahora que estás enamorado y quieres constituir una familia. Trabajarás; entre los dos montaremos un negocio: hay donde escoger. Yo siempre llevo la cabeza atiborrada de proyectos: es cosa de la raza... Si prefieres irte de Mallorca, te buscaré una ocupación en el extranjero... Es asunto que debe pensarse.

En todo lo referente a la familia de *Can Mallorquí*, el capitán hablaba con una autoridad de amo. Pep y su mujer no osaban desobedecerle. ¡Cómo discutir con un señor que lo sabía todo!... El payés opuso escasa resistencia. Ya que don Pablo deseaba el matrimonio de Margalida con el señor y daba palabra de que esto no traería ninguna desgracia a la *atlota*, podían casarse. Era un gran infortunio para los dos viejos verla marcharse de la isla, pero preferían esta tristeza a conservar a su lado como yerno a Febrer, que les inspiraba un respeto irresistible.

Al *Capellanet* le faltó poco para arrodillarse ante Valls. ¡Y aún dicen en Palma si los *chuetas* son malos!... Bien se conocía que eran mallorquines los que hablaban: ¡gente injusta y orgullosa!... El capitán era un santo. Gracias a él, ya no iría al Seminario. Sería payés; *Can Mallorquí* quedaba para él. Hasta había recobrado de su padre, por intercesión de don Pablo, el cuchillo regalado por Febrer, y contaba con la promesa de una pistola moderna presente del capitán: una de aquellas armas milagrosas que había admirado en Palma en los escaparates del Borne. Apenas se efectuase el casamiento de Margalida, saldría en busca de novia por el *cuartón*, llevando en la faja estos dos nobles acompañantes. Los *verros* no debían acabarse en la isla. Rebullía en sus venas la heroica sangre de su abuelo.

Una mañana de Sol, Febrer, apoyado en Valls y en Margalida, fue avanzando con pasos de convaleciente hasta el porche de la alquería. Sentado en un sillón de brazos, contempló con avidez el tranquilo paisaje extendido ante él. Sobre la cumbre del promontorio alzábase la torre del Pirata. ¡Cuánto había soñado y sufrido en ella!... ¡Cómo la amaba al recordar que en su interior, solo y olvidado del mundo, había incubado esta pasión que iba a llenar el resto de una vida sin objeto hasta entonces!...

Debilitado por su larga permanencia en el lecho y por la sangre perdida, aspiraba el tibio ambiente de la mañana luminosa, cortado por las ráfagas que venían de la costa.

Margalida, luego de contemplar a Jaime con sus ojos amorosos que aún guardaban cierta timidez, volvió al interior de la alquería para preparar el desayuno.

Quedaron los dos hombres en largo silencio. Valls había sacado su pipa, llenándola de tabaco inglés, y expelía olorosas bocanadas.

Febrer, con la vista fija en el paisaje, abarcando en su retina deslumbrada el cielo, los montes, el campo y el mar, habló en voz baja, como si dialogase consigo mismo.

La vida era hermosa. Lo afirmaba con la convicción del resucitado que vuelve inesperadamente al mundo. El hombre podía moverse libremente, lo mismo que el pájaro y el insecto en el seno de la Naturaleza. Para todos había sitio. ¿Por qué inmovilizarse bajo las ataduras que otros crearon, disponiendo del porvenir de los hombres que debían venir detrás de ellos?... ¡Los muertos, siempre los malditos muertos, queriendo mezclarse en todo, complicando nuestra existencia!...

Sonrió Valls, mirándole con ojos maliciosos. Varias veces le había escuchado en su delirio hablar de los muertos, agitando los brazos como si pelease con ellos y los repeliese de sus angustias terroríficas. Al escuchar las explicaciones que le dio Jaime, al enterarse de su antiguo respeto al pasado y de aquella sumisión a la influencia de los muertos que había entorpecido su vida, confinándolo en una isla apartada, Valls quedó silencioso y abstraído.

—¿Tú crees que los muertos mandan, Pablo?...

El capitán se encogió de hombros. Para él no había en el mundo nada absoluto. Tal vez el imperio de los muertos fuese parcial y estuviera ya en decadencia. En otros tiempos mandaban como déspotas: esto era indudable. Ahora solo dominaban en determinados lugares, perdiendo en otros para siempre toda esperanza de poder. En Mallorca aún gobernaban con mano fuerte: lo decía él, el *chueta*. En otros países, tal vez no.

Sintió Febrer honda irritación al recordar sus errores y angustias. ¡Malditos muertos! La humanidad no sería feliz y libre mientras no acabase con ellos.

—Pablo, ¡matemos a los muertos!

Miró un instante con cierta zozobra el capitán a su amigo; pero al ver la serenidad de sus ojos, se tranquilizó, y dijo sonriendo:

—Por mí, ¡que los maten!

Luego, recobrando su gravedad y reclinándose en su asiento, mientras lanzaba una bocanada de humo, añadió el *chueta*:

—Tienes razón. Matemos a los muertos: pisoteemos los obstáculos inútiles, las cosas viejas que obstruyen y complican nuestro camino. Todos vivimos con arreglo a lo que dijo Moisés, a lo que dijo Buda, Jesús, Mahoma u otros pastores de hombres, cuando lo natural y lo lógico sería vivir con arreglo a lo que pensamos y sentimos nosotros mismos.

Jaime miró detrás de él, como si sus ojos quisieran buscar en el interior de la casa la dulce figura de Margalida. Luego resumió todas las congojas y las nuevas verdades de su pensamiento repitiendo la misma afirmación enérgica: «¡Matemos a los muertos!».

La voz de Pablo le sacó de sus reflexiones.

—¿Te hubieras casado ahora con mi sobrina, sin miedo y sin remordimiento?...

Febrer dudó antes de contestar. Sí; se habría casado, sin parar atención en los escrúpulos heredados y las diferencias de raza que tanto le habían hecho sufrir. Pero faltaba algo para esto; algo que estaba por encima de la voluntad de los hombres y era superior a su poder; algo que no podía comprarse y gobernaba al mundo; algo que traía con ella la humilde Margalida sin saberlo.

Sus angustias habían terminado. ¡Vida nueva!

No; los muertos no mandan: quien manda es la vida, y sobre la vida, el amor.

Fin. Madrid. Mayo y diciembre 1908.

Libros a la carta

A la carta es un servicio especializado para

empresas,

librerías,

bibliotecas,

editoriales

y centros de enseñanza;

y permite confeccionar libros que, por su formato y concepción, sirven a los propósitos más específicos de estas instituciones.

Las empresas nos encargan ediciones personalizadas para marketing editorial o para regalos institucionales. Y los interesados solicitan, a título personal, ediciones antiguas, o no disponibles en el mercado; y las acompañan con notas y comentarios críticos.

Las ediciones tienen como apoyo un libro de estilo con todo tipo de referencias sobre los criterios de tratamiento tipográfico aplicados a nuestros libros que puede ser consultado en Linkgua-ediciones.com.

Linkgua edita por encargo diferentes versiones de una misma obra con distintos tratamientos ortotipográficos (actualizaciones de carácter divulgativo de un clásico, o versiones estrictamente fieles a la edición original de referencia).

Este servicio de ediciones a la carta le permitirá, si usted se dedica a la enseñanza, tener una forma de hacer pública su interpretación de un texto y, sobre una versión digitalizada «base», usted podrá introducir interpretaciones del texto fuente. Es un tópico que los profesores denuncien en clase los desmanes de una edición, o vayan comentando errores de interpretación de un texto y esta es una solución útil a esa necesidad del mundo académico.

Asimismo publicamos de manera sistemática, en un mismo catálogo, tesis doctorales y actas de congresos académicos, que son distribuidas a través de nuestra Web.

El servicio de «libros a la carta» funciona de dos formas.

1. Tenemos un fondo de libros digitalizados que usted puede personalizar en tiradas de al menos cinco ejemplares. Estas personalizaciones pueden ser de todo tipo: añadir notas de clase para uso de un grupo de estudiantes,

introducir logos corporativos para uso con fines de marketing empresarial, etc. etc.

2. Buscamos libros descatalogados de otras editoriales y los reeditamos en tiradas cortas a petición de un cliente.